L'Orpheline du Bois des Loups

MARIE-BERNADETTE DUPUY

L'Orpheline du Bois des Loups

ÉDITIONS FRANCE LOISIRS

Édition du Club France Loisirs,
avec l'autorisation des éditions JCL

Éditions France Loisirs
123, boulevard de Grenelle, Paris
www.franceloisirs.com

ISBN : Version reliée : 2-7441-5384-2
ISBN : Version brochée : 2-7441-5418-0

À mon fils Yann,
pour qu'il sache combien je l'aime.

À toutes les orphelines d'Aubazine
qui ont trouvé auprès de leur maman Théré
beaucoup d'amour maternel.

Remerciements

Tout au long de la rédaction de cet ouvrage,
j'ai eu la chance de recueillir de très précieux
témoignages et de pouvoir me référer à des livres
de grande qualité.
Toute ma gratitude va donc :

À Jean-Paul Malaval, Jean-Louis Quériaud, Marie-Hélène Tassain, Florence Reynaud, Sylvie Dupuis.

À toutes les anciennes pensionnaires de l'orphelinat du Saint-Cœur-de-Marie d'Aubazine : Maguy Tarault, Huguette Lachèze, Madeleine Bardy, Geneviève Fauveau, Odette et Poupette Vacher, Betty Dornfest.

À Monsieur le colonel Léon Canard, ancien maire
d'Aubazine, et à son épouse Amélie,
à Monsieur Henri Laval.

Au Centre national d'études de la Résistance et de la Déportation Edmond-Michelet.

À Gilbert Beaubatie, président de la
Société des arts et des lettres de Tulle.

Prologue

— Dis, maman, elle va mourir, Marie ?

— Mais non, grand benêt ! Pas tant que je serai là, va.

La femme adresse à son fils un sourire confiant, puis elle relève vite la tête. Son regard grave, inquiet, dément ses paroles. Sa bouche murmure une prière. Dieu veut-il reprendre cette fillette qui habite sous son toit depuis si peu de temps ? La fièvre ne tombe pas, le souffle de l'enfant est rauque, sifflant par instants.

Son fils, Pierre, s'est agenouillé près du lit. Il regarde le visage de la malade avec attention, comme pour guetter les signes de la mort et faire un rempart contre elle. Il mesure son impuissance, mais, du moins, il serait là pour hurler « au secours » s'il lisait l'approche du pire.

— Tout ça, c'est la faute de la patronne, mon Pierre. Madame Cuzenac, à mon idée, elle en voulait pas de cette gosse ! Elle pense jamais comme le « moussur[1] *» ! Quelle idée de la faire voyager à l'arrière de la voiture, sous la pluie, non, mais, je vous jure ! Pourquoi qu'elle est si méchante !*

Marie, égarée au sein du délire qu'a fait naître la fièvre, perçoit la voix rude. Elle la reconnaît : c'est celle de Nanette, la femme qui l'a accueillie à son arrivée ici. Elle comprend vaguement que ces inflexions expriment du mécontentement. Elle voudrait s'accrocher à cette voix pour ne pas sombrer au fond de ce gouffre obscur plein de menaces. Elle se sent si faible.

Va-t-elle rendre l'âme ? Les sœurs de l'orphelinat d'Auba-

1. Maître, en patois de la Charente limousine.

zine, le seul foyer qu'elle a connu, parlaient ainsi, quand l'une des religieuses venait à décéder. Rendre son âme à Dieu, Marie ne se sent pas vraiment prête...

La vie lui a toujours semblé douce et belle, même pour elle, une pauvre orpheline.

Au ciel, retrouvera-t-elle ses parents, qui l'ont abandonnée à sa naissance ? Peut-être. En tout cas, elle saura leur pardonner !

Son souffle s'accélère, des mains la redressent. Du liquide tiède coule dans sa bouche, mais elle n'a pas la force d'avaler. La tisane mouille sa chemise de nuit. On la recouche.

Marie se laisse voguer vers un néant chaud et lumineux dans lequel semblent l'attendre des épisodes récents de sa jeune existence...

1

Adieu à l'orphelinat d'Aubazine

Mars 1906

— Marie ? La Mère supérieure te demande dans son bureau. On t'attend au parloir. Dépêche-toi et ôte donc ton tablier...

Quelques minutes auparavant, Marie avait bien entendu sonner la cloche à l'accueil. Mais, à vrai dire, il y avait si peu de chance que la visite lui soit destinée...

La fillette rêvait souvent. Ainsi, elle s'était imaginé qu'un jour, un couple élégant, au doux visage, viendrait... Un homme, une femme, ses parents, ils lui ouvriraient les bras. Elle s'y réfugierait, folle de bonheur. Oui, un joli rêve qui jamais ne se réaliserait.

S'empressant d'obéir à sœur Julienne, elle abandonna l'épluchage de légumes que les « grandes » effectuaient à tour de rôle et enleva son tablier maculé de taches. Puis, hâtivement, elle ôta le foulard réglementaire pour les travaux de cuisine. Qui donc désirait la voir ? Elle hésita un instant et défit aussi le ruban qui retenait sa chevelure brune, remit en ordre les plis de sa robe grise. Quel que soit le visiteur ou la visiteuse, un brin de coquetterie lui dictait de se montrer dans une tenue correcte. Elle se reprocha un instant ce péché de vanité que les religieuses du Saint-Cœur-de-Marie, garantes de valeurs morales irréprochables, n'auraient pas manqué de condamner.

Pour la deuxième fois ce mois-ci, on la faisait venir au parloir et cela l'inquiétait un peu.

Elle traversa la cour à la hâte pour rejoindre les bâtiments monastiques à colonnes géminées, construits en pierre claire et lumineuse. Son regard effleura le décor qu'elle affectionnait particulièrement les autres jours : d'un côté la treille qui donnait à l'automne du si bon raisin chasselas et de l'autre le verger-potager où murmurait une fontaine. Les arbres fruitiers commençaient à faire quelques bourgeons, le ciel était lumineux, mais l'air, froid et humide.

Marie pensa qu'elle était mieux au chaud aux cuisines, un des lieux les plus accueillants de l'orphelinat. À juste titre, on appelait ces vastes cuisines « le Château », sans doute en raison de la tour carrée qui chapeautait le bâtiment. On se sentait si bien dans cette grande salle aux belles voûtes ! L'immense cheminée et les fourneaux y dispensaient une chaleur bienfaisante.

— C'est peut-être le monsieur de l'autre jour qui est revenu ? se demanda-t-elle, le cœur battant. Non, c'est impossible ! Il ne m'a pas posé de questions. Il m'a seulement regardée longuement. Je ne lui ai pas plu.

Rares étaient les enfants adoptés en ce tout début du XXe siècle. L'orphelinat d'Aubazine, situé tout près de Brive et niché à l'ombre de l'église abbatiale Saint-Étienne, hébergeait un petit nombre de ceux-ci, toutes des petites filles. Rien à voir cependant avec les effectifs un peu plus importants que les religieuses avaient comptés, dans les années 1860, lorsque la misère avait multiplié le nombre d'indigents dans les quartiers pauvres de Brive, nécessitant l'ouverture de bureaux de bienfaisance. À cette époque, la congrégation de religieuses du Saint-Cœur-de-Marie avait fondé l'orphelinat dans la belle abbaye cistercienne du XIIe siècle d'Aubazine. La mairie et l'évêché avaient fait appel à la générosité des notables de la ville afin d'obtenir des dons de vêtements et de nourriture.

À présent, les religieuses accueillaient des petites filles à partir de l'âge de cinq ou six ans, à la fois des enfants d'indigents morts de misère ou partis au gré des routes, et des pensionnaires ou externes qui suivaient, à titre payant, les cours de l'école ménagère.

Le cas de Marie était un peu différent. Elle avait été une des plus jeunes pensionnaires. L'hospice de Brive l'avait confiée à l'orphelinat alors qu'elle était âgée d'environ trois ans. Marie considérait cet endroit comme son foyer. Elle en connaissait les moindres recoins.

Son histoire était assez banale pour l'époque. La femme qui avait conduit la petite fille avait expliqué brièvement à la Mère supérieure qu'une sage-femme était venue un soir, un bébé dans les bras. Elle avait affirmé que la maman avait à peine eu la force de dire avant de mourir :

— Nommez-la Marie.

La fillette pouvait-elle se juger malheureuse ? À vrai dire, en ce début de siècle, les enfants confiées à la congrégation ne manquaient matériellement de rien. C'était à qui donnerait noix, châtaignes, huile, lait, viande et fruits. De plus, l'orphelinat possédait deux jardins potagers, cultivés par les religieuses, et ils fournissaient des légumes à volonté. À cela venaient s'ajouter un vivier, quelques arbres fruitiers et... une ferme, avec volailles, lapins, porcs et même une vache ! Sous le vivier, avait été aménagé un moulin permettant aux sœurs de produire leur électricité.

Grâce à la générosité des notables de Brive, les sœurs habillaient les pensionnaires. Et faisaient de la réfection et de la confection l'objet des cours de couture de l'ouvroir, endroit réservé à la couture et à la broderie. Pour ce qui est de la misère morale, Marie partageait le lot commun des enfants abandonnés qui ignoraient tout de leur passé. Selon le caractère de chacune, ce fardeau semblait lourd ou plus léger. Marie ne se plaignait jamais. Elle était d'un caractère joyeux et conciliant. Mais que sait-on des peines secrètes d'un enfant ?

Marie monta l'escalier de pierre qui menait au premier étage vers le bureau de la Mère supérieure. En entrant dans le bureau, son sourire se fit très doux. Elle vénérait mère Marie-Anselme qui élevait les fillettes non seulement dans l'amour de Dieu, mais aussi dans la tendresse, un cadeau du ciel inestimable pour les orphelines.

La religieuse l'attendait. Elle avait longuement hésité avant de se résoudre à placer cette petite, car une solide affection la liait à Marie. Toutefois, un sentiment de justice lui interdisait un quelconque favoritisme. La ferveur religieuse de la petite fille lui avait souvent fait songer pour elle à un avenir dans les ordres. Mais était-ce un critère de choix pour Marie ? Si le Tout-Puissant avait désigné cette fillette pour Le servir, la destinée bienveillante saurait bien la replacer, tôt ou tard, sur la voie de sa lumière.

Elle avait aussi longtemps pensé la confier à quelque couple aisé de la bonne société de Brive. Puis il y avait eu cette proposition d'un couple habitant un département plus éloigné, bien au-delà de Limoges, près de Pressignac, en Charente limousine. Ils cherchaient une adolescente pour seconder la maîtresse de maison dans leur vaste exploitation. Seule Marie était dans les âges souhaités.

Mère Marie-Anselme avait cependant attendu longtemps avant de rendre une réponse. Pressignac semblait bien éloigné. Reverrait-elle Marie ? Elle avait songé, aussi, à l'intelligence vive de la fillette. N'était-ce pas la seule de ses protégées à avoir réussi brillamment le prestigieux certificat d'études, quelques mois auparavant ? Elle pouvait envisager pour elle un meilleur placement que dans une métairie.

Mais elle avait considéré la mine pâle de l'enfant, ses grands yeux sombres et cernés. Cette petite avait toujours eu une santé précaire. Peut-être un changement d'air et une vie saine à la campagne lui seraient-ils salutaires ? Le couple avait un excellent train de vie et accordait des subsides à l'orphelinat depuis plus de cinq ans, une générosité rare « hors département ». De plus, l'homme et la femme n'avaient pas d'enfants. Peut-être Marie aurait-elle la chance de trouver chez eux la chaleur d'un foyer ?

D'un geste affectueux mais déterminé, la Mère supérieure saisit l'enfant par les épaules :

— Écoute-moi, Marie ! Il y a au parloir une femme qui cherche une jeune fille capable de tenir une maison, de cuisiner. Tu as maintenant treize ans, l'âge de gagner ton pain. Tu sais aussi que nous manquons de place. Je t'aurais bien gardée encore, mais je pense qu'il est préférable que tu partes. Alors, montre-toi aimable et polie. Si tu conviens à madame Cuzenac, tu iras à la campagne, dans une grande ferme. Cela te fera du bien et tu ne manqueras de rien.

La religieuse ajouta d'un ton plus doux, en saisissant un petit cadre rangé sur une étagère, derrière elle :

— Tiens, voici une photo miniature de la statue de la Vierge à l'Enfant. Tu sais que tu es placée sous la bénédiction de notre Sainte Mère Marie. C'est mon cadeau d'adieu, elle te protégera. Maintenant, nous allons voir ensemble ta nouvelle maîtresse. Et souviens-toi : surtout, si quelque chose ne convenait pas dans ta nouvelle famille, tu aurais toujours ta place ici.

La fillette saisit, incrédule, ce merveilleux présent. Seul le visage de la Madone, très doux et patiné par le temps, était représenté.

Elle avait prié tant de fois, devant cette statue de pierre dorée, placée au parloir. Que de fois elle l'avait interrogée de façon muette : « Bonne Dame, où sont mes parents ? »

— Merci... Oh merci, ma Mère ! Rien ne saurait me faire plus plaisir, balbutia Marie, rouge de contentement.

Elle serra un instant ce trésor contre son cœur et l'enfouit dans la poche de sa robe.

Elle se sentait déchirée entre deux sentiments. Elle avait peur de quitter l'orphelinat où elle avait vécu si longtemps. Elle quitterait bientôt les sœurs auxquelles elle s'était attachée, ses compagnes de l'institution et aussi les livres qu'elle aimait tant. Elle comprenait instinctivement que de tels loisirs seraient sans doute incompatibles avec la vie qui l'attendait.

Pourtant, pour Marie, âme simple et tranquille qui s'émerveillait de la naissance des premières feuilles des jardins potagers de l'orphelinat, les seuls mots de « campagne » et de « ferme » suffisaient à éveiller la rêverie.

Son univers se réduisait à ces couloirs clairs mais un peu austères, à cette bâtisse pourtant accueillante et bien entretenue, à son lit dans le grand dortoir aux portes noires.

Elle aimait ces lieux et s'était toujours sentie rassurée par la proximité tutélaire de l'église abbatiale.

Et puis, il y avait les vallons bleutés, si beaux le matin

dans leurs écharpes de brume, qu'elle et ses compagnes admiraient de la cour. Une vision à couper le souffle...

Oui, une partie d'elle-même la rattacherait toujours à sa Corrèze natale...

Elles descendirent l'escalier, traversèrent de nouveau la cour intérieure pour rejoindre le parloir.

Émue, Marie passa devant mère Marie-Anselme qui avait ouvert la porte. Une femme marchait de long en large dans la pièce et elle s'arrêta pour fixer le visage de la fillette.

— Alors, c'est toi, Marie ? Tu ne me parais pas bien solide pour ton âge ?

— Oh si, madame ! Je fais les lits des plus jeunes, je vide les cendres des cheminées et je sais cuire la soupe.

La Mère supérieure, qui se tenait derrière l'enfant, lança d'un ton complaisant :

— Marie est sage, pieuse et obéissante. Elle est très habile à la couture et à la broderie. C'est une enfant courageuse qui ne rechigne jamais à la tâche. Et n'oubliez pas, madame Cuzenac, que ce serait un acte de charité de la prendre. L'air de la campagne serait salutaire pour sa santé qui n'est pas des meilleures.

À ce dernier détail, la visiteuse pinça les lèvres. Son visage prit un air dur. La Mère supérieure comprit qu'elle n'aurait pas dû parler, sans doute, de la fragilité de la fillette.

Marie fut tout de suite au bord des larmes. Que deviendrait-elle si on ne pouvait pas la garder ici, et si cette dame à la bouche sévère ne voulait pas d'elle ? Le souffle court, elle s'écria :

— Oh ! madame, je sais aussi repasser. Je n'ai jamais brûlé un drap ou un linge. Je mange peu et je m'occupe bien des petits... Si vous avez des enfants, je veillerai sur eux.

Ce dernier argument n'avait pas dû non plus convaincre madame Cuzenac, car elle soupira, agacée.

Elle était de corpulence assez forte et avait revêtu pour ce voyage à Brive, puis Aubazine, ses plus beaux habits qui lui donnaient une allure endimanchée. Elle demanda encore :

— Mais sauras-tu traire les vaches, faire le caillé et garder les moutons ?

La Mère supérieure protesta, en posant une main sur le bras de Marie :

— Madame, je ne comprends plus, il avait été entendu que Marie ne s'occuperait que du ménage et de la cuisine.

— Oui, oui, bien sûr, mais elle devra aussi aider les métayers.

Mère Marie-Anselme soupira. Devait-elle vraiment confier Marie à cette femme ? Il était difficile de se faire une idée après une unique entrevue. Le mari, qui était venu la voir un mois avant, lui avait semblé plus chaleureux. Et puis, les fillettes placées étaient tenues de lui donner des nouvelles. Il serait toujours temps de reprendre la petite si elle était vraiment malheureuse. Elle se raidit et déclara d'un ton ferme :

— Nous avons ici une ferme et Marie n'a jamais été la dernière à proposer ses services pour jardiner, mener la vache au pré et aider à rentrer les foins. Pour le reste, elle apprendra vite !

Elle donna les dernières précisions qui accompagnaient chaque départ.

— Je vous rappelle aussi que cette enfant, qui est notre pupille et une de nos meilleures élèves, dispose d'un trousseau correct, d'une paire de galoches, d'un missel et d'un chapelet. Vous n'avez donc aucun frais en la prenant...

Au grand étonnement de Mère Marie-Anselme, ces arguments d'ordre pratique semblèrent convaincre madame Cuzenac.

D'une voix radoucie, la femme déclara :

— Bien, c'est entendu. Je prends Marie.

Puis elle ajouta d'un ton qui sembla plus amer et mystérieux à la religieuse :

— De toute façon, c'est mon mari qui en a décidé ainsi. Alors, autant l'emmener aujourd'hui ! La route est longue jusqu'à la maison. J'ai une course à faire au marché de Brive et un train repart à midi de la sous-préfecture. Qu'elle aille chercher ses vêtements...

Mère Marie-Anselme se pencha vers l'enfant pour l'embrasser, une démonstration d'affection rare chez cette religieuse bienveillante mais peu démonstrative. Elle regarda une dernière fois la visiteuse et ajouta :

— Marie sait lire et écrire et elle a son certificat.

À la précision de ce détail, madame Cuzenac éclata de rire :

— Elle sait lire et écrire et elle a même son certificat. La belle affaire ! Pour le travail de la ferme, ça ne lui servira pas beaucoup...

Il fallut emprunter une voiture à cheval pour aller de l'orphelinat au centre de Brive. Le cocher était un homme aux moustaches de hussard et à l'air jovial. Pourtant, une discussion animée l'opposa à madame Cuzenac au moment de monter dans le coche :

— Per la drolla, vos me tireras ben quauquares, tot parier[1] !

1. Pour la gamine, vous m'accorderez bien un rabais ?

L'homme jaugea la nouvelle patronne de Marie. Il prit un air indigné et s'empressa d'ajouter :

— Miladiu ! Los gros n'an qu'a paigar[1] !

Marie ne saisit pas le sens de cet échange acerbe de mots à double sens qui empourpra le visage de madame Cuzenac et provoqua l'hilarité des autres voyageurs. Mais elle se douta qu'il s'agissait du prix en voyant celle-ci, furibonde, ajouter quelques piécettes. Elle s'exclama à l'adresse de la fillette :

— Ces gueux croient que l'on ne comprend pas leur jeu et n'attendent qu'une occasion de nous berner. Je connais leur langage et leurs manières, mais je t'interdis bien de les imiter. Tu m'entends... Jamais de patois chez moi !

Montée dans le coche, Marie jeta un dernier regard au village de pierre rose. Jamais elle n'oublierait ce lieu. Les forêts de châtaigniers où elle avait fait avec ses compagnes de si belles promenades défilèrent. Le coche redescendit vers le bas pays et le bassin de Brive. Marie venait de faire son adieu à son enfance baignée de la sérénité des collines.

Malgré sa tristesse, le spectacle de la ville de Brive la fascina.

Brive-la-Gaillarde – ainsi nommée parce que jadis entourée d'une solide enceinte de remparts – lui présentait en ce premier jour de mars un visage ensoleillé.

Marie était bien venue une fois à Beynat, le jour où elle avait passé son certificat d'études, mais jamais dans une ville aussi importante que Brive.

Elles descendirent de la voiture à cheval dans le quartier de la Guierle. C'est à pied qu'elles devaient

1. Les gros peuvent payer !

rejoindre la gare et il fallait marcher, et vite, sans oublier cette course pressante...

Madame Cuzenac lui frayait un passage parmi la foule sans le vouloir, en raison de son imposante silhouette.

Marie ne perdait pas une miette de tout ce qu'elle découvrait : le haut clocher de l'église Saint-Martin et tant de belles maisons aux façades harmonieuses. Bien sûr, des boulevards avaient succédé aux anciennes courtines, mais la ville abritait d'admirables édifices de la Renaissance, comme l'hôtel de Labenche et sa tour au toit pointu.

Marie ignorait tout de la cité près de laquelle elle avait grandi, mais il lui sembla ce jour-là que c'était un univers vivant et coloré. Une rumeur montait d'une place, où se tenait un marché. En s'y promenant, l'orpheline entendit parler d'oies grasses, de moutarde violette et de charcuteries savoureuses. Autant de mots magiques pour elle, qui n'avait jamais goûté à ces merveilles.

2

Arrivée à la métairie

La fillette, depuis le départ de Brive, n'avait pas arrêté de regarder par la vitre du wagon, contemplant les prés et les collines, déjà parsemés de boutons-d'or.

Pour elle, c'était un émerveillement qui lui faisait oublier son chagrin. Il avait été si douloureux de dire adieu à sœur Julienne, à sœur Geneviève, à toutes ses compagnes. Mais il en était ainsi des orphelines d'Aubazine. Venait un jour où elles devaient quitter la protection de ces murs séculaires. Marie avait accepté ce déchirement, comme tant d'autres avant elle.

Il y avait aussi, dans le cœur meurtri de Marie, l'image de la petite Léonie, sa préférée, à qui elle avait appris à lire et qui adorait écouter des contes de fées.

Malgré le chagrin de sa condition d'orpheline, il lui revenait le souvenir de tant de jours joyeux entre les murs de l'imposante bâtisse... La fête de Saint-Étienne, en particulier. Celle-ci avait lieu le dimanche suivant le 15 août et donnait lieu à une procession dans le monastère et l'église, ainsi qu'à une grande kermesse. Ce jour-là, les fillettes décoraient de fleurs et de bruyère le tombeau du saint. L'après-midi, c'était la fête patronale et les orphelines jouaient des saynètes ou des pièces de théâtre. À l'ombre de la treille à chasselas, les sœurs vendaient des produits du prieuré et des travaux de couture ou de broderie. C'était un jour merveilleux.

Il y avait également tous ces jeudis et dimanches où les fillettes allaient en promenade sur la route de la Vaurie ou le long du canal des Moines, un ouvrage impressionnant taillé à même le roc par les religieux afin d'acheminer l'eau du Coiroux à l'abbaye. Elles partaient souvent aussi ramasser des châtaignes à la Borie-Haute ou sur les collines, près du Saut de la Bergère. Puis elles montaient jusqu'au Calvaire où se situait un oratoire, parfois jusqu'au Puy de Pauliac d'où la vue s'étendait, majestueuse, sur les coteaux.

Elles revenaient de ces randonnées le cœur en fête. Selon la saison, leurs poches étaient bourrées de châtaignes ou de glands, et leurs bras, chargés des fleurs des champs, de houx, de lierre et de gui dont elles décoraient l'église abbatiale.

Et puis, Marie gardait en mémoire un voyage... Un seul, mais inoubliable, à Rocamadour. Les religieuses les avaient incitées à émettre un vœu à la Vierge noire. Mais quel souhait peut être celui d'un enfant privé de parents, si ce n'est trouver ou retrouver père et mère ?

Une fois installée dans le wagon, Marie avait retenu ses larmes, de crainte de déplaire à sa « patronne ». Mais madame Cuzenac ne lui avait même pas dit un mot de réconfort, ne l'avait même pas regardée, se contentant de lui ordonner :

— Tiens mon cabas ! Et ne l'ouvre pas, surtout ! Je te préviens, si tu es malhonnête, je ne te garderai pas...

Le visage de la fillette s'était empourpré de honte. Pourquoi la soupçonner d'une telle indélicatesse ? Les religieuses plaçaient si haut les valeurs morales qu'elles inculquaient avec rigueur aux orphelines, entre autres, la probité...

À présent, le soleil se couchait et Marie découvrait

des champs labourés, des villages perchés sur une butte, le lit argenté d'une rivière. Toutes ces images nouvelles, parées de couleurs vives, la ravissaient. Peut-être, après tout, serait-elle heureuse à la ferme ? L'orpheline se promit de travailler de l'aube au crépuscule, d'obéir sans condition et de ne pas gêner ceux chez qui elle vivrait.

Madame Cuzenac sembla soudain s'apercevoir de sa présence. Elle s'agita en grommelant :

— Donne-moi mon cabas ! J'ai faim...

Marie était aussi affamée, mais elle n'eut droit à rien des bonnes choses qui dormaient au fond du sac de cuir. Le ventre creux, elle vit sa patronne manger du fromage, du pain et une pomme.

De nouveau, elle se tourna vers la vitre. Là-bas, des vaches à la robe rousse broutaient. C'était la première fois que Marie en voyait autant...

Il faisait déjà nuit quand le tortillard arriva à Chabanais. Madame Cuzenac secoua Marie par l'épaule.

— Réveille-toi, ma fille ! A-t-on idée de dormir comme ça ! Tu aurais pu au moins me faire la conversation. Tu es d'une triste compagnie, depuis Limoges, j'ai trouvé le temps long...

Marie marmonna des excuses. Jamais elle n'oserait dire que la faim l'avait rendue malade et qu'elle avait fait l'impossible pour oublier ses crampes d'estomac.

— Jacques nous attend ! Tiens, prends ton sac et mon cabas et file devant.

Il pleuvait dru. L'orpheline ouvrit grand les yeux. À la clarté jaune des réverbères, elle devina un pont de pierre enjambant les eaux noires d'une rivière. Sur la place, une calèche attendait. Un homme se tenait sur le siège avant. Il cria en apercevant sa patronne.

— Bien le bonsoir, m'dame. J'ai cru que le train avait versé dans un fossé. Il est tard !

La femme haussa les épaules. L'homme l'aida à grimper sur le siège à côté de lui, protégé par une capote de cuir. Il chargea les sacs dans le coffre prévu à cet effet. Puis madame Cuzenac fit signe à Marie de s'installer derrière, sur une banquette de bois détrempée, que rien ne protégeait des rafales de pluie glacée.

— Elle n'est pas costaude, cette drôlesse, autant qu'on peut en voir !

— Mais elle ne nous coûtera pas un sou ! répliqua madame Cuzenac tout bas.

Marie baissa la tête. Comme elle regrettait soudain de ne pas être à l'orphelinat ! C'était l'heure où elle servait la soupe aux plus petites, qui babillaient de joie. Au bout de la table, sœur Julienne souriait, ce qui plissait ses bonnes joues et lui donnait un air de douceur.

La voiture s'élança. Jacques avait accroché une lanterne qui tressautait à chaque tour de roue et éclairait à peine. Mais le cheval blanc qui tirait l'attelage connaissait la route.

Marie, secouée en tous sens, exposée au vent et à la pluie, grelottait. Son manteau, ses cheveux étaient trempés. Elle avait envie de vomir. Elle se plia en deux, tout en s'accrochant où elle pouvait, et prit son mal en patience.

La route pavée ne tarda pas à se changer en un chemin semé de cailloux, aux ornières boueuses. Des odeurs, accentuées par la fraîcheur nocturne, vinrent surprendre Marie, des senteurs familières de terre labourée et d'herbe. Puis celles plus puissantes d'un bois, dont les châtaigniers et les vieux chênes exhalaient un parfum de sève et de mousse.

Jacques fit alors un commentaire à sa patronne :

— Faudrait dire au moussur de mettre les moutons

dans le Bois des Loups... Les mauvaises herbes gagnent du terrain, la source va se perdre là-dedans. C'est pourtant une bonne source... Les vieux disaient qu'elle soignait le haut mal et qu'elle exauçait les vœux !

Madame Cuzenac hocha la tête, mais Marie, d'où elle était, n'entendit que ces mots mystérieux « le moussur » et le « Bois des Loups ».

Les pas du cheval ralentirent dès que Jacques poussa un retentissant :

— Holà !

Marie se redressa. Dans les ténèbres qui environnaient la calèche, elle vit tout de suite le carré jaune d'une fenêtre. Son cœur battit plus vite.

Étaient-ils enfin arrivés à la ferme ?

Toute la journée, afin d'apaiser ses craintes, elle avait joué à imaginer l'endroit où elle allait vivre. Sans bruit, Marie se leva un peu plus. On discernait une masse trapue, un toit, une cheminée qui fumait.

Des bêlements s'élevèrent, plaintifs, assortis à d'autres senteurs acides, presque écœurantes. Marie regarda mieux. Sur sa droite, plus haut, on distinguait une bâtisse dont trois fenêtres étaient éclairées.

Madame Cuzenac s'écria :

— Descends donc, Marie. Tu vas loger chez Nanette, la femme de Jacques. Tu viendras demain te présenter à mon mari...

Puis elle ajouta à l'adresse de l'homme :

— Tu diras à ta femme de vérifier la tignasse de cette gamine. Elle est sans doute infestée de poux...

La fillette sentit de nouveau le poids de l'humiliation. Ne pouvant guère répliquer, elle se contenta d'obéir. Elle prit son léger bagage et se glissa en bas de la voiture. Sous ses pieds, le sol paraissait visqueux et collant à la fois. La pluie l'aveuglait. Elle n'avait qu'une envie, se retrouver à l'abri...

Jacques hurla :

— Marche donc, Coquin !

Le cheval avança. Madame Cuzenac ne se retourna même pas. Marie resta plantée dans la boue, n'ayant plus pour se guider que ce carré jaune trouant la nuit...

Elle avança... Et « floc, floc » faisaient ses galoches. Un chien se mit à aboyer furieusement.

Aussitôt une porte s'ouvrit et une femme se dressa sur le seuil :

— Qui est là ? C'est toi, Jacques ?

Marie pressa le pas, au risque de s'étaler dans la boue. Elle s'empressa de répondre, de peur que la porte ne se referme ou que le chien ne déboule :

— Je suis la nouvelle servante de madame Cuzenac ! On m'a dit que je logerais chez vous...

— Entre donc, ma fille ! Je pensais bien que c'était toi, à c'tte heure...

Marie reprit courage. Elle avait sûrement affaire à Nanette, et la voix de la femme, malgré sa rudesse et son accent roulant, était bien plus aimable que celle de madame Cuzenac.

— Eh bé ! Te voilà au chaud ! Si je m'attendais à voir une demoiselle de la ville... Mais, pauvrette, on dirait que tu sors de la Vienne, tant tu es mouillée. Faut que la patronne ait perdu la tête pour te faire voyager à l'arrière, comme un sac à patates. Viens là, tu vas vite te sécher...

Marie ne comprit pas pourquoi Nanette la comparait à une demoiselle de la ville. Elle en fut gênée et se tint gauchement à l'entrée de la pièce, sans pouvoir contenir les frissons qui la secouaient.

Il est vrai qu'elle portait un manteau de drap de laine, rajusté par ses soins – un don des dames généreuses de Brive – et un bonnet de la même étoffe, ce qui pouvait lui donner un semblant d'élégance. Mais le tout était gorgé d'eau et ses bas noirs étaient souillés de terre rougeâtre ainsi que ses galoches, de solides chaussures données par monsieur Coste, l'un des sabotiers du village. Par précaution, sœur Julienne les avait choisies une pointure au-dessus de sa taille pour qu'elles fassent plus d'usage.

Nanette la poussa vers la table qui remplissait presque tout l'espace.

— Mets-toi le dos au feu ! T'auras meilleure mine une fois réchauffée... et le ventre plein. Donne donc tes habits, ils sont bons à tordre !

La cheminée s'ouvrait à même le sol de terre battue. Son imposant manteau touchait presque le plafond que soutenaient d'énormes poutres noircies par la fumée. Dans un des coins de l'âtre, il y avait un petit banc et là se tenait un jeune garçon qui se chauffait les mains. Il était de constitution plutôt fluette et ses grands yeux noirs mangeaient son visage fin, encadré par une tignasse brune. Il regardait Marie d'un air grave.

Nanette le désigna du menton :

— C'est Pierre, mon fils. Un bon gars ! Et toi, comment on te nomme ?

— Marie, madame.

— Oh ! Pas de madame chez nous. Dis-moi « Nanette ». Allez, mets-toi à l'aise !

Marie s'assit. Nanette lui ôta son manteau et sa coiffe, alla les accrocher près des flammes. Puis elle posa devant la nouvelle venue une assiette de soupe et une tranche de pain. Affamée, l'orpheline avala le tout en quelques instants et se sentit beaucoup mieux.

Nanette éclata de rire :

— Je parie que la patronne t'a laissée faire le voyage le ventre vide. Une vraie teigne, celle-là, et j'ai pas peur de le dire... Et chiche par-dessus le marché !

Elle ajouta, voyant la petite grimace d'incompréhension que ce dernier terme avait provoqué sur le visage de Marie :

— Radine, si tu préfères !

Pierre pouffa de rire. Nanette, heureuse de bavarder avec quelqu'un venu d'une grande ville lointaine et qui ne savait donc rien des histoires de Pressignac, cala une chaise dans l'âtre, en face de son fils et continua :

— La patronne, elle est bréhaigne[1]. C'est ça qui doit la rendre mauvaise. Moi je l'ai toujours dit au Jacques, si elle avait eu un ou deux petiots, elle serait pas si dure. Et le patron, il saurait à qui laisser sa terre... Il se rend malade à l'idée que les bois, les prés, le bétail, ça ira à son neveu Macaire, un bon à rien ! Celui-là, je te dis, il vendra tout, tu verras !

Marie approuva discrètement. Elle ne voulait pas déplaire à Nanette qui semblait être bien disposée à son égard. Pour cette raison, elle ne lui demanda pas ce que signifiait le terme « bréhaigne » qui rimait avec teigne, mais qui cachait peut-être un mal redoutable.

Jacques entra en poussant la porte d'un coup de coude, car il avait les bras encombrés d'une paillasse dont la cotonnade grise à fleurs roses parut à Marie la plus jolie chose du monde.

— C'est pour la drôlesse ! De la part des patrons !

Nanette se leva. Son mari lui passa le matelas qu'elle garda contre sa poitrine, d'un air embarrassé.

— Pierre ! Monte ça dans la pièce du haut, et donne un drap et une couverture à Marie.

Jacques échangea avec sa femme quelques mots en patois, et la métayère aborda alors vaguement le problème des poux. Rougissante, la fillette s'empressa d'assurer que ses cheveux avaient été inspectés par les sœurs.

---

1. Stérile.

— Te mets pas en peine de m'expliquer ça. Comme si on avait le temps d'penser à ça, ici. D'abord, les poux, c'est signe de bonne santé, et ça porte bonheur !

La fillette suivit Pierre, qui tenait d'une main la paillasse, de l'autre, un bougeoir garni d'un moignon de chandelle. Les deux enfants grimpèrent un escalier, dont les premières marches grinçaient.

La « pièce » du haut était en fait le grenier et elle sentait bon les fruits et le grain. Jacques et sa femme y faisaient sécher des pommes, des châtaignes, des noix, y rangeaient du blé et des haricots, dans des « bourgnes », de grands récipients d'osier tressé d'une couleur chaude et dorée. Cet étrange décor ne déplut pas à Marie.

Pierre jeta la paillasse sur le parquet grisâtre, ressortit et réapparut, le drap et la couverture à bout de bras. Il les tendit à Marie et s'éclipsa, en lui laissant le bougeoir.

— Merci, chuchota la fillette.

Elle était seule. Cela ne lui était jamais arrivé. À l'orphelinat, il y avait les compagnes du dortoir. On parlait un peu de lit à lit. On allait à pas de loup dans le dortoir des « petites » consoler celles qui avaient peur du noir.

Marie rangea avec soin son manteau et son bonnet au bout de ce qu'il fallait bien nommer un lit. Frissonnant sous sa robe et son gilet, elle enleva ses bas humides. Puis elle se coucha en se couvrant jusqu'au nez. Elle serra contre elle le portrait de la Sainte Vierge d'Aubazine et fit sa prière.

La bougie s'éteindrait vite. Sa flamme vacillante jetait d'étranges ombres au plafond. Elle ferma les yeux. Montant de la pièce du bas, lui parvenaient les voix de Nanette et de son mari, qui parlaient en patois.

Elle n'en comprenait pas un mot, car, à l'orphelinat

d'Aubazine, elle avait appris à s'exprimer dans un français correct.

Marie pensa alors à la dureté de madame Cuzenac, à la grande maison située en haut de la colline, à la vie qui l'attendait... De ces gens, de ce village, elle ne connaissait rien, néanmoins elle se fit la promesse d'être heureuse envers et contre tout, car elle aimait la gaieté et connaissait la valeur de l'espoir...

Pour la première fois, Marie s'endormit sur les terres du Bois des Loups, sans imaginer un seul instant qu'un jour, elle appartiendrait corps et âme à ces lieux.

3

Découverte du monde rural

Le lendemain matin, Marie se sentit si faible qu'elle fut incapable de se lever. Elle claquait des dents et toussait à rendre l'âme. Pierre, qui était monté la chercher, redescendit quatre à quatre l'escalier en criant :

— Maman, elle est malade ! Viens vite !

Nanette se précipita. Elle comprit aussitôt. Marie avait pris froid. Il n'y avait guère à s'en étonner. Tout en jurant, elle prit les choses en main :

— Aide-moi, mon Pierre ! On va la coucher en bas, dans le grand lit. Monte aux Bories prévenir la patronne. Dis-lui que la gosse est tombée malade, qu'elle peut pas se présenter dans cet état ! Pauvre petiote, je vais la soigner, foi de Nanette !

L'indisposition de Marie laissa Amélie Cuzenac indifférente. Singulièrement, elle n'était guère pressée de voir Marie prendre son service. De toute façon, la vieille Fanchon continuait à tenir la maison.

Pour soigner Marie, Nanette usa tout d'abord des quelques remèdes de bonne femme dont elle connaissait le secret. À la campagne, il fallait plus qu'un coup de froid pour aller quérir le médecin !

Ce fut durant cette période que l'orpheline entra sur la pointe des pieds dans le cœur de la métayère... Marie faisait peine à voir, claironnait-elle à ses hommes, avec sa petite figure émaciée, sa peau transparente et son appétit d'oiseau.

La brave femme posait la main sur le front brûlant de l'enfant, s'asseyait le plus souvent possible à son chevet, du raccommodage à la main, et bavardait en prenant garde de ne pas trop la fatiguer. Mais au bout de trois jours, la malade toussait de plus en plus, la poitrine en feu. Bientôt, elle ne put rien avaler. La fièvre refusait de baisser.

Jacques, le mari de Nanette, alla en informer sa patronne. L'air agacé, Amélie Cuzenac déclara que son mari étant absent, elle ne savait pas quelle décision prendre.

Le métayer, alarmé par l'état de Marie, se permit d'insister :

— Not'e dame, je crois bien qu'il faudrait appeler le docteur... Si jamais la gosse... enfin, vous voyez ce que je veux dire ! Elle a pas l'air bien, je vous assure, pas bien du tout. Ma femme en perd le nord !

Madame Cuzenac se mordit les lèvres, avant de marmonner, exaspérée cette fois-ci :

— Je vais vous envoyer le docteur Mesnard.

Le médecin se présenta chez Nanette deux jours plus tard seulement. Le soir même où Pierre, qui avait à peine échangé trois mots avec Marie, s'effrayait de la voir si mal...

Semi-consciente, Marie se tenait repliée sur elle-même, le cadre de la Vierge d'Aubazine serré contre son cœur. Elle reprenait parfois pied avec le réel, puis retombait dans le délire. Elle articulait faiblement « papa, maman » ou appelait avec plus de véhémence des personnes inconnues pour Nanette : sœur Julienne, mère Marie-Anselme...

Le praticien ausculta la malade avec soin. Puis, il hocha la tête, les traits tendus par une colère froide.

— Cette petite est aux portes de la mort ! Bon sang,

pourquoi avez-vous attendu si longtemps pour me faire venir ?

Après une lutte acharnée contre la mort et grâce aux médicaments prescrits par le docteur Mesnard, Marie fut sauvée de ce début de pneumonie.

Plus d'une semaine s'était écoulée depuis son arrivée à la ferme du Bois des Loups. L'orpheline n'avait pas revu madame Cuzenac, ni fait la connaissance de son époux, ce moussur dont parlait Nanette avec un peu de compassion et beaucoup de respect.

La fillette était encore convalescente. Il lui fallait beaucoup de repos, du soleil et une solide nourriture. Jean Cuzenac, mis au courant par son métayer, décida, visiblement à regret, que la malade resterait près de Nanette jusqu'à ce qu'elle soit complètement remise.

D'après ce que Jacques avait rapporté à sa femme, Amélie Cuzenac avait été loin de protester.

— Pas étonnant ! avait-elle déclaré à son mari d'un ton rogue, c'est une bâtarde ! Et comme tous ces enfants dont on ignore l'hérédité des mères, elle n'est guère solide. Elle peut vivre à la métairie, moins je la verrai, plus je serai contente !

Le printemps de cette année 1906 s'annonçait radieux. Ce matin-là, Marie, dont les forces revenaient, avait eu droit à un bol de lait tiède coloré d'un peu de chicorée et à des tartines de pain.

Puis Nanette avait déclaré en se campant devant la cheminée, les mains sur les hanches :

— Te voilà mieux, ma petite ! Tu vas pouvoir me donner un coup de main. C'est pas le travail qui manque ! Quand la patronne voudra de toi, elle nous le fera savoir...

La fillette s'était sentie profondément déroutée. Pourquoi l'avait-on fait venir de si loin, si on ne voulait plus de sa présence désormais ?

Mais à la réflexion, il était sans doute préférable pour elle de rester dans cette maison modeste mais accueillante, plutôt que de subir cette femme qui la glaçait d'effroi.

S'armant de volonté, Marie se mit à l'ouvrage. Elle découvrit l'étable, la bergerie, les pâturages et s'attela aussitôt à la tâche en s'occupant des bêtes. C'était un peu comme à la ferme de l'orphelinat, mais en beaucoup plus grand.

Sur les conseils de monsieur Cuzenac, Jacques élevait des vaches limousines mais aussi deux normandes, achetées à prix d'or, qui fournissaient le lait dont on avait besoin. Jacques s'occupait de la traite. Madame Cuzenac aimait le lait juste tiré pour les entremets et les pâtisseries. Avec l'excédent, Nanette devait faire des fromages.

Marie l'aida de bon cœur, fascinée par ce qu'elle apprenait. Elle brassait le caillé, lavait les faisselles. Elle s'était vite adaptée. C'était un travail qu'elle avait vu faire par sœur Julienne, préposée à la fabrication du fromage blanc. L'univers que découvrait Marie était donc familier et nouveau à la fois. Très vite, elle se prit d'affection pour les robustes vaches à la robe rousse, à qui elle tenait de grands discours. Il en fut de même pour les moutons dont le regard soumis l'apitoyait.

Mais ce qu'elle préférait, c'était nourrir la volaille. Nanette lui avait prêté une vieille paire de sabots et, ainsi chaussée, Marie traversait la basse-cour, en poussant le même cri que Nanette : « Quiéto, quiéto ! », puis elle distribuait le grain à la volée. Les poules se précipitaient et venaient manger à ses pieds, ce qui l'amusait fort.

À travers toutes ces activités, Marie découvrait la

liberté. Quand elle avait un moment inoccupé, elle allait marcher le long du chemin communal, accompagnée de Pataud, le chien de la métairie. Cet animal au poil jaune n'avait pas son pareil pour garder les vaches et les brebis. Rapidement, Marie s'en était fait un compagnon. Le mois de mars était beau, avec des prés couverts d'une nuée jaune de pissenlits et de boutons-d'or.

Avec le temps, Marie avait espéré que les choses en resteraient ainsi, qu'elle ne monterait jamais chez madame Cuzenac, maintenant qu'elle était installée dans des habitudes. Ici, elle mangeait à sa faim et Nanette montrait à son égard de l'affection.

Seul Pierre semblait l'éviter, ce qui la peinait. Elle avait cru qu'il deviendrait son ami, mais le garçon ne lui parlait pas et la regardait toujours comme une étrangère.

Elle ne comprenait pas que ses manières douces, son « parler de la ville » et, surtout, la délicatesse de son visage aux traits harmonieux l'impressionnaient. Il osait même la comparer à la vierge dorée de l'église de Pressignac au si fin visage. Il fuyait Marie, intimidé. Trop rustre, trop sot pour elle qui savait bien mieux lire que lui !

Ce n'était pourtant pas la faute de Marie, si, un soir, Nanette, qui la voyait lire à voix basse son missel, lui avait demandé de continuer sa lecture tout haut, pour le plaisir de la famille. Pierre avait écouté, sans quitter des yeux les lèvres de Marie qui articulaient sans peine des mots chargés de mystère et de musique. À treize ans, il n'allait déjà plus à l'école, après un échec au certificat d'études, au grand regret de Nanette. Mais cela ne le tracassait pas outre mesure. Il aidait son père, préférait la terre et les bêtes aux bancs de l'école.

Malgré le travail astreignant de la métairie, Nanette accordait de bonne grâce quelques moments de détente aux deux enfants. Ainsi avaient-ils accompagné Jacques à Pressignac chez le sabotier. Nanette avait en effet déclaré que les galoches de la fillette étaient peu adaptées au travail de la ferme. Le moussur avait consenti à cet indispensable achat.

C'était la première fois que la fillette découvrait le bourg. Pour elle, c'était un monde nouveau : épicerie, auberge, charron, tisserand, boulanger... et même huilier !

L'atelier du sabotier lui sembla un antre magique avec ses collections de tarières, de parroirs, de gouges, de cuillères et de rouannes. L'homme abandonna un instant son ouvrage en cours pour tendre un paquet à Marie.

— Tiens, drôlesse, voilà tes « deus socques ». Ça m'a pris une bonne journée de travail, ajouta-t-il en collant à l'intérieur des sabots la petite étiquette qui finalisait sa création.

Marie admira longuement les objets, décorés de fleurs peintes et gravées dans le bois de noyer verni. Elle n'avait jamais possédé pareilles merveilles.

Puis, Jacques laissa les enfants sur la place pour se faire servir, chez Marcel, le petit vin gris de Pressignac qui enchantait les rudes palais.

Marie eut droit aux regards curieux des enfants. Les langues allaient bon train, en patois bien sûr, ce qui était fort pratique pour dire tout haut ce que l'étrangère ne devait pas entendre :

— As-tu vut son manteu et sa coifadura bisarda.

— L'a se creis donc a la vila ?

— Madama Cusenac podia ben prener una paucha chas nos, pas besoenh de 'nar la quierre tan loenh !
— De touta façon, 'la n'en vòu pas, quo es Naneta que la garda [1].

Pierre répondit en patois d'un ton furieux. Aussitôt, l'attroupement se dispersa.

Les deux enfants remontèrent joyeusement sur la carriole que tirait Coquin. Pour égayer le chemin du retour, Marie chanta une chanson, encourageant Pierre qui l'écoutait en la fixant d'un air émerveillé :

— Chante avec moi, Pierre, c'est plus joli en duo.

Pierre entonna alors timidement avec Marie, de sa voix plus grave, le joyeux refrain. Marie comprit que, peu à peu, Pierre se déridait.

— Si vous voulez que je m'y mette aussi, plaisanta Jacques en patois, un peu émoustillé par le vin du Marcel. Mais je vous préviens. Va pleuvoir et faire soleil en même temps et le diable va battre sa femme.

Pierre traduisit, et les enfants rirent de bon cœur.

1. — As-tu vu son manteau et sa coiffure bizarre ?
— Elle se croit donc à la ville ?
— Madame Cuzenac pouvait bien prendre une servante chez nous, pas besoin d'aller la chercher si loin !
— De toute façon, elle n'en veut pas, c'est Nanette qui la garde.

4

Le mariage des oiseaux

Ce matin-là était un dimanche. Nanette s'habillait pour aller à la grand-messe chantée de onze heures. Jacques et Pierre étaient déjà prêts et attendaient au coin de la cheminée, un peu gauches dans leurs vêtements qu'ils ne portaient qu'une fois par semaine.

Marie s'était assise devant la maison, sur un billot de bois avec ses nouveaux sabots, nettoyés à l'eau savonneuse. Ce serait la deuxième fois qu'elle irait à Pressignac, et elle s'en réjouissait. Elle aimait marcher au soleil, malgré l'air encore frais.

Soudain, elle entendit le pas d'un cheval et, relevant la tête, vit un cavalier s'approcher. C'était un homme au visage doux sous un chapeau de feutre orné d'une plume de faisan. Il émanait de lui une impression de force, malgré un regard las et triste. Ses vêtements étaient de bonne coupe, ses guêtres, en cuir brun.

Marie le reconnut aussitôt. C'était le monsieur qu'elle avait vu au parloir de l'orphelinat, il y avait quelques mois.

« Que fait-il ici ? » s'interrogea-t-elle.

Il arrêta sa monture devant elle et la regarda attentivement. Sa voix se voulut aimable :

— Tu es bien Marie ?

— Oui, monsieur ! répondit-elle avec un sourire plein de gentillesse.

— Tu te plais ici ?

— Oui, monsieur... Nanette est très bonne pour moi.

Le cavalier haussa les épaules, perplexe. Il fut sur le point de poser une autre question, mais resta silencieux. Marie se mordit les lèvres, ne sachant pas si elle était coupable de quelque chose.

À cet instant précis, Jacques sortit, suivi de Pierre. Il s'écria en ôtant son béret :

— Bonjour, patron ! Vous voilà parti à la messe ! Et madame, c'est-y qu'elle est souffrante ? Elle a pas demandé la carriole, ce matin !

Monsieur Cuzenac fit un geste fataliste de la main et poussa son cheval. Il se retourna pourtant et son dernier regard fut pour Marie. Elle baissa la tête, persuadée, dans son for intérieur, d'avoir déplu au visiteur.

C'était donc lui, le moussur dont avait parlé si souvent Nanette.

Le chemin longeait le creux de la vallée. Marie et Pierre marchaient devant Nanette et son mari.

Le soleil jouait à travers les jeunes feuilles des arbres. À droite, serpentait un ruisseau couleur de rouille et qui s'argentait sur les roches à fleur d'eau... Marie était éblouie ! Jamais elle n'aurait cru que la campagne pouvait être si belle. Son regard ne savait plus où se poser en ce printemps radieux, tant il y avait de lumière et de verdure... L'air tiède sentait bon le renouveau.

Pressignac n'était guère éloigné de la métairie. Déjà, on apercevait le clocher de l'église.

Nanette s'esclaffa :

— La Marie-Antoinette va se mettre en branle d'ici peu et faire presser les retardataires !

Jacques se contenta de siffloter, en haussant les épaules. Il se souvenait du jour où le curé de Chabanais était venu baptiser la nouvelle cloche de Pressignac, en lui donnant le prénom de Marie-Antoinette. Il était tout gamin, alors, et avait applaudi comme les autres quand le timbre grave et profond avait retenti. C'était en 1874...

Marie hâta le pas. Elle se promit de demander, au retour, qui était cette « Marie-Antoinette », mais pour l'instant, elle gambadait, enivrée de vent léger et d'images colorées.

Ils arrivèrent sur la place de Pressignac au moment où la cloche se mettait à sonner.

Nanette poussa Marie du coude en riant :

— L'entends-tu, la Marie-Antoinette ? Pour sûr, elle en a une jolie voix !

Marie se sentit rougir, confuse. Pierre souriait. Le fond de l'air était à la fête. Les gens de Pressignac se dirigeaient vers l'église. Les femmes portaient leurs coiffes empesées, repassées avec soin.

Marie se sentait observée. Certains enfants la montraient du doigt. Pierre les foudroya du regard. Cela ne découragea pas un garçon blond et maigre, qui le dépassait d'une tête. Celui-ci cria un mot que Marie ne comprit pas :

— O ! la dròlla bastarda[1] ! puis il se mit à ricaner.

Les villageois avaient compris que la fillette venait d'un orphelinat. En ce début de siècle, les mères célibataires étaient si sévèrement jugées qu'elles préféraient souvent abandonner les nouveau-nés issus d'amours coupables. Aussi un orphelin était, selon l'avis général, un enfant illégitime.

Marie vit Pierre se ruer en avant et cogner son adversaire de toutes ses forces.

L'autre riposta aussitôt, mais le combat en resta là.

---

1. Hou ! l'enfant bâtarde !

Rouge de colère, Jacques attrapa son fils. Il poussa vivement le grand blond.

— Vous n'avez pas honte ! Devant l'église... Allez ! file, Louison ! Et toi, Pierre, tiens-toi tranquille !

Durant la messe, Marie fut distraite par monsieur Cuzenac, assis au banc des notables. Il avait ôté son chapeau et semblait rêveur.

À force de l'observer, Marie lui trouva un air sage et doux. Elle se souvint alors des questions qu'il lui avait posées, au parloir : « Es-tu heureuse chez les sœurs ? Aimerais-tu quitter cet endroit et vivre au grand air ? »

Sur le moment, elle avait imaginé, dans sa détresse, que ce monsieur, élégant et gentil, voulait l'adopter... À la vérité, il cherchait une servante. C'est pourquoi, un peu plus tard, il avait envoyé son épouse. Elle avait jugé que Marie pourrait convenir...

Elle n'en ressentit aucune amertume. Les sœurs, qui l'avaient élevée, lui manquaient certes beaucoup, mais la vie à la métairie lui plaisait. Elle l'avait écrit à la Mère supérieure. De toute façon, Marie n'eût jamais songé à se rebeller contre son sort. On lui avait appris très jeune les vertus de la discipline.

Le curé termina le sermon en recommandant aux paroissiens de se consacrer au jour du Seigneur et de ne pas vaquer à leur besogne.

Certains hommes baissèrent le nez, sachant bien que le repas de midi passé, ils iraient aux champs réparer une barrière ou tracer un sillon...

D'autres gardaient la tête haute. Ils savaient où passer l'après-midi. Au bistrot, chez Marcel... Une partie de manille était prévue jusqu'à l'heure de la soupe.

La messe finie, chacun sortit, sans hâte. Marie fut éblouie par la lumière du dehors. Timidement, Pierre lui tapota l'épaule :

— Eh ! Regarde, là-bas, c'est le neveu du moussur, Macaire. Il va démarrer son automobile...

Pierre dansait d'un pied sur l'autre, fasciné. À l'autre bout de la place, Marie vit un jeune homme, bien habillé, qui montait dans un véhicule rutilant.

— C'est la Brasier de son père. Il roule à plus de trente kilomètres à l'heure avec ça !

Le moteur de la voiture démarra à la manivelle, créant dans le bourg un vacarme inquiétant.

Marie avait déjà vu quelques voitures à moteur, à Aubazine, lors des promenades des petites orphelines. Aussi ne fut-elle pas surprise. Tout juste curieuse de voir Macaire, « le bon à rien de neveu du moussur », selon les dires de Nanette.

Le jeune homme s'installa au volant en riant, à son aise, sous les regards amusés ou contrariés des habitants de Pressignac.

Marie regarda comme tout le monde le passage de la Brasier, dont le moteur ronronnait malgré de légers bruits de ferraille. Le fameux Macaire portait une casquette assortie à son costume. Il lui parut maigre et plutôt laid, avec son teint jaune et son menton en galoche. Mais il avait la prestance de celui qui domine la machine.

Nanette discutait ferme avec trois autres femmes. Marie ne s'aperçut pas que monsieur Cuzenac se tenait à côté d'elle. Elle reconnut sa voix qui disait assez bas :

— Quel imbécile ! Et je vais devoir le supporter jusqu'à la fin de l'après-midi !

Elle ne put s'empêcher de regarder son patron, qui fronçait les sourcils, l'air excédé.

Soudain, il sembla se réveiller et dévisagea Marie, avec une expression étrange :

— Alors, Marie ? Comment vas-tu aujourd'hui ?

— Bien, monsieur !

— Tu ne manques de rien chez Nanette ?

— Non, monsieur...

— Tiens, tu iras acheter des bonbons chez Marcel, pour toi et Pierre !

Monsieur Cuzenac sortit sa bourse et lui tendit quelques sous. Marie hésita à les prendre. Alors, il lui ouvrit la main et lui referma les doigts sur les pièces. Puis, il s'éloigna à grands pas, gêné.

Pierre avait tout vu. Il se mordit les lèvres de colère. Marie ne pouvait deviner que le fils des métayers était jaloux. Elle s'écria :

— J'ai au moins dix sous ! Pierre, va acheter les bonbons à ma place, je t'en prie. Tu choisiras, tu sais parler patois, toi...

Nanette s'approcha. Elle n'avait rien perdu de la scène et poussa les deux enfants vers le débit de tabac de Marcel Pressigot.

— Allez, et revenez vite ! La soupe est sur le feu...

Ils prirent le chemin de la métairie, sans flâner cette fois. Nanette et Jacques discutaient en patois et le ton n'était pas à la bonne humeur. La fillette tenait un sac en papier huilé qui contenait les bonbons. Pierre avait distancé Marie et elle le vit entrer dans le sous-bois, se pencher, se relever.

Soudain un bruit impressionnant retentit, venant de Pressignac. À celui d'un moteur se mêla, criard, un Klaxon. Nanette hurla :

— Marie ! Pierre ! Grimpez sur le talus !

Macaire déboula d'un virage, vision surprenante au sein de ce paisible paysage de prairies et de bosquets d'arbres. La voiture soulevait un nuage de poussière, tandis qu'elle zigzaguait dangereusement.

Son conducteur salua les métayers. Jacques, furieux, cracha sa chique :

— Abruti ! Y va arriver un malheur, pour sûr...

Le jeune homme passa devant les enfants et jeta à Marie un regard qui en dit long sur son mépris. Instinctivement, elle comprit qu'il représentait un danger... et pas seulement en raison de la conduite du véhicule. Tout comme sa tante, il la glaçait d'inquiétude.

Après son passage, Marie voulut redescendre sur le chemin, mais Pierre la retint par le bras. D'un signe de tête, il lui montra la silhouette d'un cheval arrivant au galop :

— C'est le patron ! souffla le garçon. Tous les dimanches, Macaire déjeune chez eux, aux Bories. Mais monsieur Cuzenac n'a jamais voulu monter dans une voiture à moteur. Il préfère sa jument...

Le cavalier passa, lui aussi, sans jeter un regard à ses métayers qui le saluèrent pourtant respectueusement. Dès qu'il fut éloigné, Nanette haussa les épaules et reprit son chemin, Jacques sur les talons.

Marie remarqua alors que Pierre tenait à la main gauche un petit bouquet de violettes. Pierre les lui donna en murmurant :

— Elles sont pour toi... Il en pousse toujours sur ces talus, du côté du bois. Ça sent bon !

Marie prit les fleurs avec précaution et les respira :

— Oh ! Pierre, c'est vrai, comme elles sentent bon !

Le garçon se mit à rougir, heureux de voir Marie aussi contente. Il sauta d'un seul bond en bas du talus et partit en avant. Elle le rattrapa :

— Pierre, merci... C'est un si beau cadeau. Dis, tu crois que je pourrais les garder un peu, dans un verre d'eau. Je les mettrai à côté de mon lit...

— Bien sûr... Alors, vrai, tu es contente ?

— Oui, très contente.

Marie avait l'esprit aussi délicat que son visage. Elle devina que Pierre avait voulu lui faire un cadeau, car il avait semblé irrité par le geste généreux de monsieur Cuzenac. Elle ajouta, avec un sourire radieux :

— Et tu sais, Pierre, j'aime mieux les fleurs que les bonbons.

Pierre redressa la tête, bombant le torse de joie. Les mots de Marie lui donnaient envie de chanter.

Ils entrèrent dans la cour de la métairie en marchant côte à côte. Nanette, qui posait le « cledon », une mauvaise barrière de bois condamnant l'entrée de la maison aux poules, s'étonna de les entendre bavarder ensemble... Mais elle en fut bien contente.

Arrivée à la métairie, Marie mit son bouquet dans l'eau, tout près de sa paillasse. Puis elle défit le cadre contenant le portrait de la madone d'Aubazine et déposa délicatement quelques fleurs dans l'un des angles. Elle cacha de nouveau ce précieux talisman sous son édredon, et redescendit en chantonnant dans la pièce commune.

Ce fut un après-midi lumineux et tranquille. Nanette sortit une chaise et, au soleil, reprisa des bas. Le repas avait satisfait tout son petit monde : du pâté de lapin fortement aillé, une soupe aux choux où avait mijoté un bon bout de lard, et, pour le dessert, des œufs au lait, nappés de caramel. Une gâterie rare, mais Nanette, ce dimanche 19 mars, voulut fêter la Saint-Joseph, le jour du mariage des oiseaux.

Jacques était retourné au bourg, pour la partie de manille, en se promettant de marcher droit, au retour, ce qui ne serait pas le cas de tout le monde.

Pendant ce temps, Marie joua longtemps avec Pataud. Pierre se fit un sifflet en noisetier, à l'aide du couteau de poche reçu en cadeau le jour de sa première communion.

Plus haut, sur la colline, la grande maison des patrons paraissait pleine de silence. Marie se demandait souvent si des gens y habitaient. La seule preuve, selon elle, était que les lumières y étaient allumées le soir, dessinant dans la pénombre de hautes fenêtres.

Elle rêvait souvent de s'en approcher, mais n'avait jamais osé mettre son désir à exécution. Elle se demandait comment les pièces étaient disposées. Pourquoi ne voyait-on jamais monsieur Cuzenac au bras de madame ? Qui les servait ? Et de nouveau, cette question obsédante la harcelait : pourquoi la tenait-on à l'écart, elle, qu'on était allé chercher à des kilomètres et des kilomètres de là ?

Marie était de nature patiente. Elle se raisonnait en songeant qu'un jour ou l'autre elle connaîtrait les réponses à toutes ces questions. Mais ce soir, sa curiosité allait être en partie satisfaite. En effet, après le souper, tous réunis autour de l'âtre, Nanette, les pieds au chaud, l'âme apaisée par cette bonne journée, fut prise du besoin de raconter...

5

Ce que raconta Nanette...

Garni de bûches de châtaignier, le feu pétillait, jetait parfois, avec un claquement sec, des escarbilles sur la terre battue.

Marie s'était assise en face de Pierre, sur un petit banc, chacun d'un côté du foyer. Jacques, lui, était déjà couché, dans son lit à rideaux. On l'entendait ronfler, un grognement de sanglier, qui montait, montait et redescendait par degrés, assorti de soupirs.

Nanette se moqua des étonnements de Marie, qui n'avait jamais vécu en compagnie de représentants du sexe masculin.

— Les femmes ronflent aussi, petite ! dit-elle. Ma mère faisait tant de bruit que je me levais la nuit, pour lui siffler à l'oreille. Elle s'arrêtait tout net...

La langue de Nanette se délia ainsi en partant du ronflement de sa mère défunte...

— Ah ! Ma pauvre mère... C'est son sixième qui l'a tuée, mon frère Paul. J'avais dix ans quand elle est morte. C'est ma grande sœur, Honorine, qui s'est occupée de la maisonnée. Quand j'ai eu quinze ans, elle a trouvé à me placer chez des riches marchands, les Guérin. Je faisais le ménage, la cuisine, la lessive, et j'étais aux ordres de mademoiselle Amélie, une sale gamine de douze ans... Vous pouvez me croire, j'avais du mal à ne pas lui filer une paire de taloches, à celle-là ! Et l'envie ne m'est pas passée.

Marie fronça les sourcils. Nanette, ménageant son effet, ajouta enfin :

— Mais oui, cette Amélie, c'est la patronne... madame Cuzenac ! Chez les Guérin, fallait montrer patte blanche, parler français, comme toi, mignonne. Si je lâchais un mot de patois, la mère Guérin levait la main en roulant des yeux terribles ! C'est pas qu'ils comprenaient pas le patois. Pour sûr, ils savaient même très bien le parler quand c'était leur intérêt ! Le père Guérin était vaguement maquignon, et crois pas que les transactions aux foires de Chabanais et Saint-Junien se faisaient en bon français. Mais ils trouvaient que ce n'était pas un langage comme il faut. J'ai pris l'habitude et, maintenant, j'en suis bien contente, ça cloue le bec des voisines. Pierre, donne-moi donc un verre de piquette, causer, ça sèche la langue...

Marie attendit que le verre fût vide. Elle imaginait Nanette à Saint-Junien, mais c'étaient des images floues, tirées de ses souvenirs de Brive, car l'orpheline ne connaissait pas Saint-Junien et ne parvenait pas à se figurer la femme de Jacques en fille de quinze ans.

— Et puis mademoiselle Amélie a voulu un mari ! Faut dire qu'elle n'était pas vilaine à cette époque, mince, une belle poitrine, et toujours habillée à la dernière mode, avec des tissus qui coûtaient la peau des fesses ! Au bal du 14 Juillet, elle a rencontré Jean Cuzenac. Je peux vous dire, les enfants, qu'elle était plus souriante que maintenant, et minaudière. Notre moussur n'y a vu que du feu. Ils étaient fiancés en septembre... Le patron avait trente ans, c'était un bel homme avec un caractère de velours. Ce qui plaisait surtout aux Guérin, c'est qu'il était riche ; il possédait les terres du Bois des Loups et des Bories. Et aussi une maison à Saint-Junien et des fermes du côté de Confolens. Moi, je le servais à table, quand il venait déjeuner le dimanche, pour faire sa cour... J'allais bientôt coiffer Sainte-Catherine, et je me disais, bien triste, que je n'étais pas près de trouver un mari aussi gentil.

Marie se frotta le nez et bâilla. Elle commençait à avoir sommeil, mais l'histoire de cette famille la passionnait. Vite, elle demanda à Nanette, en se trémoussant sur son petit banc pour se dégourdir :

— Qu'est-ce que ça veut dire, Nanette, coiffer Sainte-Catherine ?

— Eh ! C'est quand tu as tes vingt-cinq printemps et pas de mari. Penses-tu si je m'inquiétais ! Après la noce, Jean Cuzenac amena sa femme ici. Elle ne voulait pas. Elle, son idée, c'était de continuer à vivre à Saint-Junien ou d'ouvrir un commerce à Limoges. Sur ce point, notre moussur n'a pas cédé. Amélie a filé doux, pour une fois, mais je sais pourquoi. Ses parents lui ont fait la leçon, et pas avec des pincettes, croyez-moi ! Alors, moi, j'ai suivi le mouvement, et c'est comme ça que je suis arrivée à Pressignac...

Pierre dormait, plié en deux sur sa chaise, la tête appuyée sur ses bras croisés. Nanette alla le secouer :

— Eh ! Mon drôle, va te coucher, tu pourrais basculer dans le feu et te roussir les cheveux. Tu m'as déjà donné assez de soucis... Et toi, Marie, as-tu sommeil ?

— Oh ! non, Nanette, je peux veiller encore !

Une fois Pierre allongé dans son lit d'angle, étroit et garni d'un énorme édredon, Nanette se servit un second verre de piquette et en tendit un gobelet à Marie.

— Tu dois avoir soif, ma mignonne, à rester si près des braises...

Marie se sentit soudain profondément heureuse. Le visage de Nanette lui sembla le plus aimable du monde. Il faisait chaud, l'ombre dorée par les flammes jetait un voile sur la crasse et la pauvreté de la pièce. La boisson picotait la langue et avait un goût agréable de raisin et d'automne.

Nanette observa la fillette un moment, silencieuse. Qu'elle était jolie, cette petite, avec ses lèvres couleur de cerise, ses beaux yeux et ses cheveux bruns, aux longues boucles, souples et légères ! Du coup, elle en perdit le fil de ses souvenirs. Marie murmura :

— Et après, que s'est-il passé quand vous êtes arrivée à Pressignac ?

— Ah ! oui, j'en étais là ! J'ai dû appeler mademoiselle Amélie « madame » et servir là-haut, dans la grande maison. J'avais plus de travail qu'à Saint-Junien. Il a fallu tout chambouler, cirer les meubles, coudre des rideaux neufs, lessiver les planchers. Monsieur Jean, il en a dépensé des sous pour faire plaisir à sa femme ! Lui, il voulait des enfants, je les entendais parler à table. Le patron disait : « Si un fils vient en premier » ou « Si c'est une fille... » Il en avait des projets ! Son gros souci, c'était de gérer ses biens au mieux, pour ses enfants à venir justement. Mais madame n'a pas eu de bébé, il n'y avait rien à faire. C'était il y a quinze ans, tout ça... Ils ont commencé à se battre froid. Elle avait des caprices, cassait la vaisselle, traitait ce pauvre monsieur Jean de tous les noms ! Lui, il ne répondait pas, mais il sellait son cheval et il partait dans la campagne... Il n'était pas heureux, va ! D'après moi, il a vite compris à qui il avait passé la bague au doigt. Je le plaignais de tout mon cœur. Je lui préparais des bonnes soupes, des desserts. Madame, ça ne lui plaisait pas. Un matin, j'ai vu un homme dans la cuisine. Il a ôté son béret et m'a demandé en mariage. C'était mon Jacques. Mais, figure-toi, Marie, que c'était une idée de la patronne, cette noce-là. Elle ne voulait plus de moi dans la maison...

Marie se mordit les lèvres d'émotion, tout à fait réveillée à présent. Nanette tisonna les braises et reprit, l'air songeur :

— J'ai pas réfléchi deux heures ! Ce gaillard était bien bâti, aimable et pas trop vieux. Une semaine plus tard, j'étais fiancée, puis mariée en juin, dans l'église de Pressignac. J'étais bien heureuse de ne pas finir vieille fille et, surtout, de quitter le service de madame Amélie ! Monsieur Jean m'avait dotée : du linge, des meubles et de la volaille. Et trois louis d'or, oui, je les ai toujours. J'ai eu mon Pierre au bout de deux ans. Quand la patronne a su ça, elle a évité de croiser mon chemin. Elle en crevait de jalousie...

Nanette tira un mouchoir de sa manche. Ses yeux brillaient un peu trop. Elle ajouta à voix basse :

— Il m'en est venu trois autres, des petits, mais pas un n'a vécu un an. Deux filles et un garçon. Je les ai bien pleurés, surtout ma petite Élise. Elle est morte à six mois. Je croyais la garder, celle-là, mais non ! Heureusement qu'ils avaient reçu le baptême. Ils n'ont pas rejoint le nombre des eschantis[1] !

Marie renifla, puis elle alla entourer de ses bras le cou de Nanette. Sans dire un mot, elle embrassa ses joues mouillées.

— Tu es une brave petite, toi ! Je suis bien contente de t'avoir. Je sais pas d'où tu viens, mais si je t'avais mise au monde, je t'aurais pas abandonnée au coin d'une rue...

Marie ferma les yeux, le visage brûlant. Nanette avait touché un point sensible, car, depuis longtemps, elle pensait à ses parents. Ils n'avaient pas voulu d'elle... Ou ils étaient morts.

Jadis, quand elle avait questionné sœur Julienne, on

---

1. Feux follets : âmes des enfants morts sans baptême.

lui avait répondu : « Que veux-tu ! La seule chose que nous savons de toi, c'est que quelqu'un t'a apportée à l'hospice de Brive, un soir. Ensuite tu es arrivée chez nous, tu avais à peine trois ans. Voilà, ma fille ! »

Marie s'était habituée à cette idée. Elle ne connaîtrait jamais le visage de sa mère, ni celui de son père. Ses bras serrèrent plus fort le cou de Nanette, comme pour la supplier de la garder toujours.

— Tu me coupes le souffle, mignonne ! Allez, te fais pas de bile... Vaut mieux ni père ni mère, parfois. Prends la chandelle et va vite te coucher.

Marie obéit. Lorsqu'elle fut allongée sous sa couverture, prête à souffler la chandelle, son regard se posa sur le bouquet de violettes.

Selon le rituel qu'elle s'était imposé depuis son départ d'Aubazine, elle pressa contre elle le cadre doré de la Vierge orné de violettes, récita les prières apprises chez les sœurs et elle s'endormit, le cœur apaisé.

6

Des jours de labeur et des jours de fête

Le jour des Rameaux, les adolescents assistèrent à l'office religieux en compagnie de la mère de Pierre. Puis ils allèrent porter le buis bénit sur la tombe des jeunes enfants de Nanette. Ils rentrèrent ensuite à la métairie, non sans avoir acheté les fameuses cornuelles, ces brioches à deux cornes qui se consommaient ce jour saint.

Cet après-midi de printemps fut si beau que Marie décida de profiter de la nature en fête. Pierre ne put l'accompagner, car il avait été décidé d'une partie de pêche avec Jacques. Escortée de Pataud, elle prit le chemin des pâturages. L'air sentait les pommiers en fleur, le chèvrefeuille, le laurier sauvage, la mousse et l'écorce. Elle s'assit au bord de la route et s'adossa à un rocher, face au soleil. C'était si bon de sentir cette pierre tiédie par les rayons bienfaisants ! Soudain, la sérénité champêtre fut troublée par un bruit de moteur. La bruyante automobile de Macaire apparut. Marie pensa qu'il allait passer sa route, mais, à sa grande surprise, il stoppa sa Brasier et bondit hors du véhicule. Elle resta d'abord interdite.

— Bonjour, monsieur, bredouilla-t-elle enfin, en se forçant à sourire.

Macaire la toisa avec mépris :

— Ce que tu as l'air bête, avec ton sourire niais et

ton « bonjour, monsieur » ! Quelle idée il a eue, l'oncle, de ramener une nigaude comme toi à la métairie ! Maigre comme un clou, sans grâce et mal attifée en plus ! S'il cherchait une domestique, il y a bien assez d'honnêtes filles au village dont on sait au moins les origines, sans se charger d'une bâtarde. Mais, un jour, ces terres m'appartiendront, et souviens-t'en, tu pourras alors boucler tes valises.

La violence des paroles de Macaire laissa tout d'abord Marie pétrifiée. Elle s'était si peu attendue à l'attaque !

Puis une pensée s'imposa à son esprit : s'échapper ! Les yeux noyés de larmes, elle voulut fuir à travers champs, mais elle ne put éviter le croche-pied de Macaire. Elle s'affala dans la boue.

— Tu es venue de la fange et tu retombes dedans ! Ce n'est que justice ! ricana le jeune homme avant de remonter dans son automobile.

Il actionna sa manivelle et rajouta, d'un air menaçant :

— Si tu persistes à rester ici, souviens-toi de ce que je t'ai promis. À bon entendeur, salut !

Marie se releva, dégoulinante, les vêtements souillés.

Pourquoi Macaire était-il si cruel à son égard ? Honteuse, elle se promit de n'en rien dire à Pierre et ses parents. Elle savait Jacques assez bon pour se plaindre au maître et faire réprimander le neveu. Mais à quoi bon accroître la haine de Macaire à son égard ?

— C'est'y que la drôlesse est tombée ? s'étonna Jacques en voyant revenir Marie.

— Mon sabot s'est pris dans une racine et je me suis étalée dans une flaque, répliqua rapidement la fillette en baissant la tête.

— Grand Dieu, t'es point aussi maladroite d'habitude ! Tu n'es pas blessée au moins ? s'alarma Nanette.

Viens te sécher au cantou. Il ne manquerait plus que tu attrapes la mort ! Comme si c'était pas suffisant d'une première alerte !

La métayère était trop lucide pour être totalement dupe. Marie frissonnait encore, autant de froid que de frayeur.

« Elle a sans doute été prise à partie par quelque garnement du village », songea Nanette.

La brave femme se contenta de prêter à Marie une paire de bas, une vieille robe et entoura ses épaules d'un châle de laine. Puis elle la fit asseoir devant la cheminée et la força à boire un bouillon brûlant.

La journée de Pâques avait commencé par la fameuse recherche des œufs. Nanette avait tenu à perpétuer cette tradition, bien que Pierre et Marie fussent entrés dans l'adolescence. La décoration de ces présents peints de couleurs vives avait dû coûter à Nanette bien des heures de travail... Un labeur effectué en cachette et certainement de nuit, puisqu'ils étaient apparus au matin dans les buissons entourant la métairie comme par enchantement. Ces œufs n'étaient d'ailleurs pas les seuls récoltés par les enfants. Toute la semaine précédant le lundi de Pâques, Pierre et Marie avaient rejoint les autres jeunes du village pour aller réclamer de ferme en ferme cette provende. Quel plaisir avait alors été le leur de chanter aux villageois les couplets mi-patois mi-français traditionnels du Limousin !

Marie se sentait maintenant mieux intégrée et avait moins à craindre les moqueries des enfants.

En fin d'après-midi, les plus âgés des jeunes gens et des jeunes filles s'étaient réunis pour déguster une solide omelette et danser au son de la vielle et de la chabrette. Pierre avait réclamé l'autorisation de rejoindre avec Marie l'assemblée des jeunes, mais il s'était heurté à l'opposition de Nanette.

— Vous êtes trop jeunes, les drôles. L'année prochaine, mon Pierre. Et la petite t'accompagnera, si le moussur en donne l'autorisation...

Ce refus n'avait pas attristé Marie. Ce « l'année prochaine » ne présageait-il pas de nombreuses autres réjouissances en compagnie de Pierre ?

De temps en temps, elle voyait, au détour d'un chemin, monsieur Cuzenac sur sa jument. Leurs rencontres se ponctuaient d'un simple salut, parfois de quelques mots.

Fidèlement, il s'inquiétait de savoir si la jeune servante de la métairie mangeait bien, si le travail n'était pas trop dur. Déconcertée par ces questions, Marie répondait toujours d'une petite voix, avec des « oui » et des « non ». Cet homme l'intimidait. Bientôt, il lui fit un peu peur.

À la fin du printemps, la campagne était si belle, que Marie, ses tâches accomplies, se promenait, cheveux au vent, par les sentiers et collines. Elle évitait cependant les routes carrossables, par crainte de croiser Macaire. Le grand air et les bons traitements de Nanette lui avaient donné un teint rose, des joues rebondies et elle avait grandi de trois centimètres.

Si son corps changeait, son esprit lui aussi s'éveillait à mille réflexions. Marie s'interrogeait sur le monde environnant : une colère de Jacques, une tristesse de Nanette, la méchanceté de Macaire. Elle se creusait la tête sans fin pour comprendre le caractère amer et violent de madame Cuzenac, sa patronne.

À la mi-avril, Marie accomplit un de ses rêves. Elle s'approcha enfin de la grande maison des maîtres, à l'occasion de la lessive de printemps.

Amélie Cuzenac avait des idées originales en la matière. Juste avant ou juste après la fête de Pâques, il fallait laver draps, taies, torchons et linges de table... La vieille Fanchon, qui avait succédé à Nanette et faisait office de cuisinière et de femme de ménage, menait les opérations, aidée par sa nièce Élodie et par Nanette. Cette dernière n'avait pas eu grand mal à emmener Marie. Après tout, plus il y avait de bras pour trier le linge, surveiller le feu sous les ponnes[1] et frotter, moins la besogne paraissait pénible. Nanette lui avait confié sa selle[2] et son battoir taillé dans du bois de peuplier. Elles avaient marché en silence, les fers de leurs sabots faisant parfois crisser les cailloux du chemin.

Marie découvrit donc la fameuse demeure pleine de mystère, avec émotion.

Elle vit les sapins, les buis et les rosiers rouges. Elle osa même trottiner côté façade, avec les trois marches du perron et la double porte de chêne verni. Quelque chose la fit fuir. Derrière une des fenêtres, elle devina le visage de Jean Cuzenac... À travers la vitre, il la fixa avec une telle expression tourmentée que Marie s'enfuit.

À midi, les femmes cassèrent la croûte dehors, sur un banc, en surveillant la lessive qui bouillait à petit feu, pendant qu'eau brûlante et cendres accomplissaient leur office.

Le lendemain, il fallut emporter tout ce linge encore tiède jusqu'à la rivière pour le rincer. Marie poussa une

1. Grands récipients en terre cuite.
2. Planche en bois sur laquelle s'agenouillaient les femmes pour faire la lessive.

des brouettes, en chantant à voix basse, un peu intimidée par Élodie et Fanchon, qui la regardaient trop souvent.

De ces trois jours de grande lessive, Marie conserva une impression douce-amère. Elle avait vu la grande maison, le jardin, la porte de l'écurie. Amélie Cuzenac n'était même pas venue saluer les lavandières... La demeure des patrons restait donc comme un domaine interdit avec ses secrets, ses trésors, un espace inviolable soigneusement protégé du petit monde.

L'été arriva avec ses moissons. La batteuse fit son apparition. Ce monstre suscita rapidement l'intérêt des enfants, un mélange de crainte et d'admiration, alors que les vieux l'approchaient avec méfiance.

Ce fut Jean Cuzenac qui, le premier, l'utilisa sur son domaine, malgré sa répulsion pour le modernisme. Il appréciait fort justement le gain de temps et l'économie de sueur que représentait cette fameuse batteuse !

Heureusement, Macaire n'assista pas aux travaux. Apeurée depuis la pénible altercation des Rameaux, Marie avait questionné Nanette, sur un ton faussement joyeux, pour ne pas l'alerter :

— Sans doute sera-t-il de la fête, le neveu de monsieur ?

— Pas de danger qu'il pointe le bout du nez. Penses-tu, si on lui demandait de donner un coup de main ! La terre est bien trop basse pour lui. Crois-moi, ce fainéant a un poil dans la main qui pourrait lui servir de canne !

Rassurée, Marie aida Nanette à préparer les repas, dans le pré des brebis, juste derrière la métairie. Pierre ne la quittait pas d'un pouce, jaloux du moindre regard porté sur elle.

Les gamins de son âge ne manquaient pas, des rivaux potentiels. Louison était de la fête aussi, lui qui cherchait toujours comment faire quelque blague à Marie. Du reste, elle ne sut jamais si c'était lui ou un autre garnement qui avait glissé un crapaud entre les draps de son lit. Mais quelle frayeur en se couchant ! La plaisanterie fit rire aux larmes Jacques et Nanette, contrairement à Pierre qui, furieux, se promit de venger l'affront. Le lendemain, une terrible bagarre éclata. Louison en eut la lèvre supérieure coupée et le nez tuméfié, Pierre s'en tira juste avec une joue griffée et un bleu au menton.

Marie comprit, ce soir-là, qu'elle ne serait jamais seule au monde, tant que Pierre vivrait. Au fond de son cœur, ce fut pour elle une douce certitude.

Le matin suivant, au chant du coq, Pierre demanda à Marie de le suivre au Bois des Loups.

Elle se souvint de ce bois, dont avait parlé Jacques dans la carriole, le soir de son arrivée à Pressignac. À présent, sa main livrée aux doigts chauds de Pierre, elle entra sous le couvert des chênes.

— Quand j'étais petit, lui confia son ami, papa m'emmenait ici chercher des cèpes ! Il n'y avait pas autant de ronces et d'aubépines. Un sentier conduisait à la source... Je sais où elle est, la source...

Marie se faufila entre les fougères. Elle demanda enfin, un peu inquiète :

— Pourquoi appelle-t-on ce bois comme ça ?

— Sans doute parce que les loups y viennent depuis des années ! Ce n'est pas un vrai bois, c'est un bout de la forêt. De ce côté, on descend dans le vallon de Pomperre. L'hiver dernier, un chasseur s'est trouvé face à un gros loup. Mais n'aie pas peur, les loups, ils traînent pas si près des maisons, surtout en plein été...

Marie ne comprit pas le sourire malicieux de Pierre.

Elle lui serra plus fort la main. Enfin, ils trouvèrent l'endroit où coulait la source. Elle sourdait du sol moussu, entre deux blocs rocheux. La végétation y semblait moins dense.

Pierre fit asseoir Marie sur un rocher et resta debout devant elle. Il déclara gravement :

— Maintenant, Marie, tu vas me dire de quoi tu rêves ! Cette source, elle est connue dans le pays. Si tu lui dis à voix haute de quoi tu rêves, ça arrivera...

Pierre mentait un peu, mais il avait une idée en tête. La vieille Marguerite, la guérisseuse du bourg, avait raconté à Nanette que les eaux du Bois des Loups étaient bénites par le Seigneur. Elles délivraient les gens du haut mal et si les filles buvaient à la source en y jetant un sou, leur futur mari leur apparaîtrait en rêve.

Marie contempla l'eau qui murmurait sur la pierre. Elle ignorait tout des superstitions du pays, mais, par jeu, s'écria :

— Si c'est vrai, parle d'abord, Pierre !

Pierre devint rouge sous son teint hâlé de jeune paysan. Il n'osait plus la regarder. Le jeu se retournait contre lui. Il demanda, tout bas :

— Tu ne te moqueras pas de moi ?

— Je te le promets, mon Pierre.

La voix de Marie s'était faite si douce en prononçant ces mots qu'il céda.

— Mon rêve, c'est de t'épouser quand nous aurons l'âge. Je n'ai pas d'autre rêve... Quand je t'ai vue, le premier soir, tu m'as paru aussi jolie qu'une fée ! Et puis, tu es gentille. Alors je me suis dit que si tu voulais, un jour, je serais ton mari.

Ce fut au tour de Marie de rougir. Elle se détourna et arracha une touffe de mousse.

— À toi maintenant ! murmura Pierre, le cœur affolé à l'idée de la réponse.

Marie hésita. Elle n'aimait pas mentir. « Si la source permet de réaliser ses rêves, autant dire la vérité », pensa-t-elle.

— Moi, je voudrais être maîtresse d'école ! À l'orphelinat d'Aubazine, la Mère supérieure me laissait faire la leçon aux plus petites. Je leur apprenais l'écriture et le calcul. J'ai même passé mon certificat d'études. Mes notes étaient très bonnes. Avec une vraie famille, j'aurais pu passer mon brevet et entrer à l'École normale, à Limoges. J'aimerais tant... Avoir une belle jupe noire, des bottines et un corsage bien repassé. Je ne gronderais jamais mes élèves, ça non...

Pierre, un peu déçu, se força à sourire :

— Moi, j'aimais pas l'école. Le maître était trop sévère. Il criait souvent. Mais je suis sûr que tu seras une bonne maîtresse. Il est beau, ton rêve, Marie.

Le soleil perçait le couvert des feuillages. Des rayons dansaient sur l'eau de la source. Marie se leva :

— Nanette va nous chercher. Vaut mieux rentrer maintenant...

— Oui, le père a besoin de moi.

Marie secoua sa robe. Dans la lumière vert et doré, Pierre lui souriait. Elle murmura :

— Ton rêve aussi, il est beau, Pierre.

Ils se prirent la main, la gorge nouée par une crainte étrange. Les deux enfants s'éloignèrent de la source, liés par leur serment.

À bonne distance, Jean Cuzenac avait observé toute la scène. Appuyé au tronc d'un vieux châtaignier, il les avait vus disparaître dans le fouillis d'arbustes et de ronces qui protégeait la source.

Le front barré d'un pli de contrariété, il était resté longtemps à la même place, bien après leur départ, à méditer.

En juillet, ce fut la frairie de la Saint-Martin, la fête votive du village. Nanette donna quelques sous aux enfants pour qu'ils achètent des berlingots et des billets de loterie. Pierre fit démonstration de sa force en projetant le plus haut possible un poids monté sur un rail. Il avait grandi, forci et surtout l'enfant timide se changeait peu à peu en un adolescent désireux de séduire. Il participa à la course à la grenouille en brouette. Que de rires lorsqu'il fallait stopper l'engin pour rattraper les batraciens !

Peu à peu, Marie s'imprégnait de ces bonheurs simples, très différents de ceux procurés par les fêtes religieuses de jadis.

Heureux de cette bonne journée, ils rejoignirent la métairie en plaisantant. Soudain, dans un vacarme assourdissant, la voiture de Macaire les doubla, frôlant l'accotement. Les deux adolescents n'eurent que le temps de sauter de l'autre côté du fossé qui bordait le talus. Marie crut que le neveu allait se défier de Pierre. Mais il ralentit, puis revint à leur niveau en marche arrière. Les mains aux hanches, sûr de sa force, il descendit de la Brasier sans en arrêter le moteur.

— Alors, les mioches, on est allé faire un tour sur les chevaux de bois ? Tout juste si Nanette ne vous y a pas conduits par la main. Et toi, Marie-la-Bâtarde, tu ne t'es pas arrangée, toujours aussi laide et empotée ! Si tu crois qu'un jour ma tante voudra de toi dans sa maison, tu peux rêver.

Pierre voulut sauter le fossé. Cet affront-là, il devait le laver au plus vite ! Mais ses treize ans n'étaient pas à la mesure de la force d'un adulte. Macaire stoppa son bond et envoya l'adolescent rouler dans l'ornière.

— Et toi, mauviette, avant de vouloir jouer le chevalier servant auprès de cette cendrillon, il te faudra revoir la force de tes muscles.

Il partit d'un rire sonore, remonta dans son automobile et reprit, dans une gerbe de fumée et de poussière, le chemin de la maison des maîtres.

— Aujourd'hui, t'as été le plus fort. Mais sûr que tu me le paieras un jour ! hurla Pierre en brandissant le poing et en se relevant.

7

Quand vinrent l'automne et l'hiver

Nanette l'avait prédit : « L'hiver sera froid. » Pour preuve de ce qu'elle avançait, elle avait décompté plusieurs peaux aux oignons. C'était un signe qui ne trompait pas.

Marie aimait à présent ce pays formé de vallons boisés, de prairies et d'eaux vives, et à chacune de ses promenades, elle s'en émerveillait.

Désormais, à Pressignac, on ne la regardait plus avec méfiance. Le temps avait effacé les injures et calmé les mauvaises langues. Elle était devenue la servante de la métairie, une occupation qui en imposait au bourg.

D'ailleurs, Marie connaissait bien les gens de Pressignac, leur histoire, leur destinée. Elle devait toutes ces informations précieuses à Nanette qui jouissait dans le pays d'une forte estime. Nanette savait tout ce qui se tramait au pays. Par exemple, qu'Élodie, la nièce de Fanchon, avait mis « la charrue avant les bœufs » et que le coupable, le fils Pressigot, l'avait mariée bien vite. Nanette n'oubliait pas pour autant qu'elle avait eu sa part de soucis avec son Pierre. À six ans, il pleurait chaque nuit et réveillait ses parents par des hurlements de terreur...

— J'ai consulté Marguerite. Elle a préparé ce qu'il fallait, un récipient d'eau et un bout de charbon de chêne. Après, elle a récité les noms des saints. Quand le charbon s'est mis à flotter, elle en était à saint Paul. Alors, la semaine suivante, Jacques a demandé la carriole au patron et nous sommes partis pour Massignac. J'ai fait le tour de l'église plusieurs fois en disant mon chapelet et en touchant les sept statues des saints. J'ai demandé à saint Paul de chasser la peur du corps de Pierre. Puis j'ai allumé un cierge. Mon petit a retrouvé le sommeil...

En prévision de l'hiver, Nanette avait taillé une robe pour Marie, dans son ancienne toilette de deuil. Dieu et chacun au pays savaient combien de temps la mère éplorée avait dû porter du noir. Mais le tissu élimé n'était guère chaud et Marie ne quittait pas son châle de laine.

— Ma pauvre petite, il te faudrait une pèlerine bien épaisse, à capuche. Ton manteau ne ferme plus.

C'était vrai. En quelques mois, Marie avait vu son corps se transformer, ce qui la gênait un peu. Que faire de cette poitrine ronde qui enflait sa chemise ? Les sœurs ne l'avaient pas préparée au bouleversement de l'adolescence. Pourtant la vie à la campagne avait enseigné à Marie les troublants secrets de la nature.

Nanette lui fit ses recommandations :

— Tu es une femme depuis le mois dernier. Méfie-toi des gars du bourg, de sacrés aigrefins. Ne te laisse pas conter des sornettes.

Marie, troublée, avait promis. Et puis, Pierre veillait sur elle.

Les jours raccourcissaient tellement que la nuit tombait avant l'heure du souper. Marie préparait les repas et garnissait le feu, laissant Nanette aider Jacques à l'étable et à la bergerie.

À la fin du mois d'octobre, par une belle journée froide et ensoleillée, Jacques annonça qu'il était temps d'aller aux châtaignes. Chacun, muni d'un grand panier, chemina au vallon de Pomperre. Nanette était ce jour-là de fort bonne humeur :

— Ce soir, nous serons à la fête. J'ouvrirai une bouteille de cidre. En as-tu déjà bu ? Et je suis sûre que tu n'as jamais mangé de châtaignes grillées au feu ?

— Oh que si, ma Nanette ! Le bourg d'Aubazine est entouré de châtaigniers. Nous en rapportions de pleines poches que les sœurs faisaient rôtir dans la grande cheminée. Et il y avait, en contrebas du vivier, des treilles de raisin à petits grains. Ils donnaient un vin si acide que les moines, grâce à une recette secrète, avaient réussi à en faire une sorte de cidre. Alors, c'est avec plaisir que je vais renouer avec ces bonnes traditions.

Jacques avait ses habitudes. Il les conduisit à un des derniers châtaigniers centenaires de la région. Du bois de ces arbres, on faisait alors du plancher, des poutres, des piquets, car il ne pourrissait pas. Les paysans les avaient abattus un à un pour en tirer un bon rapport.

— C'est bien malheureux ! commentait Jacques en patois, les repousses sont malingres et n'atteindront plus une telle taille... Les châtaignes sont petites, pas si bonnes que celles-ci !

Pierre traduisit les paroles de son père à Marie. Elle hocha la tête, sans interrompre sa tâche. Malgré les gants de laine prêtés par Nanette, elle avait les doigts en feu à force de triturer les bogues hérissées de piquants.

Le soir, Marie ne regretta rien de sa journée de

labeur. Elle dégusta la chair blanche, sucrée et farineuse des châtaignes, en les arrosant d'une gorgée de cidre.

Après ce festin de dame nature, Nanette évoqua, en se serrant près de Marie sur le banc du cantou, d'autres automnes, d'autres hivers. Rêveuse, cette forte femme livra ce soir-là à son auditoire une impression de faiblesse, en racontant à son fils et à Marie les souvenirs douloureux de son enfance.

— Une seule fois, je suis allée au pays de ma mère, près d'Objat, au nord de Brive. Il a bien fallu faire ce long voyage. Mon grand-père était mort, foudroyé, oui, la foudre lui était tombée dessus, il avait à peine cinquante ans. L'orage avait éclaté alors qu'il traversait une pâture. C'est ma grand-mère qui a retrouvé son corps calciné. La malheureuse, elle a failli en perdre la tête. Nous sommes allés la chercher et elle est venue vivre avec nous, à Saint-Junien. Un an plus tard, elle tombait à terre, frappée par une attaque. Ah ! Je l'ai porté plus qu'à mon tour, le deuil. Ma mère aussi. Mais si je vous parle de ça, c'est que ce pays, là-bas, du côté de Brive, il est encore plus rude que le nôtre.

Marie baissa le nez sur le tissu noir qui couvrait ses cuisses. Elle crut sentir peser sur son cœur tous les deuils de la famille et frissonna. Nanette poursuivit :

— Je sais, j'en parle souvent. Mais que veux-tu, je suis un peu du pays de toutes ces croyances transmises par ma mère. Celles-ci ne sont guère rassurantes, mais pas plus, tout compte fait, que certains contes pour enfants. Tiens, quand elle parlait des loups-garous, je n'en dormais plus. Ce sont des hommes qui se changent en loups les nuits de pleine lune. Ils parcourent la campagne, égorgeant les créatures vivantes qui croisent leur chemin par mégarde. On dit que ce sont les mauvaises âmes, punies par Dieu. Les loups-garous sont condamnés à sauter, de clocher en clocher. La meilleure protection contre eux est de tenir un petit chat dans ses bras.

Marie regarda Pierre. Il écoutait sa mère, bouche bée, et dans ses yeux sombres semblait passer un cortège de frayeurs oubliées. Nanette soupira :

— Et les mares, les marécages, comme nous avions peur de nous en approcher ! Ma mère disait toujours qu'il y rôdait le Drac, une incarnation du Diable qui cherchait toutes les occasions de nuire. Il pouvait même rentrer dans les écuries où il rendait fous les chevaux en emmêlant leurs crinières.

Dehors, le vent venu du Nord sifflait, des rafales glacées se déchaînaient. Marie monta se coucher. Comme elle aurait aimé pouvoir dormir en bas, près du feu ! Pierre avait bien de la chance de passer la nuit dans la grande pièce, à deux pas de ses parents.

Le grenier sentait l'humidité. L'atmosphère y était glaciale. Marie se coucha tout habillée, en s'enfouissant sous la couverture. Elle n'avait pas seulement froid... L'ombre était si complète, une fois la chandelle soufflée, que le vent sur le toit imitait le hurlement d'un loup.

Terrifiée, Marie se mit à sangloter.

Les marches de l'escalier craquèrent. Marie se redressa sur son lit, terrifiée. La porte s'ouvrit lentement. Un peu de la clarté du foyer et de la tiédeur du rez-de-chaussée semblèrent se glisser par l'entrebâillement. Une voix chuchota :

— Marie ? Qu'est-ce que tu as ? Tu es malade ?

C'était Pierre. Elle répondit tout bas, rassurée :

— Non, je n'ai rien, un peu froid, mais je vais me réchauffer !

Le garçon souffla, d'un ton autoritaire :

— Va te coucher dans mon lit, en bas. Tu seras

mieux qu'ici. Moi, je ne crains pas le froid. Ma mère aurait dû y penser.

Marie n'eut pas le courage de protester. Elle remercia Pierre d'une voix grelottante et, pour la première fois, chercha sa joue pour l'embrasser. Lui, ne comprenant pas, se tourna aussi et leurs lèvres s'effleurèrent. Honteuse, la jeune fille se leva vite et descendit l'escalier.

Jamais elle ne devait oublier ce moment où elle put s'allonger sous le lourd édredon rouge, en posant sa joue sur l'oreiller encore tiède de la chaleur de Pierre. Le feu mourant semait dans la pièce une vague clarté rose.

Là-haut, Pierre n'avait jamais eu si chaud dans sa jeune existence. Le baiser maladroit de Marie le brûlait encore et il s'endormit en rêvant de la source du Bois des Loups, de son eau enchantée qui avait été le témoin de son plus cher désir : prendre Marie pour épouse, dès qu'il serait devenu un homme.

Au matin, Nanette fut bien étonnée de trouver Marie dans le lit de Pierre. Mais, comme son fils dormait encore à poings fermés, dans le grenier, elle n'y vit pas de mal et le pli fut pris.

— Mon gamin est moins sot que moi ! Et moi je serai moins bête que lui. Quand le froid sera là pour de bon, tu viendras dormir avec moi dans le grand lit, et Jacques partagera sa couche avec Pierre. À deux, on se tient chaud.

Les premières gelées couvrirent le paysage d'un voile argenté. Le matin, éblouie, la jeune fille sortait sans souci du froid, marchait jusqu'à la haie afin d'admirer les fines dentelures pures comme le cristal, qui ornaient les feuilles mortes et les branches.

Au début du mois de décembre, il neigea. Nanette s'amusa de l'enchantement de Marie qui partit aussitôt en promenade, escortée de Pierre et de Pataud.

Au retour, le temps de prendre le repas de midi – un civet de lièvre qui avait mijoté des heures sur le trépied –, ils repartirent vers Pressignac.

Nanette savait que c'était le jour où le « Caïffa » passait au bourg. Avec cette neige, il ne prendrait pas la peine d'avancer jusqu'aux maisons voisines.

— Vous m'achèterez une demi-livre de café et de la cannelle, pour six sous. J'aurais besoin d'aiguilles aussi...

Le passage du Caïffa faisait la joie de Marie. Ainsi appelait-on l'épicier ambulant qui effectuait ses tournées de village en village. Son véhicule, un triporteur, s'ornait de dessins d'inspiration orientale.

Pierre et Marie entrèrent dans Pressignac au début de l'après-midi. La neige donnait aux maisons, aux rues, aux arbres dépouillés, une allure fantomatique.

Le bistrot du père Marcel avait allumé ses lampes et on voyait de loin les vitres jaunes, derrière lesquelles s'élevaient des volutes de fumée.

Les sabots garnis de paille, le châle sur les épaules, des femmes guettaient l'arrivée du marchand, en restant sur le seuil de leur porte. Le froid ne faisait pas peur à ces natives du Limousin... Elles s'interpellaient, heureuses de la distraction tant attendue.

— Bonjorn, vai quo ?

— Quo vai !

Marie comprenait sans peine ce dialogue qu'elle avait entendu des centaines de fois depuis le printemps. C'était le salut rituel : « Bonjour, comment ça va ? Ça va ! »

Enfin la clochette du Caïffa retentit. Ce fut une ruée joyeuse. Peu pressés de rentrer au bercail, Marie et Pierre firent la queue, en s'amusant du spectacle. Le marchand faisait l'article, proposait de nouvelles marchandises, consentait des rabais, des crédits, l'air bonhomme, mais pestant en son for intérieur contre les mauvais payeurs. Le dernier client parti, il se dirigea vers le bistrot, après avoir bien fermé sa boutique ambulante.

Enfin ce fut Noël. Marie aimait ce jour de fête, car il célébrait la naissance de Jésus-Christ, le Sauveur. À l'orphelinat, les sœurs décoraient la chapelle de houx et, sous l'autel de la Sainte Vierge, sœur Hortense disposait une crèche, dont les personnages de bois peints avaient été sculptés par ses soins. Et puis, à l'église abbatiale Saint-Étienne, toujours au même endroit, dans la première chapelle à gauche du chœur, les fillettes dressaient une crèche très grande entourée de branchages verts et de rubans de satin.

Les dames fortunées de Brive apportaient deux ou trois jours avant Noël de vieux jouets et des livres d'images pour les orphelines. Cette distribution de présents donnait lieu à un goûter organisé dans la salle attenante au réfectoire des religieuses, près des cuisines. Les confiseries et les pâtisseries étaient également des dons de commerçants aisés. Parfois, une de ces dames venait organiser des séances récréatives ou raconter aux fillettes quelque conte de fées ou histoire merveilleuse. Les orphelines jouaient des petites scènes de théâtre ou chantaient. Un instant, elles pouvaient se croire entourées d'affection comme n'importe quel enfant.

Marie se souvenait de l'orphelinat, de la saveur sur la langue des petits jésus en sucre candi, de couleur rose, le goût de miel des pains d'épices, la saveur des bonbons au chocolat, la lumière vive des bougies de cire fine dans les chandeliers de cuivre. C'était peu et beaucoup à la fois.

Son premier Noël à Pressignac fut bien différent. D'abord, à la tombée de la nuit, Jacques mit dans le feu une énorme bûche de chêne.

— C'est la « cosse de Noël » ! expliqua Nanette. Elle va brûler jusqu'à demain matin. Je ramasserai les tisons, car ils protègent de l'orage.

Le repas fut plus copieux que d'ordinaire. Nanette servit du pâté, des haricots blancs et des cuisses confites de canard, puis encore des châtaignes cuites à l'étouffée, sur un lit de pommes de terre. En dessert, du riz au lait parfumé à la cannelle.

Ensuite, chacun fit un brin de toilette et passa ses habits du dimanche. Jacques prépara une lanterne et passa sa grosse pèlerine. Nanette prêta un second châle à Marie.

— Nous allons à la messe de minuit... Bourre bien tes sabots de paille et mets donc deux paires de bas ! conseilla-t-elle à la jeune fille.

Ils prirent le chemin tant de fois parcouru à la belle saison. Ce soir-là, le froid était vif, le gel menaçait. Les prés et les talus étaient encore blancs. La neige n'avait guère fondu. Jacques et Pierre marchaient devant. Le halo de la lanterne se balançait au rythme de leurs pas.

Nanette avait pris le bras de Marie et parlait d'un autre Noël, dix ans auparavant, quand Pierre avait fait le trajet jusqu'à Pressignac sur le dos de son père.

— La neige était si haute que le pauvre s'y enfonçait jusqu'à la taille et Jacques avait entendu hurler un loup. Tu penses si j'avais peur ! Quel soulagement d'arriver au bourg et d'entrer dans l'église ! Au retour, Pierre dormait, toujours sur le dos de son père qui devait le tenir d'un bras et avancer penché en avant. Moi, je levais haut la lanterne. Et à hauteur du Bois des Loups, j'ai vu bouger une bête. J'ai poussé un grand cri ! Loup ou diable, la chose a détalé.

Marie se serra davantage contre Nanette. Bientôt apparurent les premières maisons et le clocher de l'église. Le curé avait allumé des cierges et des petites lanternes. Au pied de l'autel de la Vierge Marie, une crèche faisait l'admiration des petits enfants du bourg.

Tous les paroissiens en âge d'affronter le froid et les chemins verglacés étaient là. La plupart des gens de Pressignac également. Marie et Pierre allèrent eux aussi contempler la crèche, l'âne et le bœuf, Joseph et Marie. Les personnages étaient aussi grands et aussi beaux que ceux de l'église Saint-Étienne, mais ce Noël-là avait quelque chose de différent qu'elle ne put d'abord définir.

Puis tous les fidèles chantèrent : « Il est né le divin enfant, jouez hautbois, résonnez musettes ! »

Transportée de bonheur, Marie, debout aux côtés de Pierre et Nanette, pouvait se donner sans arrière-pensée douloureuse au chant. Il lui semblait posséder le bien le plus précieux de la terre, une famille qui l'aimait et veillait sur elle. Elle venait de comprendre en quoi ce Noël était unique.

Durant l'office, cependant, elle sentit la force d'un regard et elle sut aussitôt qui l'observait ainsi. C'était Jean Cuzenac. Marie refusa de laisser place à l'inquiétude, en cette nuit de Noël. Elle soutint un instant ce regard d'homme, insistant et mélancolique. Enfin, sans se soucier de madame Cuzenac, en grande toilette aux côtés de son époux, ni de leur neveu Macaire, debout entre ses parents, Marie lui adressa un sourire lumineux.

Jean Cuzenac tressaillit avant de baisser les paupières, comme ébloui. Les chants reprirent.

Le lendemain matin, Pierre et Marie, qui avaient posé leurs sabots devant l'âtre au retour de la messe de minuit, sur l'ordre rieur de Nanette, y trouvèrent chacun une orange et quelques pralines.

Certes, ils étaient trop grands pour croire qu'il s'agissait là d'une offrande de l'Enfant Jésus, mais le cadeau les enchanta.

Marie dégusta son fruit avec cérémonie, et prétendit qu'elle n'en avait jamais mangé... Ce qui était faux, car à Aubazine, plusieurs Noëls avaient eu ce parfum exotique et acidulé de l'orange, grâce aux bontés de riches donateurs.

Mais Nanette était si fière de sa surprise que Marie ne voulut pas la décevoir. Elle fit ainsi ce que sœur Julienne appelait un « pieux mensonge »...

8

Les étrennes de Marie

Le 3 janvier 1907, en milieu de matinée, alors qu'il gelait à pierre fendre, Jean Cuzenac frappa à la porte de la métairie. Nanette alla ouvrir, un torchon à la main.

— Bonjour, Nanette !

« Le patron semble content », se dit Jacques qui rentrait juste de l'étable et se chauffait les mains, assis en face du feu.

Nanette, recula, un peu émue. Les visites de monsieur Cuzenac étaient très rares. C'était en principe Jacques qui montait à la grande maison pour parler affaires. Là encore, le métayer crut à un problème de cet ordre et lança dans un français maladroit :

— Une vache est malade, c'est la Roussette. Pierre allait vous prévenir.

— Je ne viens pas discuter du bétail, mon brave Jacques, je vous apporte vos étrennes !

Nanette fronça les sourcils. Monsieur Cuzenac était un excellent homme et un patron accommodant, mais depuis des années, il avait oublié les étrennes, se contentant d'offrir juste un sucre d'orge à Pierre.

Surprise, gênée, elle le fit asseoir à la table :

— Un petit café bien chaud, notre moussur !

Jean Cuzenac eut un petit rire, car Nanette n'employait jamais de patois devant lui. Ce matin, elle passait outre, sans doute troublée par sa venue.

— Un café, c'est d'accord !

Jean Cuzenac semblait chercher quelqu'un des yeux. Quand il eut constaté qu'ils n'étaient que trois dans la pièce, il soupira et alluma un cigare :

— Marie et Pierre ne sont pas là ? demanda-t-il après un temps de silence.

Nanette servait le café. Elle haussa les épaules :

— Ils sont à la bergerie. À donner le foin aux brebis. Marie adore les moutons. Elle s'en occupe très bien.

Jacques prit également place à la table et se versa un peu de café. Puis, le nez baissé sur sa tasse, il attendit. Jean Cuzenac avait un drôle d'air. Nanette s'en aperçut et elle n'osa plus dire un mot.

Marie, accompagnée de Pierre, entra en criant joyeusement :

— Nane ! J'ai aussi nourri les poules ! Tu n'auras pas besoin de mettre les pieds dehors... Et ça glisse...

La jeune fille avait baissé le ton, en reconnaissant le visiteur. Pierre salua le patron en soulevant un peu sa casquette, puis il alla se glisser sur le banc du cantou. Marie resta plantée entre la porte et la table. Le froid avait rosi ses joues. Ses cheveux descendaient en flots, sur ses épaules serrées dans un vieux châle de laine.

Monsieur Cuzenac la regarda en souriant :

— Bonjour, Marie ! Je te souhaite une bonne année !

— Merci bien, monsieur ! murmura-t-elle.

L'atmosphère parut étrange à tous. Quelque chose de pesant et triste planait autour d'eux... Jean Cuzenac jeta son mégot dans la cheminée et sortit une bourse de sa poche intérieure. Il prit des pièces et les empila devant lui.

— Voici pour vous, Jacques, de quoi acheter du tabac et une nouvelle chemise !

Jacques marmonna un merci embarrassé et, dans le silence retombé, le moussur continua :

— Voici pour toi, Nanette ! Et pour votre fils Pierre ! Il a tant grandi ce garnement, tu pourras lui coudre un autre pantalon.

— Merci, mon bon monsieur ! Dis merci, Pierre ?

Pierre fit entendre une sorte de grognement dans lequel on put distinguer un « erci ! ».

Marie s'était approchée sans bruit de la cheminée. Elle observait le visage de Jean Cuzenac, étonnée de le voir là, si proche et si aimable. Elle pensa que ce devait être une habitude, ces étrennes disposées sur le bois de la table et se réjouit pour Nanette.

— Et voici un louis d'or pour Marie, car Notre-Seigneur Jésus a dit de donner le meilleur salaire à l'ouvrier de la dernière heure ! Il a dit également, n'est-ce pas : « Laissez venir à moi les petits enfants ! » Nous savons tous d'où vient Marie, qui n'a pas eu le bonheur de grandir dans une famille.

Jean Cuzenac s'interrompit, toussa nerveusement. En évitant le regard de Nanette, il ajouta :

— Je suis passé ce matin pour vos étrennes, mais j'ai une autre raison. La vieille Fanchon nous a quittés. Elle est morte la semaine dernière. Élodie est venue travailler deux jours, mais nous ne pouvons pas la garder. Mon épouse et moi, nous avons donc décidé que Marie remplacerait Fanchon.

Cette fois, un silence désolé envahit la pièce. Jacques resta figé sur sa chaise, Nanette joignit les mains sur sa poitrine. Pierre respirait très fort, comme hébété. Marie ne voulait pas comprendre.

Alors, comme ça, il l'emmenait ! Il la séparait de Nanette, de Pierre. Elle avait cru vivre longtemps parmi eux, mais c'était faux... Marie avait tant rêvé d'entrer un jour dans la grande maison, ces « Bories » dont chacun parlait avec respect au pays ! Mais aujourd'hui, elle n'en avait plus aucune envie.

Jean Cuzenac s'impatienta, agacé par les mines navrées qui l'entouraient :

— Eh bien ! Va préparer tes affaires, Marie ! Tu te présenteras à ma femme à midi.

Marie le regarda, puis elle éclata en sanglots. Nanette se précipita et la berça dans ses bras en trouvant des excuses :

— Ne la grondez pas, monsieur ! C'est qu'elle est aussi surprise que nous, la pauvre petite... Elle se plaisait bien ici, hein, Marie ! Madame ne l'a jamais demandée là-haut, alors elle a dû se dire qu'elle demeurerait chez nous...

Marie essayait de se raisonner. Il ne fallait pas pleurer, pas devant tout le monde. Elle fit un terrible effort et s'arracha des bras de Nanette. Elle se frotta les yeux et balbutia tristement :

— C'est fini, je suis désolée...

Curieusement, monsieur Cuzenac parut attendri. Avec douceur, il déclara, un bon sourire aux lèvres :

— Ma pauvre enfant, je ne t'emmène pas au bout du monde ! La maison est à cinq cents mètres à peine. Tu verras la métairie depuis les fenêtres des cuisines. Et bon sang, je ne suis pas un tyran ! Si tu as envie de rendre visite à Nanette, personne ne t'en empêchera. Pierre monte bien tous les matins porter du lait et des œufs. Et puisque tu pleures encore, je te donne le dimanche après-midi de congé, parole d'honneur. Alors ?

— Merci, monsieur, merci ! bégaya Marie, toujours secouée de sanglots.

Jacques raccompagna son patron dehors. Nanette se moucha bruyamment, prête à pleurer.

— Ma pauvre mignonne ! En voilà une histoire... Je le savais bien que la vieille Fanchon avait cassé sa pipe, mais je pensais pas que la patronne te prendrait, toi ! Je croyais qu'elle préférait que tu restes chez nous... Tiens, ça me retourne les sangs...

Pierre vit sa mère se verser un verre de vin, ce qui était un événement. Il marcha jusqu'à la fenêtre et, dès que Jean Cuzenac s'éloigna sur le chemin, l'adolescent s'écria :

— L'a pas le droit de nous prendre Marie !

Jacques entra au même moment. Il couvrit la protestation de son fils :

— Tais-toi ! Le moussur, c'est le moussur ! Y a pas à s'opposer à ce qu'il décide ! Marie, elle est servante. Alors là ou ailleurs... Tu crois qu'on a le choix, nous autres...

Pierre ne répondit pas. Ce « nous autres », il l'avait tant de fois entendu. Il signifiait ceux qui n'ont pas de terres, pas de biens, ceux qui se louent à un patron pour trois sous. Son père avait de la chance d'être le métayer de monsieur Cuzenac, on l'enviait pour cela dans le pays.

Marie était une enfant trouvée, élevée par les sœurs, nourrie, vêtue grâce à la charité des gens riches... « Là ou ailleurs. » C'était vrai. Le garçon se calma. Marie ne serait pas loin. Il monterait la voir tous les jours, il trouverait des prétextes.

Marie, elle, s'était assise à la table. Elle reniflait par instants, incapable de croire à ce qui lui arrivait... Aurait-elle pleuré aussi fort, aurait-elle eu autant de chagrin si Jean Cuzenac ne l'avait regardée trop souvent avec cette étrange expression avide et triste à la fois ?

Plus que l'idée de quitter Nanette et Pierre, Pataud et les bêtes, la perspective de vivre sous le toit de cet homme la terrifiait. Comment avouer cette peur-là ? Madame Cuzenac ne l'avait jamais aimée. Elle savait aussi que, dorénavant, ses dimanches seraient placés sous le signe de la peur panique que lui inspirait Macaire.

Les pièces étaient restées sur la table. La vue du louis d'or fit horreur à Marie. Elle le prit et le tendit à Nanette :

— Tiens, prends-le, je n'en ai pas besoin !

— Non, c'est pour toi ! Tu pourrais t'acheter un beau coupon de tissu et te faire tailler une robe au bourg. Je la coudrai..., répliqua Nanette.

— Non, je t'en prie ! Je n'ai jamais eu d'argent ! Et puis, je n'ai pas besoin d'une nouvelle robe.

Nanette, émue, accepta la pièce. Mais elle se promit de ne pas y toucher. Elle la garderait et la redonnerait à Marie un jour, quand elle aurait besoin d'une jolie toilette...

Pourtant quelqu'un avait deviné ce qui tourmentait Marie. Pierre l'accompagna jusqu'à la grande maison, poussant la brouette où s'entassaient la paillasse et un ballot de vêtements. En route, il demanda d'une voix nouée par le chagrin :

— Marie, si tu es trop malheureuse là-haut, si le patron veut t'embrasser ou autre chose, il faudra le dire. À moi ou à maman. J'aime pas comment il te regarde, en plein dans les yeux...

— Moi non plus, ça ne me plaît pas, mais c'est peut-être des manières de riches. Les sœurs de l'orphelinat nous avaient appris l'humilité et à ne pas regarder les autres de manière effrontée.

— Peut-être bien que le moussur, il te regarde comme ça pour être sûr que tu es honnête. C'est qu'il y en a des belles choses chez eux. Tu vas voir.

Ils étaient presque arrivés. Marie s'arrêta et demanda à son ami :

— Tu viendras souvent, Pierre ? Promis ?

— Tous les matins... et chaque fois que je pourrai !

— Merci, mon Pierre.

— Voilà ta chambre ! Je ne te félicite pas, Marie ! Tu n'as pas embelli depuis le mois de mars. Crasseuse, mal fagotée... pouilleuse sans doute. Enfin, installe-toi et descends vite à la cuisine. Sais-tu cuisiner ?

— Oui, madame, j'ai appris chez les sœurs. Et chez Nanette aussi...

Amélie Cuzenac se tenait les bras croisés, à bonne distance de Marie. Elle l'examina encore de haut en bas avec une moue de dégoût et recula.

— Puisqu'il paraît que tu sais lire, je te prêterai un livret de recettes. Fanchon se débrouillait bien, mais je devais sans cesse être dans son dos, à lui expliquer. Si au moins tu te sortais d'affaire seule, cela me soulagerait. Dépêche-toi, monsieur doit avoir faim.

Madame Cuzenac sortit sans refermer la porte. Marie poussa un soupir découragé. « Sa chambre ! » Il s'agissait d'un réduit, situé à l'entrée des combles de la grande maison. Une cloison de planches délimitait un carré de trois mètres sur trois, le plancher poussiéreux était jonché de débris de laine, de bouteilles. Dans un angle, un cadre en bois, tendu de lanières : le lit. Une table minuscule était poussée contre l'unique fenêtre voilée de toiles d'araignées.

— Je ne dois pas pleurer ! se dit Marie. Je nettoierai plus tard. Ce n'est pas si mal.

Elle refusa de songer à ce que serait sa solitude, le soir venu. Elle aurait froid, elle aurait peur, mais Pierre ne viendrait plus la rassurer.

Marie descendit l'escalier sur la pointe des pieds. Au palier du premier étage, elle s'arrêta, inquiète, car un bruit de dispute montait jusqu'à elle. Les voix provenaient du vestibule.

— Vous n'étiez pas obligée de la loger dans ce réduit sale et glacial, Amélie. La pauvre gosse risque de retomber malade.

— Votre mère faisait bien dormir ses bonnes là-haut, et elles ont toutes survécu ! Vous en faites des histoires pour une fille de ferme.

Une porte claqua. Marie n'osait plus bouger. Enfin elle se décida, se précipita au rez-de-chaussée et gagna la cuisine, que sa patronne lui avait montrée sommairement à son arrivée.

Il faisait très chaud. Une énorme cuisinière en fonte noire ronflait comme un moteur de locomotive. Marie se mit à inspecter les lieux, les deux placards, le garde-manger et le branchi[1]. Derrière un rideau jaune, elle découvrit des étagères garnies de boîtes en fer et de bocaux.

Soudain Jean Cuzenac entra, avec un sourire crispé :

— Alors, Marie ! Te voici à pied d'œuvre. Ne te tracasse pas, nous ne sommes pas gourmands. Mais le dimanche, il faudra faire mieux. Notre neveu, Macaire, vient déjeuner. Parfois ses parents l'accompagnent. Une fois par mois, nous recevons monsieur le maire.

— Je ferai mon possible, monsieur.

— J'en suis certain. Viens, je vais te montrer la salle à manger.

Marie sentit ses craintes se dissiper. Jean Cuzenac se montrait aimable mais distant. Il la conseilla pour la disposition des couverts, puis il sortit d'une armoire un tablier neuf, d'une blancheur immaculée.

— Je l'ai acheté hier. Allez, ne te tracasse pas. Retourne à tes fourneaux, pour ne pas irriter madame.

1. Réserve où l'on entrepose les bûches.

Monsieur et madame Cuzenac déjeunèrent avec un peu de retard d'une omelette au lard. Marie, malgré son angoisse, s'amusa du bruit de ses galoches sur les parquets, puis sur le carrelage de la cuisine. Cela la changeait de la terre battue et de la boue.

Dans l'après-midi, après avoir rincé la vaisselle, mangé une tranche de pain et un bout de fromage, elle monta dans le grenier, munie d'un balai, d'un seau d'eau et d'une éponge. Elle nettoya sa chambre en chantant un air que lui avait appris Pierre.

Quand tout lui sembla propre, elle sortit dans le jardin, émue de se retrouver là, sans devoir cette fois se cacher. À la hâte, elle cueillit trois branches de houx ornées de boules rouges et remonta les mettre dans un bocal rempli d'eau, sur sa table.

Ce fut à ce moment-là qu'elle vit, sur le lit, posés sur sa paillasse, une paire de draps, deux épaisses couvertures et un magnifique édredon de satin bleu. Aussi surprise que ravie, Marie crut à un geste de bonté de madame Cuzenac et se reprocha de l'avoir mal jugée.

— Elle est un peu revêche et méfiante, mais au fond, elle est bonne...

Le soir, quand la nuit vint bleuir les vitres des fenêtres, Marie, assise près de la cuisinière et surveillant la cuisson de la soupe, se mit à éprouver un profond bonheur. Elle mesurait pleinement la chance qu'elle avait de se trouver dans la maison Cuzenac. Elle en avait tellement rêvé de cette demeure, durant les mois passés à la métairie, qu'il lui semblait désormais vivre une sorte de rêve. Pendant des mois, elle avait guetté, fascinée, l'instant où les lumières allumées faisaient apparaître en haut de la colline le dessin de ces mêmes fenêtres...

À présent, elle était de l'autre côté de cette image familière qui la faisait tant rêver.

Durant cette première journée passée aux Bories, elle fut pourtant déconcertée par le silence. Et pour comble, monsieur et madame Cuzenac ne réapparurent qu'à l'heure du dîner.

Marie ignorait tout de leur existence, de leurs occupations.

Juste après le repas de midi, un homme aux cheveux gris vint frapper à la porte de la cuisine donnant sur l'arrière-cour.

— Je suis Alcide Janbard, je sers monsieur Cuzenac depuis des années. Je soigne les chevaux, je fais le fumier, le potager et, l'hiver, je m'occupe des feux.

Il était entré en laissant ses sabots sur le seuil et s'était avancé en glissant comme un patineur sur ses chaussons de laine.

— La Fanchon, elle me servait toujours une petite goutte, quand y gelait dur...

Marie comprit. Alcide s'empara d'une chaise et la cala contre la cuisinière.

— La bouteille est dans le placard de gauche... Mon verre aussi. C'est quoi, vot'e petit nom ?

— Marie !

— J'espère qu'on s'entendra bien, puisqu'on sert tous les deux ici. Vous êtes plus jolie que la pauvre vieille... Elle en a vu, la Fanchon, avec la patronne ! Celle-là, faut pas la contrarier.

Marie revit Alcide à sept heures du soir. Il entra, suivi de Pierre qui claironna, fier de lui :

— J'ai du caillé pour la patronne, de la part de ma mère.

Puis il adressa un clin d'œil à Marie, qui, folle de joie, répondit en souriant :

— Réchauffe-toi un peu, Pierre...

Alcide portait un large panier garni de bûches. Il disparut vers la salle à manger. Marie et Pierre restèrent seuls dans la cuisine, ne sachant que dire, goûtant ensemble le simple bonheur de se revoir, comme s'ils avaient été séparés depuis très longtemps.

Lorsque madame et monsieur Cuzenac s'attablèrent dans la salle à manger, un bon feu brûlait dans la cheminée basse, entourée de marbre noir.

Une suspension à l'abat-jour d'opaline rose dispensait une lumière douce.

Marie servit le repas non sans quelques maladresses. Jean Cuzenac l'encouragea du regard et la complimenta sur la saveur du potage. Ce n'est cependant qu'en retrouvant la chaleur étouffante de la cuisine, son carrelage noir et blanc, ses boiseries peintes en jaune clair, que la jeune fille respira à son aise. Elle regrettait de ne pouvoir jeter sa paillasse dans un coin et dormir là, près du feu, à l'abri du froid. Mais il lui fallut quitter cet asile familier pour monter les deux étages qui conduisaient au grenier. Jugeant la maison assez riche, Marie avait pris deux bougies.

Lorsqu'elle ouvrit la porte des combles, un souffle glacé la fit frissonner. Elle entra dans le réduit, craqua une allumette, enflamma la mèche des bougies qu'elle disposa dans des boîtes en fer. Sa chambre, égayée par le bouquet de houx et l'édredon bleu, lui parut presque accueillante.

Vite, Marie se glissa dans son lit, qu'elle avait arrangé avec soin. Ses pieds repoussèrent un objet brûlant. D'abord, elle poussa un petit cri de surprise, puis elle examina sa trouvaille. C'était une de ces bouteilles en grès que l'on remplissait d'eau bouillante et qui réchauffait les frileux ou les malades.

Émerveillée, Marie la prit contre elle et souffla les bougies. Qui avait pris la peine de préparer une bouillotte pour elle ? Amélie Cuzenac ou son mari ? Mieux valait ne pas trop se poser de questions.

La jeune fille avait renoncé à s'interroger sur les bizarreries de son existence, depuis qu'elle avait quitté l'orphelinat sur les pas de madame Cuzenac...

Mais combien de fois, avant de s'endormir, s'était-elle demandé pourquoi ces gens avaient fait deux voyages, chacun de son côté, pour la voir au parloir ? Pourquoi ne s'étaient-ils pas rendus à Limoges ? Pourquoi aller si loin, jusqu'à Brive ?

Elle plaça sous son oreiller le cadre doré de la madone d'Aubazine et s'endormit.

9

Comme le temps passe...

Juin 1909

Cette grande maison, qui recelait tant de mystères deux ans auparavant, n'avait désormais plus de secret pour elle.

Le lendemain de son entrée en service, monsieur Cuzenac lui avait fait visiter chaque pièce, en lui précisant les tâches à accomplir :

— Après avoir balayé, tu dépoussiéreras les meubles et, une fois par mois, il te faudra les cirer. Les vitres doivent être tenues propres. C'est Alcide qui vide les cendres, mais tu peux nettoyer les poêles des chambres.

Marie se souvenait encore, avec émotion, de sa surprise en découvrant le salon tout lambrissé de chêne clair, avec sa bibliothèque. À la vue des centaines de livres soigneusement rangés, elle avait éprouvé un sentiment douloureux de frustration. Tous ces trésors dont elle avait tant manqué !

Jean Cuzenac avait dû capter son regard blessé :

— Puisque tu sais lire, Marie, je te permets d'utiliser à ta guise ma bibliothèque. Les romans qui te conviendront sont sur ces étagères...

Marie s'était écriée, malgré sa timidité :

— Oh merci, monsieur ! Cela me fait tellement plaisir !

Monsieur Cuzenac avait souri, l'air content. Il l'avait regardée avec insistance, comme prêt à marcher vers elle, à faire un geste qui briserait la douceur innocente de ce moment. Mais il avait reculé, silencieux. Combien Marie s'était étonnée de ne pas entendre les recommandations que tout autre patron aurait faites : « *Prends bien soin de ces livres, ne néglige pas ton travail pour autant...* »

Il ne lui avait pas fallu plus longtemps pour comprendre que Jean Cuzenac ne serait jamais un moussur comme les autres.

Marie quitta la salle à manger pour la cuisine. Elle souleva un couvercle, ajouta une pincée de poivre. Âgée à présent de seize ans, la jeune fille avait trouvé un remède contre l'ennui en cultivant son goût pour l'art culinaire.

Amélie Cuzenac, d'abord réticente à toute nouveauté en matière de cuisine, s'habitua à des plats plus élaborés. À la longue, elle en vint à considérer Marie avec moins de mépris et, parfois, elle prenait plaisir à s'asseoir dans la cuisine pour la regarder travailler.

Pourtant, les premiers mois, Marie crut qu'elle ne viendrait pas à bout de toutes les tâches qu'on lui avait commandées. Les journées lui paraissaient longues.

Elle se levait à six heures, faisait une toilette sommaire, passait son tablier et descendait préparer le petit déjeuner qui devait être servi à huit heures. À sept heures, Pierre entrait dans la cuisine, les yeux brillants de joie à la seule vue de Marie. Ils discutaient un peu, buvaient une tasse de chicorée, puis l'adolescent repartait. Suivaient deux heures de ménage, selon un ordre établi : la salle à manger, le salon, la chambre de madame Cuzenac, l'escalier et le vestibule.

Les maîtres des Bories faisaient chambre à part, ce

qui étonna beaucoup la jeune fille. Jean Cuzenac avait été ferme sur un point : personne, pas même la jeune domestique, ne devait entrer dans sa chambre sans son autorisation.

L'après-midi, Marie faisait la vaisselle, balayait l'arrière-cour, reprisait les torchons. Plusieurs fois par jour, elle tirait de l'eau au puits, une tâche harassante que Pierre lui évitait quand elle vivait encore à la métairie.

Le soir, malgré les fatigues de la journée, Marie ouvrait avec impatience un roman, avide de connaître la suite. Au fil des pages, Marie découvrit les pays étrangers, la vie parisienne, les affres de la passion, les vilenies ou les vertus de l'âme humaine.

Les dimanches après-midi étaient pour elle des moments de liberté totale. Elle cueillait des fleurs, cachait le bouquet au pied d'une haie et le reprenait au retour. Devant la métairie, Nanette guettait son passage, ainsi que Pierre. Le jeune homme l'escortait jusqu'au bourg, sa mère se contentait d'embrasser « sa petite » et de lui raconter bien vite les dernières rumeurs du pays.

Marie, en pensant à Pierre, sentit son cœur battre plus vite. Le garçon mince de naguère était devenu un grand gaillard aux larges épaules, fier de sa moustache naissante.

Monsieur Cuzenac regardait d'ailleurs le fils de ses métayers d'un air inquiet. Pour se rapprocher de Marie, Pierre avait demandé au moussur, au mois d'avril, de remplacer Alcide aux écuries, ainsi que pour le bois à couper et à fendre.

Le jeune homme s'était heurté, pour toute réponse, à un refus sans appel :

— Alcide connaît mes chevaux mieux que moi-même. Il n'a que cinquante ans et ne se plaint pas du travail. Alors, Pierre, quand j'aurai besoin de toi, je t'appellerai ! D'ici là, continue à aider ton père...

Le soir, dans la cuisine, Pierre avait avoué sa déception à Marie et avait ajouté, furieux :

— Il est jaloux, monsieur Cuzenac ! Tu me jures, Marie, qu'il te respecte et ne te demande rien de mal ?

— Je te le jure, Pierre. Il est très bon.

Elle avait évité le regard sombre de son ami. Pierre était jaloux de tous les hommes du pays, alors comment lui aurait-elle parlé des bontés étranges de monsieur Cuzenac ? Elle avait toujours soupçonné le maître d'être le mystérieux porteur de la bouillotte, car la chose s'était répétée tous les soirs d'hiver. Un jour de congé, alors que Marie avait passé l'après-midi auprès de Nanette, quelqu'un était monté dans sa chambre du grenier. La petite table branlante avait été remplacée par un bureau muni de tiroirs et recouvert d'un sous-main en cuir vert.

Il y avait aussi le problème de ses gages. Chaque fin de mois, la jeune fille trouvait sur son oreiller une enveloppe contenant des billets de banque. La somme lui parut, la première fois, exorbitante. Amélie Cuzenac ne s'était jamais aventurée là-haut, mais Marie, se sentant presque coupable, prit l'habitude de cacher son argent dans une boîte en fer, sous son lit. La présence de ce qu'elle considérait comme un petit trésor l'empêchait parfois de dormir.

Elle n'osait pas le dire à Pierre, mais le temps passant, elle se demandait si Jean Cuzenac ne cherchait pas à l'amadouer ou à se faire aimer, en attendant qu'elle fût en âge de répondre à ses avances.

À seize ans, Marie était grande, bien faite et très jolie. Elle avait confié ses soucis à Nanette, en la suppliant de ne pas en parler à Pierre.

Et Nanette, malgré le respect qu'elle vouait à son moussur, l'avait mise en garde :

— Lui, monsieur Jean, ce n'est pas son genre. Mais avec une femme comme il a, sait-on ce qui peut lui passer dans la tête ! Surtout que tu es belle fille... Moi, je peux te dire, ma petite, qu'il y a des patrons qui poussent des jeunesses comme toi dans un coin sombre pour un baiser, et, la nuit, montent pour autre chose... Celles qui protestent, elles sont vite à la porte, condamnées à trouver une autre place. Au bout du compte, vient une fois où elles se laissent faire... Écoute, si monsieur Jean s'avise de te toucher, dis-lui ça de ma part, en le regardant droit dans les yeux...

Et Marie, blanche d'émotion, avait tendu l'oreille pour mieux écouter le chuchotis de Nanette :

— Dis-lui, au patron : « Souvenez-vous du Bois des Loups ! » C'est tout. M'est avis qu'il ne t'approchera plus.

Marie s'en était posé des questions, ensuite ! Que s'était-il passé au Bois des Loups ? Et si Nanette le savait, pourquoi faire tant de mystère ? L'imagination exaltée par tous les romans qu'elle lisait, Marie fit mille suppositions, puis se découragea.

Ainsi avaient donc passé ces deux années. La maison était grande et Amélie Cuzenac avait la manie de la propreté. L'argenterie ne pouvait être qu'étincelante, les vitres et carrelages également, les meubles ne devaient pas se couvrir de poussière. Il fallait, une fois par semaine, sortir les tapis et les battre, hiver comme été.

— Tout ça, songeait Marie, pour satisfaire madame, car elle constata très vite qu'aucun visiteur ne venait du lundi au samedi.

Seul Macaire, qui avait changé de voiture et se pavanait maintenant au volant d'une Torpédo, arrivait le dimanche pour déjeuner. Singulièrement, depuis qu'elle était au service de monsieur et madame Cuzenac, elle n'avait jamais eu à se plaindre de ses propos blessants. Lorsque le maître avait le regard tourné, il se contentait simplement de la regarder d'une manière froide, lourde de reproches réprimés.

Marie rectifia les plis d'un napperon disposé sous la pendule en bronze. Puis, d'un mouvement souple, elle se tourna pour vérifier la table du déjeuner.

La grand-messe était terminée, madame et son neveu ne tarderaient pas. Jean Cuzenac, fidèle à ses goûts plus simples, rentrait à cheval.

— Bonjour, Marie ! Quelle bonne odeur !

La jeune fille se retourna, surprise. Macaire venait d'entrer dans la cuisine, plus élégant que jamais, dans un costume trois pièces de flanelle grise avec chemise blanche et cravate. Il ôta son chapeau, un canotier. Ses cheveux d'un blond terne étaient coupés court.

Il ébaucha un sourire à l'adresse de Marie. Pourquoi, ce jour-là, Macaire était-il aussi aimable ? Marie fut tout de suite sur la défensive.

— Bonjour, monsieur... murmura-t-elle, le souffle court.

— Que nous as-tu préparé de bon ?

— Une blanquette de veau, des pommes de terre braisées et une tarte aux fraises.

Macaire s'approcha encore. Il devait se l'avouer, cette jeune fille qu'il avait haïe si profondément éveillait maintenant son désir. Il l'avait détestée pour la finesse de son visage et de son esprit, son aisance naturelle, sa joie de vivre, autant de qualités qu'il était loin de posséder. Mais surtout en raison de l'intérêt que son oncle manifestait pour elle. Aujourd'hui, il ne l'aimait pas, non ! Pour lui, elle faisait surtout partie des servantes qui devaient se plier aux désirs du maître... à tous ses désirs. Il avait trouvé insignifiante la fillette auparavant, mais depuis qu'elle était au service de sa tante, elle avait beaucoup changé, gagné en âge et en beauté.

Aujourd'hui, dans sa robe d'été en tissu fleuri, les bras nus jusqu'aux coudes, la taille prise par le tablier blanc, elle était charmante. Un chignon dégageait sa nuque gracile, où frisottaient des boucles brunes.

— Tu sais que tu es la plus jolie fille du pays, Marie ?

Elle recula et répondit, étonnée :

— Vous ne m'avez pas toujours tenu de tels propos. Je ne vous crois pas, monsieur. On dit que votre fiancée est très belle.

— Bien sûr qu'elle est belle, mais c'est toi la plus jolie.

Marie ne put s'empêcher de rougir, gênée. Non seulement Macaire lui déplaisait, mais il la terrifiait. Et aujourd'hui son expression tendue, dénuée de gaieté, ne laissait rien présager de bon.

Brusquement, il l'attrapa par un bras et la serra contre lui. Puis, rudement, il chercha ses lèvres. Marie voulut le repousser, mais plus elle se débattait, plus il la tenait fort. Il l'embrassa brutalement, satisfait de sa force physique qui lui permettait de triompher. La jeune fille se dégagea vivement et griffa la joue de son agresseur.

— Saleté de bâtarde ! Sans doute as-tu été conçue derrière un buisson. Alors, ne va pas me dire qu'un baiser t'effarouche ! Cette griffure, tu me la paieras. Et très cher, crois-moi !

Marie tremblait de tous ses membres. Elle comprit que, dorénavant, elle aurait tout à redouter de ce jeune homme agressif et prétentieux.

Elle pensa à Pierre qui seul aurait pu la protéger. Mais s'il avait su, il aurait été capable de tuer Macaire !

Marie servit le repas dans une atmosphère lourde. Macaire avait justifié sa blessure à la joue par un accident de conduite. Cette explication avait à moitié convaincu Jean Cuzenac, mais le neveu était suffisamment imprudent pour qu'un incident de voiture fût survenu, ce ne serait pas le premier... Le jeune homme semblait narguer Marie en arborant un air satisfait. Encore tremblante de la pénible scène qui l'avait opposée à Macaire, celle-ci avait hâte de terminer son service.

Ce dimanche après-midi, Marie quitta la grande maison comme on fuit un lieu maudit.

Le mois de juin de cette année-là tenait ses promesses. Dès qu'elle fut sur le chemin, le vert des arbres, le chant lancinant des oiseaux, le soleil doré de ce bel après-midi l'apaisèrent.

Appuyé à la barrière du pré, Pierre guettait son arrivée.

Marie lui sourit ; elle avait envie de pleurer, de se jeter à son cou pour être consolée. Heureusement, Nanette la héla :

— Eh ! Mignonne ! Tu es en avance aujourd'hui !

Comme le visage de Nanette rayonnait de bonté, d'affection ! Comme les yeux de Pierre brillaient d'amour et de bonheur ! Marie reprit son souffle pour dire :

— Je suis tellement contente de vous avoir ! Oh ! Ma Nane, serre-moi fort.

La brave femme ne se fit pas prier. Pierre resta à sa place, les mains dans les poches. Nanette le gronda :

— Viens donc l'embrasser toi aussi, nigaud ! Tu ne vois pas qu'elle est pâle comme la lune.

Nanette décida de se rendre aux vêpres avec Marie. D'abord, elle fit avaler une part de flan à la jeune fille et lui servit une lichette d'eau-de-vie.

— Une fois n'est pas coutume ! ajouta-t-elle.

Durant la cérémonie, Marie pria de toute son âme. Agenouillée sous la statue de la Vierge à l'Enfant, elle supplia la madone :

— Faites que Macaire cesse de me tourmenter et que monsieur Cuzenac me renvoie chez Nane. Faites que madame Cuzenac soit moins méchante, et, je vous en prie, par pitié, faites qu'un jour j'aie une maison et des enfants, un bon mari. Je pardonne à tous ceux qui m'ont fait du mal, même à Macaire. Je pardonne à mes parents qui m'ont abandonnée. Mais faites que je revienne chez ma Nanette. Près de Pierre qui est si bon pour moi...

Lorsque Pierre la raccompagna, le soleil plus bas jetait des voiles rose et or sur la campagne paisible. Ils longèrent le pré où les vaches s'étaient regroupées près du ruisseau, cherchant la fraîcheur de l'eau. De l'autre côté du chemin, des ombres vertes naissaient sous le couvert du Bois des Loups.

Marie murmura :

— Tu te souviens, Pierre, du matin où tu m'as montré la source ?

— Oui. J'y pense souvent. Je souhaite toujours la même chose, tu sais... Et toi, tu rêves encore d'être maîtresse d'école ?

Marie haussa les épaules :

— Mon rêve, je te le dirai bientôt. Pas ce soir. Il faudra retourner près de la source. Tu voudras bien ?

— Si je veux ! répondit Pierre, enflammé. Bien sûr, je t'y conduirai le soir de la Saint-Jean.

Marie tendit la main. Le jeune homme prit ses doigts,

les serra tendrement. Ils gravirent ainsi la pente menant aux Bories.

De la fenêtre du salon, Jean Cuzenac les vit marcher ensemble, unis par leurs mains nouées et quelque chose de plus fort qui ressemblait à de l'amour. Le soleil les frappait d'une clarté orange, et ils lui apparurent si jeunes, si beaux, dans cette flambée de lumière, qu'il ferma les yeux.

Marie aurait préféré rester coucher à la métairie ! Mais comment obtenir une telle permission de ses maîtres ? De plus, formuler ce désir aurait éveillé les soupçons de Jacques et Nanette. Sans parler de Pierre...

Elle dut se résoudre à revenir aux Bories. Elle n'assurait pas le service le dimanche soir, aussi renonça-t-elle à manger. Elle monta directement dans sa chambre, son refuge. Elle se pelotonna au fond de son lit. Elle avait hâte de s'assoupir, d'oublier ses tourments.

Elle fut éveillée au milieu de la nuit par un bruit de pas. Quelqu'un montait l'escalier menant à sa mansarde. Elle comprit l'imminence d'un danger. Terrifiée, elle se roula en boule dans un angle du lit. Comment pouvait-elle se protéger, sa chambre ne possédait pas de serrure ? La porte grinça sinistrement. Macaire ! Elle aurait dû songer immédiatement à lui. Sans doute sa tante l'avait-elle autorisé à dormir chez elle ? Elle sentit le piège se refermer sur elle. Macaire la renversa sur la paillasse, bâillonna sa bouche de sa main.

— Pas un cri ou je dirai que c'est toi qui m'as attiré ici. Crois-moi, tu plieras bagage, je te l'ai déjà dit ! Et s'il le faut, crois bien que je n'hésiterai pas à t'étrangler.

Il prit avec brusquerie les lèvres de Marie pour mieux la contraindre au silence. Elle avait envie de vomir. Il l'écrasa de son poids. Sa main immobilisa fermement les deux bras de la jeune fille. De l'autre, sous la chemise de coton, il entreprit l'exploration du corps de sa victime. Elle sentit avec horreur les mains de Macaire caresser ses seins. Le combat était si inégal ! Il s'était défait de sa chemise et plus elle se débattait, plus le jeune homme réussissait à insinuer sa peau contre la sienne. Il pesa de nouveau de toute sa masse pour ouvrir les jambes de sa proie. Sa main descendit vers le bas-ventre, ses doigts fouillèrent l'intimité de Marie.

— Si tu es vierge, ce dont je doute, tu ne vas pas le rester longtemps. Ça n'a pas d'importance pour une fille de ferme ! Et ne dis pas que tu ne vas pas y prendre du plaisir. Ta traînée de mère a dû en trouver le jour où elle t'a mise en route. C'est toi qui as voulu venir habiter sous le toit de mon oncle, Marie-la-Bâtarde, ne dis pas que je ne t'avais pas avertie !

La jeune fille pensa qu'elle allait défaillir. Mais la porte s'ouvrit avec violence. Marie rassembla autour de son corps les draps de son lit.

— Ignoble individu, saleté de blanc-bec ! Tu ne respectes rien !

Marie, soulagée mais effarée, vit monsieur Cuzenac se ruer sur son neveu, le saisir par les épaules et le projeter de l'autre côté de la pièce. Puis il le gifla à la volée, plusieurs fois de suite, en criant :

— Ne touche plus à Marie, tu as compris ! Ne la touche plus jamais ! Va trousser les bonniches de ta mère, hurla-t-il, mais chez moi, réprime tes bas instincts ! Enfile ta chemise et va-t'en. Ne remets jamais plus les pieds ici. Tu m'entends, jamais plus ou je te tuerai !

Il se tourna vers Marie, bouleversé :

— Petite, il n'a pas....

Marie fondit en larmes, secouée de sanglots convulsifs.

— Non, fut le seul mot qui pût franchir sa gorge.

Elle sut qu'une partie d'elle-même mentait. Jean Cuzenac était arrivé à temps, mais où commençait vraiment un viol ? Elle se sentait souillée. « Mon Dieu, à part Macaire et le maître, que personne ne sache jamais ! » pensa-t-elle, saisie par un sentiment de honte.

Mais ce fut au tour d'Amélie Cuzenac de faire son apparition. Marie pensa que sa réputation était perdue. Sa patronne, qui avait très mauvaise mine depuis quelques jours, s'immobilisa tout près des deux hommes. Elle jeta un œil sur la jeune fille, puis sur son neveu.

Enfin, de sa bouche tombèrent ces mots aussi blessants qu'une injure :

— Mon pauvre Jean. Cette fille a mené Macaire dans son lit et tu la défends. Où te conduira ta passion pour cette pauvre fille qui a dû naître sur un trottoir ou sous un pont !

Jean Cuzenac perdit une seconde ses bonnes manières et sa réserve habituelle. Rouge de fureur, il hurla :

— Ce goujat l'a quasiment violée et il faudrait lui donner raison ! Avant de jeter le discrédit sur cette petite, réfléchissez à vos origines. Car vous, Amélie, d'où sortez-vous ? Tout le monde le sait, d'une famille de maquignons aussi avares et mauvais que vous ! Vous n'avez pas plus de cœur qu'une pierre ! Vous me dégoûtez ! Sortez de cette pièce. Et si vous ne voulez pas que « j'abîme » votre précieux neveu, je lui conseille de quitter ma maison au plus vite.

Amélie Cuzenac vacilla, livide. Macaire l'accompagna dans la salle à manger dont la porte se referma sèchement. Pendant ce temps, Marie n'avait pas bougé. Pourtant, elle aurait voulu se retrouver loin, très loin des Bories.

Jean Cuzenac lui tournait le dos, incapable de la regarder. Il quitta la chambre en balbutiant :

— Je vous demande pardon pour eux, Marie ! Et je vous en prie, ne croyez pas un traître mot de ce qu'a dit ma femme.

Une fois seule, la jeune fille, l'esprit confus, s'assit sur son lit. Existait-il un endroit au monde où elle pourrait se dire : « Je suis chez moi ! » ?

Alors qu'elle commençait à aimer cette maison, l'agression de Macaire venait de tout briser. Madame Cuzenac lui reprocherait d'avoir été la cause de la querelle et monsieur Cuzenac, non, elle ne pourrait plus lui parler, entrer dans le salon et choisir un livre...

Marie aurait voulu fuir cette maison. Mais pour aller où ? Certainement pas chez Nanette.

— Je ne dois rien dire à Pierre ! Mon Dieu, donnez-moi le courage de ne pas parler de ce qu'a fait Macaire...

10

Les hasards de la vie

Année 1911

Deux ans s'écoulèrent. Marie fêta ses dix-huit ans chez Nanette, à la mi-mars. Si on lui avait demandé de raconter ce qui s'était passé durant ces deux ans entre les murs des Bories, elle n'aurait pu évoquer que des semaines et des semaines de silence...

Macaire n'était pas revenu, au grand désespoir de sa tante. Amélie Cuzenac avait pris l'habitude de rester la plupart du temps dans sa chambre, à broder du linge ou à lire des gazettes et des almanachs. Mais cette manie devint une sorte de réclusion. Elle eut un sursaut d'énergie et de bonne humeur à l'occasion du mariage de Macaire, qui fut célébré à Limoges.

Madame Cuzenac s'y rendit seule, en prenant le train en gare de Chabanais. Elle revint rajeunie, reprit en mains la direction de son foyer, puis s'affaiblit de nouveau.

Ces derniers mois, Marie lui montait des plateaux à l'heure des repas, car elle refusait de descendre et de manger en face de son époux.

Quant à Jean Cuzenac, il s'était acheté un nouveau cheval, méprisant les belles idées du progrès qui jetait sur les routes de campagne des voitures pétaradantes. Il parcourait ses terres et, lorsqu'il rentrait chez lui, il évitait le regard de Marie.

La grande maison paraissait frappée de malédiction. Sans les visites quotidiennes de Pierre, et les allées et venues d'Alcide, Marie aurait eu l'impression d'habiter seule la demeure des Cuzenac.

En ce matin d'avril 1911, Marie, dont c'était le jour de congé, descendit le chemin vers la métairie en chantant à voix basse.

Des heures de liberté l'attendaient, et surtout le plaisir de parler, de rire, dans la chaude ambiance qui régnait chez Nanette et Jacques.

En longeant la lisière du Bois des Loups, Marie se souvint, émue, de la Saint-Jean de 1910, de ce soir couleur de soleil couchant où Pierre l'avait emmenée, pour la deuxième fois, jusqu'à la source. Là, elle lui avait dit gravement :

— Je voudrais bien être maîtresse d'école, mais je sais que c'est impossible. Alors, je dois te dire quel est mon rêve le plus cher. Il ressemble au tien. Si tu le désires, toi aussi, dès que nous aurons l'âge, je veux devenir ta femme devant Dieu...

Pierre avait pâli, bouleversé, puis il s'était mis à genoux devant elle. De ses bras solides, il l'avait enlacée, posant sa tête contre son ventre. D'une voix bien plus profonde que naguère, une voix d'homme, il avait répondu :

— Je ne prendrai pas d'autre femme que toi, ma petite Marie. Je suis si heureux.

Ce souvenir lui restait, doux et brûlant. Il l'avait aidée à supporter la solitude de sa petite chambre, les heures de silence, les caprices de sa patronne.

Marie coupa à travers le pré pour rejoindre plus vite la métairie. Elle se retourna afin de jeter un dernier regard sur le Bois des Loups. Que s'était-il passé sous ses ombrages ou au bord de sa source, jadis ? Nanette n'avait jamais voulu expliquer le conseil pour le moins mystérieux qu'elle avait donné à Marie deux ans auparavant. De toute façon, Jean Cuzenac était si distant désormais que la jeune fille n'avait pas eu besoin de prononcer cette « formule magique ».

Le chien Pataud se précipita en gémissant de joie quand Marie poussa la barrière. Les aubépines de la haie voisine étaient en fleurs. Les poules picoraient dans la cour.

— Oh ! Nanette ! cria la visiteuse.

Nanette tirait de l'eau du puits. Elle se cambra, hissa le seau d'une poigne ferme, le posa sur la margelle, et marcha à grands pas vers Marie.

— Alors, mademoiselle ! On vient voir sa vieille Nane !

— Nanette, mais tu n'es pas vieille du tout. Ne dis pas ça, je t'en prie.

Elles s'embrassèrent. Jacques, qui labourait le potager, fit un signe de bienvenue. Marie cherchait quelqu'un des yeux. Nanette éclata de rire :

— Pierre n'est pas loin, va ! Il est parti au bourg m'acheter un pain de savon noir. Viens donc, j'ai du café au chaud. Et de la crème.

Marie entra dans la maison. Elle ne pouvait pas revoir sans émotion ce décor qui l'avait accueillie quelques années auparavant. La cheminée, la grande table, les casseroles accrochées à une étagère, le lit fermé d'un rideau où elle avait dormi contre Nanette, les nuits de neige.

Nanette la fit asseoir et demanda, impatiente :

— Alors, « vai quo » chez le moussur ?

Marie soupira. Lorsque Nanette mêlait du patois au français, c'était signe qu'elle avait la tête pleine d'idées...

— Eh ! « Quo vai ! » répliqua la jeune fille d'un air gêné.

Très vite, elle ajouta en guettant par la porte ouverte le retour de Pierre :

— Il y a du nouveau. Madame Amélie veut s'en aller. Hier soir, elle est descendue dans la salle à manger. Ils ont crié si fort que, même si je n'avais pas voulu entendre, je n'aurais pas pu faire autrement. Madame a décidé de partir vivre à Limoges. Tu sais que son père lui a légué une petite maison là-bas.

Nanette n'en croyait pas ses oreilles :

— Mais que va-t-on dire au pays si monsieur Jean reste seul avec toi dans cette grande maison ?

— C'est ce qu'il lui a répondu ! Qu'elle le faisait exprès pour lui causer du tort ! Que c'était sans doute un mauvais tour de Macaire..., poursuivit Marie d'un ton moins assuré.

Nanette n'y prit pas garde. Elle ronchonna :

— Ah ! Celui-là, il n'en fait qu'à sa tête. Aussi, ses parents l'ont trop gâté ! Madame Amélie s'en est entichée dès son arrivée ici. Elle le dorlotait comme si elle l'avait mis au monde...

Marie écoutait à peine. Depuis la veille, elle se demandait comment apprendre à Pierre la nouvelle. Lui qui redoutait de la savoir chaque jour avec monsieur Cuzenac, il n'en dormirait plus... Mais il le saurait tôt ou tard.

Pierre entra, tapant ses sabots sur le seuil. Marie alla l'embrasser sur la joue. Les deux jeunes gens échangèrent un regard tendre. Nanette sourit : ces deux-là, on les marierait bientôt ou elle n'avait plus les yeux en face des trous.

Amélie Cuzenac ne quitta jamais les Bories. Le destin en décida autrement. Trois jours avant la date prévue pour son départ, elle eut un malaise et s'écroula au milieu de sa chambre.

Marie entendit le bruit de sa chute. Affolée, elle monta l'escalier, ouvrit la porte sans frapper. En voyant sa patronne évanouie, la jeune fille appela à l'aide, effrayée.

Jean Cuzenac discutait écurie avec Alcide, sur le perron. Le cri de Marie le fit bondir. Il découvrit son épouse étendue, le visage contre le parquet :

— Marie, je t'en prie, tu cours plus vite qu'Alcide, va chercher le docteur...

Elle sortait déjà quand il l'arrêta d'un geste :

— Non, reste ici. Alcide va venir t'aider. Vous la coucherez sur son lit. Je vais moi-même au bourg. Mon cheval est sellé...

Le temps parut long à Marie, assise au chevet de cette femme qui présentait toutes les apparences de la mort. Alcide avait préféré attendre dans la cuisine.

— Voir la patronne couchée, toute raide, ça m'a retourné les sangs ! J'vais me servir une petite goutte...

Enfin le docteur arriva au volant de sa voiture toute neuve. Jean Cuzenac l'avait précédé, poussant son cheval au galop.

Marie quitta la chambre et alla se réfugier auprès d'Alcide qui avait bu bien plus d'une p'tite goutte.

— Alors, comment va-t-elle ?

— Le temps que je suis restée avec elle, j'ai cru cent fois qu'elle avait rendu l'âme. Mais elle respire encore, faiblement.

Alcide se signa et sortit de la cuisine d'un pas mal assuré. Marie attendit en essayant de vaquer à ses occupations ordinaires, mais elle se sentait si nerveuse qu'elle préféra s'asseoir et guetter les bruits à l'étage.

Une demi-heure plus tard, le docteur et Jean Cuzenac descendirent et s'enfermèrent dans le salon. La discussion dura un bon moment. Puis la porte principale fut refermée, l'automobile démarra.

Jean Cuzenac vint rejoindre Marie. Elle ne savait pas comme il trouvait doux, en ces instants pénibles, de la voir assise près de la cuisinière, jolie et calme. Il prit la bouteille d'eau-de-vie de prune, un verre propre, et se servit largement. Le regard vide, il but d'un seul trait, puis s'affala sur une chaise, en face de la jeune fille.

Pour la première fois depuis la scène qui l'avait opposé à Macaire et à son épouse, Jean Cuzenac regarda Marie droit dans les yeux.

Il déclara, après un temps de réflexion :

— Le docteur pense à une attaque. Il reviendra demain matin. Mais il n'a pas beaucoup d'espoir.

— Je suis navrée, monsieur ! De tout cœur, je vais prier pour que madame aille mieux ! murmura Marie.

Jean Cuzenac eut un geste désabusé, suivi d'un petit rire amer :

— Ce sont les sœurs qui t'ont appris à prier pour ceux qui t'ont fait du mal ?

Marie sentit ses joues s'empourprer, mais elle répondit sans baisser la tête :

— Madame ne m'a pas fait de mal, monsieur. Elle n'était pas heureuse. Parfois le malheur peut rendre les gens méchants.

Jean Cuzenac cacha son visage dans ses mains, les coudes appuyés à la table. Ses épaules étaient secouées de mouvements nerveux. Marie comprit, effarée, que le moussur pleurait, là, devant elle. Il souffla d'une voix rauque, entre deux sanglots :

— Crois-moi, Marie, j'ai fait ce que j'ai pu pour la rendre heureuse...

— Je vous crois, monsieur !

Jean Cuzenac se redressa et tira un mouchoir de sa poche. Il se frotta les paupières. Il semblait très affecté.

— Je lui ai offert ce qu'elle voulait, les premiers temps de notre mariage. J'ai acheté sans compter, des meubles, du beau linge. J'ai fait planter des rosiers, des lilas, du jasmin. Mais le malheur, vois-tu, c'est qu'elle n'ait pas eu d'enfants. Son cœur déjà sec est devenu dur comme une pierre.

Il se leva en poussant un soupir de vaincu :

— Je retourne auprès d'elle. Pourrais-tu me préparer un bouillon léger... ?

— Oui, monsieur. Je m'en occupe. Voulez-vous que j'envoie Alcide chercher Nanette ?

— Pas encore. Je veux rester seul avec Amélie. Si elle m'entend, j'ai à lui parler...

Amélie Cuzenac mourut pendant la nuit. Son mari n'avait pas quitté son chevet. Marie s'était couchée à minuit passé, malade d'angoisse.

Elle éprouvait pour sa patronne une profonde compassion. Elle avait déjà oublié son air revêche et ses réflexions méprisantes. Ce n'était plus qu'une femme frappée d'un mal mystérieux et redoutable... une victime.

Aussi avait-elle beaucoup prié pour sa guérison, une fois réfugiée dans sa petite chambre sous les toits. Il lui vint cependant à l'esprit que son avenir était menacé. Où irait-elle si madame Cuzenac décédait ?

Comme l'avait clamé Nanette, un veuf encore plein de vigueur ne pouvait pas garder une jeune fille à son service. On « causait » suffisamment au bourg, que serait-ce si... ?

Marie eut du mal à s'endormir. Il faisait très chaud, malgré la fenêtre ouverte. Des moustiques la harcelaient. Soudain, elle revit le visage tendu de Pierre, lorsqu'il était monté aux Bories, à sept heures du soir. Elle lui avait recommandé de ne pas faire de bruit, et lui avait expliqué ensuite, dans un chuchotis, le malaise de madame.

Pierre était reparti, soucieux. Marie, troublée par cette atmosphère de drame, l'avait rejoint sur le chemin, là où de grands sapins créaient un abri ombreux et frais.

— Mon Pierre ! Ne t'en fais pas ! Ta mère a dit que nous pourrions nous fiancer l'année prochaine...

Et les mots avaient jailli de ses lèvres douces :

— Pierre, je t'aime !

Il l'avait serrée dans ses bras :

— Marie ! Comme tu as dit ça ! Alors, vrai, tu m'aimes pour de bon...

La bouche de Pierre avait trouvé la sienne, sans brusquerie ni avidité. C'était un baiser respectueux, suave, plein de tendresse qui avait effacé l'ignominie imposée par Macaire. Marie s'était endormie avec le souvenir précieux de ce baiser d'amour. Il lui semblait que Pierre était assez fort pour la protéger de tout.

Les obsèques d'Amélie Cuzenac furent célébrées à Pressignac, et tous les gens du pays y assistèrent. On ne l'aimait guère, cette femme prétentieuse qui ne souriait pas et riait encore moins, mais c'était l'épouse d'un moussur travailleur et généreux, un enfant de la terre limousine.

Nanette avait veillé la défunte en compagnie de Jean Cuzenac. Marie était restée un peu avec eux, mais l'odeur des buis disposés dans des vases, la clarté des cierges, le visage figé de « madame », tout cela lui avait causé un tel malaise que Nanette l'avait expédiée d'un regard hors de la pièce.

Marie avait donc passé la moitié de la nuit dans le jardin, sur le banc en pierre. Près d'elle, les rosiers rouges exhalaient un parfum délicieux. Entre les branches des sapins se découpaient des pans de ciel d'un bleu sombre, piqueté d'un fouillis d'étoiles.

Ce que ressentit Marie cette nuit-là, dans le jardin des Bories, elle ne l'avoua que bien plus tard... Comment aurait-elle pu expliquer cette étrange impression ? Il lui avait semblé que les arbres, les murs de la maison, les roses et le ciel lui murmuraient que désormais elle appartiendrait à cet endroit, et que cet endroit lui appartenait...

Lorsque tout fut terminé, la terre jetée sur le cercueil, lorsque chacun eut présenté ses condoléances à monsieur Cuzenac, ce dernier demanda à Nanette s'il pouvait dîner avec eux, à la métairie...

Ils se retrouvèrent tous les cinq autour de la grande table chère à Marie. Le feu brûlait doucement, Nanette prépara une salade verte et une omelette.

Ils mangèrent en silence, gênés de recevoir le patron. Le moussur ne s'aperçut de rien, perdu dans un rêve triste.

Quand Marie servit un saladier de fromage blanc et de la confiture, pour le dessert, Jean Cuzenac la regarda intensément, puis il déclara :

— Bien sûr, j'entends que rien ne change chez moi. Marie garde sa place. Je me moque des commérages. Je suis satisfait de ses services. Et puisque je suis avec vous, en famille, je peux ajouter que, maintenant, je vais vivre à mon idée. Je souhaite recevoir des anciens amis, monsieur le maire, mes cousins de Chabanais... Mon épouse, paix à son âme, refusait la moindre visite. Je n'ai jamais compris pourquoi ! Mais pour éviter les querelles et les discussions, je lui cédais ! Seul Macaire avait le droit de déjeuner chez nous, de poser ses pieds sur les fauteuils...

Nanette hochait la tête à la plupart des mots, à la façon de quelqu'un qui savait tout cela depuis belle lurette ! Jacques se grattait le menton. Pierre fixait Marie, muette et songeuse. Jean Cuzenac ajouta :

— Marie est une excellente cuisinière. Elle aura ainsi l'occasion de montrer ses talents. Maintenant, je vais rentrer chez moi.

Il se leva, remit son chapeau. D'une voix moins sonore, il dit à Nanette :

— Garde Marie ce soir ! Elle a besoin de repos et moi j'ai besoin de solitude.

Ils le virent sortir et traverser la cour. Marie n'avait pas eu le temps de le remercier, mais un sentiment de respect naquit à cet instant dans son cœur pour cet homme dont la bonté, soudain, lui apparaissait. Il n'avait jamais eu le bonheur de vivre un amour partagé.

Pierre, sans se soucier de la présence de ses parents, prit Marie par l'épaule :

— Tu n'es pas obligée de retourner chez lui, Marie. Madame Bonnafie, l'épouse du maire, cherche une employée de maison. Elle m'a demandé de t'en parler. Je serais content de te savoir au bourg.

Nanette faillit exprimer son opinion, mais elle jugea que Marie avait l'âge de décider. Jacques pouffa :

— Oh ! mon gars ! Tu vas vite en besogne ! T'es point encore marié avec Marie ! Et elle a plus de cervelle que toi, elle travaille où elle veut.

Marie sourit. À les voir tous les trois, à les écouter, elle savait désormais où était sa famille... Ce qui ne l'empêcha pas de répondre avec fermeté :

— Je reste aux Bories... Monsieur Cuzenac est un brave homme, et puis j'ai mes habitudes là-haut. Ne boude pas, Pierre. Je ne crois pas que tu pourrais entrer matin et soir chez monsieur le maire comme dans un moulin, sans frapper et les sabots boueux !

Nanette éclata de rire, imité par Jacques. Pierre, se sentant idiot, prit le parti de rire aussi. Marie, les joues roses, rayonnait de bonheur.

11

La confession

Marie retrouva la grande maison qu'elle aimait tant sous un ciel couleur d'orage. Nanette l'avait accompagnée. Lorsqu'elles entrèrent dans la cuisine, la pluie se mit à tomber avec violence.

— Cela me fait une drôle d'impression quand je pense à madame ! souffla Marie, un peu pâle.

— Je m'en doutais, va ! C'est pour ça que j'ai voulu venir. Je vais mettre de l'ordre dans sa chambre, si monsieur veut bien. Après tout, lorsque je l'ai connue, elle avait à peine quinze ans.

Jean Cuzenac ne fit pas d'objections. Néanmoins, dès que Nanette eut défait la literie et accroché les volets, il ferma la porte de la chambre à clef.

— Un jour, cette pièce sera refaite et servira à quelqu'un d'autre. En attendant, je préfère ne plus y entrer.

Nanette partit à quatre heures de l'après-midi. La campagne, resplendissante de fraîcheur, accueillait le soleil revenu...

Marie, malgré tout, appréhendait les jours à venir. D'abord, rien ne lui parut différent. Monsieur Cuzenac mangeait dans la salle à manger, en lisant un journal de Limoges auquel il était abonné. L'après-midi, il montait à cheval, visitait fermes et métairies. Il la saluait chaque matin poliment, donnait ses ordres et, le soir venu, se retirait dans son salon.

Puis, deux mois plus tard, il y eut un premier invité, un éleveur de Saint-Junien.

Au début de l'hiver, Marie avait préparé et servi plusieurs repas de choix, pour des tablées d'hommes bien éduqués, qui se réunissaient autour de Jean Cuzenac afin de discuter politique, courses de chevaux ou agriculture. Elle avait eu droit à leurs éloges, car ses talents culinaires étaient fort appréciés, ce qui l'encourageait à se surpasser.

Pierre, que Marie rassurait à chacune de ses visites, se montrait de moins en moins jaloux. Sa future fiancée avait l'air si sage, si tranquille, qu'elle lui ôtait les mauvaises idées de la tête sans avoir besoin de dire un mot.

Marie n'avait d'ailleurs rien à cacher, hormis, peut-être, sa satisfaction d'habiter les Bories et d'y régner en maîtresse de maison.

Un soir de novembre, pourtant, le froid fit son apparition et vint bousculer l'ordre établi. Marie avait déjà supporté plusieurs années la température glaciale de sa chambre. Une fois encore, en frissonnant, elle regretta de ne pas pouvoir dormir dans sa chère cuisine.

Alors qu'elle hésitait à se dévêtir, on frappa à sa porte. La jeune fille, stupéfaite, n'osa pas répondre. Son cœur s'affola. Paniquée, elle songea à ce soir horrible où Macaire avait voulu abuser d'elle.

Jean Cuzenac entra, l'air inquiet. En voyant l'expression effrayée de Marie, il s'écria :

— Ne crains rien, petite ! J'aurais dû t'en parler tout à l'heure, pendant le dîner, mais je suis un vieil imbécile. Vois-tu, je suis timide. Surtout en face de toi.

Marie restait figée, son châle serré sur sa poitrine. Il désigna la chambrette d'un geste :

— Je ne voulais pas te loger ici. C'était encore une idée de ma femme. Écoute, Marie, il y a une chambre au premier étage, celle où dormait ma mère quand elle nous rendait visite. J'ai allumé un feu dans la cheminée. Prends donc ta literie et va t'y installer. Ce sera ta chambre à présent. Demain, tu pourras faire un peu de ménage et descendre tes autres affaires.

Marie hésitait à comprendre... Dormir au premier étage ! Elle connaissait la pièce dont parlait Jean Cuzenac pour l'avoir aérée et cirée.

C'était à son avis la chambre la plus agréable des Bories, orientée au sud, sur le Bois des Loups et les prés. La cheminée était de marbre rose et une statue en bronze trônait dessus, représentant une femme et une biche.

Les avertissements de Pierre la firent balbutier :

— Mais, monsieur... pourquoi ? Je suis très bien ici... Et que dira-t-on si la chose se sait ?

Monsieur Cuzenac haussa les épaules. Tout bas, il répondit :

— Pendant des mois, je suis monté en cachette te porter une bouillotte. Pensais-tu que c'était madame qui se souciait de toi ?

Marie fit non de la tête. Elle n'avait qu'une envie, voir son patron s'en aller. Qu'il parte vite, qu'elle puisse refermer la porte et se cacher au fond de son lit !

Mais il s'approcha, les yeux brillants. La jeune fille se souvint, terrifiée, qu'il avait bu plus que d'ordinaire ce soir-là.

— Ma petite Marie, ne crains rien ! Je suis si seul, je me sens si malheureux... Je voudrais que tu dormes dans cette chambre, celle de ma mère, j'ai mes raisons pour cela. Ma mère était une femme aussi gentille que toi, aussi jolie que toi, au même âge.

Marie n'avait plus la force de bouger. La chose qu'elle redoutait depuis si longtemps la menaçait. Elle aurait dû crier, repousser cet homme, mais cela lui était impossible. Jamais elle ne l'avait vu d'aussi près et aussi longuement : ce nez droit, ces yeux bruns, chaleureux, ces traits harmonieux malgré la maturité et cette légère flétrissure que donne la cinquantaine aux plus séduisants.

Jean Cuzenac la contemplait. Il tendit la main et lui caressa la joue. Marie supplia, prête à pleurer :

— Monsieur, je vous en prie ! Partez vite ! Ne me faites pas de mal. Je serai bientôt fiancée à Pierre...

Le mot « Pierre » frappa Jean Cuzenac et le tira de sa torpeur. Marie crut qu'il allait se mettre en colère, mais il n'en fut rien. Elle le vit hésiter, puis il se décida :

— Je suis fou, ma chère petite. Non pas fou de toi, simplement fou de ne pas comprendre que je te fais peur. Marie, si tu savais comme j'ai envie de te prendre dans mes bras, de te serrer bien fort. Pour cela, je dois te faire une confession... Après, quand tu m'auras écouté, tu choisiras. Ne crains rien, viens avec moi. Nous serons mieux dans le salon. Je vais te préparer un grog, cela te redonnera des couleurs.

Marie obéit comme on obéit à un bourreau. Elle le suivit jusqu'au salon, se laissa installer dans un fauteuil près du feu, que Jean Cuzenac ranima avec de nouvelles bûches. Elle l'entendit s'affairer dans la cuisine.

Les mots qu'il avait dits d'une voix émue la hantaient par leur sens caché. « Après, tu choisiras... si tu savais combien j'ai envie de te prendre dans mes bras... »

Il revint avec à la main un plateau sur lequel fumaient deux bols. Les rôles semblaient inversés. Marie ne savait pas encore à quel point.

Jean Cuzenac s'était assis de l'autre côté de la cheminée. Cela lui permit de parler en regardant le feu et non la jeune fille. Sur un guéridon, il avait disposé les bols et une bonbonnière bien remplie.

— Sers-toi, Marie ! Tu n'aimes pas les sucreries ?

— Si, monsieur.

Marie but deux gorgées de grog, croqua un caramel. L'instant lui paraissait d'une telle singularité qu'elle agissait comme un automate. Mais l'alcool brûlant fit son effet. Elle reprit ses esprits, et se promit de défendre farouchement sa vertu quand elle aurait entendu la confession de monsieur Cuzenac. En fait, la curiosité se réveillait en elle. Il le devina et commença à raconter son histoire...

— Vois-tu, Marie, j'avais trente-cinq ans lorsque j'ai épousé Amélie. Je n'étais donc pas un innocent jeune homme. Ma famille me poussait au mariage et, ma foi, Amélie me plaisait. Elle était jolie, gaie, mais ces qualités cachaient sa vraie nature, celle d'une femme dépensière, froide, coléreuse. Bref, je compris vite mon erreur. Hélas, il était trop tard. De plus, je ne sais pas pourquoi, nous n'avions pas eu d'enfant. C'est à cette époque que je pris l'habitude de faire de longues promenades à cheval, ce qui me permettait de fuir la maison... Et un jour, j'ai rencontré une jeune femme, sur un chemin ! C'était au printemps. Elle marchait, vêtue d'une robe rose, ses longs cheveux défaits. Je la revois encore, son chapeau de paille, son visage ravissant, ses beaux yeux. Intrigué, je me suis arrêté, je lui ai dit bonjour, elle a caressé mon cheval. J'étais incapable de poursuivre ma route. J'ai mis pied à terre et nous avons bavardé, assis dans l'herbe. Ce jour-là, j'appris qu'elle se nommait Marianne, qu'elle faisait partie d'une troupe de comédiens de Brive. Que faisait-elle ici, en pleine campagne ? Je ne l'ai su qu'un peu plus tard ! Et puis cela n'avait pas d'importance pour moi, elle était si belle. Je la quittai troublé, certain de ne jamais la revoir. Mais le lendemain, je suis passé au même endroit et elle était là... J'étais déjà fou amoureux. Je n'avais pas connu le véritable amour, il me prit au piège et, les jours suivants, Marianne répondit à ma passion. Je vécus le bonheur le plus parfait. Puis, sans m'avoir prévenu, elle disparut. J'ai cru perdre la tête. J'ai parcouru tout le pays en demandant si quelqu'un la connaissait. Ne m'en veux pas, Marie, de te parler aussi franchement de tout ça, je dois le faire, tu comprendras pourquoi tout à l'heure.

« Une vieille femme me renseigna enfin, dans un hameau du côté de Massignac. Elle me dit que Marianne avait logé quinze jours chez sa tante, pour se reposer. Je n'ai pas osé me présenter chez la tante en question, qui habitait une petite maison près de l'église.

« Si tu savais combien je souffrais de ne plus la voir ! Je l'aimais de toute mon âme, j'aurais voulu recommencer ma vie avec elle, l'amener ici, aux Bories, la choyer.

« Durant tout le printemps, j'ai attendu son retour. Au mois de juin, alors que je désespérais, elle m'attendait, assise sur un talus, à la lisière du Bois des Loups... »

Marie, qui écoutait avec un intérêt passionné, ne fut pas étonnée en entendant ces derniers mots. Jean Cuzenac, le regard perdu parmi les flammes du foyer, continua son récit.

— J'étais si heureux de la retrouver ! Elle m'expliqua les raisons de son absence. Elle jouait dans une pièce et avait préféré partir ainsi, sans me dire au revoir. Je lui ai pardonné aussitôt, puisqu'elle était revenue ! Tu sais combien le mois de juin est beau chez nous. Je ne pouvais plus me séparer de Marianne. Nous nous donnions rendez-vous près de la source du Bois des Loups. À cette époque, il y avait moins de broussailles et de ronces. J'étais sur mes terres, mon père avait veillé à interdire aux gens du pays l'entrée de ce bois, car il tenait à préserver ses cèpes ! Pauvre père, c'était une obsession chez lui, ramasser les plus beaux spécimens, les étudier. Bien sûr, j'avais avoué à Marianne ma situation, j'étais marié à une femme que je n'aimais pas, qui me méprisait de ne pas lui avoir donné d'enfant. Dans ma famille, il n'était pas question de divorce. Cela semblait presque moins grave d'avoir une maîtresse. L'idée de traiter Marianne ainsi me révoltait. Elle me fit aussi un aveu. Au printemps, en se réfugiant chez sa tante, elle fuyait un riche notaire qui la harcelait de ses avances. Elle était si jeune, si douce. Nous avons mis de côté tous nos problèmes pour ne penser qu'à cet amour lumineux et tendre qui nous unissait. J'ai même osé lui promettre fidélité et protection éternelles, au bord de la source, car les vieux du bourg la disaient enchantée. Marianne riait de ma folie. Au début du mois de septembre, après des semaines de bonheur, elle disparut de nouveau, en me laissant une lettre. Je l'ai brûlée cette lettre, de rage et de chagrin. Je me sentais trahi, abandonné. Nous avions réussi à nous rencontrer souvent, à échapper au regard des autres, j'avais cru comme un idiot que Marianne resterait là. Je lui avais proposé de venir vivre dans une maison qui m'appartenait, à Massignac. Elle n'avait pas vraiment refusé, cela la tentait, je crois... J'ai eu de ses nouvelles l'année suivante, au mois de mars. Une lettre signée d'une certaine Catherine. Elle m'écrivait de la part de Marianne, trop faible pour écrire elle-même. J'avais une adresse, à Brive. J'ai pris le train, mais je suis arrivé trop tard, car ma chère Marianne était morte en mettant au monde une petite fille. Elle m'avait caché sa grossesse, sans doute afin de ne pas bouleverser mon existence, mon ménage... Ce triste ménage, cette épouse que je ne supportais plus. Le bébé avait disparu. L'état de

Marianne, après un accouchement très difficile, avait rapidement empiré. Une issue fatale était inéluctable. La sage-femme, voyant la pauvreté du logis, l'état de la mère, avait emmené l'enfant à l'hospice.

Marie retenait son souffle. Chaque mot la blessait et la soulevait d'une joie timide, incrédule. Jean Cuzenac semblait accablé. Il murmura :

— J'ai été lâche, Marie. Un homme digne de ce nom aurait parcouru la ville afin de trouver le lieu où l'on avait conduit son enfant. J'ai renoncé, terrassé de douleur par la mort de Marianne. Je suis allé sur la tombe de celle que j'aimais, un simple monticule de terre, une croix de bois. J'ai pleuré, supplié, mais je savais bien que tout était fini. Alors, j'ai pensé à ma petite fille. J'ai imaginé son avenir si je la retrouvais. Que dire à Amélie ? Que je voulais adopter un bébé né de parents inconnus ! Mon épouse n'était pas du genre à aimer un enfant qui ne serait pas de son sang. Elle reportait déjà tout son amour maternel frustré sur son neveu, Macaire.

« J'ai quitté Brive, malade de honte et de douleur. J'avais tant rêvé d'un enfant et j'abandonnais à jamais une petite fille qui aurait peut-être la beauté, la douceur et l'intelligence de sa mère...

« Les années qui suivirent furent les pires de ma vie. Avec le temps, j'eus tant de remords de mon geste que j'écrivis à l'évêché de Brive, afin d'avoir l'adresse des orphelinats du département.

Marie pleurait. C'était venu doucement, à l'écoute de cette poignante confession qui lui révélait enfin le secret de sa naissance. Les parents auxquels elle avait tellement rêvé, sur qui elle s'était si souvent interrogée, elle les connaissait à présent. Jean Cuzenac n'osait pas la regarder. Il ne vit pas ses larmes de douceur...

— De courrier en courrier, j'appris que les religieuses de l'orphelinat du Saint-Cœur-de-Marie, à

Aubazine, avaient recueilli une petite fille d'à peine trois ans. La Mère supérieure attestait que cette enfant était née en mars 1893, l'année et le mois de naissance de ma fille, et qu'elle avait été confiée à l'hospice de Brive, juste après sa venue au monde. On l'avait nommée Marie, selon la volonté de sa mère défunte. En secret de mon épouse, je suis venu en aide à cette institution par des dons réguliers. Je ne voulais pas que ma fille, qui aurait dû connaître une enfance heureuse sous mon toit, doive sa nourriture et son habillement à la seule charité des gens aisés de Brive. Je savais que les fillettes bénéficiaient là-bas de soins irréprochables. Mais, au fond de mon cœur, je savais que ce n'était pas suffisant. Je suis parti, impatient de découvrir le visage de mon enfant, mais effrayé aussi. Que dire à cette petite fille que j'avais condamnée à grandir sans famille, sans amour ? Oh ! Marie, je t'en prie, pardonne-moi... dis-moi que tu me pardonnes...

Jean Cuzenac se mit à sangloter, les épaules voûtées sous le poids de sa faute passée. Marie, elle aussi en larmes, ne put dire un mot de consolation. Il crut à du mépris, à de la rancune.

— Ma fille chérie ! Comme tu étais mignonne dans ce parloir ! Si fragile, si menue avec tes longs cheveux bruns. J'ai su tout de suite que tu étais bien ma fille, car tu ressemblais à Marianne, mais également à ma mère, dont j'avais des portraits au même âge. J'aurais voulu t'emmener, te dire la vérité, mais je n'osais pas. Je suis reparti le cœur brisé. Je n'avais plus qu'une idée, te reprendre, te voir chaque jour. Alors, dès mon retour ici, j'ai tout avoué à Amélie. Je l'ai suppliée de me comprendre, de me pardonner. Du temps avait passé. J'ai cru qu'elle pourrait me comprendre et t'accepter chez nous. Elle m'a dévisagé longuement, comme si j'étais un inconnu. Ensuite, d'une voix pleine de colère, elle a déclaré : « Cela ne m'étonne pas de toi, Jean ! Tu es un menteur, un débauché. Tu méprises Macaire, mon pauvre neveu, et maintenant tu veux m'imposer une bâtarde née de tes anciennes amours... Je ne peux pas t'empêcher d'amener cette gamine au domaine, mais à une seule condition : elle viendra ici pour remplacer Fanchon, oui, elle ne sera qu'une domestique et non ta fille. C'est cela ou rien. Je suis déjà bien bonne de consentir à la voir tous les jours. Alors, réfléchis, ta Marie peut entrer aux Bories, mais elle ne devra pas savoir qui elle est, il ne manquerait plus que ça ! » Je n'avais pas le choix, si je voulais au moins te connaître, te voir. Je me disais qu'un jour ou l'autre tu saurais la vérité et que je ferais de mon mieux pour panser tes blessures. Amélie semblait triompher, elle devait se réjouir à l'avance de t'imaginer servante chez ton propre père. Je suis sûr aussi qu'elle avait tout expliqué à Macaire. Elle l'a peut-être même encouragé à te tourmenter, à te faire peur. Voilà, Marie, la triste réalité... Et elle t'a ramenée sur ces terres qui te revenaient de droit. Pauvre petite, tu as failli mourir, à peine arrivée, avec ce voyage sous la pluie glacée. Ta maladie a bien arrangé Amélie. Elle a pu te tenir à l'écart les premiers mois. Elle me disait que tu lui déplaisais. J'ai courbé l'échine, de crainte de te perdre tout à fait. Marie, comprends-tu maintenant ? J'ai quand même eu le grand bonheur de te voir durant presque cinq ans, en essayant d'adoucir ton sort... Car la honte me rongeait, ma propre fille devait travailler à notre service ! Mais au moins, je pouvais veiller sur toi.

Marie n'en pouvait plus. L'émotion la faisait trembler. Cet homme accablé, qui battait sa coulpe devant elle, était donc son père. Cela seul comptait. Il l'avait chérie, protégée en cachette, il lui demandait pardon... il l'aimait. Elle s'écria :

— Monsieur, je vous en supplie, ne pleurez plus, je vous pardonne ! Je suis si contente ! J'avais peur d'autre chose, comme j'étais bête...

Jean Cuzenac se redressa enfin. Il regarda Marie, découvrit ses joues mouillées, ses yeux pleins d'un bonheur étonné. Elle paraissait avoir dix ans à peine, rajeunie par une expression émerveillée et confiante.

Il cria presque :

— Marie, tu ne dois plus m'appeler « monsieur », je voudrais tant que tu me dises « papa » ! J'en rêve jour et nuit depuis quatre ans. Mon Dieu, si tu savais comme j'ai prié après la mort d'Amélie. J'avais honte de me sentir délivré, je me suis même accusé de l'avoir rendue malheureuse. La nuit où elle agonisait, je lui ai dit : « Amélie, me pardonneras-tu ? » Il me semble qu'elle a cligné des paupières. J'ai serré sa main dans la mienne. J'ai juré, après lui avoir fermé les yeux, que le reste de ma vie te serait consacré. Marie, tu as désormais un père et une maison. Je veux te rendre heureuse...

Jean Cuzenac se leva, tendit les bras à Marie qui s'y réfugia, pleurant et riant à la fois. Il l'embrassa avec douceur sur le front, éperdu de soulagement et de joie.

— Ma fille, ma chère petite fille !

Marie n'osait pas dire le mot tant attendu, mais au fond de son cœur, une voix criait : « Papa, papa, je t'aime ! »

Ils avaient tant de choses à apprendre l'un de l'autre.

12

Marie du Bois des Loups

En se réveillant, Marie se demanda où elle était. Les volets étaient fermés, une pénombre tiède dévoilait un décor différent de celui qu'elle avait vu durant plus de quatre ans, chaque matin.

Alors, en un instant, lui revinrent en mémoire les événements de la nuit. La confession de Jean Cuzenac, leurs larmes mêlées...

Elle s'était endormie dans la belle chambre où logeait jadis Adélaïde Cuzenac, sa grand-mère. En se répétant ce mot de grand-mère, Marie eut l'impression d'avoir changé de personnalité en quelques heures. Hier, à six heures du soir, elle était encore Marie, une orpheline placée comme domestique chez un monsieur Cuzenac ; ce matin, elle avait un père, une famille.

Marie, encore ensommeillée, entendit la grande horloge du vestibule sonner huit heures. La force des habitudes la fit bondir, affolée. Comment, elle ne s'était pas levée à six heures ! Et le café ? Et Alcide ?

— Oh ! Mon Dieu ! Pierre !

Cette fois, la jeune fille se précipita hors de son lit. Elle s'habilla en toute hâte, nota au passage que la cheminée était garnie d'un lit de braises rouges. C'était l'explication de la douce tiédeur qui régnait dans la pièce.

Au moment de sortir de sa nouvelle chambre, Marie

tenta de se raisonner. Une peur panique la prit à imaginer ce qu'avait pensé Pierre. Il avait dû frapper à la porte de l'arrière-cour, ne voyant aucune lumière dans la cuisine. Soit il l'avait crue malade, dans ce cas, il avait dû réveiller monsieur Cuzenac, soit il avait demandé la clef à Alcide et était monté dans sa chambre au grenier. Et Marie ne s'y trouvait pas.

— Mon Dieu ! Faites que Pierre soit encore là !

Elle longea le couloir, arriva sur le palier du premier étage et descendit l'escalier avec cette même sensation d'irréalité qu'elle avait éprouvée en s'éveillant.

La maison paraissait complètement déserte, pourtant les feux étaient allumés dans tout le rez-de-chaussée. Marie mit son tablier blanc, reprit ses tâches familières. Elle avait surtout envie d'un bon café. Ensuite elle réfléchirait.

Assise à la table, le menton sur ses coudes, Marie eut précisément le tort de trop réfléchir. Sa joie fondit peu à peu. D'abord, Jean Cuzenac n'avait aucune preuve ! Était-il vraiment son père ? Et s'il l'était, il ne pourrait pas la présenter à ses amis ou voisins comme telle, alors qu'elle travaillait chez lui depuis quatre ans. On le prendrait pour un fou ou un menteur et les ragots qui couraient déjà, sans doute, ne feraient que croître !

Accoutumée à se faire discrète, elle ne parviendrait jamais à se sentir vraiment à l'aise. Et Nanette ? Et Pierre... Jean Cuzenac accepterait-il leurs fiançailles ? Elle n'était pas majeure, il pouvait s'y opposer.

Marie songea à Nanette. Elle la revit, la bouche tendue, murmurer sa « formule magique ».

— Souvenez-vous du Bois des Loups.

Mais alors, cela signifiait que Nanette avait su, pour Marianne et Jean Cuzenac. Comment ? Pourquoi n'avait-elle rien dit ?

L'horloge sonna neuf coups, la jeune fille sursauta.

Elle devait préparer le repas de midi. Jean Cuzenac devrait descendre. Il se levait très tôt, d'ordinaire.

Marie se leva avec un soupir agacé. Elle fit ce dont elle avait toujours rêvé. Alcide la vit entrer dans l'écurie et s'arrêter, saisie par l'odeur de la paille et des chevaux.

— Eh bé ! Marie !

Elle avança encore, ravie de découvrir ce lieu que son père chérissait. Son père... Soudain, elle ne doutait plus.

— Je cherche monsieur, Alcide... Tu l'as vu, ce matin ?

— Oh oui, je l'ai vu ! Il a sellé son cheval et il est parti, avec ce maudit vent du nord qui gèle les doigts.

Marie allait faire demi-tour quand Alcide cria :

— J'ai vu ton Pierre aussi ! Il a failli casser une vitre de la cuisine, à cause que t'étais pas là, à l'attendre. Je lui ai dit de poser le lait sur la marche et de filer... Je serais toi, ma fille, je marierais pas un gars aussi jaloux que lui ! Y aura de la casse souvent...

Forte de ses recommandations, Marie retourna dans la cuisine. Cent fois, d'une des fenêtres, elle guetta le chemin, mais personne ne montait aux Bories, ni cavalier ni jeune homme aux cheveux noirs. À bout de patience, elle grimpa jusqu'au grenier et entreprit de descendre ses affaires dans la chambre du premier étage.

Sur le palier, les bras chargés de pauvres vêtements et de livres, Marie se heurta à Pierre. Essoufflé, il la dévisagea avec une expression hagarde. Puis, avisant ce qu'elle portait, il demanda, la voix rauque :

— Qu'est-ce que tu fais ? Marie, dis-moi ce qui se passe. Tu allais te sauver... Le patron est passé au galop devant chez nous, ce matin.

— Pierre, calme-toi ! Viens te réchauffer, je dois te parler.

Marie posa ses affaires contre le mur. Elle prit Pierre par la main et l'emmena ainsi à la cuisine. Il se laissa faire comme un enfant.

Dix minutes plus tard, Pierre hurlait, les poings serrés :

— Je ne te crois pas ! Le moussur, ton père ! Tout ça, c'est des histoires pour me cacher la vérité... Tu lui as cédé. Tu vas prendre tes aises ici... Une belle chambre, de l'argent, ce vieux filou n'a pas trouvé mieux pour me voler ma femme !

Marie se mit à pleurer. Pierre lui faisait peur tout à coup. Il détruisait en les souillant tous ses espoirs d'une vie paisible, auprès de ceux qu'elle aimait.

— Pierre, tu n'as pas le droit de me traiter de menteuse... Et je n'ai rien fait de mal, je le jure devant Dieu et la Vierge Marie ! J'étais si heureuse d'avoir un père...

Honteux, le jeune homme commença à douter. Marie était l'honnêteté même, il le savait bien. Elle dit soudain, entre deux sanglots :

— Tu n'as qu'à interroger ta mère ! Nanette sait que je ne mens pas. Vas-y, tu verras bien...

Pierre se sentit chassé des Bories. En laissant Marie effondrée, le visage caché entre ses bras repliés sur la table, il comprit que sa colère venait aussi de la révélation que lui avait faite la jeune fille.

Si Marie était vraiment la fille de Jean Cuzenac, il la perdait plus sûrement encore. Elle changeait de monde, la grande maison lui appartenait, et elle n'épouserait plus le fils des métayers.

Il sortit à reculons, gauche, malheureux. Alcide, qui venait aux nouvelles, le vit courir vers le bas de la colline, comme un homme pris de folie.

— Marie ! Marie, ma chérie !

Jean Cuzenac l'appelait d'un ton joyeux. Marie souleva sa tête de l'oreiller trempé de larmes. Elle aurait voulu jouer le jeu, répondre gaiement : « Je suis là-haut, papa, dans ma chambre », mais cela lui parut ridicule.

Marie avait compris, en une heure de chagrin, qu'elle devait choisir entre un père riche et un fiancé pauvre. Péniblement, elle se redressa et s'assit au bord du lit. Jean Cuzenac frappa à la porte.

— Marie, tu es là ?

— Oui !

Jean entra, tout heureux à l'idée de voir son enfant dans cette pièce chaude et confortable. Mais en la découvrant, le visage noyé de pleurs, dans sa robe noire, élimée, il eut un choc.

— Ma petite, qu'est-ce que tu as ?

C'était le moment pour Marie d'accepter pour père cet homme débordant de tendresse. Blessée par la dureté et les soupçons de Pierre, elle cessa de se poser des questions et gémit plaintivement :

— Oh papa ! Je suis triste, si triste...

Marie se retrouva dans les bras de son père qui lui caressait les cheveux avec délicatesse. Il la berça, la cajola, comme pour effacer les années d'abandon, les humiliations, les heures de solitude et de froid, la peur.

— Là, ma chérie, dis-moi ce qui ne va pas ! Je ne veux plus te voir pleurer comme ça. Moi qui étais tellement content ce matin !

Bien à l'abri contre l'épaule paternelle, Marie livra ses petits secrets. Les doutes de Pierre sur leurs relations, depuis son entrée en service, la jalousie du jeune homme, sa colère de ce matin.

Jean Cuzenac aimait bien Pierre. Il avait compris

deux ans auparavant les sentiments qui unissaient les jeunes gens. Il se promit de réfléchir au problème. Il voulait faire de cette journée une fête, et ce n'était pas une tête chaude comme Pierre qui gâcherait son plaisir.

— Allons, Marie, ne te rends pas malade. Les choses vont se mettre en place peu à peu. Nous avons tout notre temps pour en discuter. J'ai commis mon plus grand péché en t'abandonnant. Je dois payer cette faute. Je dirai la vérité à tous, tant pis pour ceux qui ne veulent pas comprendre. Nous serons heureux ici, tous les deux. Descendons, j'ai des surprises pour toi ! À partir de ce jour, tu deviens mademoiselle Marie Cuzenac.

Il était midi. Marie, qui traversait le vestibule derrière son père, s'étonna. Combien de temps était-elle restée la tête enfouie dans son oreiller, à pleurer ?

Jean Cuzenac paraissait un autre homme. Il parlait haut et ferme, riait, allait et venait. Ils déjeunèrent dans la salle à manger, d'un repas froid composé de charcuterie et de fromage.

— Je suis parti au petit jour, j'ai galopé la moitié du chemin jusqu'à Chabanais. Regarde ce que je t'ai acheté, en attendant une vraie garde-robe !

Marie vit son père ouvrir un carton, en sortir une toilette de velours brun, ornée de galons verts. D'un autre carton plus petit, il tira un manchon et un bonnet de fourrure d'un joli brun doré.

— La taille de la robe devrait aller, sinon Nanette la retouchera. Et voici des bottines neuves, des bas de laine. J'avais pris les mesures de ces mauvaises galoches que tu portes...

— Oh ! Vous avez fait ça ?

Jean eut un sourire d'excuse. Il répondit :

— Tu ne peux pas imaginer, Marie, combien j'ai

souffert de te voir vivre à la métairie. Souvent tu pataugeais dans le purin et la boue, en sabots, toi ma fille... Et même ici, tu portais dignement ces pauvres hardes, ce qui me rendait malade de chagrin ! Pourquoi, ma chère enfant, n'as-tu pas acheté une robe neuve ou des chaussures avec l'argent de tes gages ?

Jean Cuzenac regarda Marie. Elle était assise dans un fauteuil et caressait des yeux la belle toilette de velours. Par jeu, elle avait enfoui ses mains dans le manchon, mais son visage restait songeur.

— Papa, je vous remercie d'avoir pris cette peine, dit-elle doucement à son père, aller si loin pour moi, de bon matin... Cela me touche beaucoup... mais...

— Il y a un « mais » ! Vas-y, parle-moi franchement, je crois te connaître un peu, cependant j'aimerais que tu aies davantage confiance en moi, à l'avenir...

Marie respira profondément et se décida. Ce qu'elle avait à dire, autant l'exprimer tout de suite :

— Voilà, j'ai réfléchi ce matin. Je suis vraiment heureuse d'avoir un père comme vous, mais que diront les gens de Pressignac et vos amis ? Depuis que vous êtes veuf, vous recevez davantage. Tous ceux qui sont venus aux Bories m'ont vue, je les ai servis à table, je ne suis qu'une domestique à leurs yeux. Comment leur dire soudain que je suis votre fille ? Personne ne vous croira, ils réagiront comme Pierre.

Jean Cuzenac soupira, car il retournait le problème dans sa tête depuis l'aube. Marie ajouta :

— Et je ne me sens pas de votre milieu. J'ai grandi à l'orphelinat, j'ai vécu chez Nanette et j'y étais très heureuse. Cette belle robe, je n'oserais pas la porter, je me sentirais trop différente de la Marie d'avant... Et mon Pierre ? Je suis sûre qu'il se désespère, car nous devions nous fiancer au printemps. Il doit penser que je ne suis plus pour lui, à présent. Pourtant, mes sentiments n'ont pas changé, eux. Je ne vais pas trahir les promesses faites à Pierre, parce que je suis votre fille...

Marie était à nouveau au bord des larmes. Son père hocha la tête.

— Rien n'est simple dans ce monde. On voudrait donner du bonheur, rattraper le temps perdu par des cadeaux... Tu es plus intelligente que moi, Marie, je croyais que tout me semblerait simple quand tu saurais la vérité.

La jeune fille poussa un cri désolé :

— Si vous saviez, j'aimerais tant, moi aussi, que tout soit simple ! Je voudrais rester là, avec vous, car je sens que je vais vous aimer de tout mon cœur.

Jean Cuzenac frémit sous le coup de la joie :

— Chère petite ! Que m'importent les gens si tu m'aimes ! Écoute, j'ai menti et triché durant des années. Il est temps d'être honnête. Tu as sans doute raison, mes amis ne me croiront pas si je leur raconte notre histoire. Tant pis, je ne les verrai plus, puisque je t'ai, toi. À partir d'aujourd'hui, je mets fin aux dîners. Dans quelques mois, si j'ai envie de revoir d'autres vieux amis, je te présenterai alors comme ma fille. Quant à ceux du bourg, nous avons une alliée, oui, ta chère Nanette.

Marie s'étonna :

— Nanette ?

— Bien sûr ! Tu vas aller la voir tout à l'heure. Je suis sûr que tu brûles d'envie de consoler Pierre. Tu mettras ta robe neuve et tu répéteras à Nanette ce que je t'ai raconté hier soir. Elle se chargera de faire courir la nouvelle dans tout le pays. Ils vont en discuter des heures, au bistrot, à la veillée, puis ils accepteront l'idée. Monsieur le curé me fera un long sermon et, aux prochaines moissons, ce sera une chose admise.

Marie se mit à sourire. Son père, malgré son attitude

distraite et un peu lointaine, ne se trompait pas sur ce point. Une fois l'émotion et la curiosité apaisées, les gens du bourg auraient d'autres chats à fouetter, comme disait Nanette.

Jean, content de la voir reprendre espoir, hésita un instant avant de déclarer avec gentillesse :

— Laisse-moi aussi te donner un conseil au sujet de Pierre. Si tu l'aimes vraiment, je veux te rassurer. Jamais je ne m'opposerai à ton bonheur, à ta volonté, car j'ai trop souffert d'être mal-aimé et d'avoir mal aimé... Mais tu es jeune, Marie, tu n'as connu que ce garçon. Il n'a aucune instruction, il est jaloux et rude. Dis-toi qu'il existe sur terre tant d'autres jeunes gens qui pourraient te plaire et te rendre heureuse. Alors, réfléchis bien et ne prends pas de décision hâtive. Tu as le temps. Au fait, dis-moi, aimes-tu cette maison ?

Marie s'écria, enthousiaste :

— Si je l'aime ! Oh oui ! Quand je vivais à la métairie, je regardais sans cesse de ce côté-ci. Je rêvais d'entrer par le perron, de visiter chaque pièce. Et pendant ces années où je travaillais pour vous, je ne pouvais pas m'empêcher d'être heureuse, parce que j'habitais ici.

Jean se leva et prit les mains de sa fille :

— Alors, tout est bien, pour le moment... Va te changer, que je te voie en demoiselle Cuzenac !

Marie prit ses vêtements neufs et monta dans sa chambre. Elle fit sa toilette dans le cabinet prévu à cet effet, à l'eau froide, mais cela ne la dérangeait pas. Puis, émue, elle passa la robe de velours. Le miroir de la grande armoire lui renvoya l'image d'une jeune fille aux joues roses, à l'air ébahi. Elle pouffa nerveusement avant de se recoiffer. Les bottines étaient un peu grandes, mais chaudes et confortables.

Enfin, Marie se jugea prête. Elle descendit d'un pas léger et rejoignit son père dans le salon.

— Que tu es jolie ainsi, ma petite ! Une vraie dame.

— Merci, papa... Mais je crois que Pataud ne va pas me reconnaître et qu'il ne me laissera pas franchir la barrière !

Jean Cuzenac éclata de rire :

— Un chien se moque bien des toilettes et des apparences. Pour lui, tu seras toujours Marie, son amie.

La jeune fille embrassa son père d'un élan spontané. Que ce serait doux, de le retrouver dans la grande maison, ce soir, en rentrant de chez Nanette !

Elle virevolta, joyeuse. Avant de sortir, elle eut une étrange idée :

— Savez-vous, papa, le nom que je devrais porter ?

— Non ? Dis-moi ?

— Je devrais m'appeler Marie du Bois des Loups ! Et mettre mon vieux châle, car il fait bien froid, je crois...

Resté seul, Jean Cuzenac médita longuement. Il avait tant de projets. Vêtir sa fille selon son goût à elle, lui acheter des bijoux, de beaux objets de toilette, enfin tout ce dont elle avait été privée. Mais il commençait à comprendre que Marie se moquait un peu de ces choses-là. Elle n'était pas coquette et préférerait sûrement des livres, beaucoup de livres. Qu'avait-elle dit encore en quittant le salon ? Ah oui ! Qu'elle voudrait monter à cheval...

— C'est bien ma fille ! se dit-il, ébloui.

Nanette se demanda qui était cette élégante jeune femme qui poussait la barrière de la cour. Pataud lui faisait fête. Le nez au carreau, elle reconnut vite ce joli visage souriant. C'était Marie !

Elle attendait sa visite et se doutait de quoi il faudrait parler. Pierre était arrivé à demi fou en fin de matinée et Nanette avait fait de son mieux pour lui expliquer le « pourquoi et le comment » !

Maintenant, il boudait dans le grenier, après avoir questionné sa mère durant des heures...

Marie entra, un peu gênée. Mais ce sentiment céda la place à la joie de voir sa chère Nane qui lui tendait les bras :

— Viens que je t'embrasse, ma mignonne ! Oh que c'est doux, ce tissu ! Te voilà bien belle, moi qui avais besoin d'aide pour soigner les brebis.

— Je peux t'aider, si tu me passes mon vieux tablier !

— Je blague, Marie ! Monte donc voir dans le grenier, il y a quelqu'un, là-haut, qui se fait du souci ! Je lui ai dit ce que je savais, mais ça n'a servi à rien.

— Qu'est-ce que tu savais, Nanette ?

— Oh ! disons que les rendez-vous du patron et de sa jolie inconnue, on en parlait au bourg ! Ensuite, j'ai entendu causer, comme quoi la belle jeune femme du Bois des Loups était partie, mais qu'elle attendait un petit. Mais parole, Marie, quand mon Jacques t'a déposée ici, il y a cinq ans, je n'ai pas pensé que c'était toi, l'enfant du moussur.

Marie monta l'escalier branlant avec l'impression de vivre une heure décisive de son existence. Elle ne se pressait pas, anxieuse, et à chaque marche lui revenaient quelques souvenirs : Pierre lui offrant le bouquet de violettes, Pierre quand il était monté dans le grenier pour dormir à sa place dans le froid et le noir... Puis leurs promenades dans la neige, les serments échangés au bord de la source, au Bois des Loups.

Elle poussa la porte lentement. Les paroles de son père résonnèrent dans son cœur comme une fausse note : « Il y a tant de jeunes gens qui pourraient te rendre heureuse. »

Non, pour elle, il n'y en avait qu'un, celui qui semblait l'attendre un soir de mars, cinq ans plus tôt, assis près du feu. Son Pierre aux yeux sombres, aux mèches noires, qui cachait si mal son grand cœur et son amour.

— Pierre ! Pierre, quel froid ici !

Elle l'aperçut, assis contre un mur, occupé à tailler un bout de bois sous la lumière blafarde de la lucarne. Il leva la tête et la vit. Était-ce bien Marie, cette jeune fille en robe marron, un manchon à la main ? Bien sûr, c'était elle. Une seule fille avait ce visage doux et rose, ces épaisses boucles brunes.

Pierre hésita entre la moquerie et les excuses. Marie ne lui laissa pas le temps d'ouvrir la bouche. Elle se mit à genoux à ses côtés, sans souci de salir sa toilette et, d'un geste timide, toucha ses cheveux :

— Mon Pierre ! Je suis venue te voir. J'étais inquiète. Écoute-moi, je ne changerai pas ou alors pas beaucoup. Je suis toujours Marie, ta Marie du Bois des Loups. Mon père m'a promis qu'il me laissait libre de me marier à mon idée. Mon idée, c'est toi, depuis longtemps. Alors, ne fais plus cette tête...

Elle le prit dans ses bras, ferma les yeux et appuya sa joue contre la joue de Pierre.

— Tu verras, le temps passera et bientôt nous serons mari et femme. En attendant, je vais faire connaissance de mon père. Je veux que rien ne change. Tu viendras quand tu voudras aux Bories, mais en invité ! Je ferai moi-même le ménage, la cuisine, comme avant... Mais ça, mon père ne le sait pas encore. S'il veut prendre quelqu'un à mon service, je dirai non tout net. Je veux être la seule femme là-haut ! Ensuite, nous verrons, si tu me donnes des filles...

Pierre l'enlaça en murmurant :

— Oh ! Marie, comme je t'aime !

Il l'embrassa, bouleversé. La voix de Nanette les ramena sur terre :

— Eh ! les tourtereaux, faudrait venir me voir ! Le café est chaud, les crêpes aussi.

Ils descendirent en riant, main dans la main. Nanette vit tout de suite à leur air ébloui qu'ils s'étaient expliqués sans trop de discours. Ainsi allait la vie, selon elle, quand une bonne étoile veillait. Il y avait eu assez de malheur par le passé, là ou ailleurs. Le temps du bonheur était venu... Il suffisait, pour en être certain, de regarder les beaux yeux brillants de Marie du Bois des Loups.

13

Le rêve de Marie

Février 1912

Jean Cuzenac savourait son bonheur, cette sensation d'intimité, de paix. Sa vie avait complètement changé, si bien qu'il se demandait parfois comment il avait pu endurer autant d'années de tristesse, de silences ponctués de querelles acerbes.

Marie et lui lisaient au salon. Alcide avait allumé un feu de vieux bois de chêne qui dégageait une chaleur intense. Il fallait lutter contre le froid persistant de cette fin d'hiver.

Comme il l'avait prédit à sa fille, la situation s'était clarifiée sans heurts. Nanette avait fait son office, à savoir colporter par tout le bourg la véritable identité de Marie. Après l'étonnement, les sarcasmes, les « je me doutais bien de quelque chose », les langues s'étaient lassées du sujet.

Seul Pierre, de nature déjà réservée et portée à la colère, devint franchement ombrageux. Il perdrait Marie, il en était sûr. Elle semblait tellement heureuse aux Bories. Malgré les protestations de Marie, Pierre avait constaté nombre de changements.

D'abord, elle s'habillait de façon soignée. Pour lui, ce n'était que coquetterie inutile. Ensuite, elle n'avait jamais le temps de descendre à la métairie, sous prétexte qu'elle étudiait l'histoire ou la géographie.

Pourtant, Nanette clamait haut et fort que la petite Marie restait la même, gentille, serviable, très affectueuse et « pas fière du tout » !

Pierre, dépité, certain que la demoiselle Cuzenac ne lui était plus destinée, s'abandonnait, quand la colère le dominait, à ses mauvais côtés. Il allait traîner au bistrot de Marcel Pressigot. Il prit goût aux jeux de dés, se mêlant au chahut du samedi soir, quand les jeunes de son âge abusaient du vin gris ou du pousse-café !

Marie ignorait tout cela, comme Nanette qui n'aurait pas hésité, si elle l'avait su, à user du bâton avec son fils unique.

Marie venait de refermer son livre, l'air songeur. Elle contemplait les flammes du foyer, en soupirant de temps en temps, sans même en avoir conscience. Cette attitude intrigua son père :

— Qu'est-ce qui ne va pas, ma fille ? À quoi penses-tu donc ? À Pierre ?

Jean Cuzenac savait pertinemment que l'attitude du jeune homme tracassait Marie. Elle répondit assez vite, d'un petit rire triste :

— Non, papa ! Je ne pense pas à Pierre ! Il n'est pas monté chez nous depuis une semaine, mais je ne compte pas aller le supplier. Il est plus orgueilleux que toi ou moi, voilà tout ! Cette tête de mule a décidé qu'il n'était plus digne de moi et il me fuit. Tant pis...

Jean Cuzenac retint un sourire. Après ce discours prononcé d'un ton fâché, Marie oserait-elle encore prétendre qu'elle ne pensait pas à Pierre ?

— Laisse-le mûrir et apprendre à réfléchir.

Marie regarda son père. Elle posa son livre sur le tapis et alla se mettre à genoux devant la cheminée :

— Papa ? Si j'avais un rêve, un rêve presque impossible à mon avis, m'aiderais-tu à le réaliser ?

— Bien sûr, ma petite chérie ! Je te dois tant de joies ! répliqua-t-il aussitôt.

— Cela fait des jours et des jours que je n'ose pas t'en parler. J'ai peur que tu sois peiné...

Jean Cuzenac caressa tendrement les cheveux souples de son enfant. Il admirait la délicatesse de son cœur, comme il s'émerveillait de sa beauté.

— Parle donc, Marie.

— Tu sais que j'étudie l'histoire et la géographie dans tes livres. Je me suis penchée aussi sur d'autres matières, mais je me sens bien ignorante. Quand j'étais à l'orphelinat, j'aidais la Mère supérieure à faire la leçon aux plus petits. Je leur apprenais l'alphabet, les chiffres... À cette époque, je croyais naïvement qu'un jour je pourrais être institutrice, quand je serais grande. Ce rêve ne m'a pas quittée. J'y avais renoncé, il y a cinq ans, parce que je pensais rester domestique toute ma vie. Maintenant, je me dis que j'ai peut-être une chance, car je suis ta fille... Si je passais mon brevet supérieur, si j'entrais à l'École normale...

Marie n'osait pas lever la tête. Elle ne vit pas son père essuyer une larme d'émotion. L'aveu de sa fille l'avait touché plus qu'elle ne pouvait l'imaginer, en raison du sentiment de culpabilité dont il ne pouvait se défaire.

— Si je t'avais élevée, si je t'avais gardée, à l'âge que tu as, ton rêve serait près de se réaliser, ma pauvre petite, murmura-t-il d'une voix tendue. Marie, même si je dois me séparer de toi, et ce sera dur pour le vieil égoïste que je suis, nous allons essayer...

Marie se retourna enfin. Ce fut pour prendre son père dans ses bras et le serrer bien fort.

— La première chose à faire, lui souffla-t-il à l'oreille, bouleversé, c'est de partir pour Aubazine et d'en discuter avec la Mère supérieure. Elle nous conseillera au mieux, j'en suis certain. Nous sommes dimanche, nous prendrons le train mardi matin. Ce sera une bonne occasion de voyager tous les deux. Alors, es-tu contente ?

— Oui, papa ! Je suis tellement heureuse... Je vais revoir mes amies et ma chère sœur Julienne.

— Bien ! Allons nous coucher !

Marie embrassa son père plusieurs fois, puis, le cœur en fête, elle monta dans sa chambre. D'une main, elle effleura au passage les murs de sa maison à qui la liait un mystérieux sentiment de complicité.

Dans sa chambre, elle s'examina dans le miroir de la grande armoire. Qui la reconnaîtrait à Aubazine ?

Marie refit en sens inverse l'itinéraire qu'elle avait suivi à treize ans, en compagnie d'Amélie Cuzenac, mais tout lui sembla différent. Elle voyageait avec son père, qui avait délaissé ses éternelles guêtres et culottes d'équitation pour un costume trois pièces de couleur grise. Jean Cuzenac voulait faire honneur à sa fille, qui étrennait, elle aussi, une nouvelle toilette.

En arrivant à Chabanais, Marie attira l'attention des passants sans en avoir conscience. Sa taille déliée, son visage clair aux traits réguliers, la beauté de ses yeux, sans compter son allure naturellement digne et discrète, en faisaient une jeune fille remarquable, pourtant dénuée de toute attitude coquette.

En fait, elle ne pensait qu'à son bonheur, ce qui la rendait lumineuse et lointaine. Pourtant elle observa attentivement la ville. Les vieilles demeures aux murs de granit, avec leurs escaliers montant des pavés de la rue jusqu'au perron, semblaient renfermer le secret de mille existences passées... La Vienne roulait des eaux sombres, aux reflets argentés.

— Je me souviens de cette place, du pont et de la rivière, dit-elle à son père en marchant vers la gare. Si tu savais combien j'étais triste ce soir-là ! J'avais quitté mes amies de l'orphelinat, les petites qui me connaissaient bien. Je me demandais où j'allais...

Jean Cuzenac lui étreignit le bras :

— N'y songe plus ! Au fait, as-tu prévenu Pierre de notre absence ?

Marie haussa les épaules, soudain attristée :

— Nanette lui expliquera. Quand je suis descendue à la métairie, Pierre n'était pas là. Il va souvent au bourg, paraît-il. Jacques n'est pas content !

— Je sermonnerai ce garnement dès notre retour. Si tu en fais ton époux, il n'est pas question qu'il te manque de respect ou qu'il te fasse de la peine...

— N'en parlons plus, papa ! J'ai hâte d'être à Brive.

Dès la gare de Brive, Jean Cuzenac s'était senti oppressé, car il revivait de douloureux souvenirs. Il se revoyait débarquant là, dix-huit ans plus tôt, plein de l'espoir de revoir Marianne...

Marie devina tout de suite ce qu'éprouvait son père. Ils déjeunèrent dans un restaurant renommé. Durant le repas, la jeune fille fit de son mieux pour le distraire, en lui racontant des anecdotes de son enfance, somme toute heureuse, chez les sœurs du Saint-Cœur-de-Marie.

La distance n'était pas grande de la ville à l'orphelinat. Marie adorant les chevaux, ils empruntèrent un fiacre pour s'y rendre.

— Nous voici arrivés, ma chérie. J'ai prévenu de notre visite par un télégramme, dit Jean Cuzenac en prenant la main de sa fille.

L'abbaye dressait son clocher sous un ciel clément. Au loin, les collines captaient de fragiles rayons de lumière. La vision de ce paysage familier bouleversa la jeune fille.

En marchant au bras de son père vers les bâtiments réservés à l'accueil, des visages lui revenaient, celui de la petite Léonie, qui lui demandait toujours des câlins, celui de sœur Julienne, préposée aux cuisines, luttant à chaque repas contre le péché de gourmandise...

Jean Cuzenac tira un cordon, et une clochette retentit. Une sœur les précéda pour leur faire traverser la cour intérieure, puis ils montèrent au premier étage de l'imposant corps de bâtiment. Quelques minutes plus tard, ils étaient reçus par la Mère supérieure.

— Marie, ma chère enfant ! Comme tu as changé ! Et que c'est aimable à toi de revenir nous voir !

Sur ces mots, avec une expression songeuse, la Mère supérieure s'approcha de la jeune fille et déposa un baiser de bienvenue sur son front. Puis elle salua monsieur Cuzenac qui s'empressa de se présenter :

— Jean Cuzenac. Je ne sais pas si vous vous souvenez de moi et de mon épouse, aujourd'hui décédée, mais j'étais venu voir Marie, il y a plus de cinq ans. Ensuite vous nous l'avez confiée...

La Mère supérieure observa cet homme affable avant de regarder de nouveau Marie. D'un geste, elle leur désigna à tous deux un siège :

— Je vous en prie, asseyez-vous. J'ai pris connaissance de votre dépêche, monsieur, mais je vous avoue que le but de votre visite m'intrigue. Cependant, avant d'écouter ce que vous avez à me dire, laissez-moi vous remercier d'avoir fait de Marie cette jeune fille accomplie, qui, manifestement, jouit d'une position honorable au sein de votre famille...

Jean Cuzenac perçut comme une menace dans la voix

de la religieuse. Certes, sans explications, elle pouvait s'imaginer le pire.

— Ma Mère, je vous dois une confession. Elle sera moins longue que celle faite à Marie récemment, à la fin de l'automne, mais elle me sera aussi pénible.

Marie encouragea son père d'un regard tendre. Il refit alors le récit de son aventure passée, il conta la joie des retrouvailles, le pardon de sa fille retrouvée et, enfin, le rêve de Marie...

Mère Marie-Anselme tapotait un peu nerveusement le bois lustré de la table. Il ne lui appartenait pas de juger les fautes de son prochain, mais elle dut se contenir pour ne pas mettre à rude épreuve la conscience de son visiteur. Dès qu'elle fut sûre de ne pas dire des paroles inconsidérées, elle déclara :

— Une seule chose compte pour moi, monsieur Cuzenac, c'est la sincérité de votre repentir et le poids du remords qui vous a poussé à rechercher votre fille et à réparer vos torts. J'en suis heureuse pour Marie. Mais si vous aviez, comme moi et mes compagnes, vu tant de misères, toutes ces pauvres petites qui nous sont confiées et qui n'auront jamais la chance de connaître un vrai foyer ! Nous leur consacrons tout notre temps, nous veillons sur leur éducation, cependant rien ne remplace l'amour d'une mère et d'un père. Je n'en dirai pas plus. Marie, ma chère, très chère enfant, parlons de toi à présent ! Ainsi, tu aimerais devenir institutrice ?

— Oui, ma Mère, c'est mon rêve le plus cher !

— Si je me souviens bien, tu as obtenu avec de brillants résultats ton certificat d'études. J'aurais bien une idée, mais je ne peux rien affirmer. Marie, te sens-tu capable de te mettre à niveau afin de passer, au mois de juillet, le brevet supérieur. Enfin d'essayer ?

— Oui, j'étudierai du matin au soir et la moitié de la nuit s'il le faut !

La religieuse eut un sourire très doux :

— Chère petite, je te reconnais bien ! Tu n'avais pas peur de veiller pour réconforter tes compagnes quand elles étaient malades... Monsieur Cuzenac, le ciel a dû vous pardonner vos fautes, puisqu'il vous a donné une enfant aussi courageuse que bonne !

Jean Cuzenac approuva en silence. Marie avait rougi, gênée par les compliments reçus.

— Bien ! Maintenant, si vous le voulez bien, laissez-moi vous poser une question, dit plus bas mère Marie-Anselme. Pourriez-vous aller jusqu'à Tulle, dès aujourd'hui. Le temps presse. Je vous conseille de rencontrer là-bas ma cousine Jeanne, qui est directrice de l'École normale. Elle pourrait déjà interroger Marie, évaluer ses connaissances et, sur ma recommandation, lui prêter des volumes scolaires, pour ses révisions.

Monsieur Cuzenac songea que cette sainte femme menait les affaires tambour battant. Puis il y vit une preuve de l'affection et de l'estime qu'elle portait à Marie et en fut touché.

— Nous irons ! répliqua-t-il. Je vous remercie sincèrement, ma Mère.

Marie exultait. Cependant, intimidée par le lieu, elle ne le montra pas. Ce qui n'empêchait pas ses yeux de briller et sa bouche de sourire d'elle-même.

— Mon enfant, je vous souhaite de réussir ! s'écria la religieuse. Je vais écrire un mot à ma cousine. Profitez-en pour aller saluer vos anciennes camarades et mes sœurs. Monsieur, un train part pour Tulle à dix-huit heures. Le mieux serait de dormir là-bas et de rendre visite à Jeanne Desmond dans la matinée.

— Nous ferons ainsi, je vous le promets ! dit aimablement Jean Cuzenac.

Marie entraîna son père le long des couloirs. Elle se rendit d'abord aux cuisines, certaine de trouver là sœur Julienne. Elle ne se trompait pas et reconnut aussitôt, debout devant l'évier, la silhouette ronde de la religieuse.

— Sœur Julienne !

L'interpellée se retourna, dévisagea la jolie jeune fille qui se tenait sur le seuil de la pièce, un homme à ses côtés. Le sourire de l'étrangère, son regard franc et confiant, elle les connaissait. Un cri de joie lui échappa :

— Marie ! Ma chère petite Marie ! Que tu es donc belle et grande !

Sœur Julienne essuya ses mains à son tablier et tendit les bras. Marie courut s'y blottir en riant :

— Je vous dépasse d'une tête, à présent, chère sœur Julienne.

— Tu m'en as fait une surprise ! Les enfants vont bientôt venir goûter. J'en connais une qui sera contente de te retrouver !

Marie expliqua rapidement à la religieuse les raisons de sa venue, après lui avoir présenté son père. Sœur Julienne, les larmes aux yeux, décréta :

— Tu méritais ce bonheur, ma petite. J'en suis heureuse pour toi. J'ai tant prié, si tu savais, je demandais à la Sainte Vierge de te protéger !

Une rumeur faite de bruits de pas et de chuchotis retentit dans le couloir. Les pensionnaires d'Aubazine arrivaient. Marie recula vivement, émue. En voyant toutes ces fillettes avancer par deux, en rang discipliné, elle revivait soudain son enfance. Malgré la bonté des religieuses, malgré les soins dispensés, la jeune fille se réjouit d'avoir désormais un père à chérir, une maison bien à elle.

Les orphelines se précipitèrent vers l'immense table où les attendaient tartines et bols de lait. Une des filles resta en arrière. De son regard bleu, elle observait attentivement Marie. C'était une enfant menue, pâle, aux longues tresses brunes. Brusquement, elle porta ses mains à sa bouche pour retenir une exclamation d'extase : « Marie ! »

Marie se mit à pleurer. Léonie avait pris plusieurs centimètres, mais elle l'aurait reconnue entre mille :

— Léonie !

La jeune fille s'avança, la fillette aussi. Puis, riant et sanglotant, elles s'étreignirent.

— Que tu as une belle robe, Marie ! Que tu es jolie ! On dirait une fée, murmura Léonie. Dis, tu es revenue pour toujours ?

— Non, Léonie... Je suis juste en visite. Mais je suis tellement contente de te revoir. Toi aussi, tu es jolie !

Léonie se dégagea brusquement des bras de Marie. Sans un mot, elle alla s'asseoir à table et commença à manger. Marie aurait voulu la retenir, la raisonner, mais à quoi bon ?

Jean Cuzenac, navré de l'air chagrin de Marie, lui souffla à l'oreille :

— Nous reviendrons demain, si tu veux. Il est temps de prendre congé si nous ne voulons pas manquer le train pour Tulle.

Le fiacre les conduisit directement à la gare. Le cocher avait reçu l'ordre de les attendre et de veiller sur leurs bagages.

— C'est une chance que je n'aie pas retenu deux chambres à Brive, nous aurions dû passer récupérer nos affaires. Eh bien ! Nous voici partis en direction de Tulle, ma chérie ! Ce soir, nous dînerons en tête-à-tête, je veux t'inviter dans le meilleur établissement de la ville.

Marie appuya son front contre l'épaule paternelle.

— Cher papa, comme tu es bon !

Le trajet de Brive à Tulle n'était pas très long, mais il permit à Marie de penser à Pierre. Elle ne savait plus comment le considérer. Il avait tellement changé, parfois rieur, câlin, puis distant, coléreux. Mais si le jeune homme était resté aussi gentil et tendre que jadis, Marie aurait-elle eu autant envie d'étudier, de quitter Pressignac pour l'École normale ?

— Marie ? Nous arrivons !

La voix de son père la tira de ses réflexions. Elle s'aperçut que la longue période passée aux Bories, en tant que domestique, lui laissait peu de souvenirs. Les jours s'étaient écoulés tous semblables, au rythme des tâches quotidiennes, dans une atmosphère de silence et de contrainte.

Maintenant tout était différent, Marie aimait chaque instant vécu sous le toit de la grande maison. Elle sursauta, découvrit le visage de Jean Cuzenac tout proche d'elle, l'observant avec souci :

— Oh ! Papa ! Pardonne-moi ! J'étais à demi endormie...

Le train s'immobilisa dans un crissement aigu. Ils descendirent. Un crépuscule rose et or baignait d'une clarté spectaculaire la ville de Tulle.

Jean Cuzenac prit le bras de sa fille :

— Voici Tulle, Marie ! J'ai fait mes études ici ! Cela peut te surprendre, j'aurais dû aller à Angoulême, mais ma mère était native de cette région. Alors, pas d'internat pour moi, je logeais chez ma grand-mère Juliette !

Marie s'exclama, toute joyeuse :

— Mais alors, tu dois donc te sentir en pays de connaissance, n'est-ce pas ?

Jean Cuzenac, qui cherchait un fiacre, déclara avec conviction :

— Oui, ma chère fille ! C'est une ville dont on dit qu'on la découvre en riant et la quitte en pleurant. En tout cas, un endroit qui ne peut pas laisser indifférent. Que de souvenirs joyeux j'en garde ! Mais trêve de nostalgie, ce soir, je t'offre le champagne !

Jean Cuzenac avait choisi de dormir et de dîner à l'Hôtel-Restaurant du Commerce, un établissement réputé de la ville, situé près de la cathédrale. Il se souvenait d'y avoir déjeuné à l'âge de vingt ans, en compagnie de ses grands-parents.

Marie allait de surprise en surprise. Sa chambre lui parut superbe, avec ses rideaux de tulle, qui étaient agrémentés de motifs représentant des fleurs.

— C'est ravissant ! Oh ! Papa, si tu savais combien je suis heureuse. J'ai une salle de bains ! Crois-tu que j'ai le temps de prendre un bain avant le dîner ?

Jean Cuzenac la rassura :

— Tu as tout ton temps ! Et fais-toi belle ! J'espère que tu porteras ta robe beige...

Marie parut dans la grande salle à manger vêtue de la fameuse robe de soie beige offerte par son père deux semaines auparavant. La coupe à la dernière mode moulait la taille fine et la poitrine charmante de la jeune fille, tandis qu'un petit collier de perles, porté au ras du cou, ravivait son teint rosé.

Jean Cuzenac se jugea le plus comblé des hommes quand il prit place en face de sa fille, dont la jeune beauté lui parut, ce soir-là, sublimée par l'éclairage et cette soie beige, presque nacrée, qui lui seyait à merveille.

— Marie, tu es très jolie. Tu fais sensation !

— Papa, je ne te crois pas, mais une chose est vraie, j'ai l'impression d'être une autre Marie ! Cette robe, ce collier, cet endroit ! Jamais je n'aurais cru que cela pouvait m'arriver !

Ils dînèrent en bavardant. Jean Cuzenac avait commandé en plat principal des confits d'oie aux truffes, ce qui fut une révélation pour Marie. Elle dit tout bas :

— C'est délicieux ! Mais cela ne me fera pas oublier les châtaignes grillées de ma Nanette !

Marie accompagna ces mots d'un sourire radieux. Son père en fut ébloui. Il n'était pas le seul. À une table voisine, un jeune homme fort élégant, portant bien sa barbe et sa moustache blondes, ne cessait de regarder la jeune fille.

Marie, consciente de l'intérêt qu'elle suscitait, était troublée.

« Ainsi, pensait-elle, voici ce que l'on trouve dans le monde, des milliers de gens inconnus, que l'on ne reverra jamais. Des restaurants comme celui-ci, des villes toujours différentes... »

Soudain, Marie eut la nostalgie de la campagne de Pressignac, de la métairie, des Bories. Là-bas, elle ne se sentait pas perdue, chaque objet, chaque arbre lui était familier. Son père interrompit le fil de sa songerie :

— Ma chérie, tu me sembles bien loin ! On va nous apporter le champagne et le dessert !

Plus bas, il lança, sur un ton complice :

— As-tu remarqué ce jeune homme blond, sur notre gauche. Il ne te quitte pas des yeux ! Avoue qu'il est beau garçon !

— Papa, tu m'avais promis de me parler de Tulle et de la région ! Pas de nos voisins de table !

Gênée, la jeune fille baissa la tête. Le maître d'hôtel s'approcha et ouvrit la bouteille de champagne en discutant avec Jean Cuzenac. Marie, malgré toute la joie éprouvée, aurait voulu tout à coup s'envoler et se retrouver au bord de la source enchantée, sous les chênes du Bois des Loups...

Nanette battait des œufs dans du lait bien sucré, afin de préparer un flan. Elle venait de cuire sa fournée de pain, qui durerait plus d'une semaine. Le four était à point pour la pâtisserie.

Les joues rouges, les mains farineuses, elle ne prêtait aucune attention aux bruits du dehors, trop occupée à ressasser les derniers méfaits de son fils unique. Cela ressemblait à une litanie : Pierre n'avait pas fendu le bois, il avait oublié de faire boire les brebis ; au bourg, il avait frappé le fils Pressigot qui voulait le jeter hors du bistrot paternel... La liste était longue. La malheureuse Nanette ne savait plus à quel saint se vouer !

Quant à Jacques, il avait menacé le jeune homme de le frapper de son ceinturon, mais Pierre lui avait ri au nez en menaçant de s'engager dans l'armée. La famille vivait des heures orageuses.

De plus, Marie n'était pas encore rentrée de Brive, ce qui inquiétait un peu la brave femme :

— Ils me l'ont peut-être gardée, ces gens de la ville ! marmonna-t-elle en battant plus fort son lait.

On frappa deux coups à la porte. Sans attendre de réponse, on entra. Nanette leva la tête pour découvrir Marie, vêtue d'une riche toilette de soie beige qu'elle portait sous une chaude veste de fourrure.

— Ma Nane ! Papa et moi, nous arrivons juste. Je suis passée te voir avant de monter aux Bories ! J'ai une grande nouvelle à t'annoncer !

Derrière la jeune fille entrèrent monsieur Cuzenac et une enfant d'environ douze ans, bien habillée, qui regardait autour d'elle avec un profond étonnement.

— Notre moussur ! s'écria Nanette en s'essuyant les mains. Si je m'attendais à toutes ces visites ! Et mon flan que je dois enfourner.

Marie ôta sa veste, attrapa son vieux tablier au clou – Nanette le laissait en place par superstition – et se hâta de prêter main-forte. En quelques instants, la table était nette et le flan, mis à cuire.

— Allons, Nanette, repose-toi ! Écoute bien ! disait Marie en souriant. Nous revenons de Tulle. Figure-toi que, là-bas, j'ai rencontré madame Jeanne Desmond, qui est la directrice de l'École normale. Elle m'a posé un tas de questions, ensuite elle m'a fait passer une sorte de petit examen, avec une dictée, du calcul. C'est la cousine de la Mère supérieure d'Aubazine. Elle m'a affirmé que, si j'obtenais mon brevet supérieur en candidate libre et si je réussissais le concours d'entrée à l'École normale, elle essaierait d'obtenir une dérogation académique pour me prendre comme élève dans son établissement à l'automne prochain. C'est une femme charmante qui a promis de m'aider à combler mes lacunes, si je réussissais à intégrer son école. J'ai donc une chance de devenir institutrice, tu imagines ? Oh ! Je suis tellement heureuse, je voulais te le dire le plus vite possible !

Marie avait parlé très vite. Nanette digérait d'un air ébahi la fameuse « nouvelle ». Ce qui ne l'empêcha pas de jeter des œillades intriguées sur la fillette inconnue qui se tenait gauchement près de la cheminée.

— Je suis bien contente pour toi, ma mignonne ! Alors tu vas aller faire la demoiselle en Corrèze, loin de chez nous ?

Marie entoura de ses bras les épaules de Nanette :

— Pas avant le mois d'octobre, ma Nane ! Cela nous laisse du temps ! Mais je dois étudier dur, je t'assure. Madame Desmond m'a prêté une pile de livres. Bon, maintenant, je te présente Léonie.

Léonie salua, les joues rosies par l'émotion. Jean Cuzenac crut bon d'expliquer :

— Léonie a douze ans. C'est une ancienne compagne de Marie, à l'orphelinat. Et sa protégée. Ma fille va avoir fort à faire avec ses études. Un professeur à la retraite de Chabanais va venir l'aider à rattraper le temps perdu. Il faut absolument qu'elle réussisse ce fameux brevet supérieur et le concours d'entrée à l'École normale. Il lui donnera aussi des cours de littérature, d'algèbre et de géométrie. Et vous, Nanette, vous ne pouviez pas tenir deux maisons. J'ai pensé qu'il serait bon que Marie ait de l'aide. Et puis, Léonie avait bien du chagrin de voir repartir sa grande amie. Alors, désormais, elle vivra chez nous.

Marie avait pris la main de Léonie. À voix basse, rassurante, elle lui montra le manteau de la cheminée, le fusil de Jacques, prêt pour les prochaines chasses, l'escalier du grenier, la maie où Nanette pétrissait, le petit banc du cantou :

— Tu vois, Léonie, j'étais assise là, les pieds bien au chaud, quand Nane me racontait des histoires, à la veillée. Demain, nous reviendrons et je te montrerai les vaches, les brebis, mes poules !

Léonie approuvait en silence, cramponnée à Marie. La fillette vivait un rêve. Elle avait quitté l'orphelinat, le père de Marie lui avait acheté des vêtements neufs, ils avaient pris le train, puis une grosse voiture tirée par des chevaux... Maintenant, elle découvrait la bonne figure de Nanette, dont Marie lui avait parlé pendant le trajet, le chien Pataud, enfin tout un univers passionnant.

Léonie éprouvait une telle joie qu'elle en avait mal au cœur. Ainsi les miracles arrivaient parfois ! Marie était revenue et l'avait emmenée, elle seule, Léonie Delaporte, un nom qui signifiait que sa mère l'avait abandonnée un beau jour sur le pas d'une porte.

Marie lui avait également parlé de la grande maison

des Bories, de l'écurie, de la bibliothèque. Léonie se répétait ce mot magique, « les Bories », et cela résonnait en elle comme une chanson mystérieuse...

— Pierre n'est pas là, Nanette ? demanda enfin Marie, prête à sortir de la métairie.

— Oh ! Le fiston file un mauvais coton, c'est moi qui te le dis ! Tu devrais le mettre au pas, Marie, sinon son père va lui briser une côte ou deux !

Jean Cuzenac fronça les sourcils. Il admettait mal les fantaisies et colères de ce jeune garnement, ainsi l'appelait-il en son for intérieur. Il éleva la voix :

— Nanette, quand Pierre rentrera, dis-lui que je l'attends demain matin, à neuf heures, aux Bories. J'ai à lui parler. Quand un homme a la chance d'être aimé par une jeune fille comme Marie, je juge qu'il doit se comporter sagement et ne pas jouer les têtes folles. Tu sais que j'ai donné mon accord pour les fiançailles et, plus tard, pour leur mariage ! Qu'il ne me fasse pas retirer ma parole !

Juillet 1914

— Tu te rends compte, Léonie, en octobre, je vais être nommée à mon premier poste d'institutrice ! Je pense que ce sera à Tulle ou à Brive. J'aurais bien aimé travailler près d'ici, pour voir papa plus souvent, mais il ne faut pas demander l'impossible.

Marie garnissait de roses rouges un des vases du salon. Léonie, devenue une charmante jeune fille de quatorze ans, était assise devant la fenêtre grande ouverte donnant sur le jardin ensoleillé.

— Je suis si contente ! répondit-elle d'un ton enthousiaste. Tes élèves t'adoreront, Marie !

— Je l'espère, Léonie. Que dirais-tu de manger les cèpes que Pierre a trouvés pour le déjeuner ?

Jean Cuzenac entra dans la pièce à l'instant précis où les deux jeunes filles se dirigeaient vers la porte. En les voyant toutes les deux, se tenant par la main selon leur habitude, il poussa un soupir de satisfaction. Deux ans auparavant, il avait de lui-même décidé de prendre Léonie chez eux. La raison en était simple : il voulait une compagne et une aide pour sa fille, qui, de plus, semblait vivement attachée à cette enfant-là.

Il ne pouvait pas oublier l'expression de bonheur immense de Léonie, quand ils étaient retournés la chercher à l'orphelinat, en rentrant de Tulle.

Et puis, songeait-il souvent, c'était un excellent moyen de racheter ses erreurs passées.

Léonie s'était épanouie aux Bories, comme une petite fleur fragile, qui, nourrie de grand air et d'affection, avait pris des couleurs et de l'éclat.

Marie avait installé sa protégée dans une petite chambre d'amis. Léonie travaillait avec ardeur au ménage et à la cuisine, mais elle n'avait jamais eu le sentiment d'être une domestique.

Lorsque Marie, transportée de joie d'avoir obtenu son brevet supérieur, puis son concours d'entrée à l'École normale, était partie pour Tulle, Jean Cuzenac avait apprécié la présence discrète et gaie de l'enfant. Il la gâtait d'ailleurs autant que Marie.

Un bonheur tranquille régnait donc aux Bories, une sorte de sérénité qui avait peu à peu calmé les caprices de Pierre. Ce dernier s'était montré furieux en apprenant les projets de Marie et de son père. « C'est ça, va faire la demoiselle à Tulle ! Oublie-moi, c'est ce que tu veux ! »

En octobre 1912, juste avant de rejoindre l'École normale, Marie avait reçu ces mots jaloux comme une insulte. Pierre l'avait vue s'éloigner, plus jolie que jamais, les larmes aux yeux.

La séparation des premiers mois avait porté ses fruits. Tancé par son père et par monsieur Cuzenac, le jeune homme avait renoncé à ses sorties trop arrosées, reprenant goût au travail de la terre.

Léonie n'était pas étrangère à ce petit miracle. Elle avait fait la connaissance de Pierre dans la cuisine des Bories. Il apportait du lait frais et des œufs. Surpris de voir une inconnue aux fourneaux, il s'était d'abord senti bête et impoli. La fillette lui avait demandé son nom et, en entendant la réponse, s'était écriée :

— Oh ! C'est toi, Pierre ! Alors, tu es le fiancé de Marie ? Elle m'a tant parlé de toi. Elle m'a même dit que tu étais le seul homme qui comptait pour elle... avec son père, bien sûr ! Comme tu dois être heureux qu'elle t'aime aussi fort !

Ces mots sincères, spontanés, avaient fait lentement leur chemin dans l'esprit de Pierre. Il les avait gardés au fond de lui, mais quand Marie était partie, Léonie avait ajouté :

— Tu sais, Pierre, Marie est bien triste quand tu es méchant. Elle m'a dit que son rêve de devenir institutrice allait se réaliser, mais que toi, tu n'avais plus de rêve ! C'était quoi, ton rêve ?

Pierre, sous ce regard bleu et crédule, avait baissé la tête. Les souvenirs des baisers échangés avec Marie sous les arbres du Bois des Loups l'avaient alors hanté. Comme l'aurait dit Nanette, « la raison lui revenait » !

Il croyait perdre Marie, mais c'était lui et lui seul qui la chassait de son cœur, qui la reniait. Elle n'avait pas changé, malgré ses belles toilettes et son acharnement à étudier. Elle suivait sa route, fidèle à ses désirs d'enfant, sans cesser de l'aimer, lui.

Alors, un matin d'automne, il était entré seul dans le Bois des Loups. Il avait marché parmi les ronces et les buissons, jusqu'à la source. Il pleuvait, les feuilles mortes, la terre gorgée d'eau dégageaient cette senteur si particulière propre à la saison.

Pierre avait réfléchi longtemps. Puis il avait jeté une pièce d'un sou dans la source en promettant de ne plus faire de peine à Marie, de l'aimer tendrement, d'être digne d'elle, enfin.

Lorsque la jeune fille était revenue pour Noël, elle avait été accueillie, sur le chemin de la métairie, par un Pierre qui avait retrouvé le regard pur et lumineux du jeune garçon de jadis. Il l'avait enlacée, en murmurant à son oreille un humble pardon.

Nanette, qui suivait les jeunes gens du regard, s'était empressée, à leur retour, de recommander à Marie, sur le ton de la plaisanterie :

— Et t'avise pas de marcher sur la queue du chat ou de faire tomber les feuilles du saladier en brassant la laitue. Autant de maladresses comme ça... autant d'années qu'il nous faudra attendre en plus, à nous autres, votre mariage.

Ils avaient tous ri de bon cœur de ce rappel pour le moins cocasse des croyances de la Charente limousine.

Au fil des mois, Jean Cuzenac avait pris, lui aussi, les choses en main en parlant à Pierre.

— La seule chose que je te demanderai, c'est de rendre ma fille heureuse !

Et puisque ce gaillard allait devenir son gendre, il allait le mettre au courant de ses affaires.

Nanette, au bourg, se glorifiait :

— Oui, notre moussur veut faire du fiston un genre de régisseur. Il l'emmène visiter les fermes et lui montre ses paperasses. Pierre, ça lui plaît bien. Figurez-vous qu'il conduit même l'automobile du patron !

Le prestige de Nanette allait croissant. Quand elle voyait son fils au volant de la voiture à moteur de monsieur Cuzenac, son cœur se gonflait de joie et d'orgueil.

— Si nous allions en promenade cet après-midi ? proposa Marie après le café.

Ils avaient déjeuné, dans la salle à manger, d'une fricassée de poulet agrémentée de cèpes... Quatre convives égayés par un petit vin clairet, par l'air chaud de juillet : Pierre, Marie, Léonie et Jean Cuzenac.

— Moi, les enfants, je préfère rester au frais dans le salon. J'ai des courriers à lire et vous serez mieux entre jeunes !

Marie fit les gros yeux à son père, qui, selon elle, se mettait à jouer les patriarches, alors qu'il n'avait pas encore soixante ans ! Mais son regard était plein d'amour filial. Léonie poussa une exclamation :

— Je sais où nous irons ! Au Bois des Loups ! J'ai découvert une petite source là-bas...

Marie et Pierre éclatèrent de rire. Léonie, surprise et un peu vexée, car elle était susceptible, leur demanda :

— Pourquoi vous moquez-vous de moi ?

— C'est un secret, ma Léonie ! répliqua Marie en venant l'embrasser. Je n'ai pas voulu te le confier, mais je crois que ce sera le jour idéal.

Rassurée, Léonie avait débarrassé la table, aidée de Pierre. Marie était montée se changer. Rien ne lui plaisait plus qu'une balade à pied dans la campagne, mais, pour l'occasion, elle tenait à être à l'aise. Seule dans sa chambre, face au grand miroir de l'armoire, elle se fit songeuse.

— Je suis trop heureuse ! Pierre sera bientôt mon mari et nous vivrons ici ! Aux Bories.

La jeune fille contempla sa bague de fiançailles, un modeste saphir monté sur un anneau d'argent. Puis elle regarda, sur la cheminée, un cadre qui abritait un cliché photographique la représentant, elle, Marie Cuzenac, en mars 1913, le jour de ses vingt ans.

Bizarrement, en détaillant son image en noir et blanc, Marie pensa à sa mère. À Brive, son père l'avait conduite sur la tombe de Marianne, morte à vingt-deux ans. Ils avaient déposé devant la croix de bois un bouquet de fleurs de serre, des lys blancs, au parfum pénétrant et suave...

— Maman ! avait chuchoté Marie. Protège-moi, veille sur ceux que j'aime, du haut du ciel !

14

Les brumes de l'automne

Septembre 1914

Nanette, qui sortait du bistrot de Marcel Pressigot, où elle avait acheté la carotte de tabac destinée à son mari, fut surprise d'apercevoir Éloi, le garde champêtre, sur la place. Le vieil homme s'apprêtait à battre du tambour, et déjà une foule de curieux marchait vers lui.

Elle se hâta de suivre le mouvement, soudain saisie d'un mauvais pressentiment. Monsieur Cuzenac, qui lisait chaque matin les journaux, avait déclaré à plusieurs reprises qu'une guerre menaçait. Nanette n'avait pas tout compris. Les mots restaient pour elle souvent chargés de mystère, comme ceux de Sarajevo et d'attentat.

Éloi lisait un papier à présent et, cette fois, les mots parurent clairs à Nanette, bien trop clairs :

— « Mobilisation générale ! »

Autour d'elle s'élevaient des commentaires, des cris d'angoisse et de colère. Les jeunes du bourg se rassemblaient, discutant déjà de leur départ. Défendre la patrie, cela ne leur faisait pas peur...

Affolée, Nanette rentra à la métairie au pas de course. Jacques l'aperçut, sa coiffe blanche de travers, les joues couleur de brique. Il vint à sa rencontre :

— Qu'as-tu donc ? Aurais-tu vu le diable ?

Essoufflée, elle ne put que répéter les mots du vieil Éloi : « Mobilisation générale ! »

Son mari devint livide. Il entra dans la maison, se servit un verre de vin.

Soudain, il tapa sur la table, furieux :

— Pierre ne partira pas ! C'est notre seul fils ! Je ne vais pas l'envoyer se faire trouer la panse par les Prussiens !

Nanette pleurait, assise dans le cantou où mijotait un ragoût de lièvre.

— Tu m'entends, ma femme ! Mon fils restera ici. Et puis le moussur fera ce qu'il faut ! Pierre est comme son gendre, à ce jour, il va pas le laisser partir...

Réconfortée, Nanette renifla et se calma un moment. Mais elle se leva vite, en gémissant :

— Jacques, monte donc aux Bories prévenir monsieur ! Je viens avec toi...

Jean Cuzenac les reçut avec joie, un sentiment qui fut aussitôt brisé par le refrain larmoyant de Nanette. La pauvre femme lui lança d'emblée la terrible annonce : « Mobilisation générale ! »

Il accusa le choc, tapota le dos de Jacques, avant de prendre Nanette dans ses bras :

— Allons, ne pleurez pas, ma bonne amie ! Pierre et Marie sont à la foire de Chabanais. À l'heure qu'il est, ils doivent être, eux aussi, au courant...

Léonie, alarmée par l'arrivée des métayers, qui n'avaient pas l'habitude de monter aux Bories en fin de matinée, au beau milieu de la semaine, vint aux nouvelles.

— Que se passe-t-il, Nane ?

Nanette avait donné tout son amour à Marie, qu'elle

considérait comme sa fille. À l'égard de Léonie, elle n'éprouvait qu'une amitié de voisinage. Mais son émotion était telle qu'en ce jour elle la serra contre sa large poitrine :

— Ma petite, c'est la guerre ! Nos hommes vont partir se battre je ne sais où ! De la chair à canon, voilà ce qu'ils vont faire de nos hommes ! Et qui labourera, qui s'occupera du bétail et du bois ?

Effrayée, Léonie se précipita vers Jean Cuzenac :

— Mais vous, papa Jean, vous n'allez pas à la guerre, vous restez ici, n'est-ce pas ?

Il lui caressa les cheveux, ému :

— Je suis sans doute trop âgé pour être mobilisé. Ne t'inquiète pas. Jacques, Nanette, venez à la cuisine. Je crois que nous avons tous besoin d'un remontant.

Ils discutèrent plus d'une heure. Puis le bruit d'un moteur les fit taire. Léonie courut à la fenêtre :

— C'est un monsieur que je ne connais pas qui conduit la voiture ! Oh ! Marie est toute seule avec lui, Pierre n'est pas rentré !

Nanette se figea sur sa chaise. Jacques ôta son béret, muet de stupeur. Marie entra en courant, suivi d'un homme aux cheveux blancs que Jean Cuzenac reconnut comme un éleveur de ses amis, André Fort. La jeune fille n'eut qu'un cri de détresse :

— Nane, Pierre est parti !

Un sanglot la secoua lorsqu'elle ajouta :

— Il m'a chargée de vous dire au revoir !

Marie se réfugia dans les bras de son père. Là, se voulant courageuse, elle expliqua :

— Monsieur Fort m'a gentiment ramenée. Nous l'avions rencontré sur le foirail. Papa, j'ai voulu retenir Pierre, mais il m'a suppliée de le laisser partir. Il m'a dit que, s'il rentrait ici, il aurait moins de courage, ensuite...

— Ma petite fille, je suis désolé ! Mais je suis fier de

mon futur gendre, il a agi en homme. C'est pour te protéger, pour nous protéger tous qu'il va se battre. Aie confiance, cette maudite guerre ne durera pas...

Léonie s'approcha. Doucement, elle prit la main de Marie en murmurant :

— Il faut consoler la pauvre Nane !

Un instant plus tard, Nanette reprenait des couleurs et séchait ses larmes, entourée des deux jeunes filles. Pour elles trois, pour Jean Cuzenac et Jacques, pour des milliers de femmes et de familles, la longue et douloureuse attente commençait.

Juste avant que Pierre ne parte, Marie avait glissé dans la poche de sa veste, tout près de son cœur, le cadre doré de la Vierge d'Aubazine, décoré des violettes qu'il lui avait offertes, par une belle journée de printemps.

10 octobre 1915

Marie s'attardait dans la classe. Ses élèves venaient de sortir et, sous une pluie battante, quittaient la cour pour rejoindre leur foyer.

Le gros poêle en fonte ronronnait ; derrière les vitres, la nuit semblait déjà prête à fondre sur le pays endeuillé. La commune de Pressignac avait déjà perdu une trentaine de jeunes gens en pleine force de l'âge. Une liste qui s'alourdirait à plus de cinquante victimes avant la fin des hostilités ! Un écrasant tribut ! De braves garçons qui aimaient pêcher la carpe et le brochet dans les rivières, qui avaient dansé autour des feux de la Saint-Jean, sur la grand-place !

Louison, le fils du forgeron, Albert, le fils de l'aubergiste... Élodie, la nièce de la vieille Fanchon, était désormais veuve, avec deux petits pendus à ses jupons. Il y avait aussi Jeannot, Lucien... Une énumération sinistre !

Marie soupira. Elle avait été nommée institutrice à Pressignac par un simple concours de circonstances. La précédente maîtresse d'école avait abandonné sa place, désespérée par la mort de son fiancé, tué au front, durant les premiers jours du conflit. Le maire, sachant que Marie pouvait commencer à enseigner, avait hâté les démarches administratives, soutenu par Jean Cuzenac, soulagé de garder sa fille près de lui.

Pour Marie aussi, cela avait été un réconfort. Elle avait tant rêvé en passant devant cette école. À présent, elle était la « demoiselle », vêtue avec soin d'une longue jupe noire, d'un corsage beige et coiffée d'un chignon. Son père la conduisait en automobile le matin, mais le soir, elle avait tenu à rentrer aux Bories seule et à pied, quel que soit le temps.

Il lui fallait passer chez Nanette, la rassurer, partager leurs inquiétudes au sujet de Pierre. De lui, elles avaient reçu cinq cartes seulement, des fragiles bouts de papier qui leur donnaient des nouvelles du jeune soldat et parvenaient à Pressignac bien longtemps après la date d'expédition.

Depuis deux mois, plus rien. Marie voulait se persuader que son fiancé était encore en vie. Elle lui écrivait des lettres pleines d'amour et, privé de sa présence, son amour se changeait en passion. Elle ne l'avoua à personne, mais comme elle regrettait de s'être montrée si sage ! Pourquoi n'avait-elle pas cédé aux prières de Pierre, qui, ardent et amoureux, lui avait souvent demandé plus que des baisers ?

— S'il meurt, murmura-t-elle, il n'aura rien eu de moi, alors que je lui appartiens depuis des années ! Je déteste cette guerre, je veux mon Pierre !

Marie s'effondra sur son bureau, la tête posée sur ses bras repliés. Elle pleura longuement, oubliant l'heure et le lieu.

Durant la journée, elle tenait à être à la hauteur de sa tâche, et ses élèves ne soupçonnaient rien de ses tourments intérieurs. L'enseignement lui apportait d'ailleurs un bonheur réel, malgré ce poids d'angoisse qui ne s'allégeait jamais. Voir les petites filles assises à leurs pupitres, vêtues de leurs tabliers, attentives et pleines de bonne volonté, la rendait joyeuse tout le temps des cours. Pendant le déjeuner, elle veillait sur les plus jeunes, leur prêtant des livres d'images, réchauffant leurs gamelles.

Marie occupait également au village le poste de secrétaire de mairie. En effet, beaucoup possédaient une maîtrise imparfaite de l'écriture. Ils venaient donc voir la jeune fille pour remplir les dossiers de demande d'assistance et les missives destinées à leurs soldats. C'est une tâche que la jeune femme effectuait de bonne grâce, sachant la misère de chacun et le réconfort que ces quelques mots apporteraient à l'époux, au fiancé ou au fils. Elle n'était plus seule dans son désarroi. Elle appartenait à la grande famille solidaire de ceux qui espéraient.

Le soir, au dîner, Marie racontait à Léonie et à son père sa journée d'école : les bons mots de la petite Colette ou les chagrins de Madeleine, une fillette rousse.

Nanette avait droit aussi à ces anecdotes, ce qui la faisait sourire. Marie lui répétait :

— Notre Pierre reviendra, tu verras !

La nuit bleuissait les fenêtres. Marie se redressa et s'empressa de ranger la classe, en se reprochant son moment de désespoir. Le poêle était éteint. Vite, elle mit son manteau, chaussa ses bottines et sortit. Le ciel lui sembla moins nuageux, la pluie avait cessé.

Pour une fois, elle aurait apprécié de rentrer en voiture, car elle se sentait meurtrie et lasse.

— Allons, en route, papa viendra sûrement à ma rencontre, il doit s'inquiéter de mon retard !

Le chemin se dessinait en clair dans la campagne assombrie. Marie marchait le plus rapidement possible, pressée de retrouver l'asile de la grande maison, là-haut sur la colline. Elle décida de ne pas s'arrêter à la métairie. Nanette ne lui en voudrait pas.

En longeant le Bois des Loups, la jeune fille ralentit un peu son allure. Des odeurs de champignons, de terre humide l'assaillirent de trop doux souvenirs. Elle secoua la tête, puis regarda vers la colline. Les Bories s'y dessinaient nettement, grâce aux fenêtres illuminées. Léonie devait guetter son arrivée. Elle savait désormais tout du passé de Marie et elle avait coutume, le soir, d'allumer chaque pièce.

— Comme ça, tu vois la maison de loin !

Chère petite Léonie ! Elle jouait les anges gardiens avec amour et malice...

Le chemin se divisait en deux branches. L'une montait aux Bories, la seconde menait à Chabanais. Marie jeta par habitude un regard de ce côté. Elle crut distinguer une silhouette.

Mi-inquiète, mi-curieuse, la jeune fille attendit un peu. Elle ne s'était pas trompée, quelqu'un marchait comme elle dans la nuit d'automne. Du ruisseau tout proche s'élevaient des écharpes de brume qui flottaient à un mètre du sol, se regroupaient en s'intensifiant, pour aller se perdre dans les bois.

Un pan de ciel se dévoila tout à fait, paré d'un quartier de lune. Une clarté bleuâtre vint iriser le brouillard. Marie ne voyait plus à deux mètres, mais elle entendait maintenant un bruit de pas. Soudain elle crut comprendre. C'était sûrement son père. Gaiement elle appela :

— Papa ! Je suis là ! Papa !

Une voix lui répondit, plus jeune, plus forte :

— Marie ? Marie !

Elle crut perdre la tête. Comment n'aurait-elle pas reconnu cette voix-là ?

— Pierre ! Mon Pierre ! s'écria-t-elle en courant.

C'était bien lui, son sac sur l'épaule. Marie se heurta à sa poitrine solide, aussitôt l'enlaça, éperdue de bonheur :

— Pierre, tu es revenu ! Merci mon Dieu !

Pierre chercha ses lèvres, l'embrassa avec violence. Marie sentit des larmes mouiller ses joues. Elle le serra plus fort, se donnant toute en un baiser passionné.

Quand elle eut repris son souffle, elle s'écria, encore sous le choc de l'émotion :

— Comme Nanette va être heureuse ! Autant que moi, Pierre, autant que moi ! Tu as eu une permission, c'est ça ? Quelle chance, viens, viens vite à la maison.

Pierre ne bougeait pas.

— Marie, attends ! répondit-il enfin. Je n'ai pas eu de permission, je suis démobilisé. Je voulais rentrer à la métairie, te dire la chose demain !

Elle recula un peu, surprise. Pierre fit trois pas vers elle. D'une voix éteinte, il avoua :

— Marie, tu as vu ? Je boite ! C'est que j'ai perdu une jambe. Je n'ai pas osé vous l'écrire. J'étais dans un hôpital. Depuis le mois de juin. Ils m'ont posé une jambe artificielle. Ça me fait mal, quand je marche trop.

Pierre tira de la poche intérieure de sa veste le portrait de la petite Madone d'Aubazine.

— J'ai aussi reçu une mauvaise blessure au côté gauche. Un coup de baïonnette. Ça a failli m'atteindre en plein cœur. L'arme blanche a dû glisser contre le verre... Ou elle a été déviée par le cadre. On n'a pas compris, il aurait dû se casser. Je pense que ton petit portrait m'a sauvé la vie. L'était pas belle, ma blessure au côté, mais elle s'est vite refermée. Un miracle sans doute !

Marie se blottit de nouveau contre Pierre.

— Mais moi, je pense qu'il aurait été préférable de mourir, continua le jeune homme avec amertume. Je suis un homme amputé, fini, Marie... un infirme. Alors, je te rends ma parole. C'était horrible, la guerre, si tu savais. Une boucherie, la mort partout...

La jeune fille le fit taire d'un autre baiser, plus tendre, plus grave. Elle s'accrocha à lui, bouleversée, et le serra contre son jeune corps.

— Pierre ! La petite Madone t'a protégé et tu es vivant. Tu es là, au pays, et je t'aime, je t'aime. Je t'aimerai toujours, je te veux toi, toi seul, mon Pierre ! Tu as souffert pour notre patrie, à mes yeux, aux yeux de nos futurs enfants, tu seras un héros ! Pour toujours. Pierre, je t'en prie, ne me quitte plus !

Jean Cuzenac, vraiment inquiet du retard de sa fille, descendait des Bories. Il vit à la croisée des chemins un couple enlacé. Les mots de Marie lui parvinrent, avec ce refrain lancinant : « Pierre, Pierre ! »

Il comprit et s'empressa de faire demi-tour. Tout à l'heure ou demain, il écouterait le récit de Pierre. Pour le moment, il devait laisser seuls les amoureux...

15

Le grand jour

Un soleil blanc et tiède coulait sur la campagne semée de pâquerettes et de boutons-d'or. À la métairie, Nanette finissait de décorer la grange où aurait lieu le repas de noces. Léonie et Pierre, aidés par Jacques et le vieil Alcide, avaient orné les murs de draps blancs sur lesquels ils accrochaient de jeunes feuillages.

Aux Bories, une couturière et ses apprenties, venues de Chabanais, habillaient la future mariée. Jean Cuzenac, qui employait Pierre comme régisseur, lui avait versé trois mois de salaire. Le jeune homme avait donc pu payer la confection de la robe blanche que revêtait Marie, mais, conformément aux usages du Limousin, il n'avait pas vu cette toilette avant les « épousailles ».

C'était une toilette simple, ornée de dentelles, de boutons nacrés et parée, à la ceinture, d'un bouquet de fleurs d'oranger.

Marie avait tenu à célébrer son mariage selon les traditions paysannes. Son père avait accepté de bon cœur, heureux de partager la joie de Jacques et de Nanette. Il avait assez souffert des aspirations bourgeoises de son épouse, Amélie. Aussi attendait-il sa fille avec impatience, afin de la conduire à l'église de Pressignac dans la calèche, nettoyée et fleurie pour la circonstance. Le vieux cheval, Coquin, celui-là même qui avait amené Marie dix ans plus tôt, semblait fier de son rôle.

Enfin elle descendit, radieuse, les cheveux couverts d'un voile couronné de fleurs d'oranger.

— Papa ! Mon cher papa ! Vite, partons, Pierre doit s'impatienter.

Le cortège nuptial se forma à la métairie, où s'étaient déjà rassemblés les « festiants ». Les garçons d'honneur distribuèrent des bouquets aux demoiselles, dont Léonie, très émue.

Marie prit le bras de son père, tandis que Pierre, vêtu de son beau costume en velours noir, fermait la marche, au bras de Nanette. Il avait une nouvelle prothèse et s'entêtait à ne pas prendre de canne. Jeune et vigoureux, il était loin de ressembler à un infirme. Un violoneux était venu de Massignac et précédait le cortège, jouant de son instrument.

Les fiancés se retrouvèrent devant la mairie. Là eut lieu le mariage civil. Enfin, une foule se pressa dans l'église, tandis que les garçons d'honneur sonnaient la cloche, la fameuse Marie-Antoinette.

Marie et Pierre échangèrent leurs alliances, tous deux émus et très graves. Jean Cuzenac avait fait venir un photographe qui immortalisa la noce. Puis tous, chantant et riant, reprirent le chemin de la métairie. Nanette avait cuisiné durant trois jours. Jean Cuzenac avait insisté pour commander une pièce montée géante chez le meilleur pâtissier de Chabanais.

Lorsque Marie arriva devant la grange, elle vit la banderole portant les mots « Vive les mariés » accrochée au-dessus de la porte.

Elle qui n'avait pas versé une larme pendant la cérémonie se mit à pleurer. Léonie se précipita :

— Allons, entrez ! Venez applaudir notre travail.

Deux grandes tables, drapées de blanc, accueillaient les convives. On mangea du potage façon Nanette, plusieurs viandes rôties, du ragoût savoureux, et le vin coula à flots. Le repas dura longtemps.

La fête, les chants et les danses firent oublier un instant ceux qui ne reviendraient plus, les mauvaises récoltes, les angoisses du lendemain.

Nuit du 30 avril au 1er mai 1916

— Marie, Marie du Bois des Loups, ma chérie, si tu savais à quel point je suis heureux ! J'ai tellement attendu ce moment, t'avoir là, dans mes bras ! Lorsque j'étais dans les tranchées, pour ne pas perdre courage je pensais très fort à toi... et au jour de nos noces. C'était un beau rêve qui brillait au fond de mon cœur !

Marie posa sa joue contre l'épaule de son mari. Ils étaient enfin seuls, dans la chambre de la jeune fille, au premier étage des Bories.

Jean Cuzenac avait décidé de leur laisser la grande maison durant deux jours, puisque les mariés avaient refusé de partir en voyage de noces. Le maître des lieux avait réservé une chambre à Massignac, chez un de ses amis aubergiste.

Pierre la regardait : un regard d'homme, avide et caressant. Puis il posa une de ses mains sur sa femme, à la naissance des seins...

Marie se raidit. Déjà, quand Pierre, sans grande gêne, était sorti du cabinet de toilette en chemise de nuit, les jambes nues, elle avait rougi. Il s'était jeté dans le lit en riant :

— À toi, ma petite femme, de quitter ta robe et tes parures ! Je t'attends...

La jeune fille avait mis longtemps à se préparer, enfermée à clef dans la petite pièce que son père avait équipée d'un lavabo et d'une baignoire. Là, en se dévêtant, elle avait pensé à ce qui allait suivre. Marie n'ignorait rien des « choses de la nature », puisqu'elle avait travaillé à la métairie. Plusieurs scènes ne lui avaient laissé aucune illusion sur la façon de concevoir... Mais une crainte oppressante freinait ses gestes et son bonheur...

À présent, allongée contre Pierre, elle redoutait l'instant inévitable où il lui demanderait bien plus que des baisers. Comme pour lui donner raison, son jeune mari recommença à la caresser :

— Que tu es belle, Marie ! La plus belle du pays !

Elle eut un faible sourire, prise de malaise. Ces mots lui déplaisaient, malgré leur côté flatteur. Qui donc lui avait déjà fait ce compliment ? Oui, Macaire, pour mieux essayer d'abuser d'elle.

Tandis que son mari, en un geste impatient, se penchait afin de chercher ses lèvres, la jeune fille revit en un éclair cette scène dont elle avait vainement tenté d'effacer les détails honteux...

Pierre, le souffle court, aventura ses doigts sous les dentelles qui ornaient la chemise de nuit de Marie. Elle eut un violent mouvement de recul. Il s'étonna :

— Ma petite chérie ! Qu'est-ce que tu as ? Je t'aime tant !

Elle répondit avec un sourire d'excuse :

— Je suis trop nerveuse, pardonne-moi. Ce doit être le champagne de papa... Je ne me sens pas très bien. J'ai mal à la tête...

— Marie, n'aie pas peur ! Je sais bien que c'est la première fois. Je ne veux pas te brusquer...

Elle s'éloigna un peu. Pierre venait de lui donner l'occasion de poursuivre leur discussion. D'une voix changée, elle demanda :

— Et pour toi, Pierre, est-ce la première fois ?

Il toussota, gêné. Comment expliquer à la jeune fille,

dont le visage reflétait une telle innocence, que la vie de soldat conduisait parfois à quêter oubli et plaisir auprès de femmes faciles... Il lui caressa la joue et répondit à voix basse :

— Non, Marie ! Quand je suis parti d'ici, il y a plus d'un an, je peux te le jurer, je n'avais jamais embrassé une autre femme que toi ! Mais à la guerre, j'ai suivi mes camarades quand ils avaient une permission. J'ai jeté ma gourme, comme on dit, avec des filles qui étaient là pour ça. Il n'y avait pas d'amour dans ces rencontres, tu dois le comprendre. Les hommes ont des besoins, surtout quand ils savent que le lendemain ils peuvent se faire trouer la peau ! Mais toi, Marie, je t'aime, je t'aime tellement, depuis des années...

— Je ne t'en veux pas, mon Pierre ! Tu es rentré, tu ne m'as pas laissée seule, privée de toi. Tu es vivant et je suis ton épouse devant Dieu et les hommes !

Pierre, incapable de contenir le désir qui lui brûlait les reins, brusqua les choses. Il ôta sa chemise. Torse nu, il lui parut à la fois beau et effrayant. Elle faisait de son mieux pour rester détendue, mais son corps se révoltait.

— Pierre, j'ai peur ! Sois tendre, je t'en prie ! Je t'aime, tu sais que je t'aime, mais j'ai peur...

Marie se jeta hors du lit. Pierre maugréa et vit sa femme quitter la chambre en courant...

— Mais où vas-tu ? Marie ! Marie !

C'était une fuite, insensée, affolée. Marie se retrouva dans la cuisine. Ici, elle avait été si heureuse. Avant, oui, quand elle avait quinze ans et que Pierre se contentait de l'admirer, de la protéger. À cette époque, elle se sentait aimée par lui, mais à présent, il lui semblait un ennemi. Elle sanglota, appuyée au mur :

— Je ne veux pas ! Il n'a pas le droit !

La voix de Pierre la fit sursauter. Le jeune homme

était entré sans bruit dans la cuisine, torse nu mais en pantalon.

— Marie ! Tu ne veux pas de moi, c'est ça ?

Elle ne sut pas lui répondre. Aucune parole de réconfort ne put franchir ses lèvres. Effrayée par l'air terrible de son mari, elle fit non de la tête. Il s'approcha un peu, puis s'arrêta près de la table :

— Écoute, Marie ! Je veux bien croire que tu ne te sens pas bien ou que tu as vraiment peur de devenir ma femme cette nuit ! Cela me fait de la peine, et puis... j'ai du mal à l'accepter. Mais je t'aime trop, Marie, pour te forcer. Je t'ai entendue pleurer, de là-haut...

Elle se redressa, prise de pitié pour lui :

— Pierre, je t'ai juste demandé un peu de temps ! Je t'aime, je te le jure devant Dieu, mais je crois que je ne suis pas prête ! Pardonne-moi...

Il lui tourna le dos, comme pour ne plus la voir, dans sa chemise légère, avec ses cheveux dénoués. Elle était bien trop désirable.

— Je vais dormir dans la chambre d'amis... Celle qui appartenait à madame Cuzenac ! Non, je me trompe, c'est celle où dormait Macaire quand il séjournait ici ! Un gars chic, lui, un gars de la ville maintenant ! Peut-être qu'il aurait eu plus de chance que moi, s'il t'avait passé la bague au doigt !

Sur ces mots dont il ignorait la cruauté, Pierre sortit de la pièce et monta à pas pesants l'escalier. Marie resta pétrifiée. Comment avait-il osé dire une chose pareille ! Pour la première fois de sa vie, la jeune fille se sentit envahie par une immense colère.

Une odeur de café chaud éveilla Marie et la fit se lever. Elle avait mal dormi et cela lui coûtait de se présenter devant Pierre.

Il déjeunait dans la cuisine, en tenue d'équitation. Sur un plat, s'empilaient des tranches de pain, près du beurrier et d'un pot de confiture.

Son mari, rasé de près, mangeait d'un air morne. Elle avança, intimidée :

— Bonjour, Pierre !

Il ne répondit pas. Sans la regarder, il sortit par la porte arrière qui donnait sur la cour et les écuries. La jeune femme en fut mortifiée.

L'après-midi parut interminable à Marie qui, plusieurs fois, faillit descendre à la métairie, afin de demander conseil à sa Nane... Mais elle n'osa pas.

Avant le dîner, Marie s'enferma dans sa chambre dont elle refit le lit avec soin. Que de souvenirs l'agitèrent en brassant les draps et les couvertures ! Elle revit Pierre, adolescent, quand il était monté dans le grenier de la métairie où elle grelottait sur sa paillasse. Elle se rappela sa voix dans la pénombre, lui conseillant d'aller se coucher en bas, dans le lit tiède de sa chaleur à lui.

Marie décida de faire la paix. Elle mit une robe de satin bleu et se fit un chignon. Autour de son cou, un collier de perles, cadeau de son père, faisait ressortir sa peau dorée. Son image lui plut, mais elle n'eut pas conscience de l'apparence qu'elle offrirait à Pierre : celle d'une jeune fille d'un milieu aisé, dotée de surcroît d'une distinction naturelle.

Ils dînèrent face à face, sans mot dire, comme frappés par le silence persistant de la grande maison. Au dessert, Marie chuchota enfin :

— Pierre ! Je suis désolée ! Je pensais que nous parlerions, aujourd'hui... en nous promenant. Il a fait si beau ! Pierre, réponds-moi, par pitié !

Il tressaillit, tant il y avait de vraie douleur dans la voix de Marie. Elle insista :

— Je sais que je t'ai déçu, hier soir, mais est-ce une

raison pour me bouder comme tu l'as fait, pour m'éviter et me laisser seule ?

Il releva la tête brusquement. Ses yeux sombres s'attachèrent au visage bouleversé de la jeune fille. Elle avait un tel air d'incompréhension, de détresse, que la forteresse d'orgueil où il s'était retiré se fêla un peu :

— Pauvre Marie, c'est donc que tu ne connais rien aux hommes ? Eh bien oui, c'est une raison ! Je me suis senti humilié, ridiculisé, frustré. Le désir m'a rendu malade toute la nuit ! Et toi, tu t'étonnes ! À quoi bon ces noces si nous dormons, toi en bas, moi en haut !

Marie, les joues brûlantes de honte devant un aveu aussi précis, balbutia :

— Je ne savais pas que c'était aussi grave... Je pensais que l'amour pouvait exister, sans le désir !

Pierre éclata d'un rire moqueur :

— Dis un peu, quand je t'embrassais, il y a quinze jours, tu n'étais pas si farouche ! Je ne pouvais pas savoir que tu n'avais pas envie du reste !

Marie se demanda si Pierre parlait volontairement de manière aussi rude et vulgaire. Sans doute. Cette discussion ne les réconcilierait pas. D'un seul élan, elle se leva et marcha vers lui. Elle répéta :

— Pardon, Pierre ! Je t'ai blessé, mais ce n'est pas la peine de jouer les mufles ! Crois-tu que tu me séduiras en imitant ce porc de Macaire ou tes amis du bistrot ?

Le jeune homme accusa le coup. Livide, il se servit un verre de vin et le but d'un trait. Toute la journée, il s'était reproché d'avoir peiné Marie en lui jetant Macaire au visage. Elle lui en voulait encore, c'était évident. Il la regarda à la dérobée et la trouva très belle. Presque trop belle, même, pour le paysan qu'il serait toujours. Était-ce sa femme, cette demoiselle qui s'exprimait si bien, dans cette robe élégante ?

— Je te demande pardon, moi aussi ! parvint-il à murmurer, penaud.

Puis il l'attira contre lui, pour ne plus la voir, le visage enfoui dans les plis de sa jupe. Marie passa une main légère dans les cheveux de son mari. Celui-ci se leva à son tour et l'enlaça.

— Ma petite femme ! Ma jolie petite femme !

Pierre fit des efforts afin de ne pas l'effaroucher, mais son baiser même trahissait la force de son désir viril. Marie ferma les yeux et se laissa entraîner vers leur chambre...

Depuis dix minutes, la jeune fille, d'un naturel pudique, était au supplice. Les poings serrés, les yeux clos, elle luttait contre elle-même afin de satisfaire son mari. Pierre, la voyant comme abandonnée, en profita. Il s'abattit sur elle en marmonnant :

— Tu es si belle, comme ça, toute nue !

Bientôt Marie poussa un gémissement aigu. Une douleur pénible la vrilla, tandis que Pierre répétait, perdu au sein d'un délire sensuel :

— Tu es à moi ! Enfin ! À moi, à moi !

Quelques instants plus tard, Marie sanglotait en tournant le dos à Pierre, qui était assez navré de sa brutalité. Dans l'espoir de la consoler, il lui effleura le dos d'un doigt. Mais elle resta enfermée dans son chagrin, son dégoût de l'amour. Naguère, les baisers qu'ils échangeaient, Pierre et elle, lui semblaient délicieux. Jamais le jeune homme n'avait osé une caresse sur ses seins ou ses cuisses. Maintenant, parce qu'il lui avait passé un anneau d'or à la main, il s'était comporté comme Macaire. Plus brutal encore...

Marie se sentait perdue. Manquait-elle d'amour à l'égard de Pierre ? Non, c'était impossible, elle l'adorait.

Durant leurs brèves fiançailles, ils avaient souvent été seuls, et Pierre se montrait tendre et câlin. Elle avait à son contact éprouvé des sensations nouvelles qui, peu à peu, la rendaient languide, troublée. Pourquoi réagissait-elle ainsi ?

Pierre, de son côté, remuait de bien sombres idées. Était-ce son infirmité qui rebutait Marie ? Ce ne serait pas si étonnant ! Quelle femme voudrait, sa vie durant, d'un homme mutilé dans son lit ?

Dans ce cas, pourquoi l'avait-elle épousé ? Peut-être par simple fidélité à la parole donnée, par pitié. Non, cela, il ne l'accepterait pas. Soudain il revit monsieur Cuzenac, à la fin du repas de mariage. Son beau-père lui avait demandé, à mots couverts, d'être patient et très doux avec Marie. Pourquoi cette mise en garde ? Savait-il quelque chose sur la jeune fille que Pierre ignorait ?

Marie, le drap au menton, le nez dans l'oreiller, continuait à pleurer. Elle avait l'impression que tous ses rêves d'amour s'écroulaient, qu'elle se retrouvait en plein vide, privée de celui qu'elle avait tant attendu. Cela lui faisait l'effet d'un désastre que rien ne saurait réparer... Elle s'était sacrifiée, pour le bonheur de Pierre, maintenant elle souffrait dans son corps et son cœur. Alors, à quoi bon avoir consenti à cet acte qui lui laissait un goût amer et la répugnerait toujours, elle en était sûre...

Elle implora, désespérée :

— Pierre ! Ne me laisse pas !

Il ne répondit pas. Le cri de Marie lui donnait envie de fuir, car ses réflexions avaient pris un tour désespéré. Marie ne l'aimait pas. Ainsi, leur serment du Bois des Loups, au bord de la source, leur engagement d'enfants les avait menés là, à cette heure de séparation, de rancune inavouée.

Pierre en vint à maudire cette guerre qui avait fait de lui un infirme. Il avait souffert, enduré la boue, la vermine, il avait vu la mort en face, chaque matin, chaque soir, tout cela pour perdre la femme qu'il adorait. Son caractère violent reprenant ses droits, il frappa à poings fermés la table de nuit. La bougie se renversa et s'éteignit. Pierre hurla :

— Avoue donc ! C'est dégoûtant de coucher avec un infirme ? Je te fais horreur, dis-le, bon sang !

Marie se redressa, tremblante :

— Pierre ! Je t'en prie ! Ne dis pas des choses pareilles ! Calme-toi, tu me fais peur !

— Je maudis ceux qui m'ont envoyé au front ! Ils ont brisé ma vie ! Je maudis ton père et ses bonnes manières ! Lui aussi, il t'a volée à moi !

Marie s'écria, affolée :

— Pierre, tais-toi ! Tu es fou, ta vie n'est pas brisée et mon père n'a rien fait pour nous séparer !

Elle voulut s'approcher de lui, le chercha à tâtons. Ses mains rencontrèrent la poitrine musclée de Pierre, dont la peau lui parut chaude et souple. Un élan de compassion lui fit appuyer ses lèvres sur cette chair d'homme. Marie pensait effacer par la tendresse les mauvaises idées qui tourmentaient le jeune homme. Il avait été son fidèle compagnon de jeux. Déjà fier, ombrageux. Comme elle était sotte de ne pas avoir songé à cela ! Bien sûr, Pierre croyait qu'elle ne l'aimait pas assez, à cause de sa jambe mutilée...

Il devait éprouver une cuisante humiliation et une sorte de rage impuissante.

— Mon chéri, excuse-moi ! Je t'aime tant ! Tu es encore mon Pierre du Bois des Loups, ne t'en fais pas ! Tu es un héros, comment peux-tu croire que tu me répugnes ? C'est que j'ai eu très mal !

Marie, dans son souci d'apaiser son mari, le caressa

doucement. Ses doigts menus parcouraient sa poitrine, ses bras. Il restait silencieux, ce qui la rassurait. De nouveau, elle s'approcha, collant son corps au sien, et leurs lèvres se trouvèrent pour un interminable baiser.

Pierre hésitait. Devait-il croire Marie ? Il la savait généreuse, loyale. L'aimait-elle sincèrement ?

Pourtant, petit à petit, il cessa de s'interroger. Ce baiser qui les unissait était si merveilleux qu'il sentit un immense bien-être l'envahir. Marie elle-même ne songeait pas à combattre la subtile griserie dont la puissance croissait sans cesse, au rythme des battements de son sang. Elle en oubliait sa nudité, celle de Pierre. Seule comptait cette fièvre qui les prenait ensemble, leur dictait les gestes éternels du plaisir... L'amour triomphait, repoussant chagrins et doutes. À présent, Marie n'avait plus peur. La voix bien connue de Pierre chuchotait dans son cou des mots câlins auxquels elle répondait par de petits rires éblouis. Ce fut elle qui l'attira cette fois, curieuse et impatiente. Lorsque Pierre la reprit, sans hâte ni brusquerie, elle soupira, délivrée :

— Mon Pierre, je t'aime ! Je t'aime !

16

Un jour de neige

Décembre 1916

— Léonie, cette brassière est un chef-d'œuvre ! Tu as des doigts de fée ! Les sœurs d'Aubazine peuvent être fières de toi. Tu ferais vraiment une excellente couturière !

Marie ne pouvait pas détacher ses yeux du petit vêtement blanc brodé de fleurs et ajouré autour du col. Léonie, heureuse du compliment, arborait un sourire radieux.

Dans la grande maison des Bories régnait une atmosphère de fête. Noël approchait et, comme fidèle au rendez-vous, la neige tombait depuis la veille, drue et silencieuse.

Le paysage duveteux que les deux jeunes femmes contemplaient souvent, par les fenêtres du salon, leur donnait l'impression délicieuse d'être à l'abri, loin de tout et surtout des tumultes de la guerre. Assises chacune d'un côté de la cheminée, elles se sentaient presque coupées du monde, grâce à cette blancheur qui transformait le moindre détail du paysage.

Marie, soudain émue, dit à Léonie :

— Combien nous avons de la chance, ma chérie ! Je ne sais pas si tu t'en souviens, mais je me revois à l'orphelinat, un jour de neige comme celui-ci... Tu étais malade et je t'avais lu un conte d'Andersen, celui de la petite sirène. Tu brûlais de fièvre et j'ai prié Dieu de vite te guérir ! Aujourd'hui nous sommes ici, toutes les deux. Et toi, ma Léonie, tu couds des merveilles pour mon bébé !

La jeune femme posa les mains sur son ventre, un geste familier qu'elle ne maîtrisait pas. Sentir cette vie neuve en elle, percevoir les mouvements de son premier enfant la remplissaient d'exaltation.

Toute la famille se réjouissait de l'événement que serait cette naissance, prévue pour les derniers jours de février.

Nanette, satisfaite et cachant mal son impatience de pouponner de nouveau, tricotait tous les soirs, et Jacques devait écouter, de son lit, tous les ragots du bourg, où l'on continuait à « causer » sur les gens des Bories.

Quant à Jean Cuzenac, il se promettait de chérir son petit-fils ou sa petite-fille, lui qui n'avait jamais connu les joies de la paternité.

— Oh ! Je crois que Pierre arrive ! s'écria Léonie.

Marie tendit l'oreille. Des pas retentissaient dans le vestibule. Elle s'étonna :

— Mais Pierre et papa sont partis du côté de Chabanais, ils ne peuvent pas être déjà de retour, surtout avec cette neige. Les chemins sont mauvais, les routes ne doivent guère être meilleures...

Léonie se leva, rectifia une mèche de cheveux rebelle, en murmurant :

— Je vais voir ! Ne bouge pas, Marie. Ils ont peut-être fait demi-tour...

La jeune fille n'eut pas le temps d'aller à la porte du salon qui s'ouvrit brusquement. Un homme se tenait sur le seuil, tapant sans gêne ses chaussures couvertes de neige sur le plancher ciré. Malgré la casquette à oreillettes et la grosse veste en fourrure qu'il portait, Marie le reconnut aussitôt :

— Macaire ! Mais de quel droit entrez-vous chez moi sans sonner ? Et sans y être invité ?

Léonie resta les bras ballants, ne sachant que faire. La pâleur de Marie l'impressionna. Bien sûr, depuis son installation aux Bories, elle avait entendu parler du neveu des Cuzenac, en termes d'ailleurs peu flatteurs... Cependant elle ignorait combien Marie craignait ce personnage.

Macaire avança, un sourire railleur aux lèvres :

— Madame joue les bourgeoises ! On me l'avait dit, je n'y croyais pas ! Alors, Marie, après avoir frotté les parquets de ma tante et joué les bonniches, on se prélasse au salon !

Marie se raidit, prête à la lutte. Elle jeta un regard sur Léonie, rassurée de ne pas être seule pour affronter Macaire. Ce dernier parcourait la pièce en sifflant, ne se gênant pas pour prendre un bibelot ou toucher un meuble de ses gants humides. Il s'adressa enfin à elle, d'un ton moqueur :

— Et où est donc ton cul-terreux de mari ? Et mon oncle ? J'avais à lui parler, vois-tu !

— Ils sont partis pour la journée ! répliqua Léonie, qui, instinctivement, se tenait sur ses gardes.

Le jeune homme lui déplaisait. Macaire vint la détailler, presque nez à nez, puis il recula en demandant :

— Qui c'est, celle-là ? Une domestique, qui me cause aussi mal ?

Marie se leva enfin, les jambes molles. Elle répliqua sèchement, en s'appliquant cependant à conserver son calme :

— Léonie est mon amie. Mon père n'apprécierait pas vos manières, Macaire. Il me semble qu'il vous avait interdit de venir aux Bories. Alors, je vous conseille de sortir, et vite !

Macaire se tourna vers Marie. Il considéra l'épaisseur de sa taille, ses vêtements élégants et ricana méchamment :

— Oh ! Madame s'est fait engrosser ! Qui est le père ? Le boiteux ?

Marie tressaillit. Quelque chose, proche de la haine, montait dans son cœur. Pourquoi Macaire était-il venu briser l'harmonie de cette douce journée d'hiver ? De quel droit se trouvait-il ici, à la narguer ?

Macaire, lui, rageait de redécouvrir, intacte, la beauté de Marie. Cette fille le troublerait toujours, même déformée par la grossesse.

D'autres mots cruels allaient s'échapper de sa bouche, mais il avait été trop loin. En entendant insulter son mari, la jeune femme, outragée et furieuse, s'approcha et, d'un élan vengeur, le gifla à la volée.

Ce geste la libérait d'un long cauchemar. Depuis des années, elle rêvait de frapper la face blême de Macaire, qui avait osé la violenter un soir... Et dire que, sans Jean Cuzenac, ce pourceau serait parvenu à ses fins !

Macaire resta hébété un court instant. Elle avait osé le gifler ! Il recula, les poings serrés :

— Catin ! Je ne sais pas ce qui me retient de te donner une bonne correction ! Mais pour qui te prends-tu ?

Léonie était morte de peur, mais elle se tenait aux côtés de son amie, prête à la défendre. Marie éprouvait une satisfaction immense. La marque rouge de ses doigts sur la joue de son ennemi lui donnait un nouveau courage. Elle lui désigna la porte du salon :

— Sortez maintenant ! Vous n'avez pas à me traiter ainsi, encore moins à salir Pierre. Lui au moins, il a combattu pour sa patrie. Sa blessure est le symbole de sa vaillance. On ne peut pas en dire autant de tout le monde, n'est-ce pas, Macaire ?

Le coup porta. Les parents du jeune homme avaient réussi à lui éviter d'être mobilisé, aidés en cela par un certificat médical acheté à prix d'or... Marie l'avait appris par son père, outré de la lâcheté de son neveu.

Macaire hésitait. Il avait envie de répliquer par la violence, mais la prudence le retenait. Jean Cuzenac lui ferait payer le moindre faux pas.

— Sortez de chez moi ! répéta Marie durement.

— Très bien ! grogna-t-il. Je m'en vais ! Je voulais parler à mon oncle. Tant pis... Ce sera pour plus tard. Toi, Marie, je te dis une chose ! Je n'oublierai jamais ce que tu viens de faire... Cette gifle, tôt ou tard, sois bien sûre que tu vas me la payer !

Marie fit celle qui n'écoutait plus. Elle se dirigea, en apparence très sereine, vers son fauteuil. Macaire vit sa nuque gracieuse, sous la masse du chignon, et se rappela la douceur de la peau à cet endroit... Cela datait de longtemps et elle n'était alors qu'une servante ! Il aurait dû en profiter.

En trois pas, il se jeta sur Marie, la prit aux épaules, la retourna et lui prit sauvagement la bouche. Ce fut court, brutal. Léonie hurla.

Macaire recula, en lançant, hargneux :

— Je venais annoncer à mon cher oncle que ma femme attendait un enfant. Lui au moins, ce ne sera pas un gosse de cul-terreux ! À bientôt, Marie, mes amitiés au fils des métayers... Il ne t'a pas appris grand-chose en matière de baiser !

Marie gardait les mains sur son visage, comme pour cacher une marque d'infamie. Elle sentait un poids énorme peser sur son cœur et son bonheur.

Léonie se précipita et la prit dans ses bras :

— Marie, ce n'est rien, ne pleure pas ! Pierre ira corriger ce rustre !

— Léonie, par pitié ! Il ne faut surtout pas que Pierre le sache, il le tuerait ! Si tu savais comme il est violent ! Et il déteste Macaire... Je ne veux pas de drame.

Un bruit de moteur, succédant à celui d'une portière de voiture claquée, les rassura sur le départ du visiteur. Léonie conduisit Marie sur le divan :

— Tu trembles ! Allonge-toi, je vais te préparer une tisane. Mon Dieu, comment a-t-il pu te faire ça à toi, dans ton état ?

Marie se laissa coucher et couvrir chaudement. La bonté de Léonie l'apaisait, mais ses lèvres la faisaient souffrir. Elle les toucha du bout des doigts.

— Léonie, je saigne... Il m'a mordue, il a voulu que je porte la trace de son répugnant baiser. Oh ! je le hais ! Je le hais !

La jeune fille ne sut que dire. Mieux valait agir. Elle courut à la cuisine et revint auprès de Marie, un linge mouillé à la main.

— Tiens, rince-toi. C'est glacé ! Le sang ne coulera plus.

Marie obéit comme une enfant. Toute la journée, Léonie s'efforça de la distraire, de lui redonner des couleurs. Après un bon goûter, la jeune femme se sentit plus solide.

Lorsque la lumière baissa et qu'il fallut allumer les lampes, Marie s'assit sur le divan. Elle prit les mains de Léonie installée à son chevet :

— Léonie ! Je dois te confier un secret. Cela me coûte beaucoup. C'est comme une honte que je porte depuis des années. J'espère que tu ne seras pas choquée... Tu sauras ainsi pourquoi je veux cacher à Pierre ce qu'a fait Macaire... Écoute, c'était au temps où je travaillais dans cette maison. Je logeais là-haut, sous les combles.

Macaire me harcelait sans cesse et un soir... il est monté...

Marie rapporta à son père la visite de Macaire, mais tout en reconnaissant que ce dernier avait été désagréable, elle tut les insultes et l'outrage subi.

À quoi bon raviver une animosité qui datait de plusieurs années entre l'oncle et le neveu ? Et puis elle eut bientôt un autre souci. Elle n'osait dire à personne les douleurs qui la prenaient parfois et l'obligeaient à passer des heures allongée. Dans l'espoir de cacher ses malaises, Marie se levait tard, se reposait encore l'après-midi, nul ne songeait à la contrarier...

Noël approchait. Pierre, un matin, alla très tôt dans le Bois des Loups et en rapporta du houx et du gui. Avec l'aide de Léonie, il décora la salle à manger et le salon.

— Marie a invité mes parents à dîner, le soir de Noël ! Pour une fois, nous n'irons pas à la messe de minuit... déclara le jeune homme à sa complice, qui était tout heureuse de préparer une surprise à Marie.

— Nanette doit cuire une tourte au gibier et une tarte. Moi, j'ai mis au point un menu de roi !

Ils se mirent à rire, ce qui intrigua Jean Cuzenac, occupé à ses comptes, dans son bureau. Il vint les saluer :

— Alors, que complotez-vous ?

En découvrant les branchages disposés dans des vases et autour des fenêtres, il hocha la tête, ému :

— Ma mère décorait aussi la maison pour Noël. Je suis content que vous ayez eu cette idée. Cela plaira à notre petite Marie ! Pierre, va-t-elle bien ? Je la trouve pâlotte depuis quelques jours...

Pierre haussa les épaules. La grossesse de sa femme

l'avait comblé d'un orgueil viril, mais il regrettait un peu les premiers temps de leur mariage, quand Marie, initiée au plaisir, se montrait une compagne amoureuse et vive. Maintenant, ce qu'il jugeait tout naturel, elle refusait de se prêter à leurs jeux amoureux. Il soupira :

— Marie est fatiguée, mais maman m'a rassuré. C'est normal dans son état ! Quand le bébé sera là, elle se sentira mieux, je la connais. Elle n'a qu'une idée, pouponner à son aise !

Léonie laissa les deux hommes discuter. Elle avait beaucoup de travail. Le grand dîner de fête aurait lieu dans quatre jours.

Lorsqu'il eut quitté Pierre, reparti aux écuries, Jean Cuzenac monta sur la pointe des pieds jusqu'au premier étage. Discrètement il frappa à la porte de Marie.

— Oui, papa, entre !

Marie était allongée sur son lit. Un oreiller surélevant sa tête, elle rédigeait une lettre pour les sœurs de l'orphelinat du Saint-Cœur-de-Marie d'Aubazine. Elle n'avait jamais oublié ses bienfaitrices et leur faisait parvenir fréquemment de ses nouvelles.

— Ma chérie, comment fais-tu pour ne jamais te tromper ? Cela aurait pu être ton mari ou Léonie !

La jeune femme, blottie sous ses draps, eut un sourire attendri :

— Papa, tu as ta façon à toi de frapper à une porte et je la reconnaîtrais entre mille ! Je t'aime tant ! Est-ce qu'il neige encore, ce matin ?

Jean Cuzenac alla à la fenêtre. Il avait observé au passage la mine de sa fille et s'inquiétait pour de bon.

— Oui, il neige... Écoute, Marie, je vais téléphoner au docteur Vidalin. Tu me dis chaque matin que tout va bien, mais je n'aime pas te voir couchée le plus souvent possible, pâle et les yeux cernés. Tu as une solide constitution, tu es à deux mois de tes couches, il n'y a aucune raison pour que tu te sentes aussi lasse. Nanette pense comme moi.

Marie ne répondit pas. Elle s'était persuadée que les maux dont elle souffrait n'étaient que des petites incommodités dues à son état, mais au fond de son cœur, elle luttait contre une terrible angoisse. Elle fut soulagée de capituler :

— Tu as raison, papa. Dis-lui de venir, c'est vrai, je me sens parfois épuisée...

— Ma pauvre chérie ! Je suis heureux d'être grand-père, mais je me demande si ce n'est pas un peu tôt, pour toi comme pour Pierre !

Jean Cuzenac alla s'asseoir au bout du lit. Marie, ses cheveux dénoués, ressemblait à une petite fille malade. Il en fut bouleversé :

— Ma chère enfant, mon trésor ! Si tu savais la joie que tu me donnes, chaque heure de ma vie ! Je ne le mérite pas...

Elle se redressa, les larmes aux yeux :

— Papa, ne dis pas ça ! Tu es le meilleur homme du monde ! Si seulement cette maudite guerre pouvait se terminer bien vite !

La guerre était un sujet que tous évitaient, afin de ne pas provoquer la colère de Pierre. Néanmoins, Jean Cuzenac et Jacques en parlaient, à la métairie, commentant les bonnes ou les mauvaises nouvelles.

Les campagnes, les villes semblaient désertées. La liste des morts au champ d'honneur et des blessés ne cessait de s'allonger. Souvent, l'après-midi, Marie et Léonie préparaient de la charpie pour l'hôpital militaire de Chabanais où étaient rapatriés les hommes les plus sérieusement touchés. Le maître des Bories faisait porter dans les foyers qu'il savait dans le besoin victuailles et médicaments, car l'hiver était rude. Il n'oubliait pas non plus le mandat qu'il faisait parvenir chaque mois au couvent du Saint-Cœur-de-Marie d'Aubazine : ce don permettrait d'apporter aux fillettes un peu de réconfort matériel. Mais quand ce conflit prendrait-il fin ? Pour l'heure, en ce mois de décembre 1916, l'avantage ne semblait pencher ni vers l'un ni vers l'autre des belligérants. La France reportait cependant son espoir de victoire sur la stratégie d'un nouveau général : Nivelle venait de remplacer Joffre.

Jean Cuzenac attira sa fille contre lui :

— Quand je pense que mon neveu se terre, bien à l'abri, alors que tant de jeunes hommes luttent pour la France, j'ai honte pour lui, Marie !

Il la sentit se raidir. Soudain il crut deviner :

— Ma chérie, qu'est-ce que tu as ? Quand j'y pense, tu es malade depuis que ce vaurien est venu te chercher des histoires, ici, sous notre toit... Dis-moi, il ne t'a pas manqué de respect, au moins ?

Marie s'effondra en larmes sur l'épaule paternelle. Elle hoqueta, renifla, éperdue, telle une fillette prise de terreur. Jean Cuzenac comprit :

— Tu n'as pas voulu me dire la vérité ? À cause de Pierre ?

— Oui... Il déteste Macaire. Alors s'il savait ! Mais ne crains rien, papa. Léonie était là... La vérité, c'est que Macaire a dit des choses tellement horribles que je l'ai giflé de toutes mes forces ! Bien sûr, il était furieux. Et... et il m'a embrassée, comme une brute ! Papa, j'ai peur de lui, je ne veux plus le voir... Je t'en prie, n'en parle à personne.

Jean Cuzenac explosa d'une légitime colère :

— Bon sang, ce porc se croit tout permis ! Si j'avais pu le jeter dehors, à coups de pied où je pense, cela m'aurait fait du bien. C'est un moins que rien, un mufle ! Mais ne t'inquiète pas, je garde ça pour moi.

C'est promis. Par contre, j'irai lui rendre visite et je lui interdirai le seuil des Bories.

Plus bas, il déclara gravement :

— Ma petite fille ! Tant que je vivrai, je veillerai sur toi. Arrête de pleurer. Tu vas sagement attendre le docteur Vidalin. Léonie nous prépare un festin pour Noël. Je veux que tu sois remise ! Oublie Macaire. Fais-moi plaisir, nous avons le devoir d'être heureux pour ce petit qui va naître...

Marie sentit son cœur s'alléger. Son père avait raison. Elle devait rire et reprendre confiance, pour son enfant.

Le repas de Noël fut une réussite. Nanette dut avouer que Léonie avait fait des merveilles et la jeune fille renchérit sur la saveur unique des mets apportés par la mère de Pierre.

Le couple de métayers ne s'habituait pas à être reçu en ami aux Bories, pourtant les invitations ne manquaient pas. Mais Nanette prétendait qu'elle ne pouvait pas venir, son mari encore moins. L'excuse était généralement soit une brebis malade, soit une vache prête à vêler, soit un voisin qui, justement, venait « souper » ce jour-là.

Toutefois, à l'occasion de Noël, Nanette et Jacques n'avaient pas pu refuser. Marie présida à table, assise en face de son père. Léonie avait veillé à garnir les chandeliers de bronze et la clarté d'une trentaine de bougies de cire fine jetait des reflets très doux sur le visage des convives.

Vêtue d'un corsage neuf, Nanette, les cheveux soigneusement tirés en chignon bas, tentait de prendre « des allures de dame ». Jacques avait ôté son éternelle casquette, et il avait soigneusement peigné sa chevelure grisonnante.

Jean Cuzenac se sentait profondément heureux en si

sympathique compagnie. Pierre riait beaucoup, jouant les maîtres de maison. Ce soir-là, Marie lui trouva une nouvelle beauté, peut-être en raison de ce costume gris, de la cravate en soie verte et de ce collier de barbe qu'il se laissait pousser.

Il y eut du champagne, des biscuits maison, et des chansons entonnées tour à tour par Nanette, Pierre, Léonie et Marie.

Les deux amies, après avoir interprété en chœur un splendide « Ave Maria », racontèrent en se donnant la réplique leurs souvenirs des Noëls passés à Aubazine.

Léonie évoqua une messe de minuit, sous les voûtes de l'abbatiale Saint-Étienne, où les petites orphelines avaient beaucoup ri, en cachette, car sœur Julienne y avait assisté avec de la farine sur les joues et le bout du nez :

— Sœur Julienne n'a qu'une passion, la cuisine ! Elle avait quitté trop vite ses fourneaux. La pauvre, elle avait préparé des brioches pour nous... Sœur Geneviève, à force de signes, a réussi à lui faire comprendre qu'elle devait s'essuyer le visage !

Quand Marie parla de l'adoration qu'elle vouait à Jésus dans la crèche, ses mains se portèrent à son ventre, discrètement. Le bébé avait bougé et elle s'illumina d'un sourire attendri.

— J'aimais tant le divin enfant que cela me gênait un peu de croquer ces petits personnages en sucre rose que les dames de Brive nous offraient. J'avais l'impression de faire un crime, mais c'était si bon, je demandais pardon, après...

Jean Cuzenac éclata de rire. Marie, rose de joie, riait aussi.

Nanette s'écria :

— Regardez donc notre Marie ! Ce petiot qu'elle attend, si elle le croque, celui-là, ce sera avec des baisers !

17

Le petit ange de février

Nanette semblait avoir toujours habité la grande maison des Bories. Les ordres pleuvaient, énoncés d'un ton aimable, mais qui n'admettaient ni retards ni discussions.

Jean Cuzenac n'avait pas eu à insister pour obtenir l'installation de Nanette dans la chambre même de Marie. La naissance était imminente et la jeune femme, très anxieuse, réclamait sa « Nane ».

Pierre avait émigré dans la petite pièce du grenier qu'occupait jadis Marie, quand elle travaillait pour madame Cuzenac... Le jeune homme en éprouvait un réel soulagement. Seul sous les combles, il pouvait fumer en paix et dormir sans s'alarmer au moindre soupir de son épouse.

Après une accalmie et quelques jours de dégel, mornes et boueux, la neige était revenue. Léonie veillait sur la bonne marche des feux et des poêles avec attention, comme si la plus faible baisse de température allait compromettre la vie de son amie.

Enfin, un soir, Marie serra très fort la main de Nanette qui arrangeait ses draps.

— Nane, je sens quelque chose... J'ai mal, un peu !

— Alors, ma mignonne, le moment est venu. Surtout, garde ton calme ! On a le temps, va !

Toute la nuit, Marie sentit son corps se tendre en

spasmes pénibles. Léonie montait aux nouvelles régulièrement, frappant deux petits coups à la porte avant de passer le bout de son nez dans l'entrebâillement :

— Tout va bien ?

— Mais oui ! répondait Nanette, très digne.

— Faut-il aller chercher le docteur ?

— Pas encore, petite ! Redescends et continue ton tricot, puisque tu ne veux pas aller au lit !

Léonie avait en effet déclaré que rien ni personne ne l'obligerait à se coucher cette nuit-là. Il lui fallait veiller sur Marie et l'enfant à venir, même à distance. Elle s'installa dans la salle à manger, près de la cheminée et pria de toute son âme jusqu'à l'aube. Marie ne se plaignait pas, mais, à chaque contraction, des larmes coulaient sur ses joues. Elle était pâle et beaucoup trop nerveuse, comme l'expliqua Nanette à Jean Cuzenac dès qu'il vint voir sa fille :

— J'ai beau lui dire de ne pas s'affoler, elle se crispe et serre les dents. L'enfant est encore bien haut, il n'est pas près d'arriver.

Ce furent des heures comme en connaissaient, à cette époque, toutes les familles. Marie ne pouvait plus contenir ses cris de souffrance, Léonie attendait dans la cuisine, de l'eau chaude en quantité à disposition. Quant à Pierre, il était allé rendre visite à son père pour lui donner un coup de main à l'étable.

Il y avait longtemps que le jeune homme n'avait pas accompli les tâches familières de son enfance, il en ressentit une sorte d'apaisement. Le métayer n'était pas dupe de ce qui tourmentait son fils. Entre deux brassées de foin jetées aux vaches, il lui dit d'un ton rassurant :

— Marie est une belle fille ! Le petit passera tout seul, mon garçon ! Si on buvait une goutte en son honneur ? Je te parie qu'il sera là avant la nuit...

Le docteur Vidalin arriva aux Bories au milieu de l'après-midi. C'était un homme assez âgé qui exerçait à Chabanais. Jean Cuzenac avait tenu à s'assurer de la présence d'un médecin compétent et fort renommé dans la région.

Marie se cramponna à Nanette en la suppliant :

— J'ai peur, Nane, j'ai tellement peur ! Je ne savais pas que cela faisait aussi mal... Qu'en pense le docteur, est-ce que tout va bien ?

La brave femme se posait la même question, mais elle s'écria, toute souriante :

— Mais oui, tout va bien. Ce bon docteur est descendu se préparer, voilà tout, et boire un café avec not' moussur.

Dans le salon, Jean Cuzenac apprenait la nouvelle de la bouche pincée de Vidalin :

— L'enfant se présente par le siège. Par chance, il n'a pas l'air très gros. Mais cela me préoccupe, car votre fille est déjà épuisée... Enfin, on va tenter de faire au mieux !

Marie n'avait pas lâché la main de Nanette. Léonie était entrée sur la pointe des pieds et se tenait au bout du lit, tout émue de voir son amie aussi mal en point. Comme elle l'avait fait toute la nuit, elle se remit à prier.

— Mon Dieu ! Aidez-moi !

Le cri de Marie fit tressaillir Nanette. Léonie se précipita en pleurant :

— Mon amie chérie ! Je voudrais tant t'aider !

Marie se tordit avant de se redresser, les reins cambrés. Elle haletait, livide. Nanette hurla :

— Léonie, vite, appelle le docteur...

Pierre s'attardait à la métairie, assis dans le cantou comme jadis. Jacques, afin de le distraire de son tracas, lui parlait bétail, énumérant les brebis ou les génisses prometteuses.

Ce bavardage créait un ronronnement agréable qui endormait l'angoisse du futur père. Soudain le chien Farigoul, le fils du vieux Pataud, se leva et se mit à aboyer. On frappa deux coups à la porte et Léonie entra, sa pèlerine blanche de flocons :

— Pierre ! Monsieur Cuzenac voudrait que tu viennes tout de suite... L'enfant va naître !

Pierre enfila son caban de laine brune et son bonnet. Quelque chose n'allait pas. Il éprouvait dans tout son corps la prémonition du danger, une impression tenace dont il avait appris à tenir compte là-bas, sur le front, parmi le fracas des obus...

Il suivit Léonie sans un mot, mais sur le chemin, il l'interrogea durement :

— Que se passe-t-il ? J'ai bien vu à ta mine qu'il y a un problème !

La jeune fille courait presque, malgré les plaques de verglas. Elle lança, le souffle court :

— Le bébé se présente par le siège. Marie souffre le martyre !

Pris de panique, il en voulait d'un seul coup à tout l'univers. Dans l'âme, le jeune homme restait un terrien, élevé simplement. Il pensait à présent que leur installation aux Bories et leur nouveau rang social les menaçaient.

Si Marie était restée une orpheline, une servante, s'ils avaient vécu à la métairie une fois mariés, cette naissance se serait sûrement mieux passée. Voilà ce que c'était de changer les choses établies depuis des années et des années. Marie jouait les dames sous le toit de la grande maison, elle en payait les conséquences.

La rancœur et la colère de Pierre s'évanouirent dès qu'il eut franchi le seuil des Bories, car un cri frêle, évoquant le miaulement d'un chat affamé, retentissait à l'étage.

Il grimpa l'escalier quatre à quatre, un grand sourire au visage. Jean Cuzenac l'attendait sur le palier, un peu pâle mais manifestement heureux :

— Ah ! Pierre, te voilà ! Tu as un fils, mon ami !

— Un fils ! Un petit gars !

— Oui, mais tu vas attendre un peu pour le voir. Nanette fait la toilette de Marie. Notre chérie a bien trop souffert. Viens donc boire un cognac, cela nous fera du bien !

Les deux hommes, riant de joie et de soulagement, allèrent droit à la cuisine. Ils y trouvèrent Léonie, déjà sanglée dans un vaste tablier blanc. Nanette avait demandé de l'eau chaude au moussur, sans souci de préséance. La jeune fille, vexée d'avoir dû s'absenter, voulait se rattraper. Elle leur cria :

— J'avais préparé du bouillon de poule ! Nane m'a dit d'en monter un bol bien chaud pour Marie ! J'y vais vite...

Jean Cuzenac se laissa tomber sur une chaise, son gendre l'imita.

— Quelle épreuve, Pierre ! J'ai cru que j'allais perdre ma fille ! Je ne sais pas si je t'aurais pardonné une pareille tragédie !

Le jeune homme se rebiffa, après avoir vidé son verre d'un seul trait :

— Eh ! Je ne l'ai pas forcée, ma femme. Elle en rêvait de ce bébé ! Moi, cher beau-père, j'aurais bien attendu encore !

Les traits réguliers mais un peu rudes de Pierre trahissaient son émotion. Le regard qu'il jeta à Jean Cuzenac en disait long sur ses états d'âme.

— Ne te monte pas la tête, Pierre ! Je connais la vie,

malgré tout. Quand on a de graves erreurs sur la conscience, on a souvent peur d'être puni...

Pierre comprit l'allusion. Il allait répondre, mais sa mère lui évita cette peine. Elle les rejoignit, sa face rouge éclairée de bonheur :

— Eh ! Mon Pierre, tu peux monter voir ta femme, elle va bien. Le petiot aussi !

Pierre s'empressa de quitter la pièce et de grimper à l'étage. Nanette dit tout bas à Jean :

— Marie a perdu beaucoup de sang ! Le docteur Vidalin est inquiet. Il est parti, mais il a promis de repasser ce soir, même tard. Pour le bébé aussi, je suis en tracas, il respire mal. L'enfant a autant souffert que sa pauvre maman...

— Nanette, moi qui reprenais juste mes esprits, voilà que tu me fais encore mal au cœur !

— À qui je pouvais dire ce que je pensais, mon moussur ? À ce follet de Pierre qui monte sur ses ergots pour un oui ou pour un non ? À Léonie qui a des yeux à faire peur, tant elle tremble pour notre Marie ? Sûrement pas à Marie, en tout cas, elle a besoin de toutes ses forces !

Pierre, malgré tous ses efforts, entra dans la chambre avec brusquerie. Le bruit de ses souliers ferrés, tapant le plancher, retentit jusqu'au fond du cœur de Marie, à demi endormie. Elle se tourna vers son époux :

— Mon Pierre ! Je t'ai donné un fils ! Viens !

Elle lui tendit la main. Pierre, soudain intimidé, s'approcha du lit. Marie était aussi blanche que les champs de neige, dehors. Ses cheveux, trempés de sueur, semblaient plus sombres. Son joli visage, émacié par la douleur, parut différent au jeune homme, sans doute à cause des cernes bruns qui soulignaient son regard.

— Marie ! Ma chérie ! Ça n'a pas été facile ?

— Non, mais c'est fini. Regarde !

Léonie se tenait à l'écart, assise près de la fenêtre. Afin de ne pas gêner le couple, elle appuya son front à la vitre. Cependant, pour rien au monde elle n'aurait quitté le chevet de son amie.

Pierre était penché sur sa femme. Ainsi il put découvrir, au creux des bras maternels, la frimousse de son fils. Le bébé ne lui sembla pas très beau, avec son teint d'un rouge violacé. Il dormait, si petit que l'on osait à peine croire à son existence.

Marie se redressa, illuminée par un bonheur mêlé de fierté :

— Alors, comment le trouves-tu ? Il est superbe, n'est-ce pas ? Ce coquin est né par le siège et, bien pire, le cordon était enroulé autour de son cou. Il a eu du mal à respirer ; pourtant, quand le docteur l'a fessé, si tu avais entendu ses cris !

Pierre murmura :

— Je l'ai entendu pleurer, en arrivant ! Bon sang, ça m'a rassuré ! Je vous imaginais perdus tous les deux, j'en avais des sueurs froides...

Marie eut un sourire résigné :

— Cela aurait pu se produire. Heureusement mon cher papa avait tout prévu. Le docteur Vidalin a été formidable !

Pierre ne voulait pas contrarier la jeune maman. Il lui caressa le front et l'embrassa tendrement sur la joue :

— Je suis certain que tu as été formidable, toi aussi, je te connais, tu es courageuse...

Après quelques instants de silence, Marie ajouta en souriant :

— Je te présente Jean-Pierre, notre bébé !

— Jean-Pierre ! s'exclama son mari, surpris.

— Oui, j'ai réuni les prénoms des deux hommes que j'aime le plus au monde, toi et papa !

— C'est une drôle d'idée, je pense que cela fera plaisir à toute la famille ! Moi je croyais qu'on lui donnerait le nom de mon père, Jacques...

Nanette entra. Elle entendit les derniers mots de son fils et haussa les épaules :

— Bêta, va ! Il y a assez d'un Jacques à la maison. Moi, je trouve ça bien, Jean-Pierre !

La discussion en resta là. Marie avait de la peine à garder les yeux ouverts. Elle eut juste le courage de demander :

— Quand dois-je le mettre au sein, Nane ?

— Repose-toi d'abord ! Tu as avalé deux bons bols de bouillon et tu as déjà meilleure mine ! Fais un petit somme et, ensuite, on présentera le téton à notre chéri !

Pierre embrassa encore sa femme, sur la bouche cette fois. Il comprenait enfin qu'elle était saine et sauve, que l'épreuve était passée. Ils avaient un fils et bientôt ils se retrouveraient, en amoureux.

Sur le palier, sa mère le détrompa aussitôt :

— Tu sais, mon garçon... faudra être raisonnable. Ta femme doit se remettre ! Ne va pas la chercher avant deux mois... Si elle nourrit, pas question de lui faire un autre petit ! Viens donc manger un morceau avec moi, j'ai une faim de loup !

Pierre suivit sa mère aux cuisines. Lui aussi se sentait un appétit terrible.

Léonie était restée près de Marie qui dormait d'un sommeil paisible. Le bébé faisait de même, ses petits poings serrés. La jeune fille se décida à sortir, un peu rassurée.

Jean Cuzenac l'attendait derrière la porte :

— Léonie, comment vont-ils ?

— Très bien, papa Jean ! Marie ne perd plus de sang

et elle a repris des couleurs. Le petit dort beaucoup, mais le médecin a dit que c'était normal. Il a souffert, ce chérubin, il lui faut du repos ! Nane pense qu'après la première tétée, il prendra des forces et de la voix !

Jean Cuzenac poussa un long soupir. Léonie l'observa d'un œil affectueux :

— C'est vous qui semblez mal en point, papa Jean. Allez donc vous reposer un peu, je veille sur Marie et Jean-Pierre !

— Jean-Pierre ? s'étonna le père de Marie.

— Oui, votre petit-fils se nomme ainsi.

— Eh bien ! Quelle bonne idée ! Tu as raison, Léonie, je vais m'allonger une demi-heure. Tu sais, ma mignonne, je me félicite chaque jour de t'avoir avec nous ! Tu nous es indispensable, je voulais te le dire ! Merci, Léonie...

La jeune fille en eut les larmes aux yeux. Un élan qu'elle ne put retenir la jeta au cou de Jean Cuzenac et il sentit un baiser léger sur sa joue mal rasée.

— Chère enfant ! Sache que tu feras toujours partie de notre famille ! Marie t'aime comme une sœur et je ne suis pas loin de t'aimer comme un père ! N'aie aucune crainte pour ton avenir, Léonie. Je serai là !

Léonie remercia, la gorge nouée. Jean Cuzenac se retira dans sa chambre. Un grand silence, plein d'une douce sérénité, envahit les Bories dont les murs abritaient désormais un nouvel occupant.

Léonie était attablée entre Nanette et Pierre. Ils avaient mangé en discutant gaiement. À tour de rôle, ils étaient montés voir la jeune mère, mais elle dormait si bien que la surveillance s'était relâchée.

De toute façon, le docteur Vidalin avait promis de

repasser et cela tranquillisait tout le monde. Jean Cuzenac ne tarda pas à venir lui aussi se restaurer.

Pierre se frappa le front d'un doigt :

— Quel imbécile je suis ! J'avais promis à papa de le prévenir ! Et je suis là à boire et manger comme un ingrat !

Nanette s'esclaffa en regardant son fils :

— Eh bien, y doit se ronger les sangs, le pépé ! Va donc le chercher !

Pierre, ravi, bondit et sortit de la maison en claquant la porte violemment, une de ses manies. Jean Cuzenac sursauta en même temps que Léonie. Nanette prit la défense de son rejeton :

— Il est tout secoué de se retrouver avec un fils ! Faudra lui apprendre à marcher sur des œufs, sinon le petit n'a pas fini de pleurer. Les bébés, ils n'aiment pas être réveillés par la peur...

Nanette, contente de voir son auditoire attentif, s'apprêtait à continuer son bavardage, mais de l'étage s'éleva un hurlement de terreur. Un cri de bête blessée à mort..., songea Jean Cuzenac, déjà debout et la main sur la poitrine.

Léonie faillit hurler à son tour. Elle se contint et fut la première à gravir les marches, en murmurant :

— Mon Dieu ! Marie ! Mon Dieu ! Sainte Vierge, protégez-nous !

Marie tenait son bébé sur son sein. Le petit enfant ne respirait plus. Sa peau avait viré au bleu et il était impressionnant ainsi, son fin visage crispé.

Léonie n'osait pas avancer. Elle demanda :

— Marie ? Qu'est-ce qu'il a ?

La jeune femme pleurait en silence, comme si elle avait lancé, dans le long cri précédent, toute sa douleur et son incrédulité. Jean Cuzenac et Nanette entrèrent eux aussi. Ils comprirent en une seconde. Quels mots auraient pu consoler Marie ?

La malheureuse mère bredouilla enfin :

— Je me suis réveillée ! Je voulais le prendre dans mes bras, le mettre au sein toute seule. Il ne respirait plus. Je l'ai un peu bercé, mais il était mort ! Mort ! Mon petit Jean-Pierre...

Nanette revécut alors en un instant, de façon foudroyante et cruelle, son propre passé. Combien de fois avait-elle tenu ainsi ses petits enfants inertes, les réchauffant, en larmes, sur son cœur brisé ? Dieu ne lui avait accordé qu'un fils, ce Pierre qui ignorait encore l'injustice qui le frappait. Elle dit tout bas :

— Donne-le-moi, Marie ! Ce n'est plus la peine, le pauvret ne se réveillera pas...

Léonie sanglotait tout haut, les bras ballants. Jean Cuzenac avait forcé sa fille à s'allonger et s'était agenouillé à son chevet. Il pleurait, le front sur l'édredon. Marie, bien qu'égarée dans son chagrin, perçut les balbutiements de son père :

— Pourquoi mes fautes retombent-elles sur ma chère enfant ? Mon Dieu, il fallait me prendre moi et pas ce petit innocent !

Marie, tremblante, laissa Nanette lui enlever le bébé. La jeune femme se demandait à quel point le cœur pouvait résister à tant de détresse. Entre le corps sans vie de son fils et son père effondré, elle endurait un martyre. Sa bonté la soutint :

— Papa, mon cher papa ! Ne t'accuse de rien, je t'en prie ! Tu ne fais que me torturer davantage... Allons, relève-toi et serre-moi fort !

La porte s'ouvrit sur le docteur Vidalin, suivi de Pierre et de Jacques. Le médecin s'expliqua :

— Je suis arrivé aux Bories alors que ces deux joyeux compères montaient le chemin. Nous voici tous les trois ! Comment va l'enfant ? Son grand-père a hâte de l'embrasser !

Le docteur regretta aussitôt sa jovialité. Il venait d'apercevoir Nanette, le nouveau-né dans les bras, la tête couverte d'un linge. Il jeta un regard sur le lit pour découvrir Marie en larmes contre l'épaule de Jean Cuzenac.

Pierre, blême, s'avança :

— Vous en faites, des têtes ? Où est mon fils ?

Nanette s'écria :

— Mon Pierre, sois courageux ! Le petit, il a arrêté de respirer... Marie l'a trouvé comme ça, près d'elle !

Jacques ôta sa casquette en marmonnant :

— Ma femme, montre-le-moi quand même... Que je l'embrasse une première et dernière fois !

Nanette obéit. Elle ne voulait pas pleurer, mais les mots et le geste solennel de son mari la touchèrent tant qu'elle se mit à renifler. Le docteur Vidalin entraîna le couple de métayers à l'écart :

— Pouvez-vous m'accompagner avec le bébé, dans une autre pièce. Je dois l'examiner, je ne veux pas faire cela devant la mère. Elle est assez choquée. Je vais vous laisser un calmant, qu'elle dorme cette nuit, malgré tout !

Pierre était stupéfait. Il n'avait pas eu le temps de toucher, de contempler son fils et, déjà, tout était terminé. Il commença à faire les cent pas dans la chambre, en parlant de plus en plus fort :

— Chienne de vie ! Ne venez plus me parler de Dieu et de ses saints ! D'abord la guerre qui me prend une jambe et fait de moi un infirme ! Ensuite, quand on se pensait heureux, bien installés et qu'un petit nous venait, la faucheuse nous l'arrache !

Les cris de Pierre tirèrent Marie de son désespoir. Elle le regarda, bouche bée, qui gesticulait, se cognait la poitrine. Comme il souffrait pour se donner ainsi en spectacle !

— Pierre ! Je t'en prie, calme-toi ! Nous devons nous soumettre à la volonté de Dieu !

Un cri fusa, un « non » sonore et plein de colère. Pierre avait hurlé de douleur.

— Si mon fils était né à la métairie, il serait encore vivant ! cria-t-il.

Jean Cuzenac se leva. Très digne, il demanda le silence et déclara d'un ton froid :

— Pierre, je comprends ton chagrin, mais nous sommes aussi malheureux que toi. Alors je te conseille de te calmer...

Pierre sortit, furieux. Jean Cuzenac reprit :

— Léonie, peux-tu sortir, j'aimerais rester seul avec ma fille.

Marie s'était recouchée, les yeux rivés au plafond. Quand elle se sut en la seule compagnie de son père, les larmes coulèrent abondamment, libérant son cœur et son âme meurtris.

Jean Cuzenac revint à ses côtés et l'enlaça :

— Pleure autant que tu veux, ma chérie ! Cela te fera du bien. Nous sommes en temps de guerre, des familles sont déchirées de cent façons, il nous faut être courageux. Écoute-moi, Marie, nous allons prier tous les deux pour notre petit Jean-Pierre. Ce n'était qu'un ange de passage sous notre toit. Mais tu verras, ma chérie, le printemps reviendra, avec ses fleurs et ses parfums, sa belle lumière... Le printemps et l'oubli ! Mes paroles te sembleront sans doute cruelles, mais ce petit, tu n'as pas bien eu le temps de le connaître, de l'aimer. Ton chagrin aurait été beaucoup plus grand si ce drame était survenu dans quelques jours...

Marie se révolta :

— Mais, papa, je l'aimais déjà ! Je le connaissais,

c'était mon bébé... Et Pierre, comment a-t-il osé me faire ces reproches ?

Jean Cuzenac la serra plus fort :

— Allons, allons ! Je sais tout cela. Je suis maladroit, ne m'en veux pas. Je suis tellement triste pour vous deux que j'en perds la tête ! Pour Pierre, ne te choque pas, il a parlé sous le coup du chagrin et de l'émotion.

Marie sanglota longtemps, la joue sur l'épaule paternelle. Pourquoi devait-elle souffrir autant ? Elle avait cru atteindre ses rêves les plus beaux en ayant un père, une maison, un mari et un bébé ! Soudain la jeune femme crut comprendre... Tout cela avait été trop beau justement. Dans la vie, rien n'est jamais acquis. Petite orpheline, elle avait eu la chance de connaître l'amour de Nanette, de Pierre, puis celui de son vrai père, Jean Cuzenac, le meilleur homme de la terre.

La grande maison des Bories dont elle avait tant rêvé fillette lui appartenait. Elle avait vécu des années sous son toit.

Marie contempla, comme un tableau lumineux, sa jeune existence qui lui parut belle et douce. Elle avait été institutrice et ses élèves l'adoraient. Léonie vivait auprès d'elle. Et son Pierre avait survécu à cette boucherie qu'était la guerre... Alors, peut-être ne fallait-il pas trop demander au ciel ?

18

La victoire de la vie

Mai 1919

Par ce radieux après-midi de renouveau, Marie pensait que son père avait eu raison, deux ans auparavant. Le printemps revenait toujours et, sans vraiment apporter l'oubli, il tenait ses promesses.

La jeune femme était assise sur le banc de pierre qu'elle affectionnait, à l'ombre du sapin. Alentour, le parc des Bories offrait un camaïeu de couleurs et de parfums. Les premières roses, le seringat, les pivoines y contribuaient beaucoup.

Assise sur une couverture, sa fille Élise babillait, un hochet à la main. L'enfant avait un an depuis quinze jours. Toute la famille avait fêté joyeusement ce premier anniversaire.

Un bruit de pas sur le gravier de l'allée attira l'attention de Marie. Elle se tourna vivement et vit son père, coiffé de son éternel canotier :

— Alors, ma chérie ! Toujours plongée dans tes lectures ! Et comment va notre Lison ?

Jean Cuzenac avait pris l'habitude de nommer la petite fille ainsi, et non Élise. Nanette avait lancé la mode, en prétendant qu'un enfant ne doit pas porter le prénom d'un parent défunt. La brave Nane faisait allusion à sa fille morte en bas âge.

Marie posa son roman et se leva :

— Papa ! Tu sembles fatigué ! Que se passe-t-il ?

— Je reviens de Limoges, comme tu le sais. J'ai vu mon imbécile de neveu, tout à fait par hasard. Il n'a pas changé. Ce Macaire est d'une insolence !

Marie serra les dents en songeant : « Macaire, lui encore et toujours ! » Puis elle plaisanta :

— Allons ! Oublie-le vite ! Il n'a pas remis les pieds ici, c'est déjà bien...

Mais Jean Cuzenac paraissait soucieux. Il s'affala sur le banc et se plongea dans la contemplation de sa petite-fille qui gazouillait, heureuse du ciel bleu, du chant des moineaux...

Marie se blottit contre son père en chuchotant :

— Quelque chose te tracasse ! Papa, dis-le-moi !

Jean Cuzenac toussota, gêné :

— Eh ! Si je t'en parle, toi aussi tu vas te ronger les sangs !

— Dis toujours ! Voyons, est-ce à propos de Léonie ?

Son père soupira. Marie avait deviné. L'image de la jeune fille s'imposa à eux. Léonie venait d'avoir vingt ans et elle suivait depuis trois mois les cours d'une école d'infirmières.

Jean Cuzenac lui avait loué un petit appartement à Limoges, en la recommandant à une de ses cousines.

« Je serai fier de toi, Léonie, quand tu porteras la toilette blanche des infirmières ! Je suis triste de te perdre, mais je ne peux pas t'empêcher de suivre ton destin... »

Léonie n'avait pas avoué à son papa Jean, encore moins à Marie, qu'elle aimait comme une sœur, la raison qui l'avait poussée à fuir les Bories.

Marie poussa un petit cri. Élise venait de se lever sur ses jambes bien droites et potelées, sans aucune aide. À présent le bébé vacillait, l'air étonné.

— Papa, regarde ça ! Elle s'est mise debout ! Je suis

sûre que, d'ici huit jours, elle marchera... Quand je vais dire la nouvelle à Pierre et à Nane, ils n'ont pas fini de se réjouir...

Jean Cuzenac prit Élise sur ses genoux. Comme les boucles légères des courts cheveux châtains du bébé étaient douces ! Comme sa peau rose sentait bon ! Il ferma les yeux, renonçant à troubler le bonheur de cet instant.

Le temps s'écoulait. Les douleurs s'estompaient, les joies aussi, mais on ne pouvait pas oublier les unes ou les autres. Le maître des Bories revit ce tragique matin de février où ils avaient enterré le petit Jean-Pierre, qui n'avait vécu que trois heures.

Il se rappela aussi l'automne précédent. Avec quel enthousiasme on avait célébré la nouvelle de l'Armistice, à Pressignac et dans la grande maison ! Avec quelle douleur et quel recueillement aussi, puisque la liste des morts au champ d'honneur se portait, pour la commune, à cinquante-deux. Un bien trop lourd tribut pour ce petit bourg de mille trois cent cinquante-quatre âmes !

Ainsi novembre 1918 avait apporté son lot de paix, d'espoir, mais aussi de devoir du souvenir pour ceux qui ne connaîtraient plus la douceur des printemps.

De ces mois de l'après-guerre, Jean Cuzenac gardait une profonde impression de bonheur, malgré quelques fausses notes. Léonie et Marie régnaient aux Bories, deux très jolies femmes qui avaient le don d'égayer une maison. Restaient Pierre et ses humeurs moroses, Pierre et ses colères. Son gendre, quoique travailleur et ingénieux, l'avait déçu. Ce n'était pas le mari idéal pour une jeune femme aussi instruite et sensible que Marie. Et pas un père toujours très présent pour la petite Élise !

À ce point de ses pensées, Jean Cuzenac jeta un

regard sur la taille moins svelte de sa fille et hocha la tête. Il demanda gentiment :

— Pour quand, le prochain « petiot » ?

Nanette avait posé la même question deux jours plus tôt. Marie répondit en riant de façon un peu forcée :

— Je pense qu'il naîtra à la fin novembre !

Jean Cuzenac fit de nouveau un rapide calcul. Les deux grossesses lui semblèrent bien rapprochées. Il en voulut à Pierre, mais se tut. Marie enlaça sa fille et se releva :

— Papa ! Je vais donner son bain à Élise, puis nous allons goûter. J'ai préparé un flan aux cerises. Tu le mangeras avec moi. Et je te ferai un bon café, cela te redonnera des forces. Tu me diras peut-être enfin ce qui te tourmente...

Jean Cuzenac n'avait pas faim. Il but un peu de café en observant sa fille qui se montrait gaie mais un peu trop, justement. Il lui demanda à regret :

— Marie, quand Pierre rentre-t-il ?

— Je ne sais pas ! dit-elle d'une voix tendue. Il est parti depuis une semaine ; j'en déduis qu'il ne tardera pas. Il a pris goût à ces petits voyages de foire en foire. Mon mari recueille des renseignements sur les nouveautés en matière de machines agricoles.

— Oui ! Bien sûr ! Mais figure-toi que je l'ai croisé lui aussi à Limoges. Le même jour que Macaire.

Marie termina de boire son café posément. La pâleur de ses joues la trahissait cependant...

— Eh bien ! Papa, il n'y a rien d'extraordinaire à ça, je suppose... Alors, à présent, vas-tu me dire ce qui ne va pas, à propos de Léonie ?

Jean Cuzenac respira un grand coup, puis il lança d'un ton offensé :

— Léonie a déménagé sans nous prévenir ! Sans laisser d'adresse ! Quelle mouche l'a piquée ? Une fille aussi sérieuse, je ne comprends pas. Je voulais lui rendre une petite visite. J'avais apporté des fleurs et des pâtisseries. Sa voisine de palier m'a dit qu'elle avait quitté son appartement depuis cinq jours. Et notre cousine Hortense n'en sait pas davantage !

Marie ne parut pas tellement surprise. De pâle, son teint s'était empourpré.

— Papa, fais comme Élise. Monte donc te reposer toi aussi. Pour Léonie, ne t'en fais pas... Tu as mauvaise mine et je n'aime pas te voir ainsi. Si tu te rends malade à cause de nous...

Il la fit taire d'un geste :

— Chut ! Pas un mot de plus. Tu as raison, le voyage m'a fatigué. Moi aussi je vais faire une petite sieste ! Nous aurons l'occasion de discuter dans une heure ou deux !

Marie contempla Élise qui continuait à dormir dans son petit lit orné de voiles de tulle. C'était une enfant au caractère paisible, ce qui lui valait les compliments de toute la famille.

— Pauvre papa ! songea Marie en allant s'accouder à la fenêtre ouverte sur le parc. Je devrais lui consacrer plus de temps... mais avec la petite !

La jeune femme passa une main sur son ventre à peine enflé par une autre vie à venir. Elle soupira :

— Pourvu que ce soit un garçon ! Pierre aimerait tant un fils.

Pierre... Il multipliait les déplacements depuis le début de l'année. Élégant, la moustache arrogante, « il jouait au moussur », comme disait Nanette en se rengorgeant. Marie se décida à quitter la pièce.

Son père avait dû entendre son pas sur le palier, car il l'appela à voix basse, de son lit. Elle alla le rejoindre.

Appuyé sur ses oreillers, Jean Cuzenac, ses lunettes de lecture sur le nez, feuilletait une revue.

— Alors, notre Lison continue à dormir comme un ange ?

— Oui, papa. Et toi, que lis-tu ?

— Rien de passionnant. Marie, sais-tu que tu es de jour en jour plus jolie ?

Elle haussa les épaules. La maternité lui faisait oublier toute coquetterie superflue.

— Écoute, Marie, j'ai un autre souci que les coups de tête de notre Léonie ! Si je me suis rendu à Limoges, c'était dans l'espoir de rencontrer mon vieil ami Norbert, le notaire de mon père. Certes, mes affaires sont entre les mains de René Guibert, le notaire de Chabanais, cependant je voulais poser quelques questions à Norbert, afin de mettre mes papiers en ordre... Il se trouvait à Paris. Son épouse m'a promis de l'informer de ma visite, mais je suis contrarié. Je devrais repartir la semaine prochaine. J'aimerais que tout soit réglé.

Marie sentit son cœur se serrer.

— Papa ! De quoi parles-tu donc ? On te croirait âgé de quatre-vingts ans, à t'inquiéter ainsi de tes affaires ! Je t'interdis de régler quoi que ce soit, cela nous porterait malheur !

— Ma chérie, je suis si heureux depuis que tu vis à mes côtés ! J'en oublie le temps qui passe...

— Eh bien, soyons heureux encore longtemps ! Je t'interdis de retourner à Limoges avant un an au moins.

Jean Cuzenac éclata de rire. Il aimait voir sa fille prendre un ton autoritaire, ce qui ne lui ressemblait pas. Ils plaisantèrent un bon moment. Un hennissement les fit taire, bientôt suivi des trépidations d'un attelage. Marie courut à la fenêtre :

— Papa ! C'est Pierre ! Je vais à sa rencontre !

Marie et Pierre écoutaient la chanson des grillons. La nuit était tiède. Ils avaient laissé la fenêtre de leur chambre ouverte et elle était envahie d'ombres bleues. Au-dessus du sapin brillait une lune ronde.

— Pierre, raconte-moi ton voyage ! Tu ne me dis jamais rien...

Le jeune homme caressa l'épaule de sa femme :

— Plus tard ! Enlève donc cette chemise. Il fait chaud.

Marie le repoussa doucement en riant :

— Non, parlons d'abord ! Si je te cède, tu vas vite t'endormir après et demain, à l'aube, tu seras à l'écurie.

Pierre savait se montrer têtu. Il embrassa Marie en se couchant sur elle, déjà haletant. Elle protesta :

— Tu me fais mal ! J'attends un bébé, tu as oublié ?

— Non, pas du tout ! Justement, autant en profiter puisqu'il ne se voit pas encore.

La bouche de Pierre chercha la pointe de ses seins à travers le tissu fin. Ses mains relevaient à tâtons le bas de la chemise. Marie rêvait d'un peu de tendresse, cette brusquerie avide l'agaça.

— Pierre ! Je t'en prie, pas si vite, pas comme ça !

— Mais qu'est-ce qui te prend ?

Marie échappa à l'étreinte de son mari et se leva. Elle alluma la lampe de chevet avec difficulté, tant ses doigts tremblaient.

Le visage de Pierre lui apparut. La lumière jaune marquait ses traits déjà accusés. La jeune femme le fixa d'un air farouche :

— Pierre ? Papa t'a rencontré à Limoges. Je veux bien croire que tes affaires t'ont obligé à te rendre dans cette ville, mais j'aimerais savoir s'il n'y a pas une autre raison...

Il se troubla. Puis, choisissant l'attaque comme défense, il cria presque :

— Ton père me surveille, maintenant ? Bravo, quelle famille ! Je n'en peux plus ! Toi, tu ne penses qu'à la petite, quand tu ne joues pas les bourgeoises en colère !

Marie recula, les mains jointes sur la poitrine. Elle se doutait un peu de la réaction de Pierre et tenait à garder son calme :

— Ne m'insulte pas, Pierre. C'est inutile. Je voulais juste être rassurée sur un point. Tu as beaucoup changé depuis le départ de Léonie ! As-tu cherché à la voir, à Limoges ? Réponds-moi franchement.

Son mari lui fit pitié. Couché sur le dos, les lèvres pincées, il regardait le plafond. Pierre n'avait jamais été habile avec les mots. Il devait chercher, affolé, une phrase le disculpant. Marie ajouta :

— Pierre, je ne parle pas de ça par hasard, j'avais déjà des doutes. Léonie, en me disant au revoir, semblait désespérée. Elle m'a embrassée plusieurs fois, les larmes aux yeux. Le plus étonnant, c'est qu'elle n'a pas remis les pieds aux Bories depuis son départ, alors que cette maison lui est si chère ! Il y a pire, papa m'a dit qu'elle avait quitté son appartement de Limoges, sans laisser d'adresse. Tu veux mon avis ? Léonie te fuit, parce que tu cherches à obtenir d'elle une chose que tu n'auras jamais...

Le jeune homme ne répondit pas. Il chercha son tabac sur la table de nuit et se roula une cigarette.

Marie sortit de leur chambre. L'horloge du vestibule sonnait onze heures. Elle descendit et regarda, hébétée, le va-et-vient du balancier.

— Je dois respirer ! Je ne peux pas rester ici !

Dans son cœur douloureux s'éveilla le désir puéril de voir Nanette, de se réfugier sur sa large poitrine. Marie était en chemise de nuit. Elle prit une veste au portemanteau et, en pantoufles, quitta la grande maison.

— Nane n'est peut-être pas couchée... Il ne faut pas qu'elle soit couchée !

Il ne lui fallut pas longtemps pour se retrouver devant la porte de la métairie. Avec soulagement, elle vit qu'un peu de clarté filtrait entre les volets. Elle frappa deux petits coups.

Un bruit de chaise, une voix inquiète :

— Qui est là ?

— C'est Marie, Nane...

Un instant plus tard, Marie sanglotait dans les bras de Nanette qui lui tapotait le dos :

— Viens dehors, pitchoune, on sera plus à l'aise ! Jacques est au lit depuis belle lurette.

Elles s'assirent sur la planche qui servait de banc, le long du mur de la maison. Nanette dit tout bas :

— Ah ! Je ne te demande même pas ce qui se passe, va ! Je parie que mon fils t'en fait voir de toutes les couleurs !

— C'est un peu ça ! marmonna la jeune femme.

— Que veux-tu ? Pierre n'a jamais eu un caractère facile... Alors la guerre, sa jambe amputée ! Il m'a avoué que sa prothèse le faisait souffrir au genou. Le moignon est souvent irrité.

Marie renifla et s'écria, surprise :

— Pourquoi ne m'a-t-il rien dit, à moi ?

— Parce que c'est un fichu orgueilleux ! Il refuse de causer de son infirmité ! Mais je suis sa mère, une mère, ça peut tout entendre... C'est comme cette rage qu'il a de monter à cheval, c'est point naturel chez lui, il veut se prouver quelque chose. Allons, mouche-toi donc, tu me fais peine à pleurer si fort. Je te disais... il y a eu la guerre, et ensuite le petit qui est mort aussitôt né. Un homme, ça ne comprend pas, ça ne se résigne pas.

Pierre, il continue à chercher un coupable. Mon Jacques, quand nous avons mis en terre notre fille, il en est tombé malade de colère. Un an durant, il a crié pour un rien, il ne dormait plus.

Marie se calmait. Les paroles de Nanette étaient pleines de bon sens. Mais il y avait cet affreux soupçon, à propos de Léonie... Elle n'aurait jamais la force d'en parler à sa belle-mère. C'était un problème qu'ils devaient régler tous les deux. Elle déclara d'une voix plus assurée :

— Excuse-moi, ma chère Nane, d'être venue t'ennuyer avec mon chagrin. Ce n'est pas bien grave, tu sais ! Un coup de cafard, comme ça... Et puis papa m'inquiète, il n'a plus d'appétit, il dort mal. La petite aussi, elle se fait exigeante. Oh ! J'avais oublié de te dire, aujourd'hui, elle s'est tenue bien droite sur ses jambes, toute seule.

Nanette sourit et embrassa Marie trois fois, des baisers sonores, un sur le front, deux sur les joues.

— Allez, ma fille, remonte chez toi ! Tu as assez de soucis avec ton père et Lison. Pierre, il se sent peut-être de trop ! Et ce n'est pas fini, puisque tu vas encore être maman. Méfie-toi qu'il ne se mette pas à courir les jupons, malgré sa jambe en moins !

Ces mots crus ne choquèrent pas Marie. Au fond, ils la rassurèrent. Nanette disait vrai. Pierre avait pu s'intéresser à Léonie, parce qu'il se sentait délaissé ou mis à l'écart.

— Je m'en vais, ma Nane ! Merci ! Tu es si bonne, toi, tu m'as ôté un poids du cœur.

Marie s'éloigna. Elle connaissait chaque détail du chemin, et une sorte de joie étrange l'envahit à se retrouver seule dans la nuit. Cette sensation de liberté, de jeunesse, quand l'avait-elle perdue ? La réponse s'imposa, immédiate, douloureuse. Depuis son mariage... depuis le retour de Pierre.

La jeune femme s'arrêta un instant, effarée d'avoir de telles pensées. Elle se revit institutrice, tellement contente d'ouvrir la classe le matin, d'attendre ses élèves, de les accueillir. À midi, ceux qui habitaient en dehors du bourg déjeunaient à l'école. Le soir, elle s'attardait pour corriger les cahiers, avant de rentrer aux Bories, par ce même chemin.

Son père venait parfois à sa rencontre. Il lui souriait de loin, elle marchait plus vite pour se jeter à son cou. Tout joyeux, ils remontaient vers la grande maison en bavardant. C'étaient là de petits bonheurs, arrachés à l'angoisse que la guerre faisait peser sur leur existence. Marie soupira, excédée :

— Pourquoi Pierre a-t-il si mauvais caractère ? Il est violent, coléreux...

Elle repartit à grands pas. Il était inutile de se tourmenter. Maintenant il y avait Élise, et bientôt un autre bébé, peut-être ce fils qui ferait tant plaisir à son mari. Elle murmura en souriant :

— Allons, je ne suis pas à plaindre, quand même ! Si je donne beaucoup d'amour à Pierre, peut-être retrouvera-t-il confiance en lui, en nous ?

Elle entra dans le parc des Bories par la grille restée ouverte. Quelqu'un avançait d'un pas inégal sur les graviers de l'allée. C'était Pierre. Marie eut envie de courir vers lui, de ressentir de nouveau ces élans innocents qui la bouleversaient, jeune fille. Pourquoi se déchiraient-ils ainsi ?

Pierre s'était levé, habillé, il avait remis sa prothèse, tout cela sans doute afin de la chercher. Cet effort de sa part redonna aussitôt espoir à Marie, qui, facilement encline au pardon, le rejoignit en criant :

— Pierre ! Je reviens de chez ta mère !

Il la prit aux épaules. Sous la clarté de la lune, son expression parut étrange à la jeune femme. Elle recula un peu, inquiète :

— Qu'est-ce qui se passe, dis-moi ? Pierre ! Lison va bien, au moins ?

Il s'écria :

— Mais oui, Lison va bien ! Mais j'ai eu peur pour toi. Tu n'as jamais quitté la maison comme ça, en pleine nuit...

Marie haussa les épaules, moqueuse :

— Crois-tu que j'allais rejoindre un galant ?

Pierre la serra contre lui :

— Je ne sais plus ce que j'ai cru ! J'ai eu peur de te perdre ! C'est bête, n'est-ce pas ? Écoute, je me suis dit qu'une conversation entre toi et moi, la plus franche possible, ce serait mieux que de se faire du mal ! Alors voilà, ce que tu m'as dit pour Léonie, il y a du vrai et du faux !

La jeune femme l'entraîna vers le grand sapin. Ils s'assirent sur le banc de pierre. La nuit, silencieuse et tiède, les enveloppa d'une atmosphère propice aux confidences. Marie déclara, d'une voix qu'elle voulait ferme, sans animosité :

— Eh bien, vas-y, explique-moi ! Il vaut mieux une franche discussion, tu as raison. Quand je pense au mariage de mon père et d'Amélie Cuzenac, basé sur le mensonge, je préfère affronter la vérité...

— Je ne suis pas fier de moi, Marie, mais un homme est un homme ! Toi, tu as eu Lison. Tu l'as allaitée, tu ne vivais que pour ce bébé. Je trouve cela bien naturel... Mais je me suis senti repoussé, tu ne me regardais plus, tu ne m'embrassais plus !

Elle ouvrit la bouche pour protester, il la fit taire d'un geste.

— Non, ne te mets pas en colère. Je sais bien que tu

me donnais un baiser de temps en temps, quand le bébé dormait, une petite bise sur la joue, en amie. Mais le soir, la nuit, je n'osais pas t'approcher. Ma mère m'avait recommandé de ne pas te toucher, de respecter la nature... Ça m'a paru long, trop long ! Et Léonie était là, toute la journée, aux repas, elle virevoltait dans la maison, vive, souple, rieuse. Une jolie fille, que je ne parvenais plus à considérer comme une sœur. Traite-moi de « bouc enragé » si tu veux, mais elle m'a chauffé le sang, je n'y tenais plus.

Marie, malgré l'angoisse qui lui nouait la gorge, répéta, stupéfaite :

— Te traiter de « bouc enragé » ! Mais d'où sors-tu une expression pareille ?

— C'est Léonie qui m'a jeté ça au visage !

Pierre baissa la tête. Il voulut prendre la main de sa femme, mais elle refusa, prête à crier cette fois :

— Attends un peu... Si Léonie t'a dit une chose aussi grossière, elle, c'est que tu es vraiment allé trop loin ! Oh ! Pierre, comment as-tu osé ? Quand elle est arrivée aux Bories, c'était une enfant... Depuis, je l'ai aimée autant que ma propre sœur et toi, toi mon époux devant Dieu, tu as tenté de la séduire !

Marie se leva du banc. Elle avait envie de pleurer, de hurler son dégoût, mais aussi de frapper Pierre. Découvrir une telle rage dans son cœur la suffoquait. Il la rattrapa :

— Marie ! Tu vois que ça ne sert à rien de dire les choses, hein ! Tu t'en vas ! Profites-en, je ne peux pas courir, moi !

Elle s'arrêta net. La voix de son mari exprimait un réel chagrin en faisant allusion à son infirmité. Puis il y eut un bruit bizarre, celui d'un sanglot retenu. Marie tendit l'oreille, haletante. Pierre restait en arrière, mais il pleurait... Et bredouillait :

— Marie, ma petite Marie du Bois des Loups, c'est toi que j'aime ! Léonie, j'ai voulu l'embrasser, c'est tout, au jour de l'An. Je regrette, si tu savais. Elle m'a giflé, elle m'a fait honte...

Marie se retourna et revint vers Pierre. D'un ton dur, elle ajouta :

— Et ma pauvre Léonie a décidé de quitter la maison qui était son unique refuge ! À cause de toi ! Tu regrettes, mais cela ne t'a pas empêché d'aller à Limoges, pour la revoir et arriver à tes fins !

Pierre ne répondit pas. Marie s'approcha encore et le secoua en le tenant aux épaules :

— Allez, dis-le, c'est encore de ta faute si papa n'a pas trouvé Léonie chez elle ! Sa voisine a dit qu'elle avait déménagé ! Nous ne savons plus où la trouver, j'en suis malade ! Mais enfin, Pierre, je ne te suffis pas ?

Il eut un rire sinistre, entre deux sanglots, avant de marmonner tel un homme ivre ou à demi fou :

— Bien sûr que tu me suffirais, ma chérie, si tu pensais à moi comme je pense à toi ! Tu es belle, tu es douce, j'ai rêvé de toi des années, mais tu n'es pas vraiment ma femme ! Tu me fuis, tu me repousses ! Alors moi, avec ma patte folle, crois-moi si tu veux, ça fait des années que je me dis que tu ne m'aimes pas, depuis nos noces, presque... Oh ! Au début, tu as eu l'air de t'amuser au lit, mais avec la mort de notre petit Jean-Pierre, puis la naissance de Lison, tu as oublié ! Un homme, ça a des besoins. J'ai besoin de plaire, j'ai besoin de voir une femme me sourire, me désirer. Mais ne m'accuse pas d'avoir relancé Léonie à Limoges, ça non ! C'est faux.

Marie était abasourdie. Elle découvrait un autre Pierre sous les traits familiers de son mari. Nanette avait raison. Devenu infirme à peine sorti de l'adolescence, le jeune homme vivait son état comme un calvaire et il doutait de son pouvoir de séduction, surtout en ce qui concernait sa propre femme...

— Pierre ! J'ai l'impression que ma tête va éclater ! Viens, rentrons. Et calme-toi ! Si papa te voyait dans cet état !

— Il serait content ! Il se dirait : « Ah ! Bientôt débarrassé de cet abruti ! »

La gifle partit. Marie n'avait jamais été d'une nature violente, cependant, elle était excédée, blessée. Son geste avait libéré sa peine et sa colère. Pierre se frotta la joue. Elle le regarda, farouche :

— Tu peux me faire ce que tu veux, à moi, mais ne dis pas un mot sur mon père ! Je te le défends.

— Tu me le défends ? C'est la meilleure ! Ma pauvre Marie, tu ne comprends rien à rien ! Dans cette maudite baraque, je ne compte pas ! Oh si ! Je fais le régisseur, le brave paysan sorti de sa misère... Et toi tu es la jeune fille de bonne famille. Ton père a réussi à te mettre dans la tête que j'étais bien au-dessous de toi ! Je suis boiteux, mais pas aveugle ni sourd ! Pourtant, souviens-toi, quand tu pleurais dans ton grenier chez ma mère, tu étais bien contente de me trouver...

Marie resta les bras ballants, muette de stupeur. Pierre la dévisageait avec tant de rancœur qu'elle avait presque peur de lui. Il reprit, la mâchoire durcie par la colère :

— Et puis, je vais te dire une chose, tant pis si ça te fait mal ! Léonie, quand je l'ai embrassée, j'ai pas eu l'impression que ça lui déplaisait ! À mon avis, d'après ce que je connais des femmes, elle est moins froide que toi... Et si elle est partie, c'est peut-être bien à cause de ça !

— Tais-toi, Pierre ! Ne saccage pas tout ce que j'aime ! De toute façon, j'irai à Limoges. J'ai l'adresse de son école. Comme ça, je saurai la vérité. Léonie n'osera pas me mentir, pas à moi...

Le couple remonta l'allée en silence. Marie était épuisée. Ils regagnèrent leur chambre, toujours sans échanger un mot. Marie passa s'assurer que leur fille dormait paisiblement, puis elle se coucha en prenant garde de laisser la plus grande distance possible entre son mari et elle. Elle s'endormit à l'aube, décidée à cacher à sa famille la déroute de son âme.

19

Secrets de famille

Marie reçut une lettre de Léonie avant même d'avoir pu organiser son petit voyage pour Limoges. Elle l'ouvrit en tremblant, de peur d'apprendre de terribles révélations. Mais non.

Léonie expliquait en quelques mots les raisons de son déménagement :

Marie chérie,

J'ai une nouvelle à t'annoncer et une adresse à te donner, si tu désires m'écrire. Voilà, j'ai quitté le logement que papa Jean m'avait trouvé. Mais si tu savais, Marie, combien j'ai besoin de calme pour étudier, le soir... Or, Janine, la locataire de l'étage supérieur, avait la manie de faire le ménage après onze heures, quand ce n'était pas à minuit.

Quand je lui ai demandé poliment de respecter le sommeil des autres habitants de l'immeuble, j'ai cru qu'elle allait m'arracher les yeux.

Après le calme idéal de notre campagne et ma belle chambre, à la maison, comment accepter ça ? J'ai cherché un logement plus petit, proche de la ligne de tramway et me voilà installée, peut-être dans un quartier moins agréable, mais je peux dormir et réviser au calme !

J'ai tardé à vous prévenir, papa Jean et toi, par étourderie. J'espère que vous ne vous êtes pas inquiétés, en cas de visite imprévue à Limoges.

Sinon, je vais bien, je suis heureuse de travailler à l'hôpital et je vous remercie encore de m'avoir donné cette chance. Que je serai fière quand j'aurai mon diplôme ! Et comme j'espère pouvoir porter un jour le brassard de la Croix-Rouge !

Ne m'en veux pas, ma grande sœur chérie, parce que je ne viens pas aux Bories, j'ai peu de congés et je préfère les utiliser à étudier ou à me promener en ville, dans la jolie robe que tu m'as offerte.

Fais de gros bisous à ma chère petite Élise et à papa Jean. Mes amitiés à Nanette et à Jacques.

Ta Léonie

P.-S. Je me suis arrangée avec un camarade de l'hôpital pour déménager. Je ne voulais pas vous causer de soucis.

Marie relut la lettre en soupirant. Léonie faisait de son mieux pour les rassurer, mais le ton sonnait faux. D'abord la jeune fille n'était absolument pas étourdie, ensuite elle ne transmettait même pas ses amitiés à Pierre, alors qu'elle le considérait jadis comme un grand frère.

— Chère Léonie ! Je me demande ce qu'elle pense en vérité ! Et moi ? Je ne sais plus...

Des coups frappés à la porte d'entrée la firent sursauter. Elle se précipita, soulagée de ne plus être seule avec ses doutes et ses angoisses.

— Ma Nane !

Nanette souriait largement, une panière d'osier sur la hanche. Sa coiffe penchait un peu, elle avait le visage enflammé par une marche rapide.

— J'ai couru dans la côte comme si j'avais le diable à mes jupes ! Mon Jacques m'a dit : « Va donc voir tes filles, ça te démange de pouponner ! » Alors, tu penses bien, j'ai pris de quoi tricoter et goûter ! Es-tu contente, au moins ?

Marie se jeta au cou de sa belle-mère qui était devenue une vraie maman pour elle, au fil des ans.

— Oh ! ma Nane, je suis si contente de te voir ! Figure-toi que j'avais envie de descendre à la métairie, avec Lison, après sa sieste. Viens vite, nous allons passer une bonne journée... Bébé va bientôt se réveiller !

Le soleil entrait par les fenêtres grandes ouvertes de la cuisine. Marie et Nanette buvaient un café en bavardant, baignées de cette tendre lumière de printemps qui jouait aussi sur les feuillages du parc. Nanette trouvait à sa « petite » un air fatigué, mais elle n'osait pas l'interroger. Marie parlait beaucoup, l'air trop gai. Soudain, les yeux fixés sur les collines voisines, elle demanda :

— Dis-moi, Nane, est-ce que Jacques t'a trompée depuis vos noces ?

— Ma foi, ma mignonne, pour savoir, faudrait lui tirer les vers du nez ! S'il l'a fait, je ne l'ai pas su. À croire qu'il s'est bien caché... Pourtant, m'est avis qu'il n'a pas été voir ailleurs.

Marie fronça les sourcils, étonnée :

— Mais s'il l'avait fait, toi, comment aurais-tu pris la chose ?

Nanette redressa son buste épais. Sous la coiffe blanche, son visage rond s'illumina :

— Comme toute naturelle, ma jolie ! Parce que les hommes, ils sont un peu pareils aux coqs, il leur faut plusieurs poules ! Histoire de se croire les plus forts. Moi, mon Jacques, il ne boit pas au bistrot, il se couche tôt, il bosse dur. Alors, si ça lui a pris un jour, un coup de folie derrière un mur, je m'en fiche.

Marie fut contente d'entendre, venant de l'étage, les joyeux appels de Lison.

— La petite est réveillée ! Je vais la chercher...

Nanette, d'ordinaire en extase devant sa poupée, ainsi nommait-elle Lison, se contenta de prendre le bébé potelé sur ses genoux. Ses yeux sombres s'attachaient à ceux de Marie. Ce n'était pas dans ses manières de se taire. Elle s'écria :

— Dis donc, petiote, pourquoi tu m'as posé ces questions-là ? Je ne suis pas née de la dernière pluie, mon fils t'aurait-il fait des misères ? Si cet idiot a couru le jupon, j'irai lui tirer les oreilles !

Marie haussa les épaules. La présence de sa fille, une fois de plus, l'arrachait à ses soucis de femme. Seuls comptaient les fossettes de Lison, ses sourires, son appétit ou sa soif. Elle protesta :

— Laissons ça ! Bébé veut son goûter !

Nanette fit sauter Lison sur ses genoux en riant :

— Mais non, elle a envie de faire à dada ! Alors, Marie, vas-tu répondre ? Un soir, tu viens toquer à ma porte, tout affolée ! Aujourd'hui, tu me causes de Jacques !

— C'est de la curiosité, Nane, rien de plus ! Tu comprends, j'ai lu un roman où le mari trompe sa femme avec une de ses cousines. Cela m'a donné à penser !

— Ouais ! marmonna la brave femme. Toi et tes livres ! C'est une manie... Et Léonie, as-tu des nouvelles ?

Entendre parler de Léonie fit tressaillir Marie. Autour de ce prénom se cristallisaient tous ses doutes, ses tourments secrets. Elle s'empressa de dire :

— Oui, tout va bien. Léonie sera bientôt une jolie infirmière. Je suis fière d'elle... Si nous allions faire une balade, ma Nane ?

— Si tu veux, mais d'abord je voudrais finir mon gilet, pour la petite... Tiens, reprends-la, elle gigote trop ! As-tu su pour Élodie ? Tu te souviens, la nièce de la vieille Fanchon qui servait ici ?

Marie hocha la tête. Elle écoutait, heureuse d'être bercée comme jadis par la voix colorée et un peu rude de sa chère Nanette. Lison blottie sur ses genoux, à l'abri du toit séculaire des Bories, elle n'avait plus peur de rien. Si les autres voulaient souffrir, perdre leur âme, pour sa part, elle refusait de voir ce côté-là de la vie. Elle aimerait son mari, les yeux fermés sur ses écarts de conduite, et surtout elle chérirait ses enfants, Lison et celui qui viendrait en novembre. Un fils, ils auraient un fils. Elle imagina le bonheur de son père et la joie immense du papa, son Pierre.

Perdue dans ses rêves, Marie sentait à peine les larmes qui coulaient sur ses joues.

Décembre 1922

Marie et Léonie décoraient le salon des Bories. Noël approchait. Les deux jeunes femmes étaient allées cueillir du houx et du gui, ainsi que des branches de sapin.

Lison, assise sur le tapis, jouait avec sa poupée. Paul, son petit frère, s'était caché sous la table et poussait des cris de joie, quand Marie, en riant, demanda à voix haute :

— Mais où est passé notre Paul ?

Près de la cheminée, Denise, la gouvernante de la maison, donnait son biberon à Mathilde, un bébé de trois mois.

Jean Cuzenac entra dans la pièce. D'un regard ému, il contempla le charmant tableau qui s'offrait à lui : Marie était perchée sur une chaise et accrochait du houx sur le cadre du grand miroir, pendant que Léonie s'évertuait à nouer des rubans dorés à un rameau de sapin... Il n'eut pas le temps de faire un pas de plus. Lison l'avait vu et courait vers lui :

— Bon papa ! Au cou, au cou !

Aussitôt Paul sortit de sa cachette et bouscula sa sœur, réussissant à se jeter avant elle dans les bras de son grand-père :

— Bon papa ! Fais-moi voler, haut, très haut !

Jean Cuzenac éclata de rire :

— Voyons, Paul ! Tu es bien trop lourd ! À trois ans, on ne fait plus l'avion. Je n'ai pas la force, tu demanderas ça à ton papa !

Léonie s'approcha. Après un séjour de plusieurs mois en Angleterre, c'était la première fois qu'elle revenait aux Bories. Elle avait en effet obtenu un congé spécial pour les fêtes et était arrivée en fin de matinée à Pressignac...

— Bonjour, papa Jean ! Quel bon Noël nous allons passer tous ensemble !

Interrompant Léonie, un pas lourd ébranla le vestibule. Marie chuchota à ses enfants :

— Voilà papa qui rentre des écuries. Allez vite l'embrasser. Lison, dis-lui de se changer pour le dîner, je te prie.

Lison, adorable fillette de quatre ans, secoua ses boucles d'un air complice. Elle entraîna Paul, et tous deux traversèrent la salle à manger en sautillant de joie.

Léonie ferma les yeux un instant. Durant quatre ans, elle n'avait fait que croiser Pierre, l'évitant de son mieux, lors de ses brefs séjours aux Bories. L'éloignement et l'intérêt qu'elle portait à ses études avaient permis à la jeune fille d'oublier un peu certains épisodes du passé dont elle maudissait le souvenir. Mais en ce soir d'hiver, son cœur battait plus vite, elle allait revoir Pierre et passer une semaine entière en sa présence.

Marie ne vit rien du trouble de son amie. Elle racontait à son père une des dernières bêtises de Paul.

Le dîner fut très gai. Léonie, rose d'émotion, annonça ses fiançailles et se mit à raconter :

— Il est médecin. Je l'ai rencontré à Paris. Il s'appelle Adrien. Ce qui nous a rapprochés, c'est de nous découvrir du même pays, un peu... Adrien est né à Uzerche, en Corrèze.

Marie poussa une exclamation joyeuse :

— Mais c'est formidable ! Quel âge a-t-il ?

Léonie murmura, baissant les yeux sur sa part de tarte :

— Il est plus âgé que moi. Il aura trente-quatre ans le mois prochain.

— Fichtre ! s'écria Pierre. Onze ans de plus, ça se remarquera quand vous serez retraités... En voilà un qui ne se gêne pas !

Marie foudroya Pierre du regard. Il avait trop bu. Elle croyait aussi avoir perçu dans ses paroles un peu de jalousie et de mépris.

Denise fit diversion en venant annoncer que la petite Mathilde pleurait très fort.

— Elle doit avoir mal au ventre, madame ! Je pense qu'elle ne digère pas bien le lait de vache...

— Je vais la voir, Denise. Préparez une tisane pour monsieur Jean !

Léonie suivit son amie à l'étage. Mathilde avait dû faire un cauchemar. À peine bercée et rassurée par la voix de sa mère, elle s'endormit de nouveau, son pouce dans la bouche.

— Ah ! Mathilde se montre plus capricieuse que ma Lison. Si tu savais, Léonie, les nuits qu'elle me fait passer ! Un si petit bout de chou, avoir autant de voix !

La jeune fille souriait, rêveuse. Enfin elle déclara :

— J'ai hâte d'avoir un bébé. Adrien a prévu le

mariage pour cet été. En juillet. C'est un homme merveilleux, Marie ! Si tu le connaissais... Il est loyal et doux, très instruit. Tellement charmant !

Marie prit Léonie dans ses bras :

— Je suis heureuse pour toi, ma chérie !

Ces mots chuchotés éveillèrent un écho pénible dans le cœur de Léonie. Personne ne saurait ce qui s'était passé entre elle et Pierre. Il avait harcelé la jeune fille durant des jours, la suppliant, la suivant partout, allant frapper à la porte de sa chambre la nuit. Léonie avait gardé le secret, de peur de blesser Marie ou papa Jean. Lorsqu'elle revivait cette période déjà lointaine, elle se jugeait un peu responsable... Cet homme l'attirait, la bouleversait...

Marie et Léonie redescendirent dans la salle à manger. Le parfum de vin fin et de bois brûlé, propre à la maison des Bories les soirs de fête, fit sourire Marie. Elle eut envie d'emprisonner cet instant de paix, bien au chaud dans son cœur.

La jeune femme contempla le visage de son père, doré par les flammes, imaginant leur balade matinale, dans le froid vif. Puis tout bascula. Elle vit Jean Cuzenac porter une main à sa poitrine, se pencher en avant, le souffle rauque. Lison poussa un cri terrifié, Pierre se précipita pour retenir son beau-père qui allait s'affaler dans l'âtre.

En traversant la pièce, Léonie dit en gémissant un « oh non, pas ça ! », qui glaça le sang de Marie. Denise s'empressa d'emmener les deux enfants à l'étage malgré leurs protestations. Pierre desserrait le nœud de cravate de Jean Cuzenac, mais Léonie le remplaça, avec des gestes sûrs. Elle murmurait :

— Papa Jean, papa Jean !

Marie n'osait pas bouger, les mains jointes sur la poitrine. Pierre la bouscula pour atteindre le téléphone, récemment installé aux Bories :

— Vite, j'appelle Vidalin !

La scène se déroulait dans un silence ponctué de respirations saccadées. Marie aurait voulu se rendre utile, mais ses jambes tremblaient. Léonie avait allongé Jean Cuzenac sur le tapis et prenait son pouls. Elle s'écria enfin, les yeux dilatés par la peur :

— C'est son cœur ! Mon Dieu ! Pierre, le médecin va-t-il venir ?

— Oui, mais pas tout de suite... Pas avant une heure !

Léonie se leva, furieuse :

— Alors appelle vite un autre docteur, celui de Chabanais !

Marie se précipita auprès de son père. Il gardait les paupières closes, les narines pincées. Son visage crispé exprimait une douleur atroce. Elle lui prit la main et y déposa plusieurs petits baisers.

Léonie la rejoignit. Tout bas, elle demanda :

— Papa Jean n'a pas des cachets à prendre ? Dans sa chambre, peut-être ?

— Je n'en sais rien, Léonie, papa se portait bien ou alors il m'a menti... Écoute, je ne veux pas le quitter, va voir dans le tiroir de sa table de chevet !

Pierre tournait en rond, complètement affolé. Marie lui fit signe de sortir de la pièce et de monter rassurer les enfants. Jean Cuzenac respirait avec de plus en plus de difficulté, le teint livide.

— Papa ! Mon papa chéri !

Marie se pencha et lui parla très doucement :

— Papa ! Réponds-moi, je t'en prie !

Mais il ne semblait pas l'entendre. Son regard voilé reflétait une immense souffrance. Marie, éperdue de chagrin et de terreur, réussit à caler la tête de son père entre ses genoux. Elle caressa son front en murmurant des paroles de tendresse :

— Mon petit papa ! Je t'aime tant ! Tu es l'homme le plus gentil du monde, tu m'as donné tant de bonheur, de joie. Tu m'as comblée de cadeaux, mais le plus beau cadeau a été de t'avoir, toi, comme papa. Je t'en supplie, ne me quitte pas, pas encore. Nous avons tellement de choses à nous dire, tant de voyages à faire. Souviens-toi, tu voulais m'emmener en Italie, à Naples ! Ne me laisse pas, j'ai besoin de toi !

La voix de Marie faiblissait. Pourtant les doigts de son père, qu'elle serrait dans les siens, s'agitèrent faiblement. Jean Cuzenac se redressa en bégayant :

— Marie, ma... petite... ma chérie... Je dois te dire... vite...

Léonie réapparut, désespérée. Elle n'avait rien trouvé.

— Marie, comment va-t-il ? Pierre a eu le médecin de Chabanais, il arrive. Vidalin viendra aussi. Je pense qu'il faut demander une ambulance. Si nous pouvions le faire hospitaliser à Limoges, il serait sauvé !

Marie la fit taire d'un geste. Son père continuait à marmonner au prix d'un cruel effort :

— Ma fille... écoute... dans le salon... va vite... Je t'en prie !

Léonie le supplia, bouleversée par ce qu'elle lisait sur les traits du malade :

— Reposez-vous, papa Jean, par pitié ! Le médecin va venir, surtout calmez-vous !

Jean Cuzenac, le maître des Bories, ouvrit des yeux effarés. Il chercha de l'air en articulant :

— Je dois... parler... à Marie... Je dois lui dire... vite, aide-moi...

Marie pleurait en silence. Si son père s'obstinait à vouloir lui parler, son état empirerait et elle serait responsable. Léonie, elle aussi en larmes, implora encore une fois :

— Papa Jean, ne dites rien ! Vous nous parlerez après, quand la crise sera passée... Vous devez rester tranquille, faites-moi plaisir.

Des pas résonnèrent dans le vestibule. Espérant voir un des docteurs entrer, Léonie se détourna, mais ce n'était que Pierre. Le hurlement de Marie la fit sursauter :

— Papa ! Non ! Papa !

Pierre accourut, ainsi que Denise. Ils virent la jeune femme couchée sur le corps sans vie de son père. Léonie, pétrifiée, secouait la tête de Jean Cuzenac de gauche à droite, en répétant à voix basse :

— Papa Jean ! Pourquoi ? Pourquoi ?

Plus haut, elle annonça, hébétée :

— Son cœur a lâché ! Je n'ai rien pu faire, rien...

Léonie sentit des mains d'homme la prendre aux épaules. Ce contact chaud et rude la réconforta. Elle ferma les yeux. Pierre l'aida à se relever et la prit contre lui :

— Allons, Léonie, ce n'est pas de ta faute !

Elle s'écarta, comme horrifiée d'être dans ses bras, et cria presque :

— Va consoler ta femme ! Tu ne vois pas combien elle souffre !

Mais Marie ne les entendit pas. Ivre de douleur, elle sanglotait, comme si l'intensité de son désespoir pouvait ramener son père à la vie. C'était un rêve de petite fille abandonnée, un pauvre rêve bien vain, car, depuis quelques minutes, Marie savait bien qu'elle était de nouveau orpheline...

20

Jours de deuil

Les obsèques de Jean Cuzenac furent une sorte d'événement régional. Propriétaire terrien de vieille souche, cet homme affable, peu prétentieux, avait beaucoup de relations amicales et, ce qui était assez rare à l'époque, il avait su inspirer le respect aux gens du pays, grâce à sa générosité et à sa simplicité.

Le bourg de Pressignac, le matin de la cérémonie funéraire, se trouva donc envahi par une foule assez disparate, composée de paysans venus des villages voisins, mais aussi par des éleveurs et des notables de Chabanais, de Massignac et même de Limoges.

Marie, toute vêtue de noir, suscita des paroles apitoyées. Pierre la soutenait, le visage dur. Déjà on se montrait le couple, en chuchotant que c'étaient là les nouveaux maîtres du domaine des Bories.

Nanette pleurait bruyamment son moussur, sans oublier de préciser bien haut qu'elle avait perdu un parent très cher. Léonie s'occupait de Lison et de Paul, bouleversés par le drame. Ils ne comprenaient pas que leur grand-père soit parti pour toujours et le réclamaient encore.

Le curé prononça un éloge funèbre qui fit sangloter Marie de plus belle. La jeune femme se sentait étrangement seule parmi tous les siens. Sans cesse, elle cherchait des yeux la silhouette de son père. Comment admettre qu'elle ne le reverrait plus ? Les années passées à ses côtés resteraient les plus douces de sa vie, les plus précieuses.

Quand on descendit le cercueil dans la fosse familiale, Marie poussa un gémissement horrifié. Pierre lui serra le bras plus fort. Ébranlé par la mort subite de son beau-père, le jeune homme avait pris aussitôt conscience de son rôle. Il n'avait pas peur des responsabilités qui l'attendaient, puisque Jean Cuzenac l'avait préparé à la gestion des terres.

Les condoléances durèrent longtemps. Marie était harassée par le chagrin. Elle reprit le chemin des Bories avec soulagement, comme si elle s'attendait à retrouver son père, une fois franchi le seuil de la grande maison.

Nanette avait suivi le mouvement, incapable de laisser sa « petite » dont la pâleur l'inquiétait. Lison et Paul marchèrent jusqu'à la grande maison en lui tenant la main, heureux d'avoir leur « mémé ». Ils espéraient que, le soir, elle leur raconterait une belle histoire au coin de la cheminée.

Marie ne comprenait pas comment son père avait pu la quitter aussi vite. Secouée de sanglots enfantins, dix fois elle entra dans la chambre de Jean Cuzenac, dix fois dans le salon, en demandant tout doucement :

— Papa ! Mon petit papa chéri ? Pourquoi es-tu parti ?

Mais il n'était plus là. De sa présence demeuraient juste quelques traces, ses vêtements, ses bottes, les dernières photographies de lui, prises en été. Marie les contempla longuement, éperdue. Puis elle descendit dans la cuisine où Léonie prenait soin de Mathilde.

Marie prit Léonie dans ses bras, la suppliant à voix basse :

— Je sais que tu devais rentrer à Limoges après le premier de l'An. Mais si tu pouvais rester encore, au moins une semaine, je serais tellement heureuse ! Tu es la seule avec qui je peux vraiment parler de papa, parce que toi, tu le connaissais bien. Pour Nanette, il était resté le moussur, malgré mon mariage avec Pierre...

Léonie hésita. Malgré le deuil qui les frappait tous, elle éprouvait sous le toit des Bories une exaltation dangereuse, une sorte de griserie dont elle savait la cause. Rester ? Elle se jugeait assez forte. Qui saurait que le moindre geste de Pierre, que ses regards sombres, que la moue de ses lèvres charnues exerçaient sur elle un puissant et dramatique attrait ?

Nanette fut la seule à ne pas être dupe. Selon son expression favorite, « on ne lui faisait pas prendre des vessies pour des lanternes ! ». La brave femme, qui venait passer les matinées et les fins d'après-midi aux Bories, crut trouver une idée ingénieuse. Ce soir-là, Lison sur les genoux, elle lança à la cantonade :

— Dis donc, Marie ! Puisque tu veux garder Léonie ici et que la malheureuse n'a qu'une idée, filer voir son promis, autant l'inviter chez toi ce jeune homme, qu'on voie à quoi il ressemble !

Léonie s'empressa de refuser. Jamais elle n'oserait demander à Adrien de prendre un congé pour la rejoindre à Pressignac. Pourtant Marie insista :

— Nane a raison, ma Léonie, c'est aussi ta maison, je suis certaine que ton fiancé sera content que nous l'invitions. Tu pourras aller te promener avec lui, il commence à neiger... Cela vous fera de bons souvenirs. Je crois que papa aurait approuvé !

Nanette et Léonie dévisagèrent Marie. La jeune femme avait prononcé le mot « papa » d'une voix tremblante. Léonie murmura :

— Je peux toujours lui envoyer un télégramme ! C'est si gentil de votre part, à toutes les deux, moi qui n'ai jamais eu de famille, j'en ai une maintenant, une vraie. J'ai tellement parlé de vous à Adrien. Il sait tout du pays : le Bois des Loups, la maison, le parc, les écuries. Je lui ai souvent raconté les bontés de papa Jean...

Pierre expédia le télégramme le lendemain matin. Le nouveau maître du domaine n'était pas mécontent de recevoir un étranger aux Bories. Il perdait pied entre toutes ses femmes, Paul étant trop petit pour lui faire la conversation autour d'un verre d'eau-de-vie...

Adrien Mesnier répondit immédiatement : il acceptait l'invitation. Marie s'en réjouit pour Léonie qui appréhendait un peu, sans se l'avouer, la venue de son fiancé.

En somme, la vie continuait. Il y avait déjà une semaine que Jean Cuzenac reposait dans la terre limousine. Aux Bories, il fallait poursuivre les activités habituelles malgré ce deuil. Pierre s'absentait du matin au soir, visitant les fermes et les métairies.

Nanette s'était presque installée dans la grande maison, heureuse de pouvoir s'occuper de Lison et de Paul. La surveillance de Marie se relâchait. La jeune femme se levait tard, après une nuit à pleurer ou à mal dormir, agitée de mauvais rêves. Pierre avait eu la surprise de trouver entre eux, un soir, la petite Mathilde.

— Elle est si contente de dormir avec moi. Dans mes bras, je la sens rassurée !

Pierre avait maugréé, mais il s'était couché en admirant le charmant minois de sa fille cadette. Marie avait surpris ce regard attendri et en avait été réconfortée. Si seulement elle avait pu se réfugier sur la poitrine de son époux, savourer sa force d'homme ! Mais une barrière s'était dressée, aussi invisible que mystérieuse.

Pourtant cette nuit-là, Marie fit un songe qui la troubla beaucoup. Son père lui apparut, plus jeune, plus beau qu'avant son décès. Entouré d'un halo de brume, il hochait la tête d'un air faussement fâché en disant : « Ma chérie, vas-tu gâcher ta vie parce que je suis parti rejoindre ta maman ! Je ne suis pas malheureux, tu sais, je suis avec ma jolie Marianne, nous sommes ensemble désormais ! Sois heureuse, ma fille chérie, je t'aime, je t'aimerai toujours ! »

La jeune femme s'éveilla à l'aube et, tout de suite, elle se souvint de ce rêve. Persuadée que le défunt n'était pas en paix, à cause de son chagrin à elle, Marie décida de se montrer plus forte. En faisant sa toilette, elle s'aspergea d'eau froide et chuchota :

— Ne crains rien, papa, je vais être courageuse ! Tu me manques et tu me manqueras toujours, mais je dois m'occuper de ma famille.

Pierre rentra tôt, bien avant la nuit, car il neigeait dru. Marie et Léonie prenaient le thé dans le salon.

— Du thé, Pierre ? demanda Marie.

— Non, merci, je boirais bien un grog ! J'ai les pieds gelés, enfin, le pied gelé.

La boutade déplut à Léonie. Pourquoi Pierre insistait-il toujours sur son infirmité ? Elle préféra changer de conversation :

— Je suis un peu inquiète pour Adrien. Il arrive à Chabanais par le train de dix-neuf heures. Crois-tu, Pierre, que je peux envoyer quelqu'un le chercher en voiture, avec toute cette neige ?

Marie s'exclama, confuse :

— Je n'y pensais même pas ! Comment faire ?

Pierre se chauffait les mains en les tendant au-dessus des flammes. Il déclara, rieur :

— Je vais atteler Marino, ce cheval n'a peur de rien et il manque d'exercice... Ne te tracasse pas, Léonie, j'irai cueillir ton promis à la gare en calèche. Voilà qui lui fera perdre son chapeau, à ton beau monsieur de la ville !

Marie poussa un soupir excédé :

— J'espère que tu seras correct avec lui. Pense un peu à Léonie, la pauvre. Ne va pas jouer les mufles avec cet homme qui n'a pas l'habitude de la campagne.

Pierre, en guise de réponse, lui jeta un regard narquois. Depuis la mort de Jean Cuzenac, il lui semblait que Marie prenait des airs supérieurs, à la limite du mépris.

— Mais je pensais que nous irions tous les trois à Chabanais, en voiture ! Adrien risque d'être surpris de ne pas me voir à la gare ! s'écria Léonie.

Marie ne leva pas les yeux de sa tasse de thé. Tous ses efforts pour ne pas pleurer, pour parler et sourire, l'avaient épuisée. En vérité, elle aspirait au calme. Les présences conjuguées de Léonie, de Pierre et des enfants lui donnaient la sensation d'étouffer. Ce fut cependant d'un ton assez naturel qu'elle déclara :

— Tu n'as qu'à partir avec Pierre, Léonie ! C'est toi surtout qui dois être à la gare. Va vite t'habiller, ma chérie... Adrien sera heureux de voyager à tes côtés, un soir de neige !

Léonie voulut protester, mais elle renonça. Quoi de plus normal, en effet, que la proposition de Marie !

— Eh bien, d'accord ! C'est une bonne idée !

La jeune fille sortit en hâte du salon, mais une phrase résonnait dans sa tête, dont elle refusait de comprendre la signification : « Les dés sont jetés ! »

Pierre ne souriait plus.

« Enfin seule ! Seule avec le souvenir de mon cher papa, dans ce salon qu'il aimait tant ! » songeait Marie.

Denise était rentrée de fort bonne humeur de chez

Nanette qui n'avait pas voulu « avancer » jusqu'aux Bories. Mathilde dormait. Marie avait demandé à la gouvernante, aussitôt après le départ de Léonie et de Pierre, d'emmener Lison et Paul à la cuisine.

— Occupez-les, Denise, j'ai besoin de repos !

Denise avait entraîné les enfants en soupirant un « pauvres petits » inaudible. Marie avait refermé la porte du salon avec un immense soulagement. Elle était incapable de donner un nom à cette sensation d'exaspération, d'impatience et de malaise qui aurait pu la faire crier.

— Seule, enfin seule ! Je n'en pouvais plus !

La jeune femme s'agenouilla devant la cheminée. Elle osa plonger au fond de son cœur et murmura :

— C'est la faute de Pierre ! On dirait qu'il m'en veut... Qu'est-ce qui nous arrive ? Sans papa, je me sens perdue ! Mais je n'ai pas le droit de le dire, pas le droit de pleurer. Ils me demandent tous d'être courageuse, j'en ai assez !

Marie contempla longtemps la danse des flammes. Un instant, son imagination erra du côté d'une calèche, roulant sur un large chemin enneigé. Sur le siège avant, la jolie Léonie et son mari. Elle fut tentée de se poser des questions, de s'alarmer, mais d'un geste de la main, elle balaya ce souci.

— Léonie n'a plus rien à craindre de Pierre ! Elle est fiancée. Et puis peu m'importe... Je suis si lasse !

La jeune femme se permit une fantaisie qui aurait choqué Denise et les enfants. Elle s'allongea sur le tapis afin de se détendre, de chasser de son corps cette tension insupportable. Un gémissement lui échappa :

— Papa ! Papa ! Reviens ! J'ai peur ! Je ne sais pas de quoi, mais j'ai peur...

Un sanglot la submergea. Elle pleura enfin à son aise, certaine de n'être ni surprise ni consolée.

Pierre avait conseillé à Léonie de s'installer sur la banquette arrière, à l'abri du vent du nord, mais la jeune fille avait refusé :

— Je préfère profiter du paysage !

Léonie s'était donc assise à côté de lui. Protégée par le capuchon doublé de fourrure de son manteau, elle savourait la promenade. La campagne enneigée, que la nuit bleuissait, offrait un décor fantastique. Arbres, buissons, rochers, prairies et collines semblaient drapés de voiles blancs duveteux.

Les sabots du cheval faisaient un bruit régulier, au rythme des mouvements qui agitaient sa croupe puissante. Pierre n'osait plus dire un mot. Ils avaient déjà parcouru plus d'un kilomètre. Parfois, le genou de Léonie heurtait le sien. Il en avait la gorge sèche, tandis que le désir montait en lui, telle une source indomptable.

— Pierre, regarde, là-bas, un renard !

Il suivit la silhouette fauve de la bête, en souriant de la joie enfantine de Léonie. Celle-ci, d'ailleurs, cédait à une étrange exaltation. La pénombre, l'air froid et les quelques flocons voltigeant au gré du vent, la proximité de Pierre, tout cela avait un goût d'aventure.

— Tu n'allumes pas les lanternes ? demanda-t-elle soudain, dans un souffle.

— Pas encore. On y voit bien. Et il y a peu de chance de croiser une voiture.

Pierre osa regarder Léonie, qui avait poussé un petit soupir rassuré. Il ne vit d'elle que son profil fin, le nez droit, la bouche rose aux lèvres pulpeuses. Malgré sa délicatesse, ce visage dégageait quelque chose d'ardent, de sauvage. Une fois encore, le genou de la jeune fille frôla la cuisse de Pierre. Il ferma les yeux un instant, afin de repousser les idées qui le harcelaient. Ses mains, crispées sur les rênes en cuir, brûlaient de toucher Léonie, de la caresser. Le jeune homme serra les dents, saisi de remords, en pensant :

« Non, je dois la laisser tranquille ! Elle est fiancée et moi je suis marié. J'ai fait assez de bêtises comme ça... Si Marie apprenait la vérité, elle me jetterait dehors. »

Évoquer sa femme n'arrangeait rien. Pierre la revit dans le salon, les traits tirés, le regard vague. Il crut l'entendre le remettre sans cesse à sa place. Quelle place, d'ailleurs ? Marie ne l'aimait pas comme il avait envie d'être aimé ! Il se demanda si elle l'aimait encore, en fait...

— Pierre ! Fais attention, tu vas droit vers le fossé !

Léonie lui secouait le bras. Trop tard, une des roues se bloqua dans une ornière, en brisant net une plaque de glace. La calèche fut durement secouée.

— Oh Marino ! Holà ! Arrête-toi !

Le cheval obéit immédiatement.

— Je suis désolé, Léonie ! J'avais la tête ailleurs ! Ne bouge pas, je vais descendre voir les dégâts. Heureusement que nous sommes partis en avance...

Pierre mit pied à terre assez souplement, malgré sa prothèse. En le voyant marcher de son pas inégal dans la neige, Léonie succomba à cette profonde et amère tendresse qu'elle avait toujours ressentie pour le jeune homme.

— Léonie, tu peux venir m'aider ?

Elle sursauta. Perdue dans ses souvenirs, elle avait été surprise par la voix de Pierre.

— Oui, je descends ! Que faut-il faire ?

Il lui expliqua, joignant le geste à la parole. Avec une branche, il fallait réussir à dégager la roue, tout en faisant avancer le cheval. Au bout de dix minutes de lutte contre la neige boueuse, de cris et de rires, la calèche était prête à repartir. Mais la jupe et le manteau de la jeune fille étaient maculés de boue glacée. Pierre avait les manches de sa veste trempées. Il haussa les épaules :

— Eh bien ! Nous voilà propres ! Je suis navré, Léonie. Monte vite, je vais en profiter pour allumer les lanternes.

Léonie, encore haletante, ne bougea pas. Son corps, échauffé par l'effort, était parcouru de brefs frémissements, aussi délicieux que douloureux. Pierre craqua une allumette. Il vit que la jeune fille restait immobile, à deux pas de lui, une drôle d'expression au visage. En enflammant la mèche de la seconde lanterne, il était au supplice, à cause de ce qu'il venait de lire dans le regard de Léonie. Elle le désirait. Ce genre d'appel instinctif, les hommes le reconnaissent sans peine. Il refusa d'y croire :

— Monte donc au sec, Léonie !

Elle avança enfin, mais droit sur Pierre. Il la reçut contre lui, l'enlaça passionnément, puis il chercha ses lèvres qui répondirent à son baiser.

Une sorte de folie les prit. Ils oublièrent le monde entier, tandis que leurs corps se rencontraient, avides l'un de l'autre. Ils s'embrassèrent encore et encore, pleins de désir. Ce fut Léonie qui mit fin à ce jeu périlleux :

— Pierre ! Pardonne-moi ! Il faut repartir... Je t'en prie, ne me regarde pas comme ça ! J'ai perdu la tête, je ne sais pas pourquoi... Les nerfs, sûrement ?

La voix de Léonie, rauque et profonde, trahissait son trouble. Pierre la secoua par les épaules :

— Tu ne sais pas pourquoi ? Ne te mens pas, ne cherche pas à me tromper ! Il y a longtemps que j'ai compris ce que tu ressens... Léonie !

C'était un cri sincère, plein de détresse et de feu. Elle recula en faisant non de la tête :

— Tu n'as rien compris du tout ! Il ne faut pas ! Vite,

partons ! Nous allons être en retard à la gare, Adrien va se demander ce qui se passe...

Pierre eut un rire triste :

— Ce cher Adrien ! S'il savait que sa fiancée m'a embrassé... comme personne ne m'a embrassé.

Léonie fut touchée au cœur. Ainsi, elle avait raison, Marie n'avait pas donné à Pierre ce dont il était assoiffé depuis des années. Elle chuchota :

— La vie est injuste ! Cruelle !

Il la reprit contre lui, avidement. Léonie ne résista pas. Ils s'embrassèrent de nouveau, avec une rage désespérée. Pierre s'écarta enfin, pour marmonner :

— En route, Léonie... En route... T'as raison, y faut pas, faut pas faire ça !

Ils firent le reste du trajet sans échanger un mot. Léonie s'était installée sur la banquette arrière, à l'abri de la capote. Elle regarda le dos, le cou, les cheveux et le chapeau de Pierre jusqu'à Chabanais, pendant que lui, malade de désir frustré, rêvait d'une impossible étreinte...

21

Sous le toit des Bories

Adrien Mesnier, déjà fort impressionné par le voyage en calèche à travers un paysage enneigé, fut frappé par une sorte d'enchantement intérieur en découvrant les Bories. Perchée sur la colline, entourée de sapins, la vieille demeure surgissait de la nuit d'hiver, telle une gravure.

Léonie lui souffla à l'oreille :

— Alors, ça te plaît ? Avoue que je n'avais pas menti en te décrivant les Bories !

— C'est une vision surprenante, d'ailleurs j'en suis ravi, sais-tu ? Mais nous avons tellement discuté en chemin que Pierre doit avoir la tête lourde ! Je me trompe ?

— Avec le bruit des roues et des sabots, je n'ai rien entendu ! La lune se lève, il va geler dur..., répondit posément le jeune homme.

Depuis leur arrivée à Chabanais, Pierre se montrait courtois, mais peu bavard.

Léonie revit le moment des présentations, sur le quai :

— Adrien, voici Pierre, l'époux de Marie, le maître des Bories !

Les deux hommes s'étaient serré la main. Pierre avait baissé les yeux le premier, cachant mal sa gêne.

La calèche franchissait la grille grande ouverte. Le

cheval, heureux de sentir l'écurie, poussa un hennissement. Pierre cria sans se retourner :

— Je vais le dételer et le bouchonner. Il a bien mérité son avoine, ce brave Marino. Écoute, Léonie, préviens Marie que je serai un peu en retard. À cette heure, le vieil Alcide a dû rentrer chez lui...

Voyant sa fiancée sauter à terre légèrement, Adrien plaisanta :

— Eh bien ! Léonie, on voit que tu as l'habitude. Je vais passer pour un empoté, ici ! Je connais mieux les trottoirs de Paris que la campagne et ses pièges...

Il s'attendait à un rire joyeux de la jeune fille, mais elle regardait la double porte de chêne qui venait de s'ouvrir. Adrien aperçut un vestibule brillamment éclairé, un carrelage noir et blanc, une horloge gigantesque et une silhouette de femme, se dessinant à contre-jour sur la lumière dorée...

— C'est Marie ! souffla Léonie d'une voix angoissée. N'oublie pas qu'elle est très choquée par la mort de son père !

— Je sais, ne t'inquiète pas, j'aurai du tact et je tâcherai juste de la distraire.

Le couple marcha vers le perron en se tenant par le bras. Léonie gardait la gorge nouée, car elle avait un peu honte de ce qui s'était passé avec Pierre. Cependant, cette honte ne parvenait pas à détruire l'espèce de joie sauvage dont elle vibrait encore, car rien au monde n'aurait pu l'empêcher d'embrasser le jeune homme ce soir, pas même l'amour immense qu'elle vouait à sa sœur d'adoption...

Marie les regardait s'avancer, silencieuse. Elle portait une nouvelle robe que Léonie n'avait jamais vue, une toilette à la mode, inspirée des modèles de Poiret, un couturier renommé à Paris, celui qui avait osé raccourcir les jupes des femmes... Ses épaules étaient recouvertes d'un châle du même tissu chatoyant.

— Bonsoir, monsieur ! Bienvenue aux Bories !

Adrien s'inclina en soulevant son chapeau. La voix de Marie lui parut d'une telle jeunesse qu'il s'exclama aussitôt :

— Bonsoir, madame, enfin, Marie. Appelez-moi vite Adrien, sinon je serai mal à l'aise.

Marie recula dans le vestibule pour les laisser entrer. Là, d'un geste gracieux, elle tendit la main au visiteur qui, sans plus réfléchir, s'en saisit et y déposa un soupçon de baiser, dans le meilleur style mondain. Léonie se mit à rire nerveusement :

— Ciel ! Quelle galanterie, Adrien !

Puis, voyant mieux Marie sous le lustre de cristal, elle s'étonna :

— Mais comme tu es belle, Marie ! Cette robe est merveilleuse !

— J'avais promis à Lison de la porter ! Je ne l'ai pas mise à Noël, alors...

Il y eut un silence attristé. Marie releva la tête d'un air vaillant et adressa un doux sourire aux fiancés :

— Venez vous réchauffer ! Je suppose que vous êtes glacés, il fait si froid.

Adrien ne trouva rien à répondre. Comme un enfant, il regardait discrètement autour de lui pour ne pas dévisager cette jeune femme courageuse aux yeux remplis de chagrin. Léonie ôtait son manteau et ses gants, il fit de même. À l'étage, un bébé pleurait. Marie soupira :

— Mathilde ne veut pas dormir ! À trois mois, elle a un caractère bien trempé. Je n'ose pas imaginer l'avenir...

En disant cela, elle chercha le regard d'Adrien, comme pour s'excuser. Mais il la fixait déjà et elle se sentit soudain rassurée par la bonté qui se lisait dans les prunelles très claires de leur invité. Marie oublia un instant où elle se trouvait pour détailler ce visage d'homme, tellement différent de celui de Pierre.

Le fiancé de Léonie avait des traits délicats, un front de penseur, large et haut, sous des boucles d'un blond cendré. Contrairement à Pierre, fidèle à son collier de barbe et à sa moustache, il se rasait soigneusement.

Une pensée bizarre traversa l'esprit de Marie :

— Léonie et lui ne vont pas ensemble !

Elle se reprocha cette réflexion saugrenue et s'empressa de les conduire au salon. Là, Adrien ne put retenir un « oh ! » admiratif en découvrant la bibliothèque de Jean Cuzenac.

— Adrien est comme toi, Marie, il adore les livres ! déclara Léonie d'un ton complice. Maintenant, à mon tour d'aller me faire belle !

Marie avait préparé elle-même la chambre d'amis, récemment aménagée dans une pièce qui servait jadis de débarras. Elle allait proposer à Adrien de monter tout de suite sa valise, mais il prit un ouvrage relié sur un des rayonnages et le feuilleta aussitôt avec passion.

— C'est incroyable ! s'écria-t-il, une édition originale de *Notre-Dame de Paris*. D'après la date et les illustrations, c'est une des premières. J'admire Victor Hugo ! Et vous, Marie ?

La jeune femme approcha :

— Oui, c'est un auteur remarquable, un génie ! Mon père a tous ses ouvrages... Moi, ce sont ses poésies qui me plaisent le plus.

Ils se lancèrent dans une discussion animée sur les différents recueils du célèbre écrivain. Jean Cuzenac avait souvent parlé littérature avec sa fille, mais à sa façon posée et nonchalante. Adrien, lui, s'emportait vite, les yeux brillants, exalté par le sujet. Marie en fut amusée et déconcertée à la fois. Elle mit fin à leur conversation, bien à regret :

— Vous aurez tout le temps de regarder les livres de mon père durant votre séjour ! Je vais appeler Denise, notre gouvernante. Elle vous montrera votre chambre. Ah ! Je crois que mon mari arrive...

Adrien eut un sourire chaleureux. Décidément, il ne regrettait pas d'être venu. Ce salon lambrissé de chêne clair, ce feu dans la cheminée, tous ces livres, les bonnes odeurs venant sans doute de la cuisine, autant d'éléments qui faisaient des Bories une sorte de paradis... Il songea aussi que la maîtresse de maison avait tout d'un ange, un de ces anges à l'expression douce et résignée que l'on voit dans certaines églises.

Marie ne parvenait pas à s'endormir. Elle tendit l'oreille afin d'écouter la respiration de son mari, mais Pierre avait dû trouver le sommeil sans peine, ce qui n'était pas surprenant. La jeune femme se dit qu'après une journée à cheval, un voyage en calèche et un délicieux repas bien arrosé des meilleurs vins de leur cave, n'importe quel homme serait épuisé.

Les mains croisées sur sa poitrine, elle espéra que Mathilde ne se réveillerait pas, cette nuit. Marie avait envie d'évoquer les bons moments de la soirée. Il y avait eu l'apparition de Léonie, magnifique avec ses longs cheveux défaits, soigneusement brossés, moulée dans une robe bleue, très décolletée.

« Comme elle était belle, bien plus belle que moi. Si fine, si vive ! »

Pierre avait fait l'effort de se mettre en costume, si bien que le malheureux Adrien avait protesté :

— Si j'avais su ! Me voici ridiculisé, je n'ai apporté

que mes vêtements les plus rustiques, puisque je venais à la campagne !

Ils avaient tous éclaté de rire, même elle, Marie. Au dessert, Pierre avait débouché une bouteille de champagne, puis deux. Adrien s'était montré un convive charmant. Il avait raconté son enfance parisienne, ses études à Versailles. Elle lui avait demandé s'il gardait des souvenirs d'Uzerche, sa ville natale, en Corrèze...

— Je crois me rappeler une rue, ma chambre. Ce sont des images bien floues. Mais je compte y retourner en voyage de noces, si Léonie est d'accord, bien sûr !

Marie se mordit les lèvres. Il lui semblait qu'à cet instant précis, il y avait eu une petite fausse note. Oui, c'est ça, Léonie n'avait pas entendu les paroles de son fiancé. Que faisait-elle déjà ? Elle servait du café à Pierre, en chuchotant quelque chose. C'était étrange, Léonie se penchait sur Pierre, et lui il la fixait d'un air réjoui.

« Eh bien ! Ils se sont réconciliés. Après tout, c'est normal ! Maintenant que Léonie est fiancée, Pierre la considère de nouveau comme une sœur ! Et Adrien est très séduisant... »

Marie eut honte. Ses joues la brûlaient. Pourquoi avait-elle rougi ? À cause de ces mots qu'elle avait prononcés dans sa tête : « Très séduisant. » Elle revit le visage mince du fiancé de Léonie, son regard clair, cette chaleur humaine qui embellissait ses traits et conférait à sa voix grave des inflexions caressantes.

« Léonie a de la chance ! »

Elle ferma les yeux. Pierre s'agita un peu.

« Pourvu qu'il ne se réveille pas ! »

La jeune femme se sentait incapable de répondre au désir de son mari. Pas cette nuit. Son cœur était mystérieusement apaisé, son corps lui paraissait léger comme si elle allait s'envoler.

« C'est sûrement le champagne ! » songea-t-elle avant de s'endormir enfin.

Quand il entendit le souffle de Marie se faire paisible et régulier, Pierre s'allongea sur le dos et fixa longuement le plafond. Il se fit la réflexion que, cette nuit, toutes les chambres de la maison étaient occupées, ce qui était rare. Il se demanda avec un soupir si Léonie avait rejoint Adrien, car une fille comme elle, ardente et sensuelle, ne devait pas avoir attendu le mariage pour coucher avec son fiancé...

Il en conçut une vague jalousie, mais, au fond, ce sentiment ne le dérangea pas. Il se souvenait sans cesse de leurs baisers, de ce corps souple et avide contre le sien. Léonie ne craignait pas les hommes...

Pierre revit aussi sa femme, pendant le dîner. Jamais il ne l'avait vue parler ainsi, de ses lectures, de ses études à l'École normale. C'était une autre Marie, une étrangère, celle qui avait passé des années à Tulle, plongée dans des livres.

Mais ce fut le visage de Léonie, penchée sur lui lorsqu'elle servait le café, qui l'accompagna dans ses rêves.

Léonie avait allumé une bougie. Elle se préparait à une nuit blanche, tant son âme et son corps étaient agités par un tumulte de pensées et de sensations diverses. La jeune fille imaginait Adrien, couché dans la chambre du second étage, près de celle attribuée à la gouvernante. Son fiancé devait lire ou dormir déjà, les mains sur la poitrine ainsi que les gisants de cathédrale.

Elle s'était gentiment moquée de lui, quand, après leur première nuit d'amour, il s'était assoupi dans cette attitude hiératique, un peu étrange.

Puis ce fut Pierre qui la hanta. Son visage rude, la

passion de son regard, ses mains puissantes qui la tenaient solidement. Tout autour, les bois enneigés.

Pourquoi avait-elle agi aussi follement ? Se jeter à son cou, l'embrasser ! Comment avait-elle pu oublier Marie et son chagrin ? Elle tenta de se trouver des excuses :

— J'ai agi par esprit de justice ! Marie est une femme exquise, mais elle délaisse Pierre pour ses enfants. Pire, leur vie sexuelle est un échec : elle le repousse au lieu de le rasséréner.

Pourtant, mieux que quiconque, elle connaissait l'agression de Macaire qui expliquait sans doute la réticence de Marie. Cela suffisait-il pour expliquer la tiédeur de leurs rapports intimes ? Non ! En essayant d'analyser la situation, elle devait constater qu'entre Pierre et Marie, il n'y avait pas cette étincelle nécessaire à l'entente physique.

Léonie souffla la bougie. Il lui fallait l'obscurité pour s'avouer qu'entre Adrien et elle cette fameuse étincelle ne s'était pas encore produite. Léonie ne put trouver le sommeil :

— Mon désir a été le plus fort, mais je ne dois pas me leurrer, mon attitude est inexcusable, murmura-t-elle, il me faudra un jour expier mes péchés.

Adrien ne dormait pas. Grisé par le champagne, il s'amusait à guetter le souffle nocturne des Bories. Il prêtait à cette grande maison une personnalité, une existence secrète.

Ces vieux murs, il en était certain, devaient garder l'empreinte de bien des événements joyeux ou douloureux, mariages, naissances, deuils...

Grâce à tout ce que Léonie lui avait conté, il put imaginer la mort du premier enfant de Marie et de Pierre, un petit garçon... Puis le décès brutal du maître, Jean Cuzenac.

Demain il en découvrirait davantage. Adrien avait hâte de marcher jusqu'à la métairie, de rencontrer Nanette, de visiter les écuries et les combles. Des Bories, il voulait tout savoir, tout voir.

La fatigue le fit s'assoupir une seconde, mais il se réveilla en sursaut. Cela lui avait suffi pour vivre un très bref songe où Marie trébuchait. Il la retenait en riant et, pour le remercier, elle souriait de façon adorable...

Adrien Mesnier appartenait à cette catégorie d'êtres humains qui ont le don de plaire à tout le monde. En trois jours, il fit la conquête de Nanette et de Jacques, celle du vieux palefrenier Alcide, sans oublier Lison et Paul. Marie avait conseillé à ses enfants d'appeler le fiancé de Léonie, « oncle Adrien », puisqu'elle considérait la jeune fille comme sa sœur.

Guidé par Léonie et de temps en temps par Pierre, Adrien découvrit le bourg de Pressignac, son église, son cimetière, les chemins des environs. Un matin, il passa un long moment à rêvasser devant la façade de l'école, en imaginant la silhouette de Marie derrière les vitres, en maîtresse bienveillante.

Nanette guettait son passage pour lui « payer un café et une p'tite goutte qui réchauffe ». Adrien avait l'art de s'intéresser à des choses en apparence insignifiantes et celui de sourire à la moindre blague.

Le soir, aux Bories, il enseignait la science du jeu d'échecs à Pierre qui se révéla un élève amusé, à défaut d'être passionné. Pendant que les deux hommes réfléchissaient sur la stratégie à déployer, Marie et Léonie cousaient en bavardant.

La gouvernante observait les uns et les autres. Elle s'aperçut ainsi que la « patronne » ne pleurait plus en cachette et se fardait de nouveau les joues et les lèvres. Léonie semblait joyeuse, mais cachait un souci. Cela se lisait dans son regard bleu qui fuyait celui de Marie, de Nanette ou de Pierre.

Denise fut d'ailleurs la seule à ne pas apprécier celui qu'elle nommait dans sa tête « l'invité ». Adrien ne fit aucun effort pour l'apprivoiser. Il confia à Léonie ce qu'il pensait de cette femme :

— Je n'aime pas sa façon d'épier le moindre de nos gestes, d'écouter les conversations. Marie devrait chercher quelqu'un de plus franc.

La jeune fille ressentait la même chose à l'égard de la gouvernante, mais elle préféra ne pas en discuter davantage.

Il faisait un beau temps sec, très froid, qui engageait à sortir, du moins tant que le soleil brillait, car la nuit, le pays se pétrifiait sous l'étreinte du gel. Ce jour-là, après le repas de midi, Lison usa de son plus doux sourire pour supplier son père :

— Papa, tu avais dit qu'on ferait bientôt du patin sur l'étang de la Chauffie. Je voudrais y aller tout à l'heure !

Paul s'empressa de crier :

— Moi aussi, papa. Pépé Jacques m'a taillé des patins exprès. Avec des linières !

Marie reprit son fils immédiatement :

— Des lanières, Paul. Ce sont des bandes de cuir qui servent à attacher les patins à tes pieds.

L'atmosphère de la salle à manger parut soudain étouffante à Pierre. Le ton de sa femme, tout à fait celui d'une institutrice, l'avait agacé. Il se mit à rire :

— Tu as bien retenu ta leçon, Paul ? Méfie-toi,

maman pourrait te donner des coups de règle sur les doigts ! Moi, j'y ai eu droit, avec monsieur Gernaut, mon maître d'école...

Lison pouffa en courant vers sa mère :

— Maman est bien trop gentille ! Elle fera jamais ça, papa. Alors, tu veux, pour le patin ?

Léonie attrapa la fillette au passage :

— En tout cas, moi je veux bien vous emmener. Il y a longtemps que je ne suis pas allée du côté de l'étang de la Chauffie... Viens-tu avec nous, Adrien ?

Marie releva la tête un peu trop vite. Pierre ne s'en aperçut pas, il répondit à Lison :

— Je suis d'accord, ma chérie. Demande à Denise de vous mettre des vêtements bien chauds, à Paul et à toi. Alors, qui va jusqu'à l'étang ? Marie ?

Adrien vit l'embarras de la jeune femme. Il dit rapidement, de manière affable :

— Comme je repars après-demain, nous avions prévu, Marie et moi, de ranger la bibliothèque. C'est un peu intéressé de ma part, car j'ai la permission d'emprunter quelques ouvrages... Si cela ne dérange personne, pour une fois, je reste au chaud ! Pas trop déçue, Léonie ?

La jeune fille eut un sourire distrait avant de se lever vivement :

— Mais non, je préfère le grand air à l'odeur des livres ! Et puis, je dois veiller sur les petits. Pierre est un excellent papa, mais je suis sûre que Marie sera plus tranquille de me savoir avec eux...

Marie approuva d'un air ravi. Elle n'aspirait qu'au calme et à l'oubli de son chagrin ; or, un après-midi entre Adrien et des piles de livres lui apparaissait un très bon remède.

Léonie avançait d'un bon pas sur le chemin de l'étang de la Chauffie entre Paul et Lison. Les enfants la tenaient par la main et chantaient une chanson à deux voix apprise par Marie.

Pierre marchait derrière eux, portant les patins et une besace garnie d'un goûter.

La campagne enneigée étincelait sous le soleil d'hiver. Le paysage semblait plus vaste, mais aussi moins familier, avec un petit air de contrée nordique.

— Hé ! Léonie, pourquoi es-tu si pressée ? cria enfin Pierre qui suivait difficilement l'allure de la jeune fille.

Il ajouta d'un ton un peu triste :

— Laisse donc les petits courir un peu, eux qui peuvent le faire tout à leur aise !

Elle ralentit en poussant le frère et la sœur d'un geste affectueux :

— Allez, mes chéris ! Dégourdissez-vous les jambes à votre aise. J'attends votre papa...

Léonie jeta un regard attendri à Pierre. Elle n'y pouvait rien, quand il osait faire allusion à son infirmité, elle éprouvait à son égard une compassion toute féminine.

— Autant profiter de la balade, tu ne crois pas ? dit-il en la rejoignant.

— Bien sûr, Pierre, mais si j'évite de me trouver seule avec toi, c'est pour ne pas parler de ce qui s'est passé entre nous, l'autre soir !

Elle se mordit les lèvres. Il haussa les épaules :

— Tu savais bien que nous serions seuls si tu venais avec nous, cet après-midi !

— Non, il y a les enfants. Ils me protègent !

Pierre secoua la tête. Bizarrement, il apparut à Léonie

sous un autre jour, comme si, enfin délivré d'un rôle, il se montrait tel qu'il était vraiment. Elle demanda :

— Tu n'as rien dit à Marie ? Je la trouve changée à mon égard.

— C'est la dernière chose que je dirais à Marie, tu n'as rien à craindre.

Lison revenait vers eux en riant, une grosse boule de neige à la main. Léonie et Pierre s'empressèrent de préparer de quoi répondre à l'attaque.

Deux minutes plus tard, Paul venait à la rescousse de sa sœur, en hurlant de joie.

— Marie, encore une édition rarissime ! Votre père savait-il la valeur de certains de ces ouvrages ?

La jeune femme tressaillit, le cœur serré, comme à chaque fois que l'on évoquait Jean Cuzenac en sa présence. C'était une réaction incontrôlable. Adrien la vit pâlir. Il descendit de l'escabeau où il était perché et s'approcha d'elle :

— Pardonnez-moi, je suis maladroit ! Je vous ai blessée... Votre deuil est si récent et moi qui ne vois que ces livres !

— Ce n'est pas grave, Adrien... Vous n'avez pas connu papa, pour vous, il n'est qu'un nom, un visage dans ce cadre. Je suis très sensible, trop peut-être ! Mais je l'aimais tant, si vous saviez... Il était si bon, si gentil.

Marie se tut, au bord des larmes. Elle prit entre ses mains le portrait de Jean Cuzenac qu'elle venait de désigner à Adrien et contempla les traits doux de son père. Denise entra à cet instant dans le salon, en donnant deux petits coups de convenance sur un des battants de la porte. La gouvernante jeta un œil intéressé sur les livres répandus un peu partout.

— Madame, Mathilde est réveillée. Elle pleure très fort. Lui donnerez-vous son biberon ?

Marie ouvrit de grands yeux surpris :

— Mais enfin, Denise ! Vous voyez bien que je suis occupée ! De plus, je vous avais demandé de ne pas me déranger. Vous êtes ici pour prendre soin des enfants, alors faites ce qu'il faut ! Ce n'est d'ailleurs pas prudent de laisser Mathilde seule là-haut, elle est très nerveuse.

Denise recula, la bouche pincée. Adrien crut l'entendre maugréer quelque chose, dès la porte refermée. Il soupira :

— Je ne suis pas expert en la matière, mais je trouve les façons d'agir de votre gouvernante déplaisantes. Vous devriez chercher une personne de confiance !

Marie eut un sourire rêveur :

— C'est papa qui l'a engagée. Un de ses vieux amis de Chabanais l'avait chaudement recommandée. Je n'ai pas eu à me plaindre de ses services.

— Jusqu'à aujourd'hui, alors ? plaisanta Adrien.

Ils échangèrent un regard complice. Pour trier et épousseter les innombrables livres de la bibliothèque, Marie avait mis une grande blouse de toile écrue, resserrée à la taille par une ceinture en cuir. Ses cheveux étaient protégés par un foulard de soie. Ainsi vêtue et coiffée, elle semblait différente à Adrien, très jeune également.

Tout en rangeant les livres, Adrien ne pouvait s'empêcher d'observer Marie.

Puis il déclara, songeur :

— Excusez-moi, Marie, mais j'ai l'impression, un peu étonnante, de vous avoir déjà vue... C'est votre profil, votre port de tête et ce regard grave que vous venez de poser sur moi. Cela expliquerait pourquoi je me sens à l'aise avec vous !

Marie hocha la tête, presque moqueuse :

— Ce que vous venez de dire, je l'ai lu dans certains romans de quatre sous ! Si vous n'étiez pas le fiancé de Léonie, je le prendrais de haut !

Adrien, d'ordinaire assez pâle, s'empourpra :

— Oh ! Je suis désolé, pourtant je vous assure, c'est sincère. Après tout, j'ai pu vous croiser à Limoges !

La jeune femme, soudain oppressée, se cala dans un fauteuil :

— De Limoges ! Je ne connais que la gare !

Il vint s'asseoir en face d'elle, le front plissé par son effort de réflexion. Puis il ajouta, très bas :

— Tout ce que je sais, c'est que c'est lié à un souvenir agréable ! Ça y est ! Comment ne vous ai-je pas reconnue tout de suite ? Marie, je m'en souviens maintenant parfaitement. C'était un soir, à Tulle, j'avais vingt-trois ans et je dînais avec mon oncle à l'Hôtel-Restaurant du Commerce, près de la cathédrale... Et j'ai été ébloui par une jeune fille, assise à une table voisine. C'était vous, j'en suis sûr !

Marie, troublée, n'osait plus regarder Adrien. Il l'avait, en quelques mots, ramenée des années en arrière. Elle murmura :

— En effet, à dix-huit ans, j'ai dîné dans cet établissement en compagnie de papa. Nous devions rencontrer, le lendemain, la directrice de l'École normale. Maintenant, je me souviens d'un jeune homme blond qui me regardait souvent et avec insistance. Cela m'avait déplu, d'ailleurs, car je le trouvais impoli ! Adrien, vraiment, c'était vous ?

— Oui ! Vous étiez si jolie. Un chignon, un collier de perles et une robe de soie beige qui vous allait à ravir.

Ce fut au tour de Marie de rougir. Adrien n'avait rien oublié de son apparence de ce soir lointain. Elle déclara, stupéfaite :

— Vous avez une excellente mémoire. Moi, je n'ai

que l'image d'un jeune homme blond, élégant et trop indiscret !

D'un ton faussement navré, il s'écria :

— Je vous présente mes excuses, onze ans plus tard, pour mon attitude de jadis !

Marie éclata de rire nerveusement :

— Vous avez du mérite de vous souvenir de moi ! Je ne suis plus si jolie et j'ai trois enfants !

Adrien, sans réfléchir, répliqua trop vite :

— À présent, vous êtes belle ! Et vos yeux sont bien moins sévères, heureusement. Si je vous demande d'être votre ami, en effaçant notre première rencontre, où je fus « indélicat », accepterez-vous ?

— Oui, avec plaisir ! J'aurai au moins quelqu'un à qui parler littérature, répondit Marie avec son plus ravissant sourire.

Marie passa une très bonne soirée. La douleur qui la torturait depuis la mort de son père lui parut moins pénible, comme adoucie par la chaleureuse atmosphère qui régnait dans sa maison. Léonie insista pour faire des crêpes façon Nanette, en guise de dessert.

Adrien parla avec enthousiasme des trouvailles fabuleuses qu'il avait faites dans la bibliothèque des Bories. Pierre, un peu ivre, vanta les prouesses de sa petite Lison sur ses patins neufs.

Marie, un peu distraite, imaginait les jours à venir, illuminés par l'amitié toute neuve qui la liait à Adrien, promis à devenir l'époux de Léonie. Les fiancés reviendraient souvent, elle en était sûre et cela la rassurait. Pierre paraissait lui-même assagi, aimable... Malgré la douloureuse absence de son père, la jeune femme se sentit confiante. Pour ses enfants, pour elle et son mari, la vie continuerait, sous le toit des Bories...

22

Une visite inattendue

Février 1923

Marie tournait entre ses doigts une minuscule mèche de cheveux bruns. Elle l'avait sortie d'un coquillage en or, muni d'une fine charnière. Son père le lui avait offert, un jour de février... Elle regarda par la fenêtre le clocher de Pressignac que l'on apercevait très bien en hiver, parmi les arbres dénudés. Là-bas, dans le cimetière, dormait son premier fils.

« Il aurait eu six ans aujourd'hui ! » se dit-elle en rangeant la mèche brune à sa place.

Elle portait rarement ce bijou, mais il lui arrivait de le mettre à son cou, durant les mois d'hiver. C'était sa façon de rester fidèle au souvenir du petit disparu dont plus personne ne parlait...

Dans le miroir, Marie aperçut le lit défait et vide. Pierre s'était encore levé avant l'aube, en prenant soin de ne pas la réveiller. Il était tôt, Lison et Paul dormaient... Elle eut envie de voir son mari. Avec un peu de chance, elle le trouverait à la cuisine, devant un bol de café noir.

Depuis que Léonie et Adrien étaient repartis ensemble pour Limoges, les nouveaux maîtres des Bories avaient réussi à ne pas se quereller, et même à maintenir dans leur foyer une sorte d'harmonie.

Nanette, témoin de ce prodige, pensa que son fils devait respirer plus à son aise, car il était « le patron » maintenant...

Marie ne se trompait pas. Pierre n'avait pas fini son petit déjeuner. L'aurore rosissait derrière les vitres.

— Eh bien, Marie ! Qu'est-ce que tu as ?

Il la regardait, mi-inquiet, mi-amusé. Dans sa longue chemise de nuit rose, avec son châle de laine autour des épaules, décoiffée, sa femme lui fit l'effet d'une belle étrangère.

— Pierre, où comptes-tu aller si tôt ? Paul n'est pas facile, en ce moment ! Tu me laisses seule toute la journée...

Une sensation de peur envahissait Marie. Elle s'élança et, d'un geste vif, entoura les épaules de son mari avec ses bras, pour le câliner. Il en avala de travers.

— Pierre, reste un peu ce matin. J'ai froid !

— Grande sotte, j'ai allumé la cuisinière, qu'est-ce que tu racontes ? Regarde, le jour s'est levé et il va faire beau.

Mais elle s'entêtait, frottant sa joue contre la barbe brune à l'odeur familière. Il l'attira sur ses genoux :

— Dis donc, ce n'est pas souvent que tu es si douce, Marie !

Le corps de la jeune femme frémissait. Le désir l'envahissait avec une force étrange. Les paupières closes, elle embrassa fougueusement les lèvres de son mari. Pierre, qui ne savait pas résister à ce genre de provocation, si rare de la part de Marie, eut un gémissement de volupté :

— Viens, je ne suis pas si pressé... Allons dans le salon, il y fait bon et le canapé est confortable.

Elle bredouilla, comme dégrisée :

— Non, pas le salon ! Dans notre lit, je t'en prie.

Pierre aurait dit oui n'importe où. Il se leva, sans lâcher Marie. Ils crurent faire tous deux un mauvais rêve en entendant frapper trois coups sonores à la porte d'entrée. Ils s'arrêtèrent net, sidérés. On frappa de nouveau.

— Qui peut venir chez nous aux aurores ? demanda Pierre, furieux.

— Mon Dieu, pourvu qu'il ne soit rien arrivé à Nane ou à ton père ! s'écria Marie, livide.

Ils se tenaient par la main, hésitants, angoissés l'un et l'autre sans raison. Enfin, Pierre se décida et alla ouvrir. En haut du perron, il découvrit Macaire, accompagné d'un petit homme très élégant malgré sa corpulence.

Marie retint une exclamation de stupeur et de rage. Elle regretta amèrement d'être en chemise de nuit, mais, pétrifiée par la singularité de cette visite, à sept heures du matin, elle se cacha à demi derrière son mari.

Pierre marmonna entre ses dents :

— Bon sang ! Qu'est-ce que vous venez faire ici ?

Macaire restait muet, ce qui ne lui ressemblait pas. Son compagnon toussota, gêné, avant de dire :

— Pouvons-nous entrer, monsieur ? Il ne fait pas chaud dehors...

Désemparée et inquiète, Marie balbutia :

— Oui, bien sûr ! Mais je ne comprends pas...

Pierre recula enfin. Macaire se précipita dans le vestibule en se frottant les mains. Après avoir jeté un coup d'œil réjoui autour de lui, il lança bien haut une phrase stupéfiante :

— Je ferai installer le chauffage central aux Bories ! Ces bouseux vivent encore à l'ancienne...

Marie vit les poings de Pierre se serrer. Sentant venir l'orage, elle se cramponna à lui et chuchota à son oreille :

— Reste calme ! Je t'en prie... Pense aux enfants !

Ensuite, d'une voix posée, elle déclara :

— Allez au salon, messieurs, je vais m'habiller et je vous rejoins. Denise va vous apporter du café !

Une fois vêtue et coiffée, Marie se sentit mieux pour affronter le visage sournois de Macaire. Mais son cœur battait la chamade. Elle avait réveillé la gouvernante sans douceur, l'expédiant à la cuisine. Quant à Pierre, il attendait sa femme en bas de l'escalier. S'il se retrouvait seul face à ces deux compères au regard torve, il ferait un malheur. Autant patienter...

Ce ne fut pas long. Marie le rejoignit, un pauvre sourire aux lèvres. Un réflexe de leur enfance les fit se prendre par la main, au moment de franchir le seuil du salon.

Macaire était assis dans le fauteuil qu'avait si souvent occupé Jean Cuzenac. Il avait allongé ses jambes, et, les bras croisés sur la poitrine, il observait le jeune couple. Marie remarqua les traces de boue qu'avaient laissées les chaussures des visiteurs sur ses tapis, mais c'était un moindre mal, comparé à ce qu'elle entendait à présent, venant de la bouche du petit homme à la face rubiconde :

— Je me présente, madame, René Guibert, notaire à Chabanais. Je m'occupais des affaires de monsieur Jean Cuzenac, l'oncle de monsieur Macaire. Je suis désolé, mais après avoir soigneusement épluché les papiers de feu monsieur Cuzenac, il m'est apparu que le seul héritier légitime est Macaire Guérin, le fils du frère de Madame Cuzenac. Le domaine des Bories, tous les biens, terres, bétail, métairies et fermes, lui reviennent de droit.

Marie pouvait à peine respirer. Pourtant elle put articuler, ahurie :

— C'est une plaisanterie ! Je suis la fille de Jean Cuzenac, il m'a donné cette maison...

Pour la première fois, Macaire parla :

— Prouve-le, Marie ! À ma connaissance, tu es entrée chez ma tante comme domestique, pour être poli ! Tu as embobiné mon oncle avec tes sourires, et il t'a installée comme une princesse, dès que ma pauvre tante est morte !

Pierre se précipita. À cette minute, il aurait pu tuer Macaire, aussi vite qu'on écrase un frelon prêt à piquer. Mais il se heurta à René Guibert :

— Voyons, monsieur, pas ça ! Si mon client est blessé, une plainte sera déposée et vous filerez en prison ! Et vous, monsieur Guérin, je vous en prie, inutile d'être insultant pour ces gens. La situation est déjà bien assez pénible.

Marie prit Pierre par le bras. Puis elle regarda intensément le notaire :

— Maître Guibert, mon père m'a parlé de vous. Je pense que vous le connaissiez bien. Il a dû régler cette histoire de succession, j'en suis sûre. Papa m'a dit tant de fois que les Bories m'appartenaient ! Soyez honnête, doutez-vous vraiment de mon identité ?

L'homme baissa la tête, mal à l'aise. Macaire se leva et vint se planter à côté de lui :

— Expliquez-lui donc, Guibert ! Qu'elle se taise, qu'elle ramasse ses déguisements de bourgeoise et qu'elle fiche le camp de chez moi, avec son mari et ses gosses ! Sidonie a hâte d'emménager, elle aime tant la campagne...

Marie ferma les yeux un court instant. C'était un cauchemar, cela ne pouvait être qu'un cauchemar. On frappa à la porte du salon et Denise apparut :

— J'apporte du café, madame !

— Merci, Denise. Maintenant, montez vite voir les enfants. Et restez là-haut avec eux !

Le notaire sortit des documents de sa sacoche. Il ne s'adressa qu'à Marie :

— Madame, vous m'avez demandé d'être honnête, je le suis ! Je ne peux pas nier que Jean Cuzenac m'avait beaucoup parlé de vous. C'était juste après le décès de la regrettée Amélie... Il m'a dit que vous étiez sa fille, mais rien ne le prouvait officiellement ! Pour obtenir une filiation quelconque, il devait vous adopter, ce qui n'était pas de mon ressort.

Pierre poussa un hurlement de colère :

— Qu'est-ce que vous racontez ? Mon beau-père adorait Marie ! Il n'aurait jamais été aussi négligent ! C'est une machination honteuse !

Marie, retenant ses larmes, protesta :

— Pierre, calme-toi ! Papa m'avait dit, c'est vrai, qu'il devait régler certains points de sa succession. Le malheureux n'a pas eu le temps...

René Guibert soupira en poursuivant :

— Si vous êtes réellement sa fille, c'est une affaire regrettable. Mais je sais que Jean Cuzenac avait prévu d'étudier le problème avec maître Norbert Cazenave, son vieil ami. Hélas, il n'en a pas eu l'occasion. Oui, je dois ajouter que maître Cazenave est décédé depuis deux ans. Son épouse, à ma demande, a consulté une liasse de dossiers, il n'y avait rien à votre sujet. En l'absence de preuves, le seul héritier des biens Cuzenac est donc monsieur Macaire, ici présent. Et il souhaite vivre désormais sous ce toit qui lui est cher, compte tenu de l'affection profonde que lui portait sa tante. Je suis navré, mais vous devez partir. Néanmoins, je pense pouvoir vous donner un délai d'une semaine... Bien sûr, vous pourrez emporter votre linge et vos objets personnels.

Macaire se servit une tasse de café et alluma un cigare. Sans jeter un regard à Marie, il se mit à discuter avec le notaire :

— Maître, qu'en pensez-vous ? Je crois que je vais garder cette Denise à mon service ! Elle fait un café excellent et la maison n'est pas trop mal tenue...

Pierre, livide, préféra sortir. Il fuyait la terrible envie d'écraser Macaire et le notaire sous ses poings. Il refusait aussi de voir le visage désespéré de Marie, changée en statue par la douleur et l'incompréhension. Il eut tort. Macaire, dès qu'il se sentit délivré de la présence de Pierre, fit signe à maître Guibert de le laisser seul avec la jeune femme. Le notaire, obséquieux, claironna qu'il allait dresser un inventaire du mobilier, de l'argenterie et des bibelots.

— Alors, Marie ? Je t'avais dit un jour que tu payerais cher la gifle que tu m'avais donnée ! J'ai tenu parole !

D'abord anéantie, Marie se raidit, prise d'une rage froide :

— Je suis sûre que vous avez détruit les documents de papa, que vous avez acheté la complicité de cet odieux personnage ! Mais peu importe, je ne vais pas m'abaisser à vous supplier ! Si je le faisais, ce serait pour mes enfants qui ont grandi ici et vont souffrir de partir...

Macaire se rapprocha, amusé. Marie lui parut d'une beauté émouvante, avec ses joues pâles et ses grands yeux effarés gonflés par les larmes. Il s'en voulut de la désirer encore. Mais il ne pouvait pas prendre de risque. Sa vengeance était si grande, si savoureuse, qu'il devait s'en contenter. Pourtant, il eut une idée :

— Écoute, Marie, tu me plais toujours ! Je ne suis pas

si mauvais. Tu es peut-être la fille de mon oncle, après tout. Dans ce cas, tes enfants sont de ma famille, même sans papiers officiels. Cela me fait de la peine de les jeter dehors. Il y a une solution...

Marie attendait, sur la défensive. Macaire lui caressa la joue en murmurant :

— Je peux vous garder chez moi. Ton mari sera valet d'écurie ou il retournera travailler la terre, et toi, tu serviras ma femme. Vous logerez dans le pavillon du vieil Alcide. De toute façon, je ne veux pas de lui. Mais tu devras être gentille avec moi, tu vois ce que je veux dire ! Puisque tu aimes tant cette maison, je t'offre une chance d'y rester... Alors ?

Pour toute réponse, Marie lui cracha au visage, et, levant haut la main droite, assena sur la maigre face de Macaire une telle gifle qu'il tituba.

— Vous n'êtes qu'une ordure ! Sortez ! Dans une semaine, la maison sera libre, mais en attendant, sortez et vite, sinon...

Macaire se redressa, en se frottant la joue :

— Sinon quoi, putain ? Mais tu as raison, je m'en vais ! J'ai eu tort d'avoir pitié de toi... Et je te préviens, si vous êtes encore là dans huit jours, ce sont les gendarmes qui vous mettront dehors ! Et dis à ton mari que ses parents doivent aussi plier bagage ! Je ne veux pas d'eux comme métayers...

À midi, Pierre et Marie se retrouvèrent attablés chez Nanette. Ils lui avaient tout raconté, ainsi qu'à Jacques.

— Pour du malheur, ça, c'est du malheur ! répétait Nanette en essuyant pour la troisième fois un bol.

Jacques se grattait la tête, hébété. Depuis des années, il travaillait cette terre, il élevait des bêtes pour la famille Cuzenac. Comment pouvait-on le chasser du jour au lendemain ? Il bredouilla :

— Mais enfin, Pierre, mon fils, tu ne vas pas laisser faire une chose pareille ! Cette maison, tu y es né ! Comment allons-nous vivre, ta mère et moi ? J'ai plus qu'à me tirer une balle dans la tête !

Marie éclata en sanglots. Nanette se précipita et la prit dans ses bras :

— Ne l'écoute pas, ma mignonne ! Mon Jacques, il dit n'importe quoi quand il perd l'entendement... Et ce gredin de Macaire, il l'emportera pas au paradis ! Notre moussur, il nous aurait pas fait ça !

Pierre haussa les épaules. En fait, cette histoire ne le surprenait pas tellement. Il avait souvent pensé que son beau-père se montrait trop confiant et un peu insouciant. Il avala cul sec son verre de vin et se leva :

— À quoi bon causer de ce qui est fait ! Moi, je remonte aux Bories. Je ne suis pas tranquille de savoir les petits avec Denise. Celle-là, elle a pas hésité une minute à faire des courbettes à Macaire.

— Ramène-les donc chez nous, Pierre, et tout de suite ! hurla Nanette, la face tragique.

Jacques tapa du poing sur la table :

— On n'a plus de chez-nous ! On va tous aller au diable, comme des bohémiens...

Marie ne pleurait plus, elle les regardait, soudain apaisée :

— Je viens d'avoir une idée ! Je ne veux pas vous donner de fausse joie, mais cela peut marcher... Je rentre avec toi, Pierre, je dois préparer nos valises. Et Nane a raison, nous allons installer les enfants ici. Cela les amusera !

Trois heures plus tard, Marie envoya deux télégrammes de la poste de Chabanais.

Pierre, qui l'attendait dehors, lui demanda :

— Alors, tu crois que nous avons une chance ?

— Oui, je suis sûre que nous allons trouver une solution !

Une semaine plus tard, Marie faisait ses adieux à Pressignac. Elle avait quitté la grande maison des Bories sans se retourner, abandonnant là une des périodes les plus heureuses de son existence. Les souvenirs laissés sous ce toit étaient si nombreux qu'elle pourrait à loisir les effeuiller, les jours de nostalgie. Chaque pièce avait retenti de ses rires, mêlés aux chansons de Léonie. Quant au jardin, Marie en connaissait chaque coin d'herbe et chaque rosier sur le bout des doigts et du cœur.

Le plus dur pour Pierre fut son dernier tour aux écuries. Macaire gardait aussi les chevaux, et même la jument de Marie, achetée par Jean Cuzenac pour ses vingt-deux ans.

Léonie, qui ignorait tout du drame, reçut cette lettre de Marie, dont les mots sincères, pleins de dignité, la bouleversèrent jusqu'aux larmes :

Une page est tournée, celle de ma vie aux Bories, cette maison où mon père m'a accueillie et tant aimée. Sais-tu, j'ai l'impression de vivre un cauchemar, mais, hélas, je ne me réveille jamais. La mort de papa, Macaire qui nous chasse comme si nous étions des voleurs, tout cela est horrible !

Pourtant je refuse de céder au désespoir. Je dois soutenir ma pauvre Nanette, très accablée, puisqu'elle aussi se retrouve sans foyer, et surtout penser à mes enfants. Je leur ai dit que nous allions habiter ailleurs, loin, que c'était une aventure. Ils oublieront, l'essentiel est de les entourer d'amour.

Je te donne ma nouvelle adresse, tu seras sans doute surprise, mais le destin en a décidé ainsi...

23

La jeune institutrice d'Aubazine

Aubazine, juin 1928

— Maguy, voulez-vous me rappeler l'accord des participes passés que je viens d'expliquer, je vous prie ! J'ai l'impression que vous ne m'avez pas écoutée !

Marie attendait, le regard sévère. Maguy, une fille grande et maigre au doux regard noisette, se tortillait, les mains derrière le dos. Au bout d'un long moment de silence, elle se mit à renifler en laissant échapper une larme. Sa sœur Rolande, assise à côté d'elle, pouffa de rire, la tête basse.

— Maguy, la prochaine fois que vous serez aussi distraite, vous aurez une punition. Asseyez-vous, il n'y a pas de quoi être fière. Plutôt que d'aller voler des pommes au jardinier pour vos camarades, vous feriez mieux de réviser vos conjugaisons. L'instruction que vous recevez ici est un don précieux ! Le certificat d'études approche, il faut faire un effort...

Un murmure s'éleva, respectueux et approbateur. Maguy, les yeux déjà secs, fit la moue. Elle et sa sœur avaient été placées à l'orphelinat d'Aubazine, car leur maman était très gravement malade. Leur père, souvent en déplacement, ne pouvait veiller constamment sur elles et, la mort dans l'âme, il avait dû les confier à l'institution.

Marie fut tirée de ses tristes pensées par le tintement de la cloche. Il était déjà cinq heures. Dehors un franc soleil jouait sur les pierres rosées de l'école.

La jeune femme se retrouva seule. Elle jeta un œil vers la cour et aperçut la silhouette de sa fille Élise, un bouquet dans les bras. Un instant plus tard, on frappait à la porte de la classe :

— Entre, Lison !

L'enfant portait contre la poitrine une gerbe de lys blancs au parfum capiteux.

Marie sourit tristement en se penchant sur les corolles charnues. La fragrance des fleurs la ramena deux ans plus tôt, jusqu'à cet autre mois de juin où Pierre avait trouvé la mort sur la route de Tulle. Elle secoua la tête comme pour chasser ce souvenir :

— Dis-moi, Lison, la cloche vient juste de sonner, et tu es déjà en train de courir de-ci, de-là. Madame Bordas, ta maîtresse, ne t'a pas punie, au moins ?

Lison éclata de rire :

— Oh ! non, maman, ne t'inquiète pas ! Mais je suis sa meilleure élève. Je savais tout par cœur ! Madame la Directrice m'a donné la permission de sortir avant les autres pour monter chercher ces fleurs chez elle. Tu sais, elles viennent du jardin que monsieur Bordas et elle louent au docteur Verdier sur la route de la gare ! Elle les a cueillies tôt ce matin pour que je puisse décorer la chapelle. Je voulais te les montrer, avant.

— J'espère que tu ne me racontes pas d'histoires ! Va vite porter tes fleurs au couvent, je t'attends ici !

Lison sortit à reculons. Du haut de ses dix ans, elle n'aimait pas voir sa mère aussi sévère, son joli regard obscurci par le chagrin. Sa mémé Nane lui répétait souvent :

— Ta pauvre mère et moi, nous avons eu trop de malheurs, et ça brise une femme ! Moi, mes petits, ils sont tous morts, même mon Pierre qu'était si fort, et Marie, elle, a perdu son père et son époux ! Faut être bien sage, Lison, pour lui faire plaisir.

Lison obéissait à chaque heure du jour, studieuse et serviable. On la voyait rarement se reposer ou jouer. Et si jolie, avec ses épaisses boucles couleur de miel brun ! Elle faisait l'admiration des habitants d'Aubazine et de toute sa famille.

Marie se leva et marcha jusqu'à la fenêtre. De l'autre côté de la place, la vue des murs clairs de l'ancienne abbaye qui abritait l'orphelinat lui parut apaisante. En ces lieux, les peines demeuraient, mais atténuées, peut-être en raison de la force spirituelle qui paraissait imprégner la moindre pierre, la terre et même les arbres du verger.

— Le temps passe si vite ! songea la jeune femme, le regard vague.

Elle revit leur arrivée à Aubazine. Nanette, chargée telle une mule ; Jacques, la mine sombre sous sa casquette. Ils ressemblaient en fait à une petite troupe d'exilés demandant asile. Sur la charrette louée à la gare d'Aubazine s'amoncelaient les paquets et les malles ; monsieur Vasset leur prêtait main-forte. Ce brave homme avait coutume de venir chercher avec son attelage les voyageurs à la gare, distante d'environ cinq kilomètres. Encore heureux que l'on ait pu compter sur ses services ! L'homme avait mené le chargement devant l'école, tandis que Pierre tenait serrée contre sa poitrine Mathilde qui pleurait à fendre l'âme.

Que seraient-ils tous devenus sans la générosité de la nouvelle supérieure Marie-de-Gonzague ? Malgré son aspect frêle, elle avait la réputation de se dévouer corps et âme. Il fallait convenir qu'elle ne manquait pas de détermination.

Avant de s'éteindre, mère Marie-Anselme avait évoqué Marie : « L'enfant que j'ai vue grandir est devenue une jeune femme admirable. Elle a même enseigné, car elle a brillamment réussi ses études à l'École normale. Si vous la revoyez, souvenez-vous que je l'aimais beaucoup. »

Ainsi fut fait. En apprenant l'incroyable injustice frappant Marie et tous les siens, la Mère supérieure avait mené l'affaire tambour battant.

Une des institutrices de l'école publique d'Aubazine prenait sa retraite. Monsieur et madame Bordas, le couple de directeurs, auraient donc besoin d'une remplaçante… Voilà qui résoudrait, dans un temps, à la fois le problème de la subsistance et de l'hébergement puisqu'on attribuait un logement de fonction à l'institutrice. Jacques et Nanette pourraient loger sous le même toit. Peu importait en effet pour l'administration la composition de la famille, pourvu que l'on se contente des locaux attribués… La Mère supérieure avait pu se procurer le mobilier de première nécessité : lits, tables et chaises, en recensant les meubles relégués dans les greniers de certaines de ses amies d'Aubazine. Pour le reste, on verrait plus tard.

Mère Marie-de-Gonzague avait aussi trouvé un emploi pour Jacques : il manquait un jardinier pour s'occuper du potager et du verger de l'orphelinat. Voilà qui pourrait lui convenir parfaitement, s'il se contentait d'un salaire modeste. En contrepartie, il aurait droit à sa part de légumes et de fruits. Nanette avait convoité une place aux fourneaux, mais on n'avait pas besoin d'elle. Qu'importe, sa présence auprès des trois enfants du couple serait la bienvenue !

Pierre avait tout de suite annoncé qu'il comptait travailler comme représentant en matériel agricole, mais il avait dû y renoncer en raison de son handicap.

Conduire en permanence une automobile n'était pas en effet envisageable. Il fallait se rendre à l'évidence : aux Bories, Jean Cuzenac avait toujours aplani les problèmes liés à son infirmité, mais, dorénavant, son reclassement serait plus délicat... En fait, il ne connaissait que le travail de la terre. Mère Marie-de-Gonzague avait fini, là aussi, par résoudre le problème. Un proche voisin, monsieur Desmier – qui exploitait entre autres une des anciennes manses de l'orphelinat –, était trop âgé pour superviser tous les travaux de ses fermes. Il pouvait confier à Pierre la gestion de ses terres d'Aubazine, de Cornil et de Sainte-Fortunade. Mais il faudrait s'accommoder d'une rétribution moins importante qu'aux Bories.

Marie restait éperdue de reconnaissance pour mère Marie-de-Gonzague.

Ainsi, pour la jeune femme, s'était établi le rituel de « traverser la place », souvent plusieurs fois par jour, pour retrouver sœur Julienne, sœur Marie-des-Anges, sœur Geneviève ou mère Marie-de-Gonzague.

Marie s'était aussi liée d'amitié avec une autre femme exceptionnelle : mademoiselle Marie-Thérèse Berger, originaire de Lubersac, qui occupait des fonctions d'économe et de surveillante. Les petites orphelines l'appelaient « maman Théré », et en fait, elle était un peu leur maman à toutes : elle savait aussi bien soigner les « bobos » du corps que ceux de l'âme. C'est elle qui prenait en charge les très jeunes orphelines, dont certaines n'avaient pas plus d'une vingtaine de mois. Elle avait toujours le sourire, excusait tout le monde. La seule vue de cette minuscule femme voûtée assurait les petites d'un trésor sans égal : elles pouvaient trouver en elle un amour total.

La nouvelle existence de Marie en Corrèze avait peu à peu pris un tour agréable. Elle retrouvait avec joie son métier exercé si peu de temps, au début de la guerre. Pierre, cette fois-ci, n'avait pas pu s'opposer à ce qu'elle reprenne son activité d'enseignante : son salaire était indispensable aux besoins du ménage.

Deux coups sonores, frappés à la porte, firent sursauter Marie, plongée dans ses souvenirs. Elle se précipita et ouvrit. La face rouge de sœur Julienne lui apparut :

— Eh bien ! ma chère Marie, que dirais-tu de venir souper avec nous ce soir ?

— Oh ! ma sœur, c'est si gentil d'y avoir pensé. Mais depuis la mort de Pierre, Jacques et Nanette sont bien tristes. Ils comprendraient mal mon absence.

— Fais selon le devoir que te dicte Notre-Seigneur, petite. Et quitte cet air accablé qui me fait tant de peine. Si tu as besoin de te confier, pense que je suis toujours là pour t'écouter.

Se confier, la chose n'était pas si simple. Depuis la mort de Pierre, elle était tourmentée par un sentiment étrange caché au fond de son cœur. Une douleur qu'elle ne pouvait livrer à personne.

Le ciel était maintenant moins lumineux, semé de nuages blancs. Lison, revenue de l'église, montait quatre à quatre les marches de l'escalier, pressée de retrouver sa mémé Nane, Paul et sa petite sœur Mathilde. Pourtant, du haut de ses cinq ans, cette dernière faisait montre d'une nature capricieuse et autoritaire.

— Maman, regarde, mon amie Charlotte m'a donné des cerises à la récréation. Tu en veux une ?

— Non, merci. Mange-les, toi ! Tu adores ça !

— Bon, je les donnerai à Mathilde ! Elle est si gourmande !

Ainsi était Lison, elle pensait toujours aux autres avant elle-même. Marie en fut émue aux larmes. Sans la douceur et la gaieté de sa fille aînée, sa vie aurait un goût bien plus amer.

Nanette les attendait sur le pas de la porte, sanglée dans son vieux tablier du même gris que ses cheveux dissimulés sous sa coiffe.

— Ah ! Vous voilà ! Ce garnement de Paul a filé dehors dès la fin de la classe. Il doit traîner avec ses copains au bord du canal des Moines... Si c'était mon fils, en rentrant, il aurait droit au fouet !

— Laisse-le donc se dégourdir les jambes ! répliqua Marie. Il fait si bon, ce soir. Tu sais bien que Paul a besoin d'exercice. Il ne tient pas en place !

Nanette haussa les épaules en reculant. Elle avait beaucoup moins de travail à Aubazine qu'à la métairie des Bories, mais elle se plaignait sans cesse. Marie veillait à la réconforter, par compassion :

— Allons, ma Nane, je vois que tu as préparé une tarte...

Lison sauta au cou de sa grand-mère pour lui coller deux bises sonores sur les joues. Nanette, d'une voix enrouée, se mit à gémir :

— Ah ! Le bon Dieu a eu pitié de moi ! Il m'a pris mes enfants, mais il m'a laissé ceux-ci ! On a eu bien de la misère, mais, heureusement, je peux m'occuper de mes petiots.

— Mémé, où est Manou ? demanda Lison qui tenait derrière son dos la poche de cerises.

— Sous l'escalier, dans le placard ! rugit Nanette. Cette gosse a le diable dans le sang, parole de chrétienne. Je l'ai fessée et enfermée là-dedans il y a une heure.

Marie poussa un cri de consternation. Quant à Lison,

elle courut libérer sa petite sœur. Mathilde ne daigna pas lever la tête, qu'elle avait enfoncée entre ses genoux repliés.

— Manou, ma chérie, viens vite ! J'ai des cerises pour toi. Mémé t'a punie, mais maintenant, c'est fini, tu entends ? Ta punition est terminée, maman l'a dit.

C'était un mensonge, mais Lison savait bien que sa mère pensait comme elle... Cela n'arrangeait guère le caractère de Mathilde de la traiter ainsi. La fillette redressa le front un instant. Ses yeux étaient secs, sa bouche, tordue en une grimace de rage. Elle marmonna :

— Mémé est méchante ! Ze veux plus la voir ! Ze vais m'en aller d'ici pour toujours !

Mathilde avait un cheveu sur la langue, ce qui amusait tout le monde. Lison fit un effort pour ne pas éclater de rire. Gentiment, elle prit la main de la petite et la tira dans le couloir.

— Viens, Manou. Si maman veut bien, je vais t'emmener au bord du canal chercher Paul.

— Et on mangera les cerises là-bas ! Comme ça, mémé, elle en aura pas !

Lison soupira. Si leur mère entendait ce genre de chose, la situation resterait tendue.

— Écoute, Manou. Attends-moi ici sagement. Je vais parler à maman. Ne dis pas un mot et ne bouge pas.

Mathilde acquiesça.

Marie donna la permission. Le lendemain était un jeudi, la jeune femme comptait passer de bons moments avec ses enfants et profiter du beau temps pour aller se promener. Pour l'heure, elle rêvait de se détendre un peu et de faire un brin de toilette.

Nanette lui servit un café coupé de chicorée, une part de tarte. Puis, d'un geste sec, elle lui tendit une enveloppe bleue. Le cœur de Marie tressaillit. L'écriture d'Adrien lui était si familière...

— Elle est arrivée quand, Nane ?

— En tout début d'après-midi ! Jacques voulait te l'apporter, mais je lui ai dit que ça pouvait attendre...

Marie n'ouvrit pas la lettre tout de suite. Elle attendit d'être seule dans sa chambre. Comme elle redoutait la curiosité de Nanette, elle tourna le verrou. Avec précaution, elle déplia les feuillets couverts de lignes élégantes, serrées.

Ma très chère Marie, ma petite exilée,

Je t'écris de Paris. Tu connais les raisons qui m'ont poussé à fuir Limoges, juste après le décès de Pierre. Deux ans se sont écoulés, deux ans loin de toi, de ton tendre visage où les émotions se devinent à fleur de peau. Pourtant tu es présente à mes côtés, chaque jour, chaque nuit. Je n'ai que cette correspondance pour ne pas te perdre de façon définitive.

Seul dans les rues agitées de la capitale, harassé la plupart du temps, je fais de mon mieux pour oublier cet unique baiser que tu m'as accordé, quelques semaines avant la tragédie qui a frappé ta famille.

Le destin, que l'on y croie ou non, nous a bien malmenés, tous les quatre, Pierre, Léonie, toi et moi. Un esprit éclairé aurait pu pressentir ce drame qui nous a désunis. Pourquoi reparler de tout cela ? Parce que je ne peux pas me résigner à ce mur de honte, de sacrifice, que tu as dressé entre nous deux.

Vois-tu, même si je me répète, je crois t'avoir aimée dès ce lointain dîner à Tulle, alors que nous étions encore jeunes et libres. Quand je t'ai reconnue, dans le salon de ta maison des Bories, j'ai été blessé d'amour, à peine présenté à toi, magnifique dans ta toilette argentée.

Ma pauvre Marie, comme je souffre de te savoir logée si

modestement, partageant ta chambre avec tes trois enfants, te donnant tout entière à ton métier ! Ne va pas croire, cependant, en lisant ces mots, que je regrette le cadre harmonieux et riche des Bories, car je t'aurais aimée même en haillons, sous le toit d'un taudis. Néanmoins, tu m'es tellement précieuse que je voudrais pour toi le confort, l'aisance et la sécurité... Je voudrais te protéger, te chérir, te gâter, t'emporter aux quatre coins de la terre pour combler tes désirs de longs voyages dans des pays inconnus.

Mon poste à l'hôpital ne me satisfait pas. Bientôt, je chercherai une ville tranquille, afin de m'installer. Je songe souvent à Uzerche, ce qui me rapprocherait de toi. Certes, je te crois capable de refuser encore de me revoir, mais, au moins, je respirerais comme toi l'air pur de notre Corrèze natale.

Je n'ai aucune nouvelle de Léonie depuis notre séparation, dont tu n'es pas responsable. Je l'écris à nouveau, au cas où tu n'aurais pas admis cette vérité. Tu sais ce qui nous a conduits à une rupture, au bout de trois années d'une vie commune factice. Léonie était un esprit exalté, libre, c'est sans doute une des raisons pour lesquelles elle a toujours refusé de m'épouser. Je lui garde une immense affection, du respect, car elle a été bien plus franche que moi, que toi.

Je te communique ma nouvelle adresse. Est-ce la peine de te dire qu'une lettre de toi serait un grand bonheur dans la grisaille laborieuse de mon existence parisienne ?

Adrien

Marie replia la lettre lentement, puis elle la rangea avec les précédents courriers d'Adrien, dans une mallette métallique dotée d'une serrure, celle où elle cachait ses gages, aux Bories.

On frappa à la porte. La voix de Nanette s'éleva :

— Oh ! Marie ! Qu'est-ce que tu fabriques toute seule si longtemps ! Viens donc causer un peu ! Mon Jacques va rentrer, les gamins aussi...

— Une minute, Nane, je me change.

La jeune femme enfila une robe de cotonnade usagée et se mit en chaussons. Elle défit avec soulagement son chignon serré. Soudain, elle se revit deux ans auparavant, au mois de mai. Adrien était venu à Aubazine sans s'annoncer. Il avait demandé chez Longueville, l'épicerie qui faisait également bureau de tabac et café, où se trouvait le logement de Marie.

Ce dimanche-là, la jeune femme préparait le repas de midi. Une voix d'homme l'avait appelée par son prénom. Elle s'était retournée et l'avait vu. Aux battements affolés de son cœur, elle avait compris combien il comptait dans sa vie.

Adrien avait déjeuné avec eux, aimable et bavard. Mais son regard cherchait sans cesse celui de Marie. L'après-midi, ils étaient allés se promener le long du canal des Moines. Nanette avait accepté, tout en ronchonnant, de garder les enfants.

Marie se souvenait d'Adrien, assis près d'elle.

— Je n'oublierai jamais cette promenade au bord du canal, avait-il murmuré.

Marie avait répondu, très grave :

— Moi non plus. Je me sens si bien.

Pourquoi, à cet instant, Adrien avait-il entouré ses épaules de son bras ? Pourquoi avait-elle levé la tête vers lui, qui se penchait, ému. Leurs lèvres s'étaient rencontrées, comme attirées. Ce baiser voluptueux, romantique, les avait bouleversés. Il symbolisait l'entente harmonieuse de deux âmes faites pour se comprendre. Si Adrien avait insisté, l'embrassant de manière plus virile, il aurait peut-être tout gâché. Marie revivait un émoi brutal, presque inconnu. Oui, ce dimanche-là, elle avait ressenti du désir pour cet homme.

Marie apprit plus tard ce qui s'était passé les jours

précédents entre lui et Léonie. Mais chacun fuyait sa propre vérité. Le soir, dès son retour, Pierre avait tapé dans le dos d'Adrien, en l'appelant son beau-frère. Pourtant, il n'était toujours pas question de mariage entre Adrien et Léonie. Ils avaient dîné joyeusement : beaucoup de rires, de discussions, de vin versé.

Le lendemain, Adrien repartait, après avoir passé la nuit sur un lit de camp.

Le mois suivant, Pierre se tuait sur la route de Tulle, en voiture. Monsieur Desmier, l'employeur de Pierre, s'était montré désolé de ce décès survenu avec son véhicule. Pourtant, il avait été le premier à conseiller à son régisseur de ne pas utiliser la voiture pour ses déplacements, mais l'attelage, ou de se faire conduire. Lui aussi avait dû s'accommoder du caractère ombrageux de Pierre qui n'en faisait qu'à sa tête...

Les détails des visages de Pierre et d'Adrien s'estompaient déjà, et Marie s'en étonnait, car elle les jugeait disparus de son existence aussi définitivement l'un que l'autre. Cela n'empêchait pas Adrien de lui écrire une fois par mois, mais elle ne répondait pas, murée dans un silence coupable.

— Alors, Marie, cette lettre, de qui était-elle ? De ta Léonie ? Celle-là, on ne la voit plus...

Nanette, un torchon à la main, prête à mettre le couvert, plissait les yeux tel un inquisiteur en jupons, et sa bouche se pinçait, méfiante. Face à l'attaque, Marie prit le parti de mentir :

— Mais oui, c'est Léonie !

— Et qu'est-ce qu'elle te raconte de beau ?

— Rien de passionnant, ma Nane. La routine ! Bon, je vais à la rencontre des petits. Cette fois, ils exagèrent... Tu as vu l'heure !

Nanette haussa les épaules. Depuis l'accident qui avait coûté la vie à Pierre, elle surveillait les moindres faits et gestes de sa bru, terrifiée à l'idée d'un possible remariage. Pourtant, Marie, entre son travail d'institutrice qu'elle prenait à cœur et ses trois enfants, n'aurait pas eu vraiment le temps de chercher un galant.

Marie prit le chemin du canal à grands pas, avec l'impression agréable de s'évader de la tutelle un peu pesante de Nanette.

« Ma pauvre Nane, se dit-elle, elle n'a que de bonnes intentions, mais parfois c'est pénible ! »

La jeune femme traversa le bourg. Au passage, elle salua Irène Druliolle, l'épouse du boucher, une grande femme brune pour laquelle elle s'était prise d'amitié. Assise sur une chaise devant le pas de sa porte, celle-ci faisait sauter sur ses genoux sa fille Marie-Hélène, âgée d'un an à peine. Le bébé adorait Marie, qui ne manquait jamais de lui chatouiller le bout du nez ou de lui faire un bisou.

Lorsqu'elle s'engagea sous les arbres, les feuillages d'un vert vif laissaient filtrer une lumière dorée, annonciatrice d'un long et tiède crépuscule. Une clameur joyeuse s'élevait sur sa gauche, une bande de gamins s'ébrouait parmi les fougères, en poussant des rires aigus.

Marie reconnut la chemisette rouge de Paul, les boucles mordorées de Lison, et, à l'écart, la silhouette de Mathilde, son pouce dans la bouche, apparemment occupée à bouder. Deux autres garçonnets d'Aubazine, François et Norbert, étaient là et brandissaient leurs lance-pierres.

— Lison, Paul ! Rentrez tout de suite ! Et Manou ? Pourquoi pleure-t-elle ?

Il y eut un soudain silence. Norbert et François s'échappèrent en gloussant. Ils savaient que Marie n'aimait pas les lance-pierres, trop dangereux à son goût. Lison attrapa Mathilde qui se débattit avec rage, bourrant sa sœur de coups de pied. Paul vint se planter devant sa mère en sifflotant :

— Maman, on s'amusait tellement bien !

Marie ne répondit pas. Déjà, elle prenait Mathilde dans ses bras et l'examinait, soucieuse :

— Ma chérie, as-tu mal quelque part ? J'ai cru t'entendre pleurer !

La fillette minauda en reniflant :

— C'est Paul qui m'a tapée, fort, zur la tête !

— Si tu dis la vérité, il sera puni. On ne doit pas frapper plus petit que soi, tu le sais, Paul ?

Paul, assez menu pour ses huit ans et demi, se rebiffa, furieux :

— Maman, ce n'est pas juste ! Tu défends toujours Manou, mais elle est méchante ! Elle a griffé la pauvre Lison...

Marie ferma les yeux une seconde, excédée. Ces enfants privés de leur père ne seraient pas faciles à éduquer, hormis Lison peut-être, d'une nature très douce et généreuse. Heureusement, leur pépé Jacques les intimidait, avec sa voix forte et son accent. Il était même le seul à obtenir la docilité de Mathilde.

— Allez, nous rentrons, et vite ! Le dîner est prêt.

Lison et Paul la suivirent, les joues rouges d'avoir joué longtemps, mais la mine triste, car ils n'aimaient pas voir leur chère maman de mauvaise humeur. Quant à Mathilde, accrochée au cou de Marie, elle jetait des regards triomphants autour d'elle, ses lèvres rouges fermées en une moue têtue.

— Je n'en peux plus ! Ce doit être cet air lourd ! Je suis sûre qu'il y aura un orage cette nuit...

Marie avait chuchoté, de crainte de troubler le sommeil des enfants, enfin endormis. Elle était allongée sur son lit, en combinaison de soie. Par la fenêtre ouverte, une senteur parfumée pénétrait, savant mélange de fleurs de tilleul, de roses et de lys.

La jeune femme logeait dans l'une des deux chambres du logement situé au premier étage du corps de bâtiment. Nanette et Jacques occupaient l'autre chambre, séparée du salon et de la grande cuisine par un vestibule minuscule. La maison était bien exiguë pour ses six habitants, mais du temps où Pierre rejoignait sa famille chaque soir, c'était encore pire.

Marie préférait oublier cette époque... Son mari n'avait qu'une idée en la retrouvant, satisfaire son désir d'homme. La présence de leurs enfants ne le gênait pas, contrairement à elle, qui ne pouvait pas admettre cette situation. Ses refus provoquaient des querelles muettes, et Marie, percevant la rage froide de Pierre, se désespérait, incapable néanmoins de lui donner ce qu'il voulait.

« Pierre ! Notre vie commune a été un échec. Quand je l'ai compris, j'ai eu envie de mourir. J'ai eu des torts, c'est ce sentiment douloureux que je dois expier ! »

Marie se releva. À tâtons, elle réussit à attraper une chandelle sur la table de chevet. Silencieuse, elle alla s'enfermer dans le débarras où une table bancale servait à plier le linge.

« Je vais répondre à Adrien ! Je dois le faire. Je n'en peux plus. »

Sa décision prise, elle ne recula pas. Sa solitude l'étouffait.

Adrien,

Je n'ai pas le courage, ce soir, de rester insensible à ta lettre pleine de tendresse et de respect, dont je ne suis pas digne. Ce jour n'est pas ordinaire, car il y a deux ans, à une semaine près, Pierre se tuait. J'ai refusé de voir son visage marqué par l'accident, j'ai souhaité garder de lui une image intacte.

Tu seras sans doute surpris de recevoir enfin une réponse de moi, après si longtemps, mais il a fallu l'odeur forte et suave des lys, l'eau argentée du canal des Moines, et tous ces souvenirs que j'avais chassés de mon âme pour que je puisse t'ouvrir mon cœur.

Aujourd'hui, j'ai revécu ce baiser dont tu parles, j'ai revu ton cher front, tes cheveux, tes yeux clairs. Je me suis vue seule, toujours seule, confrontée aux amertumes de ma Nane, qui vieillit bien vite, aux caprices de Mathilde. À l'école, tout se passe très bien. Mes élèves m'aiment beaucoup et j'ai confiance en elles, pour leurs résultats au certificat d'études.

Les moments les plus cruels sont ceux où j'ose regarder en arrière, afin d'observer le désastre de nos existences. Si tu savais combien de fois, depuis notre dernière rencontre, j'ai cru contre toute raison revoir ma Léonie. Mais non, pas un signe. Je n'ai d'elle, en ma mémoire, que cette jeune femme folle de colère, me jetant à la face mes quatre vérités au sujet de Pierre et de moi.

Je ne cherche pas à te blesser en remuant tout ce passé chaotique, cependant cette lettre est une confession. Il me faut être franche pour pouvoir revivre... Tu sais comme moi les relations entretenues par Léonie et mon mari, durant six mois. C'est vrai, quand j'ai su ce qui se passait entre eux, je me suis montrée dure et sans pitié. Je n'ai pas pu me retenir de les insulter, de les maudire ! Pourtant j'étais en tort, cela je l'ai admis ensuite, à cause des paroles de Léonie.

« Tu as poussé Pierre à te tromper ! C'est un homme plein de vigueur et tu ne veux pas de lui ! N'as-tu pas compris qu'après la terrible blessure qu'il avait dû endurer, il avait besoin d'être rassuré sur sa virilité et non repoussé ? Il m'a tout dit ! Je lui ai offert ce qu'il désirait, une vraie femme... »

Comme ces mots m'ont offensée ! Je croyais qu'une vraie femme devait être travailleuse, sérieuse, bonne ménagère et bonne mère. Je ne pensais pas à ce côté charnel qui, entre Pierre et moi, était source de problèmes, de disputes.

Marie s'arrêta d'écrire. Autour d'elle, à la clarté jaune de la chandelle, le décor du débarras prenait des allures un peu fantastiques : les trois balais, les étagères garnies de draps, d'objets relégués là, le rideau délavé qui cachait un seau et un broc. Elle se mit à sourire et reprit sa lettre.

J'ai failli abandonner, brûler ces feuilles que je couvre de révélations absurdes. Ai-je perdu toute pudeur pour me confier ainsi à toi, mon ancien et précieux ami ? L'amour physique, je juge indécent d'en parler, mais peut-être est-ce un tort de ma part, comme cela l'a été vis-à-vis de Pierre. Mais à cette époque, apprendre la liaison de Léonie et de mon mari, leur passion, devrais-je dire, m'a blessée au-delà de toute mesure. Je les ai haïs, méprisés, tant j'étais aveuglée par mes principes, ma naïveté.

Lorsque Léonie m'a appris, en plus, cette chose affreuse que tu ignores sans doute, à savoir que Pierre était le père du dernier enfant d'Élodie, cette femme vulgaire, racoleuse, la veuve du malheureux fils Pressigot mort à la guerre, le peu d'amour qui me restait pour mon mari s'est éteint.

Comment accepter cette trahison ? Il allait lui rendre visite à Limoges, elle plus âgée que lui de cinq ans, il s'en servait à sa guise et, en rentrant aux Bories, il me harcelait encore. Ceci, je l'ai caché à Nanette, ainsi que son amour fou pour Léonie. Mais Léonie, après réflexion, j'ai pu comprendre, elle est si belle, si séduisante, gaie et sensuelle. Cela ne m'a pas vraiment étonnée que Pierre en soit amoureux. Je t'avoue que je me demande toujours, par contre, ce qui a poussé celle qui reste ma petite sœur à se jeter dans les bras d'un homme aussi rude que mon mari.

Ce mystère me tourmente parfois. J'aimerais à présent en parler avec elle, comprendre enfin. Elle refuse, murée, je pense, dans sa douleur. Sais-tu, Adrien, la véritable veuve de Pierre, c'est elle, Léonie, et non pas moi. Et je dois te l'avouer, je t'ai aimé également dès ce tragique Noël des Bories, où ta sollicitude, tes conversations m'ont aidée à supporter le deuil cruel de mon cher papa. Durant les trois ans de ta liaison avec Léonie, j'ai pu me mentir à moi-même, taire ce sentiment dont j'avais honte. J'enviais Léonie d'oser vivre avec toi librement, en dehors des liens du mariage.

Ce soir, enfermée comme une jeune fille coupable dans un débarras, je t'ouvre mon cœur. Je t'aime, Adrien, d'un amour bien différent de celui que je portais à Pierre. Je rêve de partager avec toi mes lectures, mes contemplations de la nature, si belle en Corrèze, mais un mur nous sépare. Je ne peux pas m'imaginer dans tes bras, car je ne suis pas une vraie femme, Pierre l'a dit, Léonie l'a hurlé, la joue rouge de la gifle vengeresse que je lui avais donnée.

Je te voudrais un éternel ami, ne me demandant rien d'autre que des baisers d'enfant. Ou bien, qui sait, toi seul pourrais peut-être briser ce mur et ma honte, et mon chagrin. Je me sens vieille, ma joliesse envolée, vêtue de noir tant je redoute le jugement des voisins et des sœurs d'Aubazine.

Adrien, j'entends Manou pleurer. Elle a dû faire un cauchemar, adieu, mon unique ami, mon frère...

Marie

Mathilde était une spécialiste des mauvais rêves. Elle s'éveillait alors en sanglotant, puis, un instant plus tard, poussait des cris stridents. Marie la prit dans ses bras, la coucha à ses côtés dans le grand lit. La petite marmonna :

— Z'avais peur, très peur ! Et t'étais pas là... Tu es vilaine, maman, ze t'aime plus !

Mais en disant cela, l'enfant se collait à sa mère, qui, bouleversée, en oubliait déjà la lettre écrite à Adrien, ses espoirs d'une vie nouvelle. En effet, comment envisager de connaître une relation stable avec un homme, alors que le moindre bobo de Manou prenait des allures de catastrophe ? Et Nanette n'accepterait jamais une telle éventualité.

Marie, en guettant la respiration de sa fille qui s'endormait, songea qu'elle avait cédé à un coup de folie. La lettre ne partirait pas. Adrien resterait un doux rêve impossible.

Marie soupira :

— Pauvre Manou ! Ce n'est pas de ta faute... Mais je t'aiderai à devenir meilleure.

Dans le débarras, la chandelle agonisait. La lettre gisait sur la table, près de l'enveloppe rose préparée par Marie. Un moustique se posa sur le mot « Paris » avant d'aller se prendre au piège de la cire chaude.

24

Un dimanche de fête

Marie fut réveillée par la voix de Lison qui demandait à Paul de se lever sans bruit :

— Il faut laisser maman dormir, c'est dimanche !

La jeune femme eut un sourire attendri. Le soleil blanc du petit matin entrait dans leur chambre et, contre sa poitrine, Mathilde dormait, ravissante avec sa bouche charnue et ses larges paupières closes.

Lison eut une grimace de dépit en voyant sa mère lui faire un signe de la main :

— Oh ! maman, je voulais tant que tu te reposes. J'ai entendu Manou crier cette nuit...

— Ce n'est pas grave, ma chérie, je me sens très bien. Et puis nous ne devons pas manquer la messe, tu sais ! Je vais préparer vos vêtements !

Marie se leva sans déranger Mathilde, mais Lison l'avait précédée dans le débarras. La fillette regardait la lettre et l'enveloppe.

— Tu écris à oncle Adrien ? interrogea tout bas l'enfant qui avait une vive affection pour le compagnon de Léonie qu'elle avait toujours appelé « oncle ». Comme je suis contente, maman ! Je me souviens très bien de lui ! Dis, il pourra venir à la fête du couvent ? Avec sœur Julienne, « maman Théré » et les petites orphelines, on a récolté plein de plantes qui guérissent : du tilleul, des pointes de ronce, des feuilles de mauve. Et on va les vendre pour la fête ! C'est une bonne idée, non ?

Lison attendait tous les ans ce grand jour avec impatience. C'était une tradition au couvent d'Aubazine d'organiser chaque année une fête durant laquelle les pensionnaires, orphelines ou non, jouaient des saynètes, des sketches, chantaient des airs populaires. Tout le bourg y assistait. Les religieuses montaient une estrade dans le réfectoire et, à cette occasion, elles mettaient en vente les ouvrages de couture réalisés par les élèves.

— Alors, maman ? Tu lui as dit, à oncle Adrien, pour la fête ? Il y a trois ans, tu te rappelles, il était venu avec Léonie ?

— Oui, je m'en souviens, Lison, mais les choses ont changé depuis. Léonie est très loin, en Angleterre, et Adrien vit à Paris. Et puis, ils se sont séparés, je te l'ai expliqué. Mais ce n'est pas bien d'avoir lu l'adresse sur l'enveloppe, ma chérie, cela s'appelle une indiscrétion.

— Pardon, maman, je ne savais pas que c'était mal.

Lison fixa sa mère avec insistance. Marie se sentit soudain mal à l'aise sous ce regard. La fillette murmura enfin :

— Mais peut-être qu'oncle Adrien serait content de nous revoir ?

— Peut-être, en effet, Lison ! Nous en reparlerons. Maintenant, descends vite prendre ton petit déjeuner, j'entends Nanette en bas, le café doit être prêt. Paul, viens, toi aussi. Et dites à mémé que j'arrive...

Une fois seule, la jeune femme s'empressa de plier la lettre et de la glisser dans l'enveloppe. Elle écrivit rapidement l'adresse, puis elle se ravisa : non cette lettre, elle la brûlerait ! En attendant, elle la mit dans son sous-main.

« J'espère que Lison n'a rien pu lire d'autre. Je suis idiote de m'être endormie cette nuit sans la ranger. »

Marie aperçut par hasard son reflet dans le miroir de la petite armoire achetée à une voisine, lors de leur installation. Échevelée, à demi nue dans sa combinaison de soie beige, elle dut s'avouer qu'elle se trouvait encore jeune.

— Qu'est-ce que j'ai ?

Prestement, elle enfila une jupe et un corsage, noua un ruban autour de ses boucles. Il n'était que huit heures, elle avait le temps de se préparer pour la messe.

La sortie de l'office religieux, à Aubazine, était une vraie cérémonie. Sous le soleil déjà chaud, chacun se saluait et discutait à voix haute, comme soulagé de retrouver l'air des collines environnantes.

Les hommes, dans leurs costumes du dimanche, se dirigeaient sans en avoir l'air du côté de Marcel, afin de trinquer et de fumer une pipe. Les femmes bavardaient, peu pressées de rentrer à la maison. Nanette s'était fait une amie, Marguerite, qui se montrait ravie de « causer ».

Marie était fière de ses trois enfants, bien coiffés et vêtus d'habits impeccables. Elle dut faire un brin de conversation à la plupart des autres mamans.

Ce jour-là, Irène, l'épouse du boucher, fut la première à venir la rejoindre, sa petite Marie-Hélène sur le bras :

— Bonjour, Marie ! Figurez-vous que notre bébé a fait ses premiers pas tout à l'heure... Oui, quand elle vous a vue, elle a poussé un cri de joie en gigotant pour que je la pose par terre ! Et la voilà partie ! Bien sûr, elle est tombée de tout son long, au bout d'un mètre.

— Pauvre mignonne ! s'exclama Marie, amusée. Maintenant, on a un gros bobo au genou !

Marie-Hélène riait aux éclats, tandis que les deux femmes examinaient sa jambe dodue. Mathilde, qui avait été très sage jusqu'alors, secoua la robe de sa mère en pleurant :

— Z'ai faim, maman ! Je veux rentrer, moi !

— Excusez-moi, Irène, mais la mienne n'a pas bon caractère. Je vous laisse.

Marie s'éloigna, mince et svelte dans sa robe de serge noire. Elle se sentait légère et gaie, sans raison. Elle cria à Nanette :

— J'emmène Manou à la maison, et je mettrai le couvert ! Ne t'en fais pas pour le repas...

Mathilde se mit à courir devant sa mère, pressée de fuir la foule et l'agitation. L'enfant s'ennuyait à la messe, apeurée par tous ces murmures, ces chants en latin. Elle courut jusqu'à l'école.

— Pas si vite, Manou, tu vas tomber ! cria Marie, qui, au même moment, vit une voiture grise garée devant leur logement.

Au volant, une femme fumait une cigarette, le visage ombragé par son chapeau de paille. Cela n'empêcha pas Marie de reconnaître Léonie.

Dans la mémoire de Marie, cette scène s'inscrirait en accéléré. Mathilde buta contre un caillou et tomba lourdement. Aussitôt, elle hurla de rage et de douleur, sans essayer de se relever. Marie se précipita pour consoler sa fille, tandis que Léonie sortait du véhicule, l'air affolé :

— Oh ! Pauvre chérie, elle saigne du nez !

Marie tressaillit en entendant cette voix presque oubliée, puis elle ne pensa plus qu'à Manou, dont la robe bleue était maculée de traînées rouges. Léonie prit l'enfant contre elle :

— Allons, Mathilde, calme-toi ! Garde ta tête comme

ça, je vais te soigner... Lève un bras, voilà ! Marie, ouvre vite la porte, il fait trop chaud ici.

Cinq minutes plus tard, penchées sur Mathilde, Marie et Léonie avaient presque retrouvé leur ancienne complicité. Certes, ce n'était encore qu'une attitude dictée par la situation, mais au fond de leurs cœurs montait un identique frisson de joie.

— Tu reconnais Léonie, Manou ? Tu as eu de la chance d'avoir une infirmière, juste à temps !

— Ze veux l'embrasser !

Mathilde entoura le cou de Léonie de ses petits bras potelés :

— Tu sens bon ! Maman, embrasse-la, toi aussi. Elle a la joue toute douce.

Léonie n'osait pas regarder Marie, qui, la voyant gênée, au bord des larmes, lui ouvrit les bras :

— Manou a raison, embrassons-nous, petite sœur !

— Oh ! Marie... Marie !

Le reste de la famille les découvrit ainsi, enlacées, sanglotant et riant à la fois.

— Eh ben, ça alors ! s'écria Nanette, pour une surprise, c'est une surprise ! C'est donc ta visite que tu annonçais, dans ta lettre !

Marie pinça doucement le bras de Léonie en lui soufflant à l'oreille :

— Oui, tu m'as écrit... je t'expliquerai.

Plus haut, elle dit à Paul :

— Cours chez Bernadie, il doit être encore ouvert, et demande une bouteille de bon vin. J'irai le payer demain. C'est fête aujourd'hui !

Passé le premier choc des retrouvailles, Marie put constater l'élégance de Léonie, sa maigreur et son maquillage exagéré. Elle était très belle, mais des éclats amers traversaient souvent ses jolis yeux bleus.

Nanette, pour l'occasion, sortit des pâtés de lapin préparés par ses soins, ajouta une omelette aux herbes au menu. Mais l'invitée inattendue ne fit que grignoter.

— C'est bizarre d'être ici, avec vous tous ! Comme avant..., déclara Léonie en sirotant son café.

— Oui, comme avant ! répéta Nanette. Sauf que mon Pierre, il n'est plus là, lui ! Il est au cimetière, à cet'heure, mais ça, tu le sais, ma pauvre fille !

Marie se crispa. Après ce genre de lamentations, Nanette éclatait en larmes bruyantes, ce qui terrifiait Lison et Mathilde. Cela ne manqua pas. Jacques leva une main fataliste :

— Oh ! Ma femme ! Laisse-le donc en paix, le fils, un jour comme celui-ci !

Léonie se leva brusquement :

— Je dois partir, il est déjà tard ! Ce n'était qu'une petite visite de politesse...

Marie protesta en prenant la main de la jeune femme :

— Tu as bien le temps de faire une promenade avec moi, Léonie ! Regarde la tête de Lison, elle est si contente de te revoir. Viens, nous allons marcher jusqu'aux ruines de l'ancien monastère. Nous reviendrons par le canal. Allons, les enfants, en route ! Prenez un bâton, à cause des serpents. Et toi, ma Nane, va faire une petite sieste, je rangerai à mon retour.

Léonie ne refusa pas. Paul l'entraîna dehors. Il n'avait en fait qu'une idée, monter dans cette superbe voiture, un modèle qu'il n'avait encore jamais vu...

— Grimpe au volant deux minutes, mon Paul ! Hélas, elle n'est pas à moi. Un ami me l'a prêtée.

— T'en as de la chance, tante Léonie !

Elle lui ébouriffa les cheveux en riant. Marie et Lison

sortirent à leur tour, l'une munie d'un bâton, l'autre d'un panier.

— Manou veut faire la sieste avec mémé ! claironna la fillette, manifestement heureuse de ne pas avoir à subir les quatre volontés de sa petite sœur.

Ils s'éloignèrent de la maison d'un bon pas, les enfants marchant devant les deux femmes.

— Je t'emmène revoir les ruines de l'ancien cloître de femmes. Ce monastère, tu le connais, il n'est pas très loin du bourg, six cents mètres à peine. Nous y faisions de si belles promenades pour cueillir au printemps du muguet, lorsque nous étions jeunes orphelines !

— Je serai contente d'y aller de nouveau, Marie, c'est si joli.

Léonie regarda son amie. Malgré son chignon bas sur la nuque, sa robe noire et son visage dénué de tout artifice, Marie lui parut d'une rare beauté. Pourquoi cela lui fit-il songer à cette histoire de lettre ?

— Dis, Marie, qui t'a écrit, puisque je suis bien placée pour savoir que ce n'est pas moi ?

— Une de mes amies de l'École normale. Nous nous sommes revues ici, à Aubazine, le 23 avril, pendant la foire aux chèvres.

— Et quelle raison t'a poussée à dire à Nanette que la lettre était de moi, et non de ton amie ?

— C'est simple, Léonie ! D'abord, Nanette n'aime pas cette fille qui a des manières trop farfelues, et ensuite elle s'inquiétait sans cesse de ton silence, alors j'ai dit ça pour la rassurer. Avec l'âge, ma Nane devient presque aussi capricieuse que Manou !

— Et par hasard, j'arrive aujourd'hui...

Marie chuchota :

— Qu'est-ce qui t'a décidée à revenir, Léonie ? Je

veux le savoir, ça m'a fait tellement plaisir... Tu me manquais beaucoup !

Léonie observa en silence les murs de pierre qui se devinaient entre les arbres du chemin. Lison et Paul ramassaient des fraises des bois, en chantant. Soudain, Léonie s'exclama :

— Marie, ce sont les ruines, là-bas ?

— Oui, nous sommes arrivées. Viens t'asseoir un peu, l'herbe est sèche, ta robe n'aura pas une tache.

— Je m'en moque de ma toilette ! répliqua Léonie d'un ton violent. J'aimerais mieux être habillée de noir, comme toi.

Marie lui prit la main et la serra très fort. C'était un encouragement. Léonie le comprit.

— Ma grande sœur chérie, si tu savais comme tu m'as manqué ! C'est que nous avions l'habitude de parler de tout, ensemble, tu te souviens ? Eh bien, je voulais discuter avec toi de ce qui nous a séparées ! De ma rupture avec Adrien, de la mort de...

Marie continua, la gorge sèche :

— La mort de Pierre ! Tu as souffert, n'est-ce pas ?

Léonie appuya son front contre l'épaule de son amie et pleura sans bruit :

— Oh ! ma chérie, pardonne-moi, mais je l'aimais tant, si tu savais, je l'aimais de tout mon être ! Je devais venir te le dire, pour que tu comprennes. Si j'ai osé te trahir, te voler ton mari, c'était parce que je l'aimais passionnément, c'est incompréhensible, n'est-ce pas ?

— Avec le temps, j'ai pu l'admettre, même si je ne comprends toujours pas. Léonie, j'ai mûri, grâce à ces terribles épreuves. Alors, explique-moi donc ce qu'il y avait entre vous deux, que je n'ai pas vécu...

Léonie se redressa. Les larmes avaient effacé la poudre de riz sur ses joues et elle était d'une pâleur extrême. Elle murmura :

— Mais, les enfants ! Ils te font signe...

— Laisse-les, ils sont assez fins pour ne pas avoir l'idée de nous déranger. Leur bonheur, c'est de courir dans les bois, sans les cris de Manou !

Elles rirent sans gaieté, un peu effrayées d'affronter leur vérité. Léonie parla d'une traite :

— Je suis une fille ardente, Marie, et Pierre, lorsque je vivais aux Bories, a éveillé ma sensualité. Il ne l'a pas fait exprès. Souvent, quand j'étais encore adolescente, il me taquinait en me pinçant, après, je n'en dormais plus. C'était un homme, je le trouvais beau et fort, et à son retour de la guerre, je l'ai aimé encore plus, parce qu'il avait besoin de compréhension. Je pense que j'aurais dû te l'avouer, mais j'avais honte, tu étais si bonne, si parfaite ! Et il est devenu ton époux. Je me suis raisonnée. Pourtant, dès qu'il m'approchait, mon cœur s'affolait, j'avais les jambes molles et une grande envie de me jeter à son cou...

Marie coupa une herbe et la tordit entre ses doigts. Elle se sentait nerveuse, mais les propos de Léonie ne la blessaient pas.

— Tu sais, Marie, les hommes, ils devinent ce genre de choses. Pierre, il a dû s'en rendre compte et, au début, ça l'a amusé ! Ensuite il a changé d'attitude et là, par honnêteté vis-à-vis de toi, je me suis rebellée. Je l'ai repoussé quand il m'a cherchée, je l'ai même frappé. Cela, tu l'as su par lui. Je suis partie à Limoges pour le fuir, mais le mal était fait, je l'aimais.

Léonie pleurait en silence, la bouche tremblante. Marie eut pitié d'elle et lui prit les mains :

— Restons-en là, si tu veux ! C'est du passé !

— Pas pour moi, Marie, je revis sans cesse cette époque de ma vie. Écoute, il y a eu aussi ce soir d'hiver, quand Pierre m'a emmenée à Chabanais en calèche. Je l'ai embrassé, oui, moi la première, alors que lui luttait pour ne pas te trahir. Je crois qu'il t'aimait à sa manière, possessive et brusque. Il attendait de toi l'impossible... Moi, de mon côté, j'ai aussi demandé à Adrien quelque chose qu'il ne pouvait me donner !

Marie, les joues brûlantes, s'écria :

— Mais de quoi parles-tu ?

— Du plaisir, ma chérie, de l'amour total, cœur, corps et âme vibrant à l'unisson. Du désir qui rend malade... Marie ?

Léonie força son amie, qui avait vivement tourné la tête, à la regarder :

— Marie ? Je te fais du mal, c'est ça ?

— Non, continue, au contraire, car je crois que je suis la dernière des oies blanches ! Je veux savoir !

— Eh bien ! Les vrais amants éprouvent cette folie, ces tourments dont je te parle. C'est à la fois douloureux et merveilleux. Je ne pouvais pas continuer à vivre sans faire l'amour avec Pierre. Cela devait arriver... J'ai quitté Adrien, j'ai donné rendez-vous à ton mari, alors qu'il devait rester une semaine du côté de Sainte-Fortunade pour les fenaisons, et nous avons enfin eu un peu de bonheur !

— Un peu seulement ?

Léonie eut un rire triste :

— Oui, car j'avais honte et lui aussi ! Après, pas avant... Mais le destin veillait. Pierre s'est tué en voiture en voulant venir me rejoindre la semaine d'après à Tulle. Une imprudence de sa part... à cause de moi. Oui, je devais te le dire, ma petite Marie. Je me sens responsable de sa mort. C'est affreux... Tes enfants ont perdu leur père, et toi, tu es seule.

Marie se leva, épuisée. Léonie la supplia :

— Tu ne me pardonneras jamais, dis ?

Les deux jeunes femmes se firent face. Un rayon de

soleil, tendre et doré, vint jouer sur leurs cheveux, les nimbant d'une auréole lumineuse.

— Tu es pardonnée, ma petite sœur ! Pierre aussi, car je suis bien plus coupable que vous... Un jour, je te dirai pourquoi, mais pas maintenant, je ne peux pas en parler, pas encore... Je t'écrirai. Viens, allons voir les enfants...

Léonie repartit le soir même vers Brive, au volant de la magnifique voiture que beaucoup de voisins étaient venus admirer, sous prétexte de faire un petit tour ou de saluer Nanette.

— Tu reviendras, tante Léonie ? avait imploré Lison, en s'accrochant à la taille de la jeune femme.

— Oui, c'est promis, je reviendrai.

Marie se coucha, la tête pleine des paroles de son amie, réapparue brusquement en ce beau dimanche de juin. Dès le lendemain, elle reprendrait son rôle d'institutrice et il lui faudrait oublier ces heures d'exaltation, durant lesquelles la voix de Léonie avait énoncé de bien étranges révélations. Les enfants dormaient à poings fermés. Jacques ronflait de bon cœur dans la chambre d'à côté. Marie pensa soudain à la lettre.

« Mon Dieu ! Je dois vite la brûler. »

Elle se releva, agacée. Mais l'enveloppe avait disparu du sous-main.

« Ce n'est pas possible ! Je l'avais rangée là ! »

Marie fouilla le débarras en vain. Une sorte de panique l'envahit, face à cet incompréhensible mystère. Un petit cri lui échappa :

— J'en ai assez ! Qui a fait ça ?

— Qui a fait quoi, maman ?

Lison avait chuchoté. Sa mère, le bougeoir à la main, s'approcha de son lit :

— C'est toi qui as pris la lettre pour oncle Adrien ?

— Non, maman...

— Alors qui ? Nanette n'entre jamais dans ma chambre.

La fillette baissa la tête, prête à pleurer. Marie la crut coupable :

— Lison, si tu as agi par curiosité, c'est mal, très mal. Tu me déçois, je te croyais honnête et franche.

L'enfant se mit à sangloter, terrifiée par la colère froide qu'elle percevait dans la voix de Marie :

— Maman, excuse-moi, je t'en prie. Quand tante Léonie est montée ici, pour se rafraîchir avant le dîner, je l'ai accompagnée. J'étais si contente de la revoir. Je lui ai dit que tu avais écrit à oncle Adrien, je pensais que cela lui ferait plaisir... Je lui ai même dit qu'ils pourraient venir tous les deux à la fête du couvent, comme avant... Après, je suis descendue, mais je te promets, je n'ai pas pris la lettre, je sais pas où elle est... Si tu veux, je peux t'aider à la chercher !

Marie se sentit glacée :

— Et tu as dit à Léonie que cette lettre était dans le débarras ?

— Non, maman ! Non !

Lison suffoquait, pleurant tout haut maintenant. Mathilde s'agita dans son lit. Marie se reprocha sa conduite. Elle attira sa fille aînée dans ses bras et la berça :

— Calme-toi, je te crois. C'est sûrement tante Léonie qui a trouvé la lettre et l'a prise. Elle la postera de Brive. Cela me rend service, en fait. Ma chérie, je suis désolée, je t'ai fait peur ! Au fond, je sais bien que tu es incapable de mentir.

Lison, un peu rassurée, se cramponnait à sa mère, mais elle avait l'impression d'être entrée, un instant, dans un univers inconnu, où les mamans peuvent se transformer en femmes menaçantes, où les tantes volent des lettres. Un monde inquiétant dont le souvenir allait la tourmenter souvent, jusqu'à l'âge d'y évoluer à son tour.

Marie eut du mal à s'endormir. Elle imagina une dizaine de fois Léonie, l'enveloppe entre les mains. Qu'en ferait-elle ? L'ouvrir, la lire... À cette idée, la jeune femme perdait pied et avait envie de vomir. Une lettre, c'est un acte intime, un message destiné à une seule personne.

— Si je savais comment joindre Léonie ! Pourquoi a-t-elle fait une chose pareille ? J'étais si heureuse de la retrouver. Elle n'avait pas le droit. Je ne la comprendrai jamais.

Un quartier de lune jetait sa clarté bleuâtre par la fenêtre. Marie observait les détails de la pièce sous cette lumière fantomatique, tout en songeant au cours de sa vie. Trente-cinq ans déjà, et, au bout du compte, bien peu de véritable bonheur ! D'abord son enfance à l'orphelinat, ici même, à Aubazine... Une longue période entre sérénité et angoisse. Paix intérieure d'être protégée par les sœurs, à l'abri du monde, mais chagrin aussi de se savoir sans famille.

Les mois vécus dans la chaude affection de Nanette, à la métairie des Bories, gardaient au fond de son cœur une aura magique. Là, la petite Marie s'était sentie adoptée, choyée. Et il y avait la tendre et jalouse affection de Pierre, qui l'aimait si fort, à cette époque...

Marie se redressa dans la pénombre, comme si elle venait de mettre le doigt sur un point important. Une masse confuse d'images, de sensations, l'avait assaillie en quelques secondes, chacune mettant en relief les plus beaux moments de son amour avec Pierre.

Son cœur lui fit mal. Elle murmura :

— Nous avons quand même été heureux, tous les

deux ! Si notre premier bébé n'était pas mort, nous aurions pu être un couple épanoui ! Si Léonie n'était jamais venue aux Bories, peu à peu, j'aurais pu satisfaire les désirs de mon mari. Léonie a tout gâché, tout ! Et aujourd'hui, elle a pris ma lettre pour Adrien. Je la déteste, voilà, je la déteste !

La jeune femme enfouit son visage dans l'oreiller, afin de pleurer à son aise. Elle appela au secours de toute son âme, et ce fut le souvenir de son père qui l'apaisa. Elle le revit, souriant, assis dans le salon des Bories, un livre à la main... ou dans le parc, près du rosier rouge.

— Papa ! Aide-moi...

Trois jours plus tard, Marie reçut une courte lettre de Léonie. Son premier mouvement fut de la jeter dans le fourneau encore garni de braises, puis elle se raisonna. Autant savoir... Par chance, elle était seule dans la maison.

Ma chère Marie,

Je dois encore te demander pardon, puisque j'ai cédé à un geste insensé en cherchant cette lettre qui était pour « oncle Adrien », comme Lison me l'a dit. Je ne sais pas ce que je voulais faire ! La lire, la déchirer, la poster. Rassure-toi, j'ai tellement regretté ce vol idiot que j'ai posté ta lettre, à Brive. Sans l'ouvrir, sans en connaître le contenu. J'ai fait assez de mal dans ma courte vie, je ne voudrais pas gâcher de plus ton amitié avec Adrien. Et puis, je ne suis pas née de la dernière pluie, dixit *notre Nane, je crois qu'il t'aime depuis longtemps...*

Ta Léonie

Marie brûla ce courrier compromettant et se servit du café froid. Elle en avait besoin, partagée entre la colère et le soulagement. Léonie exagérait. Elle avait pu lire la lettre, recoller l'enveloppe... Le plus intolérable, c'était cette façon d'agir à sa place !

— Je ne voulais pas l'envoyer, moi ! s'écria-t-elle. Vraiment, c'est trop fort de jouer avec ma vie, mes sentiments ! Je ne veux plus que l'on me dirige à gauche ou à droite. J'en ai assez... Je veux agir à mon idée !

Pour la première fois, Marie tapa sur la table, le poing fermé. Quelqu'un éclata de rire dans son dos :

— T'as bien raison, fifille ! Faut pas te laisser faire ! Un peu plus, et je croyais que j'avais une sainte pour bru !

Jacques accompagna ses mots d'une tape amicale sur l'épaule de Marie, surprise :

— Oh ! Jacques, c'est vous ? Excusez-moi, j'étais à bout de nerfs !

— C'est point grave, ma fille ! Faut que ça sorte, les humeurs, sinon tu auras une douleur sur le corps ! Tiens, prends donc une goutte avec moi...

Elle accepta, amusée de découvrir un allié en la personne de son beau-père. Bizarrement, Jacques l'avait toujours intimidée. Malgré les années passées auprès de lui, elle ne réussissait pas à le tutoyer et, en vérité, elle lui parlait rarement. Il la dévisagea :

— Tu es une belle femme, Marie ! Quitte donc tes robes noires et prends un peu de bon temps... J'ai eu bien du chagrin, pour le fils, mais j'étais pas fier de lui, au fond. Tu crois que j'ai pas vu son manège, avec la Léonie ? Et j'ai de bons yeux, des oreilles aussi, pour écouter ! Alors, te fie pas à Nanette, et si tu as un galant, amène-le-nous !

Gênée, Marie baissa la tête. L'alcool l'avait calmée et elle murmura, d'un air triste :

— Ce n'est pas si simple, Jacques, mais je vous remercie. Vous êtes si gentil.

Ils se sourirent. La cloche d'Aubazine sonna à la volée. Des cris d'enfants retentirent de concert dans la ruelle.

— Voilà les petits, et Nane sûrement ! Je monte me changer, Jacques. Encore merci...

En entrant dans sa chambre, Marie eut envie de chanter. Elle avait l'impression que son cœur s'ouvrait, que ses forces revenaient. C'était l'espoir qui la grisait, cette sensation oubliée...

25

Sur le fil des rêves

Août 1928

Marie s'agenouilla devant le retable, prise d'un profond respect pour les artistes qui avaient sculpté ce chef-d'œuvre dans du bois de noyer, des siècles auparavant. Dans l'église Saint-Pierre-de-Naves, un village voisin de Tulle, régnait un silence apaisant, assorti à la lumière tamisée du lieu. La jeune femme accomplissait une sorte de pèlerinage en souvenir de sa grand-mère.

— Grand-mère Adélaïde ! murmura Marie. Vous que je n'ai pas connue, vous que papa aimait tant, je sais que vous êtes venue ici bien souvent. J'implore votre aide, aujourd'hui...

Quelqu'un était entré dans le sanctuaire. Marie se retourna avec vivacité, le cœur en émoi. Elle aperçut l'ombre noire d'une soutane... Le curé la salua et disparut au fond de la nef.

— Que je suis sotte ! Adrien ne m'aurait pas cherchée là. D'ailleurs, je ne sais même pas s'il viendra, je ne sais rien.

Marie joignit les mains et adressa une courte prière à tous les saints du ciel. Cela ne la choquait pas de les invoquer pour une histoire d'amour. Tant de deuils l'avaient frappée en six ans qu'elle doutait parfois de sa piété.

Pourtant, au couvent d'Aubazine, les sœurs la considéraient comme une parfaite chrétienne.

— Saint Pierre, saint Étienne, et vous très bonne Sainte Vierge, dites-moi ce que je dois faire. Est-ce mal d'avoir besoin d'amour, de tendresse ? Je ne suis pas si vieille, quand même, pour me résigner à vivre seule jusqu'à ma mort !

La jeune femme ferma les yeux. Les jours pleins de fébrilité et de craintes des dernières semaines repassèrent dans son esprit : une suite d'images colorées par l'attente passionnée d'une réponse d'Adrien. Mais aucune lettre n'avait franchi l'espace de Paris à Aubazine. Du coup, Marie avait pensé que Léonie n'était qu'une menteuse... Pourquoi, de toute façon, aurait-elle posté l'enveloppe dérobée dans le placard du débarras ? Elle l'avait probablement lue et, furieuse, elle l'avait jetée.

Cela expliquait tout : Léonie n'était pas revenue, malgré sa promesse, et Adrien n'avait pas répondu au message d'amour de Marie. Celle-ci, partagée du matin au soir entre l'espérance et la déception, avait enfin décidé d'expédier une seconde missive, très brève :

Je dois te parler, mon cher ami perdu. Si tu as quelques jours de congé, sache que le 10 août, je serai à Naves, seule. Si tu n'es pas au café de la Fontaine dans l'après-midi, je repartirai sur Tulle où, le 11, je dois rencontrer le directeur du collège, au sujet de Lison.

Marie

Marie regrettait ce geste insensé. Certes, elle disait vrai en ce qui concernait le rendez-vous à Tulle, mais demander ainsi à Adrien de venir la retrouver un jour bien précis à Naves, sans même avoir eu de ses nouvelles, était carrément stupide.

— Il ne viendra pas ! J'ai agi aussi sottement qu'une gamine. Il est peut-être parti à l'étranger ou malade ou bien il a quelqu'un dans sa vie.

À cette idée, la jeune femme sentit sa gorge se nouer d'angoisse. Elle marmonna :

— Mais je l'aime vraiment !

Jamais Marie n'avait été jalouse de Pierre, elle le comprenait enfin. En découvrant la liaison de son mari avec Léonie, elle avait donné libre cours à sa fureur, mais ce n'avait été qu'une réaction de mépris, dictée par ses principes. Une sorte d'envie s'y mêlait. À présent, en imaginant Adrien auprès d'une belle inconnue, elle découvrait la douleur que peut engendrer la jalousie...

— Mon Dieu ! s'écria Marie, je voudrais le revoir !

On toussota derrière elle.

— Madame ? Puis-je vous aider ?

Le curé de la paroisse se tenait derrière elle, l'air surpris.

— Pardon, mon père ! J'ai parlé un peu fort, j'en suis navrée.

— Vous êtes de passage, n'est-ce pas ? Je ne vous connais pas.

Marie se releva en bredouillant :

— Oui, c'est exact. Mais je suis déjà venue à Naves, il y a longtemps. Je n'ai pas pu oublier le retable. Je le contemplais. Ma grand-mère, Adélaïde Cuzenac, admirait cette œuvre.

— Adélaïde Cuzenac ? Ce nom m'est familier...

— Elle était corrézienne... Mais moi aussi, j'ai vécu mes premières années à l'orphelinat du village d'Aubazine, où je suis maintenant institutrice !

Le curé eut un large sourire :

— Chère enfant ! Voici un bel exemple ! Les sœurs d'Aubazine veillent sur leurs protégées et les guident sur la meilleure voie... Je suis heureux d'avoir fait votre connaissance, madame ou mademoiselle ?

— Madame ! Je suis veuve, mon père, et j'ai trois enfants.

Ils discutèrent encore une dizaine de minutes, à voix basse. Marie quitta l'église réconfortée par la gentillesse du religieux, dont le regard bleu avait eu beaucoup de douceur au moment de lui dire :

— Allez en paix, ma chère fille ! Et n'oubliez pas, le bonheur sur la terre est aussi un des souhaits de Notre-Seigneur Jésus-Christ.

Marie se retrouva avec plaisir en plein soleil. Le village paraissait désert, excepté un chien qui errait le long des maisons. Il faisait chaud sans excès, et un petit vent tiède agitait les feuilles des arbres. La jeune femme avança en direction du café-tabac où elle avait déjeuné.

— Eh bien ! songeait-elle. Ce brave curé me dit d'être heureuse, et cette année, au mois de mars, l'évêque de Tulle a exhorté la population de sa ville « à croître et à se multiplier », parce que le pays manque d'enfants. Décidément, l'Église catholique est loin d'approuver le célibat...

Cette réflexion la fit rire toute seule. Elle marcha plus vite, se sentant pleine de vie et de confiance en l'avenir. C'était la première fois qu'elle échappait à la routine de son existence de mère et d'enseignante. La veille, en arrivant à Tulle, le cœur gros d'avoir laissé Mathilde en larmes, Marie s'était reproché cette expédition en solitaire. Lison et Paul, ébahis de la voir dans une nouvelle robe, les cheveux dénoués, lui avaient promis d'être très sages.

La jeune femme avait passé la nuit près de la cathédrale, dans cet Hôtel-Restaurant où son père l'avait emmenée, le jour de leur voyage à Tulle, en 1912. Quand elle avait pris place à sa table, sous les lustres, une foule de souvenirs l'avait emportée sur le fil de ses anciens rêves. Et en pensant au jeune homme blond qui la dévisageait alors, Marie avait frémi d'une impatience insolite. Adrien déjà...

Une vieille femme sortit de sa maison pour arroser une jardinière de géraniums. Marie la salua :

— Bonjour, madame...

— Bonjour, mademoiselle. C'est pas souvent que l'on voit des étrangers à Naves. Avez-vous vu mes fleurs ? Je les soigne bien, allez ! Les fleurs, ça donne du soleil au cœur.

Marie approuva. Brusquement, la bizarrerie de sa présence à Naves lui apparut. Que faisait-elle ici, à déambuler, à surprendre tout le monde ? Elle réalisa qu'il était impossible à Adrien de surgir au coin d'une ruelle... Ce rendez-vous, lancé au hasard, était voué à l'échec.

— Je ferais mieux de rentrer à Tulle ! Je ne vais pas attendre à Naves toute la journée...

À ce moment précis, un homme ouvrit la porte du café et lui fit signe. Elle se figea, stupéfaite. Puis ses jambes se mirent à trembler. C'était Adrien. Il la regarda longuement, sans bouger lui non plus, avant d'échanger un timide sourire.

Puis Adrien se décida à la rejoindre. Quelque chose avait changé dans son maintien : il était élégant, plus mince. Soudain elle recula, prête à fuir. Il le devina :

— Marie ! Je viens juste d'arriver.

Il lui tendit la main. Elle répondit à ce geste qui manquait de chaleur, à son goût. Mais Adrien s'empara de ses doigts menus et y déposa un baiser. Il chuchota :

— Je suis si heureux de te revoir, Marie !

Elle réussit à balbutier :

— Tu es venu quand même ? Oh ! pardonne-moi de t'avoir imposé ce déplacement ! Je m'en veux, tu sais, mais tu me manquais.

Violemment ému par ces mots qui avaient valeur d'aveu, Adrien frissonna malgré la chaleur du mois d'août. Marie s'inquiéta :

— Es-tu malade ? Adrien, dis-moi, je me fais des reproches depuis ce matin, et même avant...

— Marie, Marie... Calme-toi ! Viens, allons nous asseoir !

Il l'entraîna jusqu'à la terrasse du café.

— Je vais commander de la citronnade, d'accord ?

— Oui, j'ai soif !

La jeune femme baissa vivement la tête. Depuis que la bouche d'Adrien avait touché ses doigts, son corps la torturait, comme parcouru d'électricité.

Il fut vite de retour, apportant deux verres et une carafe. Leurs chaises se touchaient et quand il s'installa, leurs bras s'effleurèrent.

— Et voilà ! Marie, chère petite Marie... J'ai volé vers toi et je te retrouve, plus jolie encore !

Marie s'écria, de plus en plus rouge :

— Il y a des femmes bien plus belles que moi à Paris, j'en suis sûre !

— Cela se peut, mais alors, elles se cachent bien. Et pour moi, tu es la plus jolie, de toute façon. Mais tu voulais me parler... Je t'écoute !

— Pas ici ! chuchota-t-elle.

— Où ?

— Dans la campagne... Seuls, tous les deux !

Adrien avait choisi de visiter le site de Gimel-les-Cascades. Marie l'aurait accompagné n'importe où, trop contente de se promener avec lui sur les routes de

Corrèze. Ils contemplèrent, du vieux pont, le bourg de Gimel, avant de prendre le sentier fléché qui s'engageait dans les gorges de la Montane, un affluent de la Corrèze.

Après avoir exploré le site, ils se reposèrent, assis sur l'herbe sèche et rase d'un replat. La jeune femme ne se lassait pas d'écouter le chant grondant des chutes d'eau qui dégringolaient parmi les rochers en trois cascades.

— Le Grand Saut, la Redole et la Queue-de-cheval, expliqua Adrien.

Ce spectacle avait grisé Marie autant qu'un alcool fort.

Adrien prit sa main en demandant :

— Alors, ça te plaît ?

— Oui, mille fois oui ! Je rêvais de venir ici un jour, car papa m'en parlait souvent. Toute cette eau furieuse, ce bruit de tumulte, ces rocs... C'est d'une beauté unique !

— J'aimerais te conduire partout, enfin du moins là où tu as rêvé d'aller. J'aimerais te rendre heureuse !

— Adrien, as-tu reçu ma lettre, en juin ?

— Bien sûr...

Marie hésita, mais elle voulait savoir :

— Pourquoi ne pas m'avoir répondu, dans ce cas ?

Elle attendait, un peu surprise de son air ennuyé. Il s'allongea sur le dos.

— Marie, j'ai cru sincèrement que ce courrier ne nécessitait aucune réponse de ma part. Tu terminais par le mot « adieu, mon cher ami ». Certes, tu disais m'aimer, mais de quelle manière ? J'étais fou de joie de recevoir ce message-là, pourtant, ensuite, je ne savais plus ce que tu voulais ! Un ami, ça sûrement, un frère qui te consolerait sans te toucher... Je ne pouvais pas accepter un tel engagement.

Marie soupira. Ce n'était que ça...

— Adrien, je suis maladroite. Je t'ai écrit sans peser mes mots, en toute franchise ! Mais à la fin de ma lettre, je crois avoir glissé une note d'espoir...

Il se tourna vers elle, le visage tendu :

— Je sais ! C'est pour cette raison que j'ai accouru, quand tu m'as donné ce rendez-vous. J'ai pris le risque, en me répétant que tu avais besoin de moi ! Et je te ferai remarquer une chose, tu ne m'as rien dit encore d'important !

La jeune femme éclata de rire, libérée. Adrien était là, près d'elle. Le passé ne comptait plus. Elle s'allongea également, les yeux fermés.

— Je n'ai pas envie de parler, Adrien... J'écoute le chant des cascades, je sens ta main sur la mienne. Nous sommes seuls, loin de tout. L'air est délicieux, tiède, avec ce parfum de terre humide que j'adore !

Il s'approcha un peu, afin de poser son front contre l'épaule de Marie. Sous le tissu léger de sa robe, la peau lui parut brûlante.

— Marie... Tu te souviens, au bord du canal des Moines ? Notre amour est sous le signe de l'eau !

Elle lui toucha les cheveux. Il se redressa un peu pour la contempler :

— Ma chérie, ma douce Marie !

Il l'embrassa sur les lèvres, avec délicatesse. Le soleil dépassa à cet instant la cime des arbres et les inonda de clarté.

— Viens, Marie, ce chemin est beau, mais trop fréquenté. Nous allons prendre le sentier pédestre qui s'évade vers les collines pour rejoindre les ruines de la chapelle Saint-Étienne-de-Braguse.

On entendait toujours le bruit de l'eau, mais la nature se faisait là plus sauvage, indomptée. C'était d'une beauté grandiose. Qui donc aurait pu les surprendre dans ce fouillis de végétation et de gorges sauvages ?

Ils s'allongèrent sous les futaies. Adrien commença à défaire, un par un, les boutons de la robe de la jeune femme. Elle protesta d'un geste. Il murmura :

— Marie, apprends à aimer. À t'aimer ! Offre ton corps au soleil. N'aie pas peur, il ne viendra personne, nous sommes seuls ici, toi et moi.

— Mais toi...

Il se mit à sourire, ponctuant chaque mot d'un baiser sur la chair nacrée qu'il découvrait :

— Si tu veux être une vraie femme, tu dois me faire confiance ! Oublie tes craintes, ta pudeur, tu dois t'abandonner.

Marie accepta d'un battement de cils, malgré sa terreur d'être exposée aux regards d'Adrien. Quand elle fut nue contre lui, qui était toujours vêtu de son costume de toile beige, elle se cacha les yeux d'un bras. Son corps vibrait d'un plaisir nouveau, celui du vent et du soleil sur son ventre, ses seins, ses cuisses. Ajouté à cela, il y avait la bouche de cet homme doux et patient qui la couvrait de tendres caresses.

— Marie, mon amour, tu es belle ! Détends-toi.

Personne n'avait ainsi caressé Marie, patiemment, longuement, doucement. Elle poussa un gémissement, cherchant à fuir cette excitation inconnue. Adrien la prit alors dans ses bras et s'empara de ses lèvres, avec plus d'ardeur. Il fut ébloui en constatant que la jeune femme lui ôtait sa veste, sa chemise.

— Toi aussi, tu es beau ! souffla-t-elle, haletante. Oh ! je t'aime, je t'aime !

Marie dévisageait Adrien, prenant conscience de l'amour profond que lui avait inspiré l'ancien fiancé de Léonie, dès les premiers jours passés aux Bories. Elle déclara gravement :

— Oui, je t'aime depuis toujours.

— Et moi je t'aime plus que tu peux l'imaginer, ma petite Marie !

La jeune femme, brûlante de désir, voulut attirer Adrien sur elle, mais il se dégagea et continua à l'effleurer du bout des doigts ou des lèvres, du cou à la poitrine, le long du ventre, jusqu'aux genoux. De temps en temps, il reprenait sa bouche, avant de la câliner encore.

Marie respirait de plus en plus vite, soudain folle d'impatience. Elle ne comprenait pas ce que voulait au juste Adrien. Sa mémoire lui renvoya une scène vécue bien souvent. Pierre, le soir, dans la pénombre de leur chambre, qui relevait sa chemise de nuit, se couchait sur son corps quelques minutes et la laissait pensive, attendrie, ignorante du plaisir réel.

— Je t'en prie, murmura-t-elle, presque honteuse, viens, viens, j'ai envie de toi...

Il eut un sourire heureux. Quand il fut enfin en elle, Marie crut s'évanouir de joie, mais aussitôt Adrien se retira. Elle s'accrocha à lui, les yeux brillants :

— Ne t'en va pas, reste... Je t'en supplie ! Je ne veux pas être seule, reviens !

Plusieurs fois, il se comporta ainsi, la pénétrant, s'éloignant sans cesser de l'embrasser. Puis, quand Marie ne sut même plus qui elle était, où elle se trouvait, égarée dans un délire étranger et enivrant, il se donna lui aussi au bonheur de l'amour. La rumeur lointaine des cascades couvrit le cri d'extase de Marie.

Ils demeurèrent très longtemps enlacés, dans un demi-sommeil émerveillé. Le soleil passa le couvert des feuillages, l'ombre s'étendit sur eux, plus fraîche qu'auparavant. La jeune femme parla très bas :

— Je ne savais pas... que ça existait... Comment te quitter maintenant ? Je ne pourrais pas !

Adrien la serra fort sur sa poitrine :

— Pourquoi me quitter ? Je pense que nous pouvons passer la nuit ensemble, et bien plus...

Marie embrassa la peau tiède de son amant :

— Oh oui ! Restons tous les deux, au moins jusqu'à demain... Des heures avec toi, infinies...

— Ma petite chérie ! Tu es sincère et naïve comme une jeune fille. On dirait que tu ne connais rien du plaisir, de l'amour...

C'était un univers mystérieux, totalement neuf pour Marie. Elle n'avait jamais discuté de ces choses avec qui que ce soit, surtout pas avec Pierre. Seule Léonie, deux mois plus tôt, lui en avait parlé... Marie se redressa sur un coude et demanda :

— Alors, c'est ce genre de sensations que Pierre et Léonie ont connues ?

— Oui, sans doute ! répondit Adrien, songeur.

Marie avait remis sa robe. Les cheveux décoiffés, boucles emmêlées sur le front, la jeune femme avait un visage enfantin, avec ce regard humide et nu que donne le plaisir...

— Marie, mon amour ! À quoi bon remuer tout cela ? Ce soir, nous sommes réunis et, si tu le désires, plus rien ne nous séparera, puisque tu es une vraie femme, désormais !

Adrien eut un sourire très tendre. Marie rougit en baissant la tête :

— Ne te moque pas de moi, Adrien !

— Je ne me moquerai jamais de toi, tu m'es trop précieuse...

Les bras d'Adrien entourèrent Marie. Elle ferma les yeux, tout de suite, rassurée. Sur son front et ses joues tomba une pluie de petits baisers respectueux...

— Mon amour ! dit-elle en riant. Où allons-nous ?

— À Uzerche, ma ville natale ! Qu'en penses-tu ? Un retour aux sources pour un nouveau début dans la vie...

Je m'étais promis d'y retourner, mes parents m'en ont tellement parlé !

Marie se leva, prête pour l'aventure. Adrien reprit sa veste, abandonnée sur l'herbe et ajusta son col de chemise.

— Nous arriverons pile pour dîner, ma chérie ! Si tu savais combien je suis heureux ! J'ai l'impression d'avoir vingt ans et d'avoir enlevé cette ravissante jeune fille, celle que j'ai admirée à Tulle, un soir, toi !

Ils regagnèrent le bourg de Gimel, main dans la main. Le soleil jetait des lueurs de vieil or sur les murs de l'église, sur les anciennes maisons, trapues et solennelles... Marie ne voyait autour d'elle que des images enchanteresses, tant son cœur était apaisé et ravi. Elle eut envie de chanter cette douce joie qui l'envahissait, sous le regard clair et chaleureux de l'homme qu'elle aimait.

Perchée sur la crête de son escarpement rocheux, la ville d'Uzerche les accueillit. Surmontée de clochers, de tours et de toitures pointues, elle dominait une large boucle de la Vézère, tel un long navire de pierre.

Adrien, enthousiasmé, exposait à Marie ce qu'il savait de la ville. Marie buvait ses paroles, approuvant de petits signes de tête. Elle aurait volontiers écouté Adrien des heures quand il lui parlait du passé ou de l'un de ses auteurs favoris.

— Je ne t'ennuie pas, au moins, Marie, avec mes discours ? demanda-t-il en garant la voiture.

— Oh non ! C'est très intéressant. Je n'oublierai pas la vision que j'ai eue d'Uzerche, ce soir... C'est si beau.

Ils dînèrent à l'Hôtel-Restaurant après avoir visité leur chambre. La patronne, un peu intriguée par ce couple sans bagages, posa beaucoup de questions, mais Adrien lui cloua le bec :

— Je suis né ici, madame, et je tenais à présenter ma ville natale à ma femme ! Nous repartons à l'aube...

Marie sursauta en entendant ces mots. Pourtant, elle n'imaginait plus l'avenir sans Adrien. Avant de monter se coucher, ils parcoururent les rues de la cité, s'extasiant ensemble sur l'harmonie des vieux logis aux portes ornementées. Quelques fenêtres éclairées les aidaient à distinguer l'élégance d'une façade ou le nom d'une ruelle.

Le clocher de l'église Saint-Pierre leur parut gigantesque dans la pénombre, mais lorsqu'ils furent sur l'esplanade voisine, un spectacle fascinant les bouleversa. La lune se reflétait sur l'eau noire de la Vézère, tout en bas, tandis que les toitures de la ville scintillaient sous une lumière bleutée.

Adrien enlaça Marie qui frémissait, éblouie :

— Mon petit amour, si nous allions maintenant au creux d'un bon lit ! Un grand lit pour nous deux !

— Cela m'intimide, tu sais ?

— Il ne faut pas ! Peu importe les lieux, les draps ou l'herbe, je serai là et je ne te laisserai pas avoir peur !

Marie, au lendemain de cette nuit à Uzerche, considéra son existence en deux parties bien distinctes. Il y avait eu Marie d'avant, soumise, sage, soucieuse de l'opinion des autres et de ses devoirs. Il y avait à présent une seconde Marie, libérée d'un carcan invisible qui bridait ses gestes et ses élans.

En s'éveillant près d'Adrien, comblée, le corps las et cependant plein d'une vitalité retrouvée, elle avait songé :

— C'est lui, mon bien-aimé ! Rien ne pourra nous séparer. C'est lui, l'âme sœur...

Il s'était tourné vers elle, les traits marqués par les folies que la passion leur avait inspirées. Tout bas, en la reprenant contre lui, il avait dit :

— Et maintenant, mon cher amour, je crois que c'est le moment de te faire ma demande en mariage.

Marie hocha la tête. Sa joue alla caresser celle d'Adrien. À cet instant précis, elle aurait dit oui à toutes les éventualités. Mais il lui fallait compter avec ses beaux-parents, ses enfants et même l'opinion de sa bienfaitrice, la Mère supérieure... Elle murmura :

— Je ne te demande qu'une chose, laisse-moi un peu de temps pour m'habituer à un second mariage. Ma première union n'a pas été idyllique, mais tu as effacé toutes mes craintes. Pour l'instant, malgré tout, je préfère être franche. Si tu le préfères, je me contenterai de te voir de temps en temps !

Songeur, il la serra plus fort, en humant, les yeux fermés, le parfum de sa peau. Marie l'aimait assez pour avoir su vaincre ses principes. Elle s'était offerte, tout en se découvrant elle-même, femme capable de connaître le plaisir, de le rechercher.

— Marie ! dit-il enfin, pourquoi attendre ? Ce n'est pas une vie comme celle-ci que je désire pour nous : des rencontres à la sauvette, des mensonges. Je rêve de vivre toujours avec toi, de ne plus te quitter... À partir de ce matin, nous sommes fiancés ! Je n'ai pas de bague à t'offrir, mais autre chose !

Adrien l'embrassa sur la bouche, délicatement, puis ses doigts errèrent sous le drap. Marie se mit à gémir de volupté, se jetant au cou de son amant. Elle souffla, haletante :

— Je suis ta femme depuis hier, je le sais bien, et même depuis longtemps, au fond de mon cœur !

26

La maison du docteur Honoré

Lorsque Marie rentra à Aubazine, après avoir quitté Adrien sur le quai de la gare de Tulle, elle eut l'impression d'en être partie au moins une semaine. Lison guettait son arrivée, assise sur le seuil de la maison. Dès qu'elle la vit descendre la ruelle, elle se précipita :

— Maman !

— Ma petite fille ! Tout va bien ?

Lison avait les yeux rouges, ainsi que le bout du nez. Elle répondit cependant :

— Oui... Mémé Nane est un peu malade et Manou a beaucoup pleuré. Mais ça va !

La gorge serrée, Marie entra dans la cuisine. Elle replongeait trop vite dans les menus tracas de la vie quotidienne, que son escapade avec Adrien lui avait fait oublier. Ses projets de mariage lui parurent soudain utopiques.

Jacques était attablé devant un verre de vin rouge, Paul dessinait, en mordillant le bout de son crayon quand l'inspiration lui manquait. Affalée au creux d'un vieux fauteuil en osier, Nanette sommeillait, une bouillotte sur le ventre.

— Où est Manou ? s'écria Marie.

— Au lit ! tonna Jacques. Cette mioche est une sacrée bourrique, je lui ai donné une bonne taloche. Elle faisait enrager sa mémé.

Paul abandonna son travail pour s'accrocher à sa mère. Elle l'embrassa, puis monta l'escalier en se mordant les lèvres. Décidément, comment avait-elle pu croire à une seconde chance auprès d'Adrien ? Avait-elle le droit de lui imposer la charge de trois enfants ?

— Ma petite Manou ! Je suis là ! Oh ! Ta joue !

Mathilde était assise dans son lit, les bras croisés sur sa poitrine, la bouche pincée. Le côté gauche de son visage portait la marque des doigts de son grand-père, mais ses joues étaient sèches, ainsi que ses yeux. Marie la cajola en vain, elle croyait étreindre une poupée de cire.

Lison écoutait derrière la porte. Elle avait honte et son jeune cœur vibrait de remords. Sur la pointe des pieds, elle approcha en murmurant :

— Maman ? C'est de ma faute ! J'ai refusé de prêter mon livre préféré à Manou. Alors, elle s'est mise en colère, elle a déchiré une des pages. Quand Nanette l'a grondée, Manou lui a tiré la langue, et elle s'est sauvée dans la rue. Mémé criait fort. Pépé aussi. Il a rattrapé Manou et il l'a giflée...

La coupable ne bougeait pas, mais elle fixait sa grande sœur d'un air furieux. Marie se releva en soupirant, exaspérée :

— Eh bien, puisque cette demoiselle a décidé d'être méchante, laissons-la toute seule ! Pépé a eu raison de la punir. Viens, Lison, descendons.

Marie comptait sincèrement annoncer tout de suite à sa famille son prochain remariage, mais le courage lui manqua. Une longue semaine s'écoula. Elle dut soigner Nanette, la soulager de ses tâches ménagères, assistée par Lison. La fillette aurait fait n'importe quoi, car elle vivait sur un nuage, ne parlant le plus souvent que de la fête du couvent, prévue le dimanche suivant.

Ce matin-là, alors que la mère et la fille écossaient des petits pois, Lison demanda à voix basse :

— Maman, crois-tu que tante Léonie viendra à la fête ?

— Non, mais j'ai une bonne nouvelle, oncle Adrien sera là, lui !

L'enfant suspendit ses gestes, émerveillée. Marie en fut bouleversée :

— Tu es contente ?

— Oh oui ! maman, j'adore oncle Adrien...

Marie hésitait. Jacques avait emmené Paul à la pêche. Mathilde était partie au lavoir avec Nanette. C'était peut-être le moment idéal pour dire la vérité à Lison.

— Ma fille chérie ! Serais-tu très fâchée si je me remariais ? Je n'oublierai jamais ton papa, que j'ai connu à treize ans, ça, je te le promets, mais je me sens si seule !

Lison dévisagea sa mère longuement. Ensuite, elle se jeta dans ses bras :

— Maman chérie ! Moi, je veux bien... C'est mémé qui ne sera pas contente ! Tu as un fiancé ?

La jeune femme ferma les yeux une seconde. Elle jugeait bien compliqué d'expliquer la situation à l'enfant.

— Je n'ai pas de fiancé, ma chérie, mais j'ai revu Adrien, qui n'est pas ton vrai oncle, ça tu le sais... Il est seul lui aussi, puisque Léonie s'est séparée de lui. Alors, nous avons pensé vivre tous les deux ensemble. Avec vous, bien sûr. Comme tu es la plus grande, je te demande ton avis en premier...

Lison baissa la tête, à la fois étonnée et flattée. Adrien et sa mère, mariés ? L'idée ne lui déplaisait pas trop. Soudain, inquiète, elle chuchota :

— C'est pour ça que tu voulais que je sois pensionnaire à Tulle, au collège ?

Marie l'embrassa avec passion :

— Mais non, ma Lison ! Je t'ai déjà expliqué... Comme tu as terminé ta scolarité dans le primaire, je ne peux pas te garder ici. Je pourrais t'envoyer à Beynat, mais j'ai gardé une excellente amie à l'École normale de Tulle. Elle pourra veiller sur toi. Et puis, tu sais, j'ai tant de souvenirs heureux là-bas... Nous viendrons te chercher tous les samedis. Je veux mettre toutes les chances de ton côté, car tu es une très bonne élève. En attendant, tu vas m'aider, car je dois trouver une maison ici, à Aubazine. Adrien va s'installer comme médecin ! Il faut aussi trouver un toit pour pépé et mémé, car il faudra libérer le logement de fonction. J'ai parlé de mes projets à mère Marie-de-Gonzague. Tu la connais, elle a trouvé une solution pour eux. Une de ses cousines cherche à louer une petite maison qu'elle possède à la sortie du bourg, avec un jardin où pépé Jacques pourra faire pousser des fleurs ou des légumes.

Du coup, Lison chassa toutes ses craintes. Elle cria presque, un grand sourire aux lèvres :

— On pourra les voir aussi souvent, alors ? Et dans notre maison, j'aurai une chambre rien qu'à moi ?

— Promis ! Croix de bois, croix de fer, si je mens, je vais en enfer !

— Non, maman, pas toi ! C'est impossible, tu n'iras jamais en enfer, même si je n'ai pas ma chambre...

— C'est du joli, ton affaire, Marie ! Oh ! Dieu tout-puissant ! J'ai bien de la misère sur cette terre ! Depuis que notre moussur est mort, tout va de travers...

Nanette se lamentait à voix haute, levant les bras au

ciel. Marie attendait la fin de l'orage, très droite sur sa chaise. Elle venait de dévoiler ses projets à sa belle-mère qui ne décolérait pas :

— Et en plus de ça, épouser ce blanc-bec qui a vécu quasi marié avec Léonie. Tu nous laisses tomber ! Madame va louer une maison place de l'Église, avec je sais plus combien de pièces. C'est du joli, Marie ! Me quitter, à mon âge, et nous obliger à déménager. J'ai trimé dur toute ma vie, je pensais m'appuyer sur toi à mes vieux jours, et voilà !

Marie protesta, au bord des larmes :

— Mais enfin, ma Nane ! Aux Bories, je ne vivais pas chez vous... Souviens-toi, on se voyait quand même souvent. Ici nous étions bien trop à l'étroit. J'ai vu la maisonnette de la cousine de mère Marie-de-Gonzague : vous aurez quatre pièces rien qu'à vous, vous serez mieux, malgré tout ! Et je te promets que je passerai matin et soir avant d'aller à l'école. Je garde ma place d'institutrice, je te l'ai dit et redit.

Nanette s'effondra sur le banc, son mouchoir à la main. Elle essuya ses yeux en gémissant :

— Et mes petiots, moi qui les ai élevés ? Tu me les enlèves, alors que leur papa, mon pauvre Pierre, repose au cimetière !

La jeune femme faillit se boucher les oreilles. Une page de sa vie se tournait, mais cela impliquait des épreuves. Le chagrin de Nanette n'était pas une des moindres... Elle contourna la table et la prit dans ses bras :

— Ma Nane, je n'ai que toi comme maman. Si tu savais combien je t'aime, combien je te respecte ! Je ne veux pas te faire de peine ! Réfléchis, les petits viendront te voir tous les jours. Pour Pierre, ce n'est pas de ma faute, cet accident. Je l'aimais lui aussi, tu le sais, non ? Mais je n'ai que trente-cinq ans, Nane, et Adrien est un homme honnête, très gentil. En succédant au docteur Honoré, ici à Aubazine, il renonce à un poste à l'hôpital de Toulouse, où il aurait été mieux payé...

Nanette renifla, le nez tuméfié par les larmes :

— Et les sœurs qui te tiennent tant en amitié, elles en disent quoi de ton mariage avec l'ancien fiancé de Léonie ? Ici, tout le monde savait qu'ils étaient promis l'un à l'autre ! Et ils ont malgré tout vécu plus de trois ans ensemble. C'est du joli ! Ça va faire jaser au village, pour sûr !

— J'ai l'approbation de la Mère supérieure, elle saura faire taire les ragots. Ce n'est pas de ma faute si Léonie a toujours refusé de se marier avec Adrien. Il n'y avait entre eux aucun lien civil ou religieux. Alors, je ne vois pas où est le mal, franchement !

— Le mal ? Je m'en doute, où il est ! Tu as besoin d'un homme, tu prends le premier qui te fait les yeux doux... Et tu me laisses tomber en nous installant Dieu sait où ! Je vais te dire ce que tu es : une fille indigne ! s'emporta Nanette, rouge de colère.

La jeune femme secoua la tête, agacée :

— Je ne te laisse pas tomber, Nane ! Allons, je t'en supplie, viens voir le logement que mère Marie-de-Gonzague a eu la gentillesse de vous trouver. Le loyer est très modeste et vous serez enfin chez vous. Jacques aura un jardin et tu habiteras presque à côté de ton amie Marguerite. Mais si tu préfères, nous pouvons vous aménager une pièce dans notre nouvelle maison, je te l'ai dit, elle est assez vaste pour nous loger tous.

— En voilà une engeance, vivre avec le mari de sa bru ! Ça non alors, les jeunes avec les jeunes et les vieux avec les vieux ! On n'est pas riches, mais on a assez pour être à la charge de personne !

— Alors, si tu veux me faire plaisir, viens vite voir la petite maison dont la Mère supérieure m'a parlé.

Après, nous visiterons la maison du docteur Honoré. Elle est très ancienne, vraiment belle, et je sais déjà comment l'aménager. Et il nous laisse la plupart des meubles... Tu pourras prendre ceux que nous avons à l'école. Tu ne veux pas gâcher mon bonheur, dis ?

Lison déboula dans la cuisine avec, à la main, un panier rempli de prunes :

— Maman, mémé ! Regardez ces belles prunes, on pourrait faire une tarte ! Je les ai ramassées dans notre jardin. Il est immense, avec un puits et des rosiers, un sapin même...

Nanette haussa les épaules, vaincue :

— « Votre » jardin ! Le jardin de mon Jacques ! Si je comprends bien, dans cette famille tout le monde déménage ! Allons, quand le vin est tiré, il faut le boire, dit-on... Passe-moi mes sabots, Lison, ta mère veut me traîner là-bas, alors j'y vais.

Jacques et Nanette n'avaient pas été difficiles à convaincre. La petite maison qui leur était destinée était fort agréable avec ses roses trémières. Son jardin ombragé d'un gros tilleul et agrémenté d'un banc de pierre avait séduit Nanette : ici elle pourrait faire pousser quantité de fleurs, une chose qui lui était impossible depuis le départ des Bories. Elle avait cependant feint une résignation outrée :

— Faut bien être d'accord, puisque nous autres, on nous chasse, avait-elle conclu.

Mais elle avait été la première à hâter leur emménagement, une tâche qui ne pressait pas, puisque Marie pourrait encore garder le logement de fonction quelque temps. Depuis, l'affaire avait été close et l'on n'avait plus entendu parler de « fille indigne ».

Marie serrait entre ses doigts la clef de sa future maison, en la comparant un peu à la clef d'un paradis promis... Sans plus écouter les plaintes de Nanette, elle la fit tourner dans la serrure, non sans avoir caressé du regard la porte cloutée, surplombée d'une corniche en pierre.

On entrait par un large vestibule, dallé de grès ocre. Sur la droite se trouvaient la salle d'attente et le cabinet du docteur. Au centre s'imposait le départ d'un bel escalier en pierre de taille. À gauche s'alignaient la salle à manger, le salon, puis la cuisine, dont les fenêtres ouvraient sur le jardin. L'ensemble, après examen attentif, présentait une vague asymétrie, cachant des placards et la porte de la cave. Le couloir étroit se terminait par une porte vitrée à petits carreaux qui apportait de la clarté, car elle donnait sur l'extérieur.

Lison s'enfuit vers le jardin, ne pouvant contenir sa joie de courir jusqu'au sapin, dans l'herbe haute, déjà jaunie. Cet arbre gigantesque lui semblait un ami, car il lui en rappelait un autre, sous lequel elle avait joué toute petite, aux Bories, à Pressignac.

Nanette refusa de suivre Marie à l'étage.

— Je reste en bas, avec mes pauvres jambes ! C'est un escalier de château, ça !

La jeune femme, amusée, fit le tour des chambres, imaginant ses enfants bien installés, chacun dans son univers personnel. Paul prendrait celle ayant pignon sur la place, afin de surveiller ses amis d'école et de les rejoindre au plus vite, le cas échéant. Mathilde aurait la seconde chambre donnant sur la même façade. Quant à Lison, le choix était fait depuis la veille. Comme Marie, elle avait préféré une chambre dont la fenêtre donnait sur le jardin et les collines voisines.

Sur le palier se trouvaient un cabinet de toilette vétuste et un second escalier, en bois celui-ci, plus étroit, qui menait au grenier. Le docteur Honoré Fort y avait fait aménager une chambrette pour la bonne.

Marie rejoignit Nanette d'un pas aérien. Celle-ci continuait de ruminer :

— Eh bien, ma fille ! Au moins, tu as le sourire !

— Oui, ma Nane... C'est trop beau. Les papiers peints du rez-de-chaussée sont en bon état, nous n'aurons pas beaucoup de dépenses à faire. Adrien a perdu sa mère, il y a trois ans, elle lui a laissé un petit héritage, nous serons à l'aise.

Nanette approuva tristement. À voir Marie si radieuse, elle avait le sentiment de porter une nouvelle fois en terre son fils unique, ce Pierre au caractère emporté et jaloux. Mais elle garda ses idées noires pour elle. De plus, en femme intuitive et sensée, elle s'était posé bien des questions en cinq ans. Il lui venait parfois en tête que Pierre n'avait pas été fidèle à Marie, loin de là, et que cette dernière s'en doutait. Ceci expliquait cela, sans doute. Et cet Adrien, avec ses manières de la ville et ses grandes phrases, c'était bien le genre d'homme que sa belle-fille appréciait.

Elle ronchonna :

— Bah ! Notre moussur, il aurait été content de te voir l'épouse d'un docteur ! Il a jamais aimé mon Pierre... Je suis pas sotte, va !

Marie pinça les lèvres pour ne pas dire son avis. Elle ne voulait plus penser au passé. Pas maintenant que sa vie prenait une telle saveur.

— Oh ! Nane, je dois absolument te montrer le salon, il y a un lustre en cristal plus grand que celui des Bories...

— Si ça peut te faire plaisir, ma pauvre fille !

Décidément, Nanette était d'humeur morose. Marie la prit par les épaules et lui dit gravement :

— Écoute-moi, ma Nane ! Tu te souviens de cette affreuse matinée où Macaire est venu chez nous, aux Bories ? J'ai tout perdu ce jour-là. Depuis, j'ai travaillé, je me suis battue pour vivre, j'ai donné le plus d'amour possible à mes enfants, à toi ! Alors, en acceptant cette union avec Adrien que j'aime et qui m'aime, en habitant cette grande maison ici, à Aubazine où j'ai passé mon enfance, j'ai l'impression d'avoir remporté une victoire, et j'en suis contente ! Très contente, Nanette.

La jeune femme se tut, parce qu'elle entendait la voix grêle de Lison dans le vestibule, qui chantait :

Au jardin de mon père, les lilas sont fleuris !

La fillette entra dans le salon, un grand sourire aux lèvres :

— Mémé, tu veux venir voir les rosiers, ils sont magnifiques !

— Non, ma petiote, je m'en vais rentrer dans notre chez-nous et mettre la soupe à cuire... Reste là avec ta mère, à batifoler !

Marie regarda sa belle-mère s'éloigner, toute de noir vêtue, sa coiffe un peu de travers. La main de Lison sur son bras l'apaisa :

— Maman, pourquoi mémé a l'air fâchée ?

— Elle est un peu triste, elle a peur de se sentir seule dans sa nouvelle maison... Sans nous ! Mais je lui ai promis que nous passerions tous les jours.

Lison sautait d'un pied sur l'autre, ce qui trahissait sa nervosité. Elle demanda encore :

— Mais on va habiter là, dis, maman ?

— Bien sûr ! Et nous serons heureux ! Très, très heureux tous ensemble !

21 décembre 1932

Marie referma son armoire. Elle venait d'essayer la robe qu'elle porterait pour Noël. Seule dans sa chambre, à s'étudier dans le miroir – elle devenait coquette, de peur de déplaire à son second mari –, des souvenirs lui étaient revenus... Ceux du dernier Noël passé aux Bories, notamment, juste avant le décès de son père. Lorsque la jeune femme revivait cette époque, le poids de son malheur d'alors la terrifiait. Adrien avait su la rendre heureuse, bien plus qu'elle ne l'aurait imaginé. Sans excès d'aucun genre, ni sévère, ni trop gentil, il avait su se faire aimer des enfants.

La population d'Aubazine et des environs l'avait également accepté comme médecin, car Adrien possédait de précieuses qualités qui le rendaient vite sympathique : l'humour, la franchise, la loyauté... et un bon sens du diagnostic.

Près de lui, Marie avait trouvé l'apaisement et la ferveur amoureuse. Les premiers mois de leur mariage, ils avaient espéré une grossesse, mais leur couple semblait stérile. Adrien ne le regrettait pas trop. De plus, il se jugeait un peu responsable de cette situation.

— Excuse-moi de te dire cela, lui avait-il confié quelques mois plus tôt. Léonie aussi n'a jamais été enceinte. Je suis peut-être incapable de concevoir. Tant pis ! Tu sais, tes enfants me suffisent ! Ils avaient besoin d'un père, je suis content de remplir ce rôle !

Marie profita de son bonheur présent et pensa au secret qu'elle détenait et qui viendrait illuminer la soirée de Noël. Les mois s'égrenaient, tous agréables, presque savoureux. Son poste d'enseignante continuait à lui apporter de grandes joies. Adrien l'avait laissée libre de choisir entre rester au foyer ou garder sa place, ce dont elle lui était reconnaissante. Cela leur coûtait un peu, puisqu'ils avaient dû s'assurer les services d'une femme de ménage, trois jours par semaine.

— J'ai tellement de chance ! murmura-t-elle en se regardant encore une fois dans son miroir.

Machinalement, Marie jeta ensuite un coup d'œil à sa montre. Déjà sept heures du soir ! Elle poussa un cri de surprise et se coiffa rapidement.

Mathilde accrochait une guirlande de papier doré au sapin que Marie avait installé entre les deux fenêtres du salon. La fillette était satisfaite d'être seule un moment, bercée par le chuchotement du feu dans la cheminée. À l'étage, résonnait le pas de sa mère. Lison et Paul ne tarderaient pas à rentrer de chez mémé Nane. Il fallait profiter de cette délicieuse solitude.

Un instant plus tard, Adrien fit irruption dans la pièce, ses lunettes au bout du nez :

— Alors, Manou ? Tu ne t'ennuies pas...

— Non, pas du tout, je décore le sapin de Noël ! Maman me l'a demandé...

Adrien retint un sourire. Le caractère difficile de cette petite fille l'amusait. Au début de leur vie commune, Marie s'inquiétait un peu au sujet de Manou. Mais, fin psychologue, il avait compris ce qui manquait à la benjamine de la famille : un père. Leurs relations, durant ces premiers mois, restaient placées sous le signe d'un respect mutuel, teinté d'affection.

Marie dévala l'escalier et se jeta au cou d'Adrien au moment précis où il traversait de nouveau le vestibule.

— Mon chéri, je cours à la boucherie, je n'ai pas eu le temps en rentrant de l'école...

— Va vite, Marie ! Je ferme le cabinet, je crois qu'à cette heure, je n'aurai plus de patients...

Ils se dévisagèrent, fascinés l'un par l'autre autant qu'à l'aube de leur amour. Avec ses longs cheveux ondulés, d'un brun plus chaud, Marie lui parut ravissante. Moins mince que jadis, peut-être... Mais elle gardait un air de jeunesse invincible, malgré ses trente-neuf ans. Elle l'embrassa sur la bouche en riant et prit son imperméable au portemanteau.

Dehors, une nuit pluvieuse et froide enveloppait le village. Le clocher de l'église sonna sept heures du soir. Marie marchait vite, le cœur en fête. Le bourg lui était devenu si familier qu'elle croyait parfois n'avoir jamais vécu ailleurs. La vitrine de la boucherie était encore allumée.

— Ouf ! J'arrive à temps.

Elle poussa la porte dont le grelot tinta. Aussitôt, un minois que Marie connaissait bien apparut, surgi de derrière le comptoir. La petite Marie-Hélène adorait se cacher dans le magasin et, du haut de ses cinq ans, elle ne craignait pas de demander aux clients ce qu'ils désiraient. Ses parents la laissaient faire. Elle cria :

— Bonsoir, madame Marie ! Papa va venir vous servir !

— Bonsoir, mademoiselle ! Comment allez-vous ?

Marie-Hélène éclata d'un rire extasié. Elle aimait tant cette jolie dame qui lui parlait souvent comme à une grande personne, « pour jouer ».

Adrien Druliolle, un grand et solide gaillard éternellement vêtu de sa veste de boucher et coiffé de son béret, fit son apparition :

— Ah ! Marie, votre commande est prête ! J'ai mis un os pour le chien de votre Lison.

— Merci beaucoup ! Excusez-moi de passer si tard.

Marie-Hélène voulut absolument porter le paquet à Marie. Celle-ci s'inclina et l'embrassa sur le front :

— Merci, ma mignonne ! Tu es un vrai petit ange !

Après un échange de banalités sur la pluie et le panaris de madame Boulier, la voisine, Marie salua gaiement le père et la fille. Quand elle quitta la boucherie, une bourrasque lui fouetta le visage. Elle s'en moquait, apercevant déjà, tout près, les fenêtres éclairées de son salon. Espérant trouver Lison et Paul à la maison, elle pressa le pas.

Une voiture noire, d'un modèle récent, ralentit en parvenant à sa hauteur. Marie, de crainte d'être éclaboussée, recula le long du mur. Derrière la vitre du véhicule, un homme la fixait avec une étrange grimace. Elle en éprouva un vague malaise, car cette face blafarde ne lui était pas inconnue.

Alors qu'elle s'apprêtait à descendre du trottoir, la voiture se gara deux mètres plus loin. L'homme ouvrit la portière, sans éteindre le moteur. Marie se figea, presque hypnotisée par les feux arrière, d'un rouge étincelant dans la nuit.

— Mais je ne rêve pas ! C'est Marie du Bois des Loups... On m'avait dit que tu habitais ici, en voilà une rencontre agréable !

Marie restait muette de stupeur. Macaire à Aubazine, là, sur la place principale... Il se tenait devant elle, les mains dans les poches de son manteau noir. Un chapeau de la même couleur lui barrait le front. La jeune femme ne l'avait pas reconnu tout de suite à cause de ce couvre-chef qui ombrageait son regard.

— Eh bien, Marie ! As-tu perdu ta langue ? Dis donc, tu es une fieffée coquine, toi ! Je te fous dehors avec ta marmaille, et j'apprends que tu as enterré ton cul-terreux de Pierre pour épouser un docteur ! Tu sais y faire, ma poule... Tu aimes ton confort. Après mon oncle, le médecin du coin.

Cette tirade ironique permit à Marie de reprendre ses esprits. La peur qui l'avait saisie lui sembla vaine.

Macaire ne pouvait plus nuire, il avait l'héritage, les Bories, les chevaux, les fermes, les terres. Elle se raidit pour répondre, méprisante :

— Je n'ai rien à vous dire, monsieur ! Et je ne vous permets pas de m'adresser la parole. Ma vie privée ne vous regarde plus, puisque je ne suis pas de votre famille, selon vos propres déclarations !

Macaire s'approcha. Il sentait le tabac et l'eau de Cologne bon marché.

— Tu n'es pas trop défraîchie, ma parole ! Veux-tu des nouvelles du pays ?

— Non, le passé est le passé...

Sur ces mots, Marie s'éloigna en s'obligeant à ne pas courir. Elle se trompait en fait, la seule chose que Macaire n'avait pas eue, c'était elle justement. Le regard qu'il venait de lui lancer le prouvait on ne peut plus précisément. Il la rattrapa en deux foulées et la prit par le bras :

— Mais te sauve pas si vite, Marie ! Je ne suis pas le diable, quand même !

Macaire contraignit la jeune femme à lui faire face. Excédée, elle s'écria :

— Qu'est-ce que vous faites ici ? J'espère que vous ne venez pas me chercher des histoires ! Tout est réglé entre nous !

— Voyons, Marie, tu n'es pas le centre du monde ! Je suis en Corrèze pour affaires... Il paraît que tu es institutrice. Tu dois bien savoir qu'après la crise de l'année dernière, le chômage ne fait qu'empirer. Ma femme a un cousin, du côté de Brive. Je tenais à le rencontrer, afin de l'embaucher aux Bories comme jardinier.

La pluie ruisselait sur le capuchon de Marie qui, hébétée, écoutait le discours de Macaire. Elle avait l'impression de vivre un mauvais rêve. Soudain elle réalisa que Macaire ne l'avait pas lâchée. D'un geste, elle se dégagea :

— Au revoir.

— Marie, attends un peu ! souffla-t-il. J'ai une chose à te dire. C'est vrai, si j'ai fait le détour jusqu'à Aubazine, c'est pour te voir. À cause d'Élodie, tu te rappelles, la nièce de la vieille Fanchon. Cette catin crie partout que son dernier gamin est celui de ton premier mari. Si tu le voyais, tu n'aurais aucun doute, c'est un solide gaillard de treize ans, le portrait de Pierre, mais la tignasse plus claire ! Claude, qu'elle l'appelle.

La jeune femme recula lentement :

— Je suis au courant et je m'en moque !

— Oui, mais sais-tu qu'elle veut demander une pension à ton beau-père, Jacques ? Elle dit que vous lui devez de l'argent ! Tu es prévenue...

Marie, troublée, allait protester. Macaire la saisit rudement par la taille et lui plaqua un baiser humide sur la bouche. Sa langue tentait de forcer le barrage des lèvres serrées par le dégoût. Suffoquée par la surprise et une répulsion violente, la jeune femme se débattait en vain. Brusquement, quelqu'un hurla. Tout alla très vite. Macaire vola en arrière, tandis que Marie, libérée, découvrait Adrien fou de rage, les poings noués, prêt à frapper :

— Foutez le camp, espèce de salaud ! Si je vous reprends à toucher ma femme, ça ira mal !

Marie se précipita dans les bras de son mari :

— Adrien, c'est Macaire... Il ne me laissera jamais en paix !

Elle tremblait convulsivement, son cabas à la main. Macaire ne donna pas d'explications, il préféra s'enfuir. Ils le virent s'enfermer dans sa voiture et démarrer en trombe.

— Ma petite chérie ! Viens là, tout contre moi, c'est fini... Quel fumier !

Elle se blottit sur sa poitrine, éperdue de soulagement. Adrien, en chaussons et tête nue, se mit à frissonner :

— Rentrons à la maison ! Tu me raconteras ce qui s'est passé...

Les enfants étaient dans le salon. Marie monta vite se sécher et se changer. Adrien la suivit dans leur chambre. Il l'aida à enfiler une autre robe, en la câlinant avec une grande tendresse :

— Calme-toi, ma chérie ! Ce n'est rien !

— Heureusement que tu es arrivé ! Je m'en veux, Adrien, j'étais incapable de me défendre...

— Tu sais, j'ai la manie de guetter ton retour, par plaisir. Là, je te cherchais du côté de la boucherie. Le volet de fer était baissé. Et puis, je t'ai vue sur la place, avec un homme. D'abord j'ai cru que quelqu'un te demandait un renseignement, mais quand il t'a prise par la taille, j'ai vu rouge !

Marie eut un pauvre sourire. Elle se sentait salie, meurtrie, comme des années auparavant, dans sa petite chambre sous les toits, aux Bories. Adrien, à qui elle avait tout raconté, la rassura de son mieux :

— Mon amour, ce type est un malade ! Avoir le culot de t'embrasser en pleine rue démontre qu'il n'a pas toute sa raison. Tu n'es pas responsable.

Refoulant ses larmes, Marie murmura :

— Adrien, je n'ai pas pu faire un geste, tellement j'avais peur.

— Si je n'étais pas arrivé, tu aurais réagi ! Marie, j'ai confiance en toi, tu es une femme, n'oublie pas, une vraie femme, forte et courageuse. Par contre, si cette ordure vient encore rôder ici, je ne réponds pas de moi.

Marie regarda Adrien. Pâle, la mâchoire crispée, il était plus ému qu'il ne voulait le montrer.

— Mon chéri, n'en parlons plus ! Je t'aime tant ! Tu as volé à mon secours, je t'adore.

Elle se colla à lui avec passion. L'image détestée de Macaire s'effaçait. Il était venu rôder près de leur foyer, tel un oiseau de malheur, mais Adrien l'avait chassé. Plus tard, elle lui parlerait de l'enfant présumé de Pierre. Elle murmura :

— Je te remercie de tout mon cœur ! Viens, les enfants doivent être affamés ! Et du coup, je n'ai pas préparé le repas...

Adrien lui entoura tendrement la taille et plaisanta en la cajolant :

— Mais puisque nous parlons de repas, il me semble que tu dois être un peu plus gourmande que jadis, car tu as pris des formes qui, ma foi, te vont à ravir.

Marie devait absolument conjurer le malheur qu'avait toujours représenté la présence de Macaire. Aussi, n'attendit-elle pas pour faire à Adrien le tendre aveu qu'elle réservait à la famille pour le soir de Noël.

— Plus gourmande... À moins que... Après tout, moi, je ne suis pas la spécialiste des diagnostics !

Le visage d'Adrien s'illumina de bonheur incrédule :

— Tu veux dire que...

— Que notre enfant naîtra au mois de juin !

— Oh ! ma chérie, ma douce petite femme, je suis tellement heureux... Je n'y croyais plus, sais-tu ?

Marie eut un doux sourire triomphant. Elle avait tant rêvé de donner un enfant à Adrien. Son rêve se réalisait...

Lison tendait l'oreille depuis un petit moment. En entendant la conversation dans l'escalier, elle s'écria de la cuisine :

— Paul, je te l'avais dit qu'on l'aurait, ce bébé !

Puis elle ajouta d'un ton plus sérieux, en voyant sa mère descendre les marches :

— Maman, Paul a mis le couvert ! Moi, j'ai fait cuire la viande. J'avais remarqué que tu étais un peu fatiguée. Faudra te reposer, pour lui...

Marie rejoignit sa fille. Lison, son tablier bleu à volants bien serré à la taille, surveillait la cuisson des escalopes. Avec ses longs cheveux retenus par un ruban, elle paraissait plus âgée que ses quatorze ans. De l'avis général, c'était une vraie beauté. De sa mère, elle avait les traits harmonieux, la bouche enjôleuse.

— Qu'est-ce que je ferais sans toi, ma Lison ? s'écria Marie, admirative. Je suis en retard, tu as bien fait de te mettre aux fourneaux. Et puis, tu as raison, coquine, je vais vous donner un petit frère ou une petite sœur ! Alors j'aurai bientôt vraiment besoin d'aide.

Adrien entra dans la cuisine, tout souriant :

— Voilà une petite demoiselle qui a été plus perspicace que moi ! Quelle bonne odeur ! Je parie que tu fais rissoler des oignons !

De nature simple et confiante, Lison avait comme souci principal le bien-être de tous. La jeune fille aimait beaucoup son beau-père. Elle trouvait d'ailleurs que le métier de médecin était le plus beau du monde, ce qui la poussait à s'intéresser à certains cas.

Sans quitter des yeux la poêle où mijotait le dîner familial, Lison expliqua :

— J'ai répondu au téléphone tout à l'heure ! C'était ce monsieur si gentil qui a été gravement brûlé, en vingt-neuf. Tu vois de qui je parle ?

— Oui, Gilbert Mazac ! Qu'est-ce qui lui arrive ?

— Il se plaint de perdre la vue peu à peu... Il a demandé si tu pouvais lui rendre visite demain soir.

— J'irai le voir, merci, Lison. Tu fais une excellente secrétaire.

Adrien était sorti de la cuisine. Marie se servit un verre de vin. Après le choc que lui avait causé la rencontre avec Macaire, entendre parler de Gilbert Mazac achevait de la bouleverser. Il s'agissait d'un employé d'une des « galocheries » de Brive. En 1929, une série d'incendies avait mis en émoi tout le département. Feux de broussailles, usines et dépôts, les pompiers avaient eu fort à faire. Et Mazac avait été un des rares blessés. Adrien l'avait soigné, car le malheureux était venu en convalescence chez sa mère, qui habitait près d'Aubazine. Défiguré par la brûlure des flammes, le pauvre jeune homme souffrait surtout de n'avoir plus figure humaine. À présent, il risquait en plus de devenir aveugle. Marie soupira :

— Ma Lison ! Que la vie est pénible pour certains ! Nous devons apprécier notre bonheur, le savourer.

— Je sais, maman ! Mais tu n'as vraiment pas l'air très en forme, ce soir. C'est le bébé qui te fatigue ?

— Non, ma Lison, je me sens très bien, mais quelqu'un de méchant m'a fait de la peine. Je t'expliquerai qui un jour... Et Manou, a-t-elle aidé Paul à mettre la table ?

Lison mentit une fois de plus :

— Oui, ne t'inquiète pas.

L'adolescente percevait une tension chez sa mère. Aussi jugeait-elle inutile de lui avouer que Mathilde avait été insupportable, refusant de lever le petit doigt. Depuis longtemps, Paul et Lison, afin de préserver la sérénité de la famille, cachaient à Marie les nombreux caprices de Mathilde. L'intéressée se tenait sur un tabouret de la cuisine, une moue boudeuse aux lèvres. Voyant que son effet était manqué et que personne ne s'intéressait à ses manifestations de mauvaise humeur, elle déclara rageusement.

— Pour quoi faire, un bébé ? Tu nous as, nous. Ben, moi, j'en veux pas, du petit frère !

Adrien lui envoya une bourrade amicale :

— Ce n'est pas grave, mon cœur, puisque ce sera une petite sœur !

27

Avant l'orage...

Mars 1936

Marie venait de fêter ses quarante-trois ans. Sa cinquième grossesse n'avait pas altéré sa beauté. Adrien n'avait pas menti à Manou, puisque c'était une petite fille, Camille, qui était née à Brive, en juin 1933. En cette belle soirée d'été où avait vu le jour l'enfant de leur amour, l'heure n'avait été qu'à la joie, malgré la jalousie maladive de Mathilde à l'égard de l'enfant.

Marie pensa au caractère difficile de Mathilde. La veille, n'avait-elle pas caché, par pure méchanceté, le nounours de sa petite sœur, provoquant le désespoir de Camille qui ne pouvait pas dormir sans sa peluche favorite ? Marie avait retrouvé le jouet derrière un buisson et, le précieux bien rendu à sa propriétaire, l'incident avait été clos. Que faire pour tempérer les excès de sa seconde fille ? Il est vrai que la naissance de Camille avait destitué Mathilde de sa place de petite dernière.

Maintenant, Camille était une adorable fillette de trois ans, brune aux grands yeux noirs, qui ressemblait étrangement à la petite Marie de jadis. Loin d'apporter un travail supplémentaire, elle avait donné au couple un regain de jeunesse.

Marie sourit en contemplant sa fille qui s'était assoupie, confortablement lovée dans son petit lit. Elle était montée dans sa chambre sous le prétexte de se repoudrer, mais en vérité, elle se sentait tracassée. Pourtant le dîner avait été une réussite. Une fois encore, Lison avait exercé ses talents de cuisinière et d'hôtesse, son cadeau pour le temps des fêtes.

Jacques et Nanette avaient fait des efforts de toilette, convives silencieux, impressionnés par la présence de Geneviève et de Richard, des amis de Marie et d'Adrien. Lison avait également invité Gilbert Mazac, devenu aveugle malgré tous les soins d'Adrien. Le jeune homme, âgé de vingt-six ans, faisait partie des protégés de la jeune fille, qui se destinait à l'enseignement.

— Papa serait fier d'Élise ! songea Marie en se dévisageant attentivement dans son miroir. Quel dommage qu'il n'ait pas connu notre petite Camille !

Elle se trouvait encore jolie, malgré ce léger pli au coin de ses lèvres. On frappa à sa porte deux petits coups et aussitôt Paul entra. À seize ans, il dépassait déjà sa mère d'une tête, mais restait très mince. Sous cet aspect un peu fragile, il cachait une force de caractère qui impressionnait toute la famille. Il chuchota pour ne pas réveiller la petite :

— Maman ? Adrien va ouvrir le champagne ! Il se demandait ce que tu faisais...

Marie se leva en souriant et tendit les bras à son fils :

— Viens me faire un câlin, mon grand garçon ! Je ne me sens pas très bien !

Paul la serra contre lui, soudain inquiet :

— Qu'est-ce que tu as, maman ?

— Un chagrin... Les jours de fête me rappellent tant mon enfance et les moments heureux passés avec ton grand-père Jean aux Bories... Tous ensemble avec ma Léonie.

Le jeune homme éclata de rire :

— Mon grand-père et tante Léonie me manquent beaucoup, papa aussi. Mais nous sommes très heureux, ici, tous en Corrèze. Je t'adore, maman, et je vais te dire une chose : tu es la plus belle femme d'Aubazine !

— Merci, mon chéri ! Je ne te crois pas, mais c'est si gentil ! Allons, descendons...

Le champagne bu, les derniers biscuits dégustés, Lison apporta du café et des confiseries maison. Adrien et Richard discutaient avec animation. Jacques, Geneviève et Gilbert les écoutaient d'un air perplexe.

Adrien, le visage tendu, parlait avec inquiétude du chancelier Adolf Hitler, qui, après avoir pris le pouvoir de façon radicale en Allemagne, deux ans auparavant, venait d'envahir la zone démilitarisée de la Rhénanie. Des rumeurs ne cessaient de courir en France, comme celle de la sanglante Nuit des longs couteaux du 30 juin 1934. Jacques fronçait les sourcils, soucieux.

Marie, qui se sentait mieux, avait décidé Nanette à faire un tour dans le jardin.

Les deux femmes, l'une droite et robuste dans sa robe bleue, l'autre plus voûtée, se tenaient par le bras.

— Regarde, ma Nane ! Mes tulipes pointent le nez, j'ai choisi une nouvelle variété. Si tu savais combien j'aime cet endroit ! Le soir, en rentrant, je viens ici, été comme hiver.

— C'est bien du travail, ma petite Marie ! Avec ton métier d'institutrice que tu as voulu garder et tes quatre loupiots ! C'est vrai que les trois aînés se font grands, mais ils seront toujours pour moi mes petiots... Mon Jacques a semé de l'ail ! Mais avec son dos qui le fait souffrir, il trouve la terre de plus en plus basse... Ah ! On compte chaque sou, nous autres !

Marie soupira. D'année en année, l'humeur de Nanette ne s'arrangeait pas. Sa terreur était de se retrouver à la rue, personne ne réussissait à la rassurer sur ce point. Lison elle-même, malgré sa bonté et sa patience, évitait parfois sa grand-mère, pour ne pas avoir à entendre ses jérémiades. Seule Camille ramenait un franc sourire sur le visage ridé de Nanette qui avait appris à l'enfant tout son répertoire de comptines, en patois et en français.

— Allez, ma Nane, ne te tracasse pas, je suis là, tu n'as pas à te faire de soucis. Adrien et moi, nous vous aiderons toujours.

— Ah ! Si c'est pas malheureux de devoir compter sur vous comme ça..., gémit Nanette. Au fait, ta Léonie, pourquoi elle est pas venue aujourd'hui ?

Marie ne répondit pas tout de suite. La situation la perturbait assez. Elle n'avait pas envie d'en parler. Cela avait été tellement bizarre de rencontrer par hasard Léonie dans les couloirs de l'orphelinat, revêtue de la robe noire des religieuses, un voile encadrant son visage amaigri.

Nanette répéta :

— Alors, ta Léonie, que devient-elle ?

— Je ne la vois pas souvent ! Elle vient juste de prononcer ses vœux après un an de noviciat. Mère Marie-de-Gonzague a jugé que son choix était sincère. Mais une chose est sûre, Léonie a beaucoup changé, tu ne la reconnaîtrais pas...

Marie se tut, songeuse. Il y avait déjà plus d'un an, la Mère supérieure avait reçu une visiteuse vêtue d'un tailleur gris, le visage dissimulé par une voilette. La jeune femme s'était présentée comme une ancienne pensionnaire du couvent, du temps où mère Marie-Anselme dirigeait l'orphelinat. D'une voix tendue, elle avait demandé à devenir novice. Cela avait entraîné une longue discussion sur la nature de cette décision. Sœur Julienne, chargée d'apporter de la limonade à l'étrangère, l'avait reconnue tout de suite. L'après-midi, alors que Marie rendait visite à mademoiselle Berger, la sœur l'avait prise à part pour lui confier :

« Devine qui est dans le bureau de mère Marie-de-Gonzague ? Léonie, notre Léonie ! »

Marie se souvenait très bien de l'émoi violent qui l'avait envahie. Léonie, dont elle était sans nouvelles depuis son remariage avec Adrien ! Que voulait-elle, la voir, lui parler ? Non, c'était bien plus étonnant ! La belle Léonie, si élégante, brûlée d'un feu intérieur et voyageuse infatigable, désirait fermement prendre le voile, à Aubazine, sous le toit séculaire de cette ancienne abbaye où elle avait grandi. De plus, elle souhaitait passer ses premiers mois isolée, faisant vœu de silence. Cette décision rejetait tout contact possible avec Marie, qui, depuis, se désolait de ne pas pouvoir communiquer avec celle qui était, jadis, sa sœur d'adoption.

Nanette, qui semblait avoir respecté le silence de Marie, marmonna enfin :

— C'est la meilleure, Léonie, bonne sœur !

— Nane, ne dis rien de plus ! Elle agit à sa guise !

La voix de Lison les fit sursauter. La jeune fille appelait, depuis la fenêtre de la cuisine :

— Maman ! Viens, tu as de la visite !

Dans le vestibule, Marie découvrit Marie-Hélène, la fille du boucher et sa grande amie Amélie, toutes les deux endimanchées et les cheveux bien coiffés. Derrière elles se tenait Irène, un petit bouquet de violettes à la main. L'épouse du boucher, souriante, déclara vite :

— Joyeux anniversaire, Marie ! C'est votre Lison qui

a vendu la mèche, alors nous sommes venues vous faire la bise. Marie-Hélène n'aurait manqué ça pour rien au monde.

La fillette, qui avait maintenant huit ans passés, prit les fleurs et les tendit à Marie.

— Merci, ma mignonne ! Je suis très touchée... Mais vous allez manger un bout de gâteau, il en reste. Cela me fera plaisir !

Marie-Hélène sautilla d'un pied sur l'autre :

— D'abord, madame Marie, Amélie et moi, nous allons vous chanter un air du pays. Maman nous l'a appris ! Et c'est notre cadeau d'anniversaire.

Irène éclata de rire :

— Oh ! pensez-vous, c'est leur idée ! Juste un refrain, vous savez, Marie, la chanson de Jean Ségurel.

Amélie prit la main de Marie-Hélène. Soudain très sérieuses, elles entonnèrent :

Plus que les rues de Paris, elle aime ses bruyères,
Car c'est là qu'elle a grandi
Au pied des coteaux jolis.
Quand la bruyère est fleurie au flanc des Monédières
Qu'ils sont loin les soucis qu'ont les gens de Paris !

Mathilde, qui avait entendu la chanson, arriva en courant. Elle se jeta sur ses camarades de jeu, puis les entraîna vers la salle à manger. Irène suivit le mouvement.

Marie, restée seule, respira un instant, les yeux fermés, le parfum des violettes et ce fut comme un saut de trente ans en arrière, un matin de mars...

Adrien observait sa femme. Depuis quelques jours, elle semblait assez mal dissimuler un chagrin caché, que trahissaient son expression soucieuse et la moue de sa lèvre inférieure.

Le soir venu, Marie se coucha tôt, après avoir remercié ses enfants. Ils avaient œuvré ensemble afin de la fêter dignement, et elle en avait été très émue. Même Manou, dont les douze ans laissaient présager une adolescence ombrageuse, s'était imposé un dur labeur, en confectionnant de ses doigts, d'ordinaire paresseux, une boîte à ouvrage, garnie d'un nécessaire à couture flambant neuf, acheté avec ses économies.

Sur sa table de chevet, Marie avait déposé le bouquet de violettes, dans un petit vase chinois. Elle évitait cependant de regarder les fleurs. Adrien, en se couchant, lança gentiment :

— Eh ! On dirait que c'est le cadeau de Marie-Hélène qui a eu ta préférence !

— Oui et non ! Disons qu'un anniversaire est un jour spécial. Ces petites fleurs sauvages, elles m'ont fait souffrir, en fait...

Adrien prit sa femme dans ses bras, de cette façon tendre et douce qui la réconfortait toujours. Il lui demanda :

— Tu es triste ? Qu'est-ce qui ne va pas, chérie ? Je suis certain que tu as un souci.

— Non, ce n'est rien du tout, juste un peu de fatigue. Heureusement, Lison m'aide beaucoup, malgré ses études.

— C'est une jeune fille remarquable, mais elle aussi t'a trouvée bien morose, alors qu'elle s'était donné tant de mal pour te rendre heureuse !

Marie se redressa, inquiète :

— Tu veux dire que je lui ai fait de la peine ? Oh ! Adrien, j'espère que non ! Ma pauvre chérie, elle était si fière de son repas. Et moi qui n'ai fait aucun compliment à table, je me sentais trop mal à l'aise...

Adrien caressa les cheveux de Marie, en la fixant intensément.

— Et pourquoi étais-tu mal à l'aise ?

En principe, il réussissait ainsi à la faire parler, car elle était incapable de mentir.

Là encore, elle se jeta à l'eau :

— Écoute, Adrien, je garde ça pour moi depuis un mois, je n'en peux plus. Il s'agit de Léonie. Je crois qu'elle est gravement malade. Je l'aime comme une sœur, rien n'a pu changer dans mon cœur. Pour moi, elle reste la petite fille que je bordais dans son lit, à l'orphelinat, et l'adorable sœur d'adoption qui a vécu avec moi aux Bories. Alors je voudrais que tu l'examines. J'ai essayé de la convaincre, elle ne m'a pas dit un mot. Tu entends, Adrien, pas un mot, elle s'est éloignée vers la chapelle. Bien sûr, elle s'est abritée derrière le vœu de silence qu'elle a prononcé. Mais c'est ridicule !

Il poussa un soupir. Léonie ! Quand il avait su que son ancienne amie sollicitait son admission chez les sœurs d'Aubazine, quel choc... Elle, si vive, si portée au plaisir ! Et tellement passionnée par son métier d'infirmière. Il déclara, hésitant :

— La vie monacale a pu la perturber... ou bien elle a choisi de se laisser dépérir. De toute façon, je ne comprends pas pourquoi Léonie a décidé d'entrer en religion, elle qui avait perdu la foi, si elle l'a eue un jour... C'est bizarre.

Marie haussa les épaules :

— Tu sais, Adrien, quand on grandit parmi les sœurs d'Aubazine, on ne peut pas l'oublier. Si seulement Léonie voulait bien me parler ! Je pense que je vais en toucher un mot à la Mère supérieure. Elle saura la persuader de rompre son engagement...

— En tout cas, répliqua Adrien, elle refusera encore plus de me voir, moi. Quant à l'examiner, impossible. Oblige-la à consulter un de mes confrères. De plus,

Léonie sait peut-être ce qui ne va pas, elle a de solides connaissances médicales.

Sur ces mots, Adrien s'allongea. Marie éteignit la lampe et demeura silencieuse. Une ronde d'images tournait dans sa tête. Les violettes de Pierre, trente ans plus tôt, les larmes de Léonie, âgée de six ans, la nuit, au moment où toutes les pensionnaires dormaient sous le toit de l'orphelinat. Et cette scène, quand Marie avait surpris Léonie à demi nue sur les genoux de Pierre, entre les murs chaulés de la buanderie des Bories. Leur attitude effarée, mêlée de frustration.

— Ma chérie, arrête de t'agiter comme ça ! Viens près de moi, je vais chasser tes idées noires !

— Non, pas ce soir, mon amour, excuse-moi.

Adrien n'insista pas. Il fit un effort pour réfléchir au cas de Léonie, mais la fatigue aidant, il sombra dans le sommeil rapidement.

Marie joignit les mains et commença à prier. Cela ne lui était pas arrivé depuis des années...

— Sainte Vierge, Mère de Dieu, protégez Léonie, ma petite sœur. Elle souffre beaucoup, je le sens, je ne veux pas la perdre. Je vous implore, ouvrez son cœur, qu'elle m'écoute et me réponde...

L'après-midi, alors qu'elle rendait visite à sœur Julienne, Léonie lui barra le chemin. Sous le voile, son visage semblait livide :

— Marie, as-tu un instant à m'accorder ?

— Bien sûr, viens, allons à l'ouvroir, j'ai vu que les élèves étaient sorties !

Elles s'assirent toutes deux. Marie demanda, la gorge serrée :

— Que se passe-t-il, petite sœur ?

Léonie eut un rire triste pour répondre :

— Voici un terme réellement approprié ! Disons à présent. Il y a quelques années, tu me le donnais aussi, mais je ne l'ai pas respecté !

— Je t'en prie, n'en parlons plus. Le passé ne doit pas nous torturer, Léonie ! Pourtant, une question me rend folle... Dis-moi, as-tu pris le voile parce que j'ai épousé Adrien ? Par dépit ou jalousie ? Tu avais peut-être envie de vivre de nouveau avec lui ?

— Non, Marie ! décréta froidement la nouvelle religieuse. Comment peux-tu penser une chose pareille ? Je n'ai jamais voulu épouser Adrien, précisément parce que je ne l'aimais pas assez et j'ai bien pris garde, les années où nous avons vécu ensemble, d'éviter la naissance d'un enfant qui nous aurait liés. Au contraire, je suis en paix depuis que je vous sais tous les deux heureux ! Vous étiez faits l'un pour l'autre, je l'ai deviné très vite.

Léonie reprit son souffle. Marie, rassurée sur ce point, l'entoura de ses bras :

— Tu es malade, n'est-ce pas ? J'en suis sûre et je n'en dors plus ! Je ne veux pas te perdre, ma Léonie, tu dois te soigner ! J'espère d'ailleurs que c'est pour cette raison que tu t'es décidée à me parler ! Écoute, je vais demander à un médecin de Brive de venir ici, dès demain.

Marie mettait une grande persuasion dans chacun de ses mots, tant elle vibrait du désir de sauver son amie. Mais Léonie leva une main fataliste :

— Je voulais juste te dire de ne plus te tracasser à mon sujet. Je te voyais inquiète, nerveuse, toujours occupée à me chercher, à m'épier. Je finirai ma vie là où elle a commencé, Marie, à Aubazine. Merci de m'aimer encore, malgré tout le mal que je t'ai fait. Merci d'exister, ma jolie Marie du Bois des Loups ! J'ai été si heureuse à Pressignac, avec toi et papa Jean !

Les deux femmes se regardèrent. Marie au bord des larmes, Léonie illuminée d'un étrange sourire. La cloche de l'accueil tinta gaiement, mais ni l'une ni l'autre ne bougea. Puis, du même mouvement, elles se levèrent et s'étreignirent.

— Léonie, je te le demande ! Vis, soigne-toi ! Au moins afin d'honorer le voile que tu portes ! Si tu es venue là pour mourir, pour expier je ne sais quoi, ce n'est pas bien. Souviens-toi, quand nous étions orphelines, ici... Pense à toutes ces enfants qui ont besoin de ta bonté, de tes sourires, de ta présence. Léonie, pense à Lison qui t'adore. Elle te considérait comme sa tante. Ne nous laisse pas !

Léonie ferma les yeux, elle pleurait. C'était bon de s'abandonner au chagrin, enfin, alors qu'elle vivait refermée sur un deuil amer, sur un poids écrasant de remords. Marie la berçait, patiente et attentive :

— Pleure, ma chérie, pleure ! Tu n'as rien fait de mal, je te le promets.

— Mais Pierre est mort ! Il est mort à cause de moi. Je voudrais mourir aussi, Marie ! Le rejoindre !

— Je sais, je sais maintenant ! Si je perdais Adrien...

Léonie hoqueta, désespérée :

— Toi, tu es forte ! Tu as tes enfants ! Moi je n'ai plus rien...

— Si, tu as ta vie, et c'est un bien précieux ! Toi qui souhaitais être médecin, comment peux-tu renier tes anciennes idées ? Préserver chaque existence ! Tu as moi, Lison, Paul, Manou et notre petite Camille qu'il ne tient qu'à toi de connaître ! Tu as les fleurs du printemps, le chant des oiseaux, l'eau argentée des ruisseaux !

Vaincue, Léonie soupira :

— Tu as peut-être raison ! Pour toi seule, Marie, je veux bien voir un médecin. Mais pas Adrien, pas lui.

— D'accord. Je vais prévenir la Mère supérieure, va te reposer, Léonie ! N'oublie pas que je t'aime.

Deux mois plus tard, une religieuse se présenta au domicile du docteur Adrien Mesnier. Elle tenait par la main une petite fille de dix ans, enveloppée dans une écharpe de laine malgré la chaleur du mois de mai. La femme de ménage lui ouvrit et la mena, avec amabilité, jusqu'à la salle d'attente :

— Le docteur va vous recevoir, ma sœur !

Léonie n'éprouvait aucune angoisse au moment de revoir son ancien compagnon. Son unique souci était la santé de Myriam, une orpheline arrivée à Aubazine quinze jours auparavant.

Adrien, lui, accusa le coup en reconnaissant la jeune femme, malgré le dépouillement de son visage et l'austérité de sa toilette. Il bredouilla :

— Bonjour, Léonie !

— Sœur Blandine, docteur. Vois-tu, je me nomme désormais sœur Blandine, rien d'autre. J'aimerais que tu auscultes Myriam. Elle tousse beaucoup et n'a aucun appétit.

Plus bas, Léonie murmura :

— Je crains le pire...

Le médecin comprit aussitôt. Le regard bleu de sa visiteuse se montrait explicite. L'infirmière n'avait pas pu oublier, malgré son nouvel engagement, son expérience médicale. Elle devait songer à l'éventualité d'un mal redoutable : la tuberculose.

Adrien examina attentivement la fillette. C'était une enfant pâle et maigre, aux cheveux coupés court sur la nuque. Léonie la rassurait sans cesse d'un geste amical, d'un sourire ou d'un baiser sur le bout des doigts.

Myriam regardait sa protectrice avec une adoration totale.

Lorsque la petite fut rhabillée, Adrien ouvrit la porte-fenêtre de son cabinet, qui donnait dans le jardin :

— Va prendre le soleil, Myriam, et cherche bien sous les rosiers, il y a plein de fraises des bois... C'est délicieux !

Ensuite, le docteur parla, regardant droit dans les yeux sœur Blandine :

— Myriam a les poumons gravement atteints. Rassure-toi, je vais faire procéder à des examens, mais je ne pense pas à la tuberculose. Son état général déficient l'y prédispose pourtant. Elle a dû connaître de nombreuses privations. Il lui faut maintenant une excellente nourriture, le grand air et un traitement approprié. Je vais m'en occuper !

— Merci, Adrien ! Je transmettrai à mère Marie-de-Gonzague tes prescriptions ! Je me suis attachée à cette enfant, elle est si fragile.

— Et toi, comment vas-tu ? Mieux, d'après Marie.

Léonie baissa la tête. Ses traits exprimaient une douceur résignée :

— J'ai repris des forces. Maintenant je regrette de ne pas m'être soignée plus tôt ! Marie avait raison, j'ai une merveilleuse tâche à remplir ici, donner de l'amour et du temps aux plus malheureuses du couvent. Myriam en fait partie...

Ils échangèrent un regard plein d'amitié. Certes, Léonie avait bien changé, mais Adrien la revoyait à l'époque de leurs fiançailles, la peau dorée, tellement séduisante. Cet éclat et ce charme demeuraient inscrits en filigrane sous la peau de son visage aux traits accusés par la maigreur, mais ses grands yeux bleus reflétaient toujours passion et courage.

Elle contemplait cet homme sans le voir vraiment,

lui, son premier amant. Malgré ce front plus haut, légèrement dégarni, et quelques rides au coin des lèvres et des paupières, Adrien demeurait beau. L'âge mûr lui allait bien. Mais Léonie était insensible à son charme. Elle n'aurait jamais dû vivre trois ans avec Adrien, qui n'était en vérité qu'un ami, son meilleur ami. Par souci de franchise, Léonie dit tout bas :

— Puisque je suis là, en face de toi, j'en profite pour te demander encore pardon. Je t'ai trompé, dès le début de notre vie commune, car j'aimais Pierre, même si je le niais de toutes mes forces. Je sais aussi que tu as été mon ange gardien, mon frère, et je t'en remercie.

Ému, Adrien balaya le passé d'un geste :

— N'en parlons plus, Léonie ! Je serai toujours ton ami et je te remercie également. En acceptant de nous revoir tous, de rendre visite à Marie et à ses enfants, tu as très bien agi.

Myriam revenait à pas de loup, de crainte de déranger le médecin et sœur Blandine. Sous ses boucles noires, le fin visage reflétait une lassitude d'adulte. Léonie se précipita :

— Alors, as-tu mangé des fraises ?

— Oui, un peu !

Adrien et Léonie se séparèrent sur le seuil de la maison. Le soleil de mai inondait d'une lumière crue la place du bourg. Un merle chantait dans un jardin voisin. Une paix profonde régnait sur ce coin de Corrèze, tandis que, très loin, au-delà des frontières, les nuages d'un monstrueux orage commençaient à s'accumuler.

Marie priait dans l'église abbatiale d'Aubazine. Avant, d'un doigt timide, elle avait effleuré la statue de saint Étienne, comme tant d'autres pèlerins l'avaient fait avant elle, durant des siècles, si bien que le gisant de pierre portait les traces d'une lente dégradation.

Dehors, le mois de juin resplendissait. L'été serait chaud, selon les prédictions de Nanette. Pour le moment, les vases garnis de lys offraient au lieu saint leur parfum suave. Elle pensa que, toujours, ces fleurs s'associeraient dans son esprit à la mort de son premier mari, comme les violettes étaient restées le symbole de leur amour naissant.

— Pourvu que Léonie guérisse vraiment ! Je suis sûre qu'elle se laissait mourir de chagrin depuis la mort de Pierre. Faites, mon Dieu, qu'elle vive longtemps, maintenant qu'elle a trouvé l'apaisement et les bienfaits du dévouement total...

Quelqu'un lui tapota l'épaule. C'était Lison :

— Maman, je te cherchais partout.

La jeune fille était très pâle. Marie s'écria :

— Que se passe-t-il ?

— C'est Jacques ! Il a eu une attaque... Dans le verger. Léonie est auprès de lui. La Mère supérieure a appelé Adrien. Il arrive...

Elles sortirent en courant. Dans la cour, les sœurs s'agitaient, des petites pensionnaires sur leurs talons. Marie découvrit l'ancien métayer des Bories allongé sur l'herbe, à deux pas d'une plate-bande où il venait de semer des haricots. Elle s'agenouilla et lui caressa le front.

— Mon pauvre Jacques !

Sœur Blandine savait, si besoin était, redevenir l'infirmière Léonie. Elle avait défait le col de la chemise, aidant le vieil homme à respirer en lui redressant la tête. Un pas fit crisser le gravier de l'allée. C'était Adrien. Nanette le suivait, sa coiffe de travers, la bouche ouverte, muette. Elle s'affala près de son époux en sanglotant :

— Mon Jacques ! Mon Jacques ! Reste avec moi !

Mais rien n'y fit. Dix minutes plus tard, alors que tous attendaient une ambulance, Jacques rendit son âme à Dieu, comme le déclara solennellement sœur Julienne, en se signant plusieurs fois.

Les obsèques furent célébrées deux jours plus tard. Les gens d'Aubazine, qui avaient accepté de bon cœur le nouveau jardinier du couvent, vinrent en foule, ce qui bouleversa sa veuve. Ce décès allait provoquer un changement notoire dans l'existence de la famille. Déjà, le soir de l'enterrement, Lison avait préparé un lit pour sa grand-mère dans sa propre chambre. Le lendemain matin, Marie annonça à Nanette sa décision :

— Tu vas venir habiter chez nous. Nous allons t'aider à déménager. Tu ne peux pas rester seule, ma Nane ! Tu verras les enfants toute la journée, toi qui aimes tant Camille... Et puis, comme tu te plaignais de t'ennuyer, tu pourras m'aider à la couture ou au jardin.

— M'est avis que ton mari, y voudra pas de moi !

— C'est lui qui en a parlé le premier et cela bien avant notre mariage. De toute façon, tu ne peux pas dire non, tu as un grand chagrin au cœur ! Pense aux économies. Un loyer de moins, ça compte.

Tout en reniflant, les paupières rougies, Nanette soupira avant de marmonner :

— Pour ça, je suis bien d'accord. Sans la paie de mon Jacques, je vois pas de quoi je vivrais ! Mais je suis encore vaillante, je ferai ton ménage, je prendrai soin de Camille ! Et où vas-tu m'installer ? J'aime pas trop ton escalier !

Marie soupira de soulagement. Nanette ne se faisait pas prier. Elle la serra dans ses bras :

— Ma Nane ! Nous t'aimons très fort, comme nous aimions Jacques. Tous ensemble, nous allons nous consoler et te cajoler. Et d'abord, pas question de ménage pour toi. Tu sais que nous avons une gouvernante pour Camille. Tu auras assez de travail si tu cuisines et si tu continues à tricoter. Tu pourras bien sûr câliner la petite aussi souvent que tu voudras.

Nanette essuya ses yeux. Depuis qu'elle avait vu son mari couché sur l'herbe, les larmes coulaient contre son gré. Elle se moucha bruyamment en repoussant Marie :

— Je vais quand même rentrer chez moi... Mettre de l'ordre et plier les habits de mon pauvre homme. Tu les emmèneras aux sœurs, elles les donneront à des plus miséreux que nous.

— D'accord, mais je t'accompagne. J'ai deux jours de congé.

Ainsi, la petite maison se vit désertée et Nanette s'installa, non sans fierté, sous le toit du docteur Mesnier. Cela donna lieu à bien des discussions, car la vieille femme refusait carrément de dormir à l'étage. Lison, qui avait proposé de laisser sa chambre et d'emménager dans la pièce du grenier, trouva la solution :

— Tant pis ! Sacrifions le salon ! On peut arranger la salle à manger d'une autre façon. Adrien peut prendre la bibliothèque, cela meublera le cabinet. On transporte deux fauteuils dans la salle d'attente et la commode aussi. Je mettrai des vases avec des fleurs ou du houx durant l'hiver. Ce sera plus gai !

La jeune fille conclut, les mains sur les hanches :

— Je m'occupe de tout. Paul, tu m'aideras ?

— Bien sûr ! Moi, je suis pour ! Mémé Nane sera bien dans le salon. C'est grand et les fenêtres sur la rue, ça la distraira...

Mathilde, moqueuse, claironna :

— Tant que je garde ma chambre, faites ce que vous

voulez ! Mais je ne peux pas vous donner un coup de main, je vais chez Amélie.

Marie s'étonna :

— L'amie de Marie-Hélène ? Tu disais hier, je crois, qu'elle était trop gamine à ton goût. Je me trompe, Manou ?

L'adolescente tapa du pied en criant :

— Eh bien, j'ai changé d'avis ! Voilà !

Elle sortit de la cuisine, où avait lieu la réunion familiale, en claquant la porte. Par chance, Adrien était en visite du côté de Beynat. Il ne laissait jamais Mathilde extérioriser son mauvais caractère.

Camille, qui n'avait pas perdu un mot de ces arrangements, se jeta, joyeuse, dans les bras de Marie.

— Elle va rester là pour toujours, mémé Nane. Chic alors ! On pourra jouer tant qu'on voudra à « Arri ! arri, mon asne » et à « La pita lebre a passat par aqui »[1].

Marie rit de bon cœur. Depuis longtemps, elle avait renoncé à interdire complètement le patois dans sa maison. L'important n'était-ce pas l'affection que Nanette portait à ses enfants ? Des générations d'enfants s'étaient délectées de ces vieilles comptines, et c'était bien ainsi.

Nanette prit l'habitude de tricoter près de la fenêtre de gauche, dans le salon devenu son petit univers. Elle surveillait les allées et venues des passants, la sortie de la messe et, surtout, passait de longs moments à jouer avec Camille. La fillette n'était pas sa petite-fille par le sang, mais elles avaient de grandes affinités.

— Fi de loup ! C'est qu'elle te ressemble trop, cette

---

1. *Hue, hue, mon âne* et *Le lièvre est passé par là* : deux jeux enfantins.

petitoune, avec ses cheveux noirs et ses yeux rieurs, avait avoué Nanette à Marie. Et pour sûr, comme toi, elle m'a donné tout de suite son affection.

Les jours de foire, Nanette se levait tôt pour observer les marchands qui dressaient leurs étalages. Tous les dimanches, après le déjeuner, elle marchait jusqu'au cimetière. Là, elle priait sur la tombe de son Jacques, avant de lui raconter les menus événements de la semaine :

— Si tu avais vu notre Manou, jeudi ! Elle a piqué une grosse colère. Lison l'a giflée. Heureusement que Camille est plus calme ! Marie était partie à Brive, avec Adrien. Alors c'était une belle pagaille à la maison. Et Gilbert Mazac, tu te souviens, le jeune homme brûlé en 1929, il est tout à fait aveugle. Ma Lison en parle bien souvent ! Pourvu qu'elle ne s'amourache pas de lui... Elle a pas besoin d'un infirme, à son âge ! Paul est à mes petits soins, ça oui. Il me fait la causette, il me joue de l'harmonica. Alors, tu peux te reposer, mon Jacques, je suis pas à la rue, ça non ! Marie, elle me l'a dit, je suis comme sa mère. J'en ai le cœur tout chaud. Pierre était un bon gars, mais il la méritait pas, not'e Marie. Bah ! C'est la guerre qui lui avait chamboulé la tête. Faut espérer qu'y en aura pas d'autre avant longtemps...

28

Le temps des nuages

Septembre 1939

Mathilde venait de souffler les dix-sept bougies de son gâteau d'anniversaire. Elle se sentait très jolie dans sa nouvelle robe noire à pois blancs qui soulignait la finesse de sa taille.

Paul regardait sa sœur cadette avec amusement. Elle lui faisait songer à une princesse paradant au milieu de sa cour. Il ne ferait sûrement pas tant de façons en novembre, pour ses vingt ans. Mais qui changerait leur Manou ? Elle était sans doute née pour briller et réclamer toute l'attention.

Lison, en voyant les bougies éteintes d'un seul souffle énergique, frappa des mains. Elle jouissait sans aucune arrière-pensée de la joie de Mathilde. À vingt et un ans, la jeune fille, nommée institutrice à Tulle dans une école primaire, ne désirait plus rien, hormis le bonheur de sa famille.

Assis à côté d'elle, Gilbert Mazac, son fiancé, tentait de participer à la fête, suivant le déroulement du dîner grâce aux petits bruits de la vie courante, à ses odeurs, qui, peu à peu, remplaçaient sa vision. Il avait senti le parfum de la grande tarte aux pommes caramélisées, perçu la respiration de Manou, deviné le contentement de Marie, sa future belle-mère.

Nanette, Camille sur un genou, s'était lancée dans un discours sur les manières des jeunes de l'époque, un vrai scandale à son avis, dont Mathilde était un bel exemple. Son interlocutrice lui répondait dans un charabia mi-patois mi-français, car il s'agissait de sa vieille amie Marguerite, la guérisseuse, une habitante d'Aubazine qui, comme Nanette, était née près de Limoges.

Après le thème de la jeunesse corrompue, elles abordèrent celui des mauvais sorts et des rebouteux, refusant de se confier tout à fait à un médecin, serait-il Adrien Mesnier !

Léonie, de ses larges yeux bleus, dévisageait tour à tour les personnes attablées dans la salle à manger. Sa tenue de religieuse lui conférait une sorte de noblesse, d'autant plus qu'elle présentait à la lumière électrique, si rude comparée à celle des bougies de naguère, des traits émaciés, un teint trop pâle. Pourtant elle demeurait belle, grâce à cet éternel sourire qui la parait mieux que les fards, un sourire venu fleurir ses lèvres pour ne plus se faner, depuis la guérison de Myriam, sa protégée.

Ce soir, sœur Blandine profitait sincèrement de la douce atmosphère familiale qui régnait sous le toit de Marie et d'Adrien. Ce dernier fumait un cigare. Le docteur d'Aubazine portait bien une cinquantaine paisible. Les bons plats de sa femme et de Nanette avaient un peu arrondi sa silhouette, mais il marchait tant que son allure n'en souffrait pas trop. Seul son regard clair trahissait un souci pesant, une réelle angoisse.

Marie le tenait par l'épaule, comme prête à le rassurer d'un geste de tendresse. Chez elle, les années n'avaient pas altéré la joliesse de son visage. Ses prunelles d'or sombre gardaient leur pouvoir de séduction. Les hommes se retournaient encore quand elle passait, ce qui la faisait rire...

Elle refusait le malheur, les menaces de l'avenir, surtout ce soir-là, où tous ceux qu'elle aimait étaient réunis. Alors Marie s'obligeait à oublier les événements tragiques de ce mois de septembre.

Adrien avait vu juste. Les troupes, sur l'ordre du chancelier Adolf Hitler, avaient envahi la Pologne. Déjà, en 1936, l'Espagne éclatait, se jetant dans une guerre civile meurtrière. Plus de mille réfugiés étaient arrivés en Corrèze en janvier de cette année-là. Mais ce drame appartenait déjà au passé, car la guerre était déclarée entre la France et l'Allemagne, depuis le 3 septembre 1939. Dans chaque foyer, la peur s'installait, mêlée d'une vague amertume. On se souvenait de la Première Guerre mondiale, lorsque les campagnes s'étaient dépeuplées de leurs hommes, tandis que la liste des soldats tués s'allongeait sans pitié.

Ainsi, tout recommençait. Marie, dans son corps de mère, tremblait pour Paul. On ne lui prendrait pas Adrien, en raison de son âge, mais en tant que médecin, il pourrait être plus utile ailleurs qu'à Aubazine. Paul, son cher Paul, se trouvait dans la ligne de mire.

Mathilde poussa un cri triomphant. Lison lui apportait des paquets enrubannés. Elle les serra sur sa poitrine en riant :

— Oh ! J'adore les cadeaux ! Maman, j'espère que tu m'as acheté des bas de soie...

Marie murmura, indulgente :

— Tu verras bien ! Ouvre donc !

Manou ne fut pas déçue. Rien ne manquait, puisqu'elle avait veillé à répéter plusieurs fois, les semaines précédentes, la liste de ce dont elle rêvait. Une heure plus tard, Adrien raccompagna Gilbert Mazac en voiture, une acquisition récente dont toute la famille profitait.

— Et moi, j'ai aussi un cadeau pour toi ! Mémé Nane

m'a appris une belle chanson. Je vais te la chanter, déclara fièrement la petite Camille, du haut de ses six ans.

Elle ajouta, en regardant gentiment sa mère :

— Tu te fâcheras pas, maman, toi qui dis en classe qu'y faut parler qu'en français. La chanson, elle est tout en patois !

Cette repartie provoqua une franche hilarité autour de la table, et la petite se mit à chanter de sa voix fluette.

Manou déposa un baiser retentissant sur la joue de sa petite sœur. Camille était si affectueuse qu'au fil des ans sa jalousie pour l'enfant avait fondu.

— Merci, Camille ! C'était très joli ! Et ce n'est pas facile de retenir tout cela en patois !

Lison débarrassa la table en souriant, encore égayée par l'intermède musical de Camille. Nanette s'était couchée, un peu grise à cause du champagne. Paul et Mathilde avaient disparu à l'étage, une dispute venait d'éclater. Marie haussa les épaules, en picorant un bout de pomme sur son assiette. Lison lui souffla avec un sourire :

— Manou et Paul s'entendent comme chien et chat la plupart du temps, mais, au fond, ils s'adorent.

— Oui, tu as raison ! Par contre, je crois bien que Mathilde ne changera pas. Son égoïsme me dépasse. Hier, je lui ai raconté comment nous vivions chez Nanette, quand j'y suis arrivée, après avoir quitté l'orphelinat. Les chandelles pour s'éclairer, la cheminée pour cuisiner, pas d'électricité, pas de poste de radio... et je dormais sur une paillasse, je n'avais qu'une paire de bas reprisée. Elle devrait se réjouir d'être jeune de nos jours, de pouvoir aller au cinéma à Brive, et en voiture ! À Pressignac, avant la guerre, il n'y avait que Macaire qui roulait en automobile...

Lison aimait entendre sa mère parler du passé. Des trois enfants de Pierre, elle était la seule à bien se souvenir des Bories, du salon, du parc... De même, elle n'avait jamais oublié la voix de Macaire, un matin d'hiver, montant jusqu'au premier étage. Cet homme horrible les avait chassés de leur maison. Elle demanda timidement :

— Maman ! Est-ce vrai que Macaire est venu ici, il y a trois ans environ ?

— Oui ! Qui te l'a dit ?

— Mémé Nane. Quelqu'un l'a vu t'ennuyer sur la place et s'est empressé d'aller l'avertir. Mais elle n'a pas voulu te poser de questions.

Marie soupira, agacée. Nanette se confiait plus souvent à Lison ou à Paul qu'à elle. Pour ne pas la tracasser, elle avait eu soin de ne pas se plaindre de Macaire, encore moins d'évoquer le prétendu fils de Pierre et d'Élodie, la veuve Pressigot. Pourtant, tous les mois, elle envoyait un mandat, et Élodie répondait par un petit mot de remerciement, sans jamais donner de nouvelles de Claude, son dernier enfant.

— Maman ? chuchota Lison. Nous sommes bien heureux à Aubazine, n'est-ce pas ? Paul et Manou ont pu aller au lycée à Tulle, tu as maintenant Camille dans ta classe et moi je suis institutrice, comme toi ! Dis, tu sais ce qui me ferait plaisir ?

— Non, ma chérie ! Je t'écoute...

— Eh bien, je voudrais qu'un soir on se retrouve toutes les deux dans ma chambre et que tu me racontes plein de choses... Du temps où tu vivais aux Bories ! Et me parler de papa aussi ? Tu voudras bien ?

— Pourquoi pas ! C'est même une bonne idée, avec cette guerre, on doit s'attendre à tout, alors autant profiter de chaque instant !

Lison se jeta au cou de sa mère. Elles restèrent ainsi enlacées, à se rassurer mutuellement.

La « drôle de guerre » mettait les nerfs des Français à rude épreuve. Dans le bourg d'Aubazine, chacun s'interrogeait sur la suite des événements. Adolf Hitler, montrant au monde entier la croix gammée qui était son emblème, semblait prêt à conquérir la planète.

Marie, comme tous les matins en s'éveillant, priait en silence devant le portrait de la petite vierge d'Aubazine. Elle demandait à Dieu de protéger Paul. Son fils avait passé le baccalauréat avec succès, et il s'était inscrit en Faculté de droit, à Limoges. Elle se tourmentait en l'imaginant loin de sa famille. Adrien la regarda, attendri :

— Ma douce chérie ! Ne te rends pas malade. Paul ne risquera rien à Limoges, pour l'instant. En train, il sera vite chez nous. Ayons confiance, tout est encore calme dans le Sud.

Il l'attira contre lui, la cajolant :

— Je suis réserviste ! Mais je peux être appelé comme médecin un jour ou l'autre. J'espère que tu sauras faire face, si je m'en vais. Je te l'avoue, j'ai pensé rejoindre la Croix-Rouge...

Marie se dégagea, rouge de colère :

— Tu as vraiment pensé ça ? Partir de ton plein gré ? Et tes malades, que deviendraient-ils ? Eux aussi, ils ont besoin de toi. Et moi, et les enfants ! Je ne veux pas te perdre... Adrien, je t'aime si fort ! Reste, je t'en prie, reste !

Il ne répondit pas, mais la reprit doucement dans ses bras. La pluie fouettait les vitres, une odeur de café montait du rez-de-chaussée. Il était sept heures.

— Marie, je suis encore là ! N'aie pas peur. Si je peux

être utile à mon pays, je saurai prendre la bonne décision. Bon, debout ! Tes élèves t'attendent et moi, je dois rendre visite à monsieur Picard. Ses rhumatismes le torturent. Et secoue Manou, elle va manquer son train. Allez, ma chérie, du courage !

Marie se leva, morose. La vie continuait : le départ de Mathilde au lycée de Tulle, où elle était pensionnaire, son métier d'institutrice...

— Gilbert, lui, au moins, il ne risque rien..., ajouta-t-elle d'un ton dur.

— Bien sûr, c'est un infirme !

— Lison a bien de la chance !

Adrien hocha la tête, surpris :

— Tu dois être vraiment à bout de nerfs pour dire une telle bêtise. Lison, de la chance ! Elle dit aimer Gilbert pour son âme, qu'elle se moque de ses brûlures, de sa cécité. Avoue qu'elle a beaucoup d'abnégation et un cœur plein d'amour... Alors je t'en prie, respecte-les tous les deux !

Marie, rouge de honte, murmura :

— Pardonne-moi ! Je ne sais pas ce que j'ai, cette maudite guerre me rend à moitié folle. Adrien, j'ai comme un horrible pressentiment ! Les hostilités commencent et je suis sûre qu'il y aura des horreurs sans nom, même ici. Alors j'ai peur, tellement peur !

Elle se mit à pleurer. Adrien l'étreignit en disant tout bas :

— Moi aussi j'ai peur. Il ne faudrait pas ! Nous devons être forts, ensemble...

Janvier 1940

Marie avait été intriguée lorsque mère Marie-de-Gonzague l'avait convoquée à l'orphelinat, dans son bureau. Maintenant, elle la regardait avec tristesse. Elle ressentait la décision de la Mère supérieure comme une trahison. Celle-ci venait en effet de lui apprendre qu'elle n'aurait plus les enfants de l'orphelinat à l'école publique.

— J'étais très contente de vos services, Marie. Mais comprenez, c'est la guerre, je pense que nos petites seront plus en sécurité à l'intérieur de nos murs. Et puis, le nombre de nos pensionnaires a augmenté, nous avons beaucoup d'enfants dont les pères sont partis à la guerre. Près de vingt-cinq de nos pensionnaires fréquentent votre école. Vos classes sont surchargées. Nous avons pris à notre service une institutrice, mademoiselle Barbazange, qui vient du bourg de Corrèze. Elle a une excellente réputation.

— Je m'étais attachée à ces fillettes. Elles me manqueront tant ! soupira Marie en tentant de masquer ses larmes.

— Rassurez-vous, mon petit, vous viendrez les voir ici. Vous savez que les portes du couvent vous sont ouvertes. Vous êtes et demeurerez des nôtres, cela je veux qu'en toutes circonstances vous en soyez persuadée... Venez, je vais vous présenter mademoiselle Jeanne.

C'est ainsi que Marie fit la connaissance de la nouvelle enseignante du couvent avec qui elle se lia d'amitié. Elles échangeaient souvent leurs expériences pédagogiques, le soir après la classe. Institutrice exigeante, mademoiselle Jeanne ne cachait guère ses objectifs aux petites orphelines : elles devaient toutes être des élèves irréprochables pour réussir au certificat d'études !

Cette nouvelle amitié était douce à Marie, mais elle devait admettre qu'en dehors de ses visites au couvent, elle voyait maintenant assez peu les jeunes pensionnaires. Jadis, il n'était pas rare qu'elles se rendent chez les commerçants faire des achats pour l'orphelinat. Dorénavant, mère Marie-de-Gonzague veillait sur leur sécurité. Elles ne sortaient que le jeudi et le dimanche, en rang par deux, sous la tutelle bienveillante de « maman Théré ».

Les ailes protectrices du couvent s'étendaient désormais sur les petites orphelines...

Juin 1940

Léonie était assise dans un fauteuil, tandis que Marie et Lison triaient des haricots de l'année précédente, sur la table de la salle à manger. Paul, qui conduisait depuis un mois, avait emmené Manou au cinéma de Brive voir *Autant en emporte le vent,* un film américain qui attirait les foules. Camille profitait de l'occupation de sa mère et de sa sœur pour jouer sagement à coller des haricots secs en forme de fleur sur une feuille de papier.

— Je vais mettre un peu de musique ! déclara soudain Lison, agacée par le silence de la pièce.

Sous ses habits de religieuse, Léonie semblait morose. Nanette l'observait de temps en temps, en posant son tricot sur ses genoux. La vieille femme se demandait ce que pouvait bien faire si souvent sœur Blandine au domicile du docteur Mesnier. Comme elle ne comprenait pas pourquoi mère Marie-de-Gonzague avait accepté au couvent une femme ayant vécu de façon notoire avec un homme, en dehors des sacrements du mariage. Une jeune femme dotée, de surcroît, d'un drôle de caractère.

Lison alluma la radio qui se mit aussi à crépiter. Puis un air de violon s'éleva, assez gai.

— Voilà ! J'espère que ça vous plaît...

La jeune fille retourna à ses haricots en soupirant. Marie battait la mesure du bout du pied, Nanette restait très absorbée par son ouvrage. Soudain, les premiers mots d'une chanson résonnèrent, après un instant de grésillement. Les femmes, aussitôt, tendirent l'oreille...

Moi qui l'aimais tant, mon amoureux, mon amour de Saint-Jean... comment ne pas perdre la tête...

Léonie poussa un petit cri d'angoisse. La voix de la chanteuse, un peu nasillarde, continuait de répéter :

Moi qui l'aimais tant, mon bel amour...

Marie souriait rêveusement, car elle revivait les baisers passionnés d'Adrien, au début de leur vie commune. Mais un bruit la ramena sur terre. Léonie s'était levée brutalement de son fauteuil, pour quitter la pièce, le visage couvert de larmes. Lison, d'un air gêné, murmura :

— Je crois que Léonie est montée dans ma chambre... Maman, qu'est-ce qu'elle a ?

— Je ne sais pas ! répondit Marie qui croyait pourtant deviner. Écoute, laissons-la un peu seule, ensuite j'irai prendre des nouvelles.

Lorsque Marie frappa à la porte de la chambre, elle crut entendre des sanglots étouffés. Sa main tourna le loquet discrètement, puis poussa le battant. Assise sur le lit, ses vêtements de religieuse éparpillés sur le parquet, Léonie pleurait.

Marie entra sur la pointe des pieds et son cœur de sœur se serra. Comme Léonie était maigre !

— Ma pauvre chérie ! Que se passe-t-il ?

— C'est cette chanson, Marie ! Mon Dieu, cette chanson... Cela m'a rappelé tant de choses ! Qui sont finies à jamais ! Pourquoi ? Pourquoi ?

Léonie hoquetait. Marie hocha la tête, soucieuse. Ce chagrin lui semblait étrange...

— Allons, sois courageuse ! Si tu fais allusion à Pierre, je ne comprends pas bien... Il y a des années qu'il est mort. Maintenant, tu es sœur Blandine. Je croyais que tu avais trouvé l'apaisement au couvent...

Les deux femmes se regardèrent un instant. L'une pathétique, l'autre, épanouie comme une fleur bien soignée.

— Je ne l'ai pas oublié, moi ! hurla Léonie. Il me manque, je n'ai pas eu ce que je voulais, tu entends, une vie près de lui, des nuits et des nuits, son corps sur le mien. Je veux mourir ! Je n'arrive pas à jouer le jeu, je n'y arriverai jamais !

— Tais-toi ! marmonna Marie, effrayée. On pourrait t'entendre.

Léonie se redressa. Le regard vague, elle s'écria :

— Tu n'as pas des cigarettes ? J'ai envie de fumer, ça me calme. Je ne retournerai pas à Aubazine. C'est la guerre, encore et toujours. Je vais reprendre le brassard de la Croix-Rouge et je finirai bien par me faire tuer !

Marie haussa les épaules. Elle sortit un moment et finit par dénicher un paquet de cigarettes blondes et un briquet dans la chambre de Paul. Elle les rapporta.

— Tiens ! Si cela peut te faire du bien !

Ensuite, sans rien ajouter, elle s'installa au bord du lit. Léonie la remercia. Une minute plus tard, tandis que de grandes volutes de fumée s'échappaient par la fenêtre, la jeune femme soupira :

— Myriam m'aidait à vivre. À présent qu'elle est sauvée, sa tante vient de la reprendre. Je perds tous ceux que j'aime. C'est une malédiction. Mais Pierre, je l'adorais, je ne peux pas admettre sa mort. Chaque mois de juin me blesse. Je t'en veux, parfois, d'être aussi heureuse avec Adrien. Je me dis que tu as eu tous les bonheurs.

— Léonie ! protesta Marie gravement. J'ai souffert également. J'ai pleuré Pierre. Je pense à lui souvent. Quant à Adrien, je ne voulais pas, au début, me lier à lui. À cause de toi et du souvenir de Pierre. C'est cruel, ce que tu as dit...

Elles ne perçurent pas un léger bruit sur le palier. Lison, alarmée par les cris de sa tante, était montée et s'apprêtait à les rejoindre. Un sentiment de peur mêlé de curiosité l'avait arrêtée. La voix de Léonie lui parvint :

— C'est cruel, peut-être ! Mais Pierre était mon amour, le seul, l'unique. Nous avons été tellement heureux tous les deux, le peu de temps dont nous avons pu en profiter. Il me comblait, lui, il était un feu ardent, comme moi. Si j'ai pris le voile, c'est parce que je savais qu'aucun autre homme ne me satisferait. Et puis, il me faisait rire, nous dansions follement, il me serrait fort ! Alors, tu comprends, cette chanson...

Marie avait envie de semoncer Léonie, de lui crier à la face son impudeur, son entêtement à s'attacher à une ombre. Pourtant, elle n'en fit rien, car elle devinait trop de douleur dans le cœur de sa compagne d'enfance. Mieux valait tenter de la consoler.

— Ma petite sœur ! Ma Léo ! Tu dois oublier, tu dois te reprendre. Imagine la tristesse des élèves si tu quittais l'orphelinat. Elles t'aiment toutes, tu es vraiment utile, tu es leur infirmière. Léonie, je t'en prie, ne fais pas n'importe quoi de toi-même. À l'orphelinat, tu as une famille ! Je ne peux pas t'empêcher d'abandonner le voile de religieuse, mais, dans ce cas, ne te détruis pas ! Tu m'es si chère...

Léonie dévisagea son amie. Elle chuchota enfin :

— Je le sais, mais cela ne me suffit pas. Il y a une force mauvaise dans mon cœur qui me pousse à mourir. Pour le rejoindre.

Lison en savait assez. Elle s'enfuit vers le jardin, que le soleil de juin illuminait d'or tendre. Le refrain des abeilles butinant les fleurs et le parfum des lys la rassurèrent un peu. La jeune fille s'allongea sur un carré d'herbe rase, là où Mathilde, depuis les beaux jours, étendait une couverture.

La joue contre la terre chaude, Lison essayait de remettre en place les pièces d'un puzzle mystérieux.

« Léonie parlait de papa ! Il n'y a pas de doute, ce Pierre qu'elle adorait, ce ne peut être que mon père ! Sinon maman aurait répondu différemment... Mais pourquoi ? Qu'est-ce qui s'est passé entre eux ? Je me sens trahie... »

Lison aurait voulu pleurer, mais les larmes ne venaient pas.

« Ils m'ont menti ! Tous ! Moi qui me ferais couper en quatre pour eux ! »

Elle chercha encore la vérité. Puis ses pensées se mirent bientôt à dériver jusqu'à Gilbert Mazac. Le jeune homme avait rompu leurs fiançailles au jour de l'An. Lison se souvenait du soulagement qu'elle avait ressenti, mêlé de honte certes, mais un immense soulagement. Elle songeait désormais à lui comme à un héros, qui s'était sacrifié pour la libérer d'un engagement difficile.

« Pauvre Gilbert ! Il m'aimait tant ! Est-ce que je l'aimais autant, moi ? »

Lison se retourna, le visage tendu vers le ciel. Elle

revit son ancien « promis », ses yeux éteints. Pourquoi avait-elle pris cette décision, il n'y a pas si longtemps, de lui consacrer son existence de femme ? Par pitié, par souci de dévouement ou afin de se sentir vraiment nécessaire à quelqu'un ? Il avait l'art de l'émouvoir, grâce à sa magnifique voix grave, si douce.

« Son âme est belle, on ne devrait s'attacher qu'à cela, non pas à l'apparence... Je ne vaux pas mieux que toutes les autres, puisque j'ai été soulagée de ne pas l'épouser. »

Marie avait interrogé le jeune homme sur les raisons qui le poussaient à rompre. Il n'avait pas osé les avouer à Lison.

— Je ne la rendrais pas heureuse, madame ! Nous avons parlé fiançailles tous les deux, mais Lison est si généreuse qu'elle n'a pas pensé à l'avenir. Je serais une charge constante, je serais incapable de veiller sur nos enfants, de la promener en voiture. Ma mère m'a affirmé que notre couple ne marcherait pas, et je la crois. Lison restera un beau rêve, et une amie, je l'espère. En tout cas, je ne changerai pas d'avis.

Ces paroles, Marie les avait transmises à sa fille. Lison avait écouté, songeuse, un peu triste. Cela datait de six mois. Déjà six mois.

— Lison ?

La jeune fille sursauta. Sa mère se tenait là près d'elle, dans l'ombre du cerisier.

— Maman ? Léonie va bien ?

— Oui. Elle se repose un peu. Ne t'inquiète pas !

Lison arracha un brin d'herbe en répliquant :

— Je ne m'inquiète pas du tout. Je trouve juste étrange qu'une religieuse soit aussi souvent chez nous. Je me demande comment la Mère supérieure accepte cette situation !

Marie eut un petit rire ironique :

— Disons que Léonie est une sœur peu banale. Mère Marie-de-Gonzague a bien voulu la garder, pour certaines raisons, notamment, pour l'aider à retrouver le droit chemin et la protéger...

Lison tendit la main à sa mère :

— Viens t'asseoir, maman. Je ne veux pas tricher avec toi, puisque tu m'as appris la franchise. J'ai entendu votre conversation, là-haut, dans ma chambre. J'ai cru comprendre des choses terribles. Au sujet de papa ! J'en ai mal au cœur...

Marie sentit ses joues s'enflammer. Ce qu'elle redoutait depuis des années venait de se produire.

— Oh ! Lison ! Je suis navrée. J'ai tout fait pour que tu ignores cette histoire.

— Alors, c'est bien vrai ! Je suis sotte, je souhaitais un démenti, une explication. Je me rassurais, ce « Pierre » dont parlait Léonie, ce ne pouvait pas être mon père ! Et toi, tu la reçois chez nous !

La jeune fille baissa la tête. Marie la prit dans ses bras. Lison se blottit contre la poitrine maternelle en pleurant.

— Ma petite chérie, ma jolie Élise ! Plus personne ne t'appelle comme ça, pourtant j'étais si fière de ce prénom, Élise ! Il me semblait superbe pour le beau bébé que tu étais. Ton papa aussi te trouvait magnifique. Vois-tu, ma grande fille bien-aimée, je t'ai raconté beaucoup de choses sur ma vie, sur ton père, sur les Bories, mais j'ai gardé pour moi ce qui n'allait pas.

Lison s'écria :

— Pourquoi, maman ?

— Parce que je préfère évoquer le bonheur plutôt que le chagrin, les réussites plutôt que les échecs. Par gêne aussi, pour respecter la mémoire de ceux qui ne sont plus.

— Maman, dis-moi, maintenant... S'il te plaît ! Je veux savoir.

— Eh bien, ce n'est pas facile ! Il faut remonter loin, en 1915, quand ton père est revenu du front, une jambe en moins. Léonie vivait avec nous, ça tu le sais... Pierre n'avait jamais eu un caractère facile, Manou a hérité de lui, j'en ai peur. Son infirmité l'a rendu méfiant, encore plus jaloux, dominateur et coléreux. C'est gênant de te dire ces choses, mais je n'étais pas la femme qu'il lui fallait. Les grossesses rapprochées nous ont séparés. Et Léonie était là, si fraîche, si belle. Elle l'aimait en secret. Il l'a deviné et, peu à peu, il a tenté de la séduire. Léonie a d'abord été choquée. Puis elle a eu peur de lui céder et elle s'est enfuie à Limoges. La situation s'est dégradée, ton père et moi nous nous heurtions sans cesse...

Plus d'une heure s'écoula. Lorsque Marie se tut, Lison avait pu résoudre bien des mystères, comprendre des mots saisis au vol et dont le sens lui avait jusqu'alors échappé. Toutefois, sa mère avait évité de lui parler des autres infidélités de Pierre, notamment de sa liaison avec Élodie.

Songeuse, la jeune fille murmura :

— Ce qui m'étonne, maman, c'est que tu aies pu pardonner à Léonie ! Quand même, sans elle, papa et toi, vous seriez peut-être encore ensemble.

— Je l'ai pensé, parfois. Mais je n'en suis pas sûre. Et puis, je suis heureuse avec Adrien, très heureuse. C'est un homme admirable.

Lison se leva, engourdie.

— Oui, je l'aime beaucoup. Alors, à ton avis, que va faire Léonie ?

— Regarde ! Voilà la réponse.

Lison se retourna. Léonie venait vers elles, de sa

démarche légère. Elle avait revêtu ses vêtements de religieuse. Marie se mit à sourire, rassurée. Elle avait donc pu convaincre son amie que sa place était au couvent, près des orphelines qui avaient besoin de sa présence. Lison hésita, mais sa rancœur céda devant l'expression résignée de celle qui était sa tante d'adoption. Elle l'embrassa sans arrière-pensée.

Cinq minutes plus tard, sœur Blandine s'en allait, seule avec ses regrets et ses souvenirs.

— Le général de Gaulle a lancé cet appel depuis Londres. Je l'approuve. Il a raison, il faut résister dans l'ombre, mais résister à tout prix ! Déjà, quand j'ai lu le tract qu'Edmond Michelet a répandu dans Brive, le 17 juin, j'ai repris courage... Écoute le texte, Marie, il est très percutant. C'est de Charles Péguy, et chaque mot m'a touché au cœur !

Celui qui ne se rend pas a raison contre celui qui se rend...

Adrien criait presque, faisant les cent pas dans la salle à manger. Toute la famille l'observait. Marie retenait ses larmes, bouleversée.

Camille se mordait les lèvres pour ne pas pleurer et feignait de lire son livre de géographie. C'était une fillette sensible et délicate. Quel mot terrible, ce mot de guerre qu'elle entendait maintenant si souvent prononcer ! L'exaltation de son père la glaçait. Faudrait-il vraiment que son frère Paul et son papa partent au combat ? Intuitivement, sans en percevoir l'exacte réalité, elle ressentait toutes les menaces qui pesaient sur son bonheur d'enfant.

Paul buvait les paroles de son beau-père. Ses amis d'Aubazine, Norbert et Victor, qui avaient juste un an de plus que lui, brûlaient eux aussi de répondre à l'appel du 18 juin, dont les mots avaient su enflammer la ferveur patriotique de beaucoup. Bientôt, les hommes de Corrèze et d'ailleurs se mobiliseraient en grand secret, des réunions se tiendraient au fond des bois. Il leur faudrait s'organiser...

Lison feuilletait une revue sans rien voir de son contenu. La tension qui régnait à Brive et ici, dans ce bourg jadis si paisible, la troublait. Elle redoutait de voir la guerre et ses atrocités venir jusqu'à leur porte.

Quant à Nanette, elle enrageait intérieurement et elle ne tarda pas à réagir. Comme Adrien continuait à vanter l'initiative du général de Gaulle, elle tapa du poing en ronchonnant :

— On est bien tranquille chez nous, on dirait pas que c'est la guerre ! Alors faut pas chercher autre chose ! Ce sont de belles niaiseries, vos idées de Résistance ! On a eu assez de morts en quatorze, et des infirmes... Si mon Jacques n'était pas au cimetière, il vous le dirait ! Mais les femmes, on les écoute pas... On lève les troupes et on fait tuer les jeunes et les moins jeunes.

Adrien s'arrêta en face de la vieille femme :

— Mais enfin, Nanette, on ne peut pas laisser notre pays aux mains des Allemands. Il y a des moyens de lutter, je vous assure.

— Taratata ! Des moyens d'aligner les cadavres, ouais ! Et vous, un docteur, ça devrait pas vous plaire de voir mourir des pauvres gars !

Marie se leva pour enlacer Adrien. Elle n'avait en tête que le désir de se rapprocher de lui, pourtant son attitude trahissait sa peur de le perdre. Il le comprit et l'embrassa sur le front :

— Ah ! ma chérie ! Vous, les femmes, vous feriez de nous des lâches, des « planqués », juste dans l'espoir de nous garder en vie. Mais il y a des jours où notre propre destin importe peu ! Des jours où le sort de tout un pays est en jeu !

Lison ne put se retenir d'applaudir en criant :

— Bien parlé, Adrien ! Si seulement j'étais un homme, je me battrais comme un fauve !

Mathilde éclata de rire, imitée par toute la famille. En fait, personne ne pouvait imaginer la douce Lison en fauve querelleur. La jeune fille prit le parti de pouffer aussi.

Paul, quand il eut repris son souffle, regarda d'un air songeur vers le jardin. Ce soir, à minuit, il avait rendez-vous avec Norbert sur le chemin du canal des Moines. L'impatience le dévorait. Agir enfin, ne plus être un sage étudiant prêt à obéir au plus fort.

Le jeune homme alluma une cigarette et ferma les yeux. Plus que deux heures à attendre...

29

Les combattants de l'ombre

Septembre 1940

Marie reposa le journal. Le silence qui régnait dans la maison lui parut oppressant.

Elle se servit du café presque froid et en but une tasse. La peur ne la quittait pas. Lison s'apprêtait à reprendre sa place d'institutrice à Tulle, ne voulant absolument pas abandonner ses élèves, et Mathilde rentrerait, elle, au lycée.

Quant aux gens d'Aubazine, ils se serraient les coudes sous ce terrible orage qui assombrissait leur horizon. Le 2 juillet, le maréchal Pétain s'était installé à Vichy, la sous-préfecture de l'Allier. Le gouvernement aurait dû regagner Paris, mais la situation s'éternisait. Cela n'avait pas empêché des lois d'être établies, comme celle du 13 août, qui interdisait les associations secrètes. D'après Adrien, les choses iraient en empirant.

Marie soupira. Elle se posait une fois encore la question qui la hantait : « Où était Paul ? » Le jeune homme ne passait que très rarement à Aubazine. Il prétendait séjourner à Limoges ou à Brive, chez des amis, mais Adrien lui-même avait des doutes au sujet de ses activités. Cela rendait Marie folle de chagrin, car une profonde complicité la liait à son fils unique, et elle imaginait le pire dès qu'il ne donnait pas de ses nouvelles.

Nanette était sortie depuis plus d'une heure, escortée par Camille qui avait désiré accompagner sa grand-mère sur la tombe de « pépé Jacques ».

Accablée par sa solitude, Marie décida d'attendre l'un ou l'autre des absents sur le pas de la porte. La grande place du bourg, dont elle connaissait chaque détail, lui parut rassurante, mais ce n'était peut-être qu'une apparence. En effet, la population des environs avait augmenté depuis le printemps ; Aubazine et les villages voisins comptaient à présent plusieurs familles venues du Nord.

Pour bien des Français, cela avait été l'exode et, à Aubazine, comme dans toute la France libre, on avait vu passer des cohortes de réfugiés, hagards et affamés. La solidarité s'était de nouveau manifestée dans le village, chacun offrant, selon ses possibilités, de la nourriture, des vêtements, un abri.

Marie contempla le clocher de l'église, mais même cette vue rassurante ne lui apporta pas le soulagement souhaité. Demain, elle retournerait à l'école primaire, et là, au moins, elle pourrait oublier ses soucis le temps de la classe, car ses élèves avaient le don de capter toute son attention.

Une voiture noire arrivait de la gare. Son cœur de femme et de mère se mit à battre plus vite. Elle avait reconnu la Panhard d'Adrien. Son mari était au volant et, sur le siège du passager, il y avait Paul...

Ce fut une soirée comme Marie les aimait. Ses enfants, réunis autour d'elle, savouraient le dîner préparé par Nanette. Mathilde faisait des efforts pour être serviable, Lison gardait son habituelle gaieté, Paul avait le sourire, la petite Camille pendue à son cou. Mais le jeune homme cachait mal sa nervosité. Il semblait garder pour lui un secret.

Marie n'en sut pas plus. Elle espérait de toute son âme que son univers ne serait pas détruit, ni même menacé. Continuer à vivre là, tranquille, au rythme du quotidien, savoir ses enfants en sécurité, retrouver Adrien le soir dans leur chambre, se promener le long du canal des Moines le dimanche, c'était tout ce qu'elle voulait.

Le lendemain, une pluie fine tombait sur le bourg et les collines. Marie admira, les larmes aux yeux, ce paysage familier. Paul était reparti à l'aube, après l'avoir serrée très fort contre lui.

— Mon fils chéri..., murmura-t-elle en montant l'escalier de pierre qui menait à l'école.

Ce soir-là, Adrien, la voyant désespérée, se décida à lui faire un aveu :

— Je préfère que tu le saches, plutôt que de te voir te morfondre. Paul s'est engagé dans la Résistance. J'ai moi-même des contacts avec certains réseaux.

— Mon Paul ! Ainsi, c'est ça que vous me cachiez ! Sa vie est sans doute chaque jour en danger, et toi, tu es au courant et tu le soutiens !

— Paul a agi selon sa conscience. Ne te rends pas malade, sois plutôt fière de lui.

— Oui, tu as raison. Papa aurait été fier de mon Paul ! Et Pierre aussi. Tu sais, cela me fait honte, mais j'oublie parfois qu'il est le fils de Pierre. J'ai l'impression que nous l'avons élevé ensemble, toi et moi...

Septembre 1941

Paul dévisageait le nouveau venu. C'était un garçon de son âge, bien bâti et taciturne. On le surnommait

Boris, mais il n'était pas russe, comme le prouvait son accent du terroir, plus évident encore lorsqu'il laissait échapper quelques mots de patois.

Les combattants de l'ombre attendaient l'heure de la lutte. Le monde entier s'enflammait. L'Allemagne avait envahi l'URSS au mois de juin, et les Japonais venaient de détruire la flotte américaine du Pacifique, à Pearl Harbor.

Boris avait apporté une caisse de cidre. Les maquisards déjeunaient devant une grange à moitié en ruine, au fond d'un bois. Un chemin de terre bordé de ronciers y conduisait. Les hommes discutaient à voix basse, l'air grave. Paul écrasa sa cigarette sur le sol humide et s'approcha de Boris :

— Tu ne serais pas du côté de Chabanais, toi ?

Le jeune homme se raidit, méfiant :

— Je viens d'où je veux ! J'ai pas besoin de le dire. Et toi, tu vas peut-être me donner ton adresse ?

Déconcerté par cet accueil hargneux, Paul haussa les épaules en soupirant :

— C'était histoire de faire connaissance, rien de plus. On est tous du même bord, je ne pensais pas que ma question te dérangeait !

Boris s'éloigna en marmonnant :

— Eh bien, elle me dérange ! Voilà ! Je suis pas là pour causer...

Troublé, Paul observa attentivement ce grincheux personnage. Il en ressentit une impression pénible de déjà-vu, de familiarité, qu'il ne s'expliquait pas. Gérard, un autre maquisard d'une vingtaine d'années, lui souffla à l'oreille :

— T'inquiète pas, on l'a à l'œil, le nouveau. Il est du genre ours mal léché, mais le chef l'a accepté tout de suite. Il sait ce qu'il fait, tu crois pas ?

— Sans doute ! répliqua Paul, amusé. Un ours, ça se bat bien, non ?

Ils éclatèrent de rire en se donnant une bourrade amicale. L'inaction leur pesait parfois, mais une solide camaraderie les unissait tous. D'ici peu, Boris ne tarderait pas à se laisser apprivoiser.

Marie quitta sa classe d'un pas moins alerte que d'ordinaire. Ces premiers jours du mois de septembre tenaient leurs promesses automnales. Une pluie fine tombait depuis le matin et l'air sentait bon les feux allumés dès l'aube.

La veille, Adrien lui avait rapporté un panier de cèpes dont le riche parfum forestier avait embaumé la cuisine. C'était un cadeau d'un patient qui habitait près de Cornil où existait, comme à Pressignac, un « Bois des Loups », au nord-est du bourg. Marie avait appris que jadis les habitants d'Aubazine allaient à la messe dans la paroisse de Cornil, dont ils dépendaient, et ils redoutaient fort de croiser des loups dans la forêt, en chemin...

Il faisait sombre sur la place en raison de l'épais manteau de nuages et du jour finissant. Marie crut apercevoir une silhouette féminine devant sa porte.

« Mais Nanette est à la maison ! se dit-elle. Pourquoi n'a-t-elle pas ouvert ! Qui est-ce donc ? »

Elle marcha plus vite, aussi inquiète que curieuse. La femme portait un foulard sur ses cheveux d'un blond gris. Mince, le visage fané, elle regardait du côté opposé à Marie, ce qui permit à celle-ci de bien l'examiner et de la reconnaître vaguement.

« Élodie Pressigot ! Que fait-elle ici ? »

— Madame, vous désirez ? demanda Marie assez froidement.

— Oh ! Marie du Bois des Loups ! Eh bien, ça alors, vous n'avez pas trop changé, vous ! Je vous ai remise tout de suite... J'suis la nièce de Fanchon, Élodie, la veuve du fils Pressigot, allons, vous vous rappelez, le fils de Marcel, qui tenait le tabac et le bistrot...

Marie hocha la tête, muette de stupeur. Élodie avait été une jolie fille, rieuse et ronde, qui savait prendre les hommes dans ses filets. À présent, plus rien ne demeurait de ses anciens charmes. La vie semblait l'avoir usée, flétrie. Elle ouvrit la porte :

— Entrez ! Avez-vous sonné ? Je ne comprends pas que Nanette n'ait pas répondu !

— Que si ! Elle a ouvert, la vieille, mais elle m'a fichue dehors aussi sec. Enfin, quand je lui ai dit que je venais pour le fils, son petit-fils à elle... Je croyais qu'elle était au courant, moi !

— Non, elle n'était pas au courant du tout ! Vous avez fait une belle gaffe, vraiment... Nanette est très fragile depuis la mort de Jacques. Elle n'avait pas besoin d'apprendre ça !

Les deux femmes se tenaient face à face dans le vestibule. Du salon leur parvenaient un bruit de chaise remuée et le ronron d'un monologue rageur. Marie fit signe à Élodie de la suivre dans la cuisine. Bizarrement, elle n'était pas mécontente de revoir cette figure du passé et n'éprouvait plus aucun ressentiment. Elle avait eu droit à tant de bonheurs, elle, l'orpheline.

— Voulez-vous une boisson chaude, Élodie ?

Marie avait toujours « épaté » les autres filles de Pressignac par sa distinction naturelle et son langage de citadine. Ce soir-là encore, elle apparaissait à Élodie comme la parfaite épouse d'un docteur, qui vivait dans cette grande maison bien entretenue... Sa politesse, son amabilité en de telles circonstances, il y avait de quoi en rester bouche bée.

— Je préférerais un petit verre de vin, madame ! chuchota la visiteuse. Je suis si émue de vous revoir... après tant d'années. Je vous ai connue gosse, et puis voilà que je suis grand-mère ! Ma fille aînée, elle a eu un bébé, l'an dernier.

Marie servit deux verres de vin blanc, car elle avait besoin d'un remontant. Au fond, elle espérait le retour d'Adrien. Il ne tarderait pas. Cette femme était sûrement là pour demander de l'argent. Le fameux Claude avait pourtant l'âge de travailler. Elle réussit à dire d'un ton neutre :

— Je n'ai pas beaucoup de temps, car je dois préparer le dîner ! Qu'est-ce qui vous amène chez nous, Élodie ?

— Vous savez que j'habite toujours à Pressignac, dans la maison de ma tante, la Fanchon... Mais Claude, le fils de votre Pierre, il s'embêtait au pays. Il a trouvé un apprentissage à Saint-Junien. Il venait manger le dimanche, mais depuis une quinzaine, plus rien. Alors j'ai pris le car, et j'ai été voir son patron. Pas de nouvelles là-bas non plus. Heureusement, un autre apprenti m'a causé tout bas. Il m'a confié que mon Claude, il serait parti chez les maquisards. Chez vous, en Corrèze. Paraîtrait que la Résistance, comme ils disent, elle est rudement bien organisée ici. C'est pas qu'il en manque, chez nous, des gens qui ne sont pas d'accord avec Pétain ! Mais mon gosse, je suis sûre qu'il avait son idée. Quand il m'a demandé qui était son père, j'ai pas pu lui mentir. Il savait qu'en Corrèze il avait un frère et des sœurs et il n'avait qu'une chose en tête, pouvoir un jour les voir, pardi ! J'ai peur, madame Marie, j'ai peur pour mon gamin. Alors, je me suis dit que votre mari, le docteur, il savait peut-être où était Claude.

Marie avait écouté sans broncher. La prudence lui

conseillait de montrer un visage impassible et de ne rien avouer de ce qu'elle savait. De toute façon, les résistants usaient de surnoms, par sécurité. Paul lui-même ne racontait absolument pas à sa famille ce qui se passait au fond des bois et des vallons de Corrèze.

Mais malgré tous ces arguments plausibles, quelque chose sonnait faux. Marie le sentit. Pourquoi Élodie avait-elle fait le voyage jusqu'à Aubazine ? Si elle souhaitait retrouver son fils, une foule d'autres personnes étaient à interroger avant la famille Mesnier...

— Dites-moi, Élodie. Pourquoi pensez-vous que mon époux pourrait en savoir plus sur Claude ?

La femme eut un rire gêné qui dérangea Marie. Elle aurait tout donné pour voir Nanette ou Adrien la rejoindre à la cuisine et l'aider à y voir clair. Elle insista :

— Répondez ! Je ne vous crois pas ! Votre fils a choisi sa voie, mais ce n'est pas une raison pour venir chez moi, aussi tard !

Élodie avala son verre d'un coup et marmonna :

— Je me suis dit que, par Claude, on avait comme des liens familiaux... C'est quand même le fils de votre premier mari. Vous étiez moins fière quand vous gardiez les brebis chez Jacques, tiens ! J'en ai à vous raconter, moi. Sur votre amie, comment elle s'appelait déjà... Léonie ! Une sacrée garce ! Pierre, elle le voulait, elle l'a eu !

Marie se leva, exaspérée, en hurlant :

— Je le sais ! Je m'en moque ! Combien voulez-vous d'argent ? Je vous le donne et vous partez, vite, espèce de vipère !

Adrien entra à cet instant précis. Il vit Marie les joues rouges de colère, les poings serrés et une inconnue mal fagotée, le regard sournois.

— Qu'est-ce qui se passe ? Tu as des ennuis, ma chérie ?

Marie ne se fit pas prier. Elle conta tout à Adrien, certaine qu'il trouverait une solution rapidement et que la visiteuse disparaîtrait. La pâleur soudaine de son époux la stupéfia. Elle n'osa pas en faire la remarque. Il déclara enfin :

— Je suis épuisé par mes visites. Je n'ai pas envie de mettre les choses au point ce soir. Madame, vous allez prendre une chambre à l'hôtel Saint-Étienne, puisque le moderne Hôtel du Coiroux est fermé. Je leur téléphone, vous souperez et dormirez à mes frais, j'y tiens, et demain matin, soyez ici vers neuf heures. Bonsoir, madame.

Adrien avait forcé le ton à chaque « madame ». Élodie s'éclipsa en souriant gauchement. Dès qu'elle entendit claquer la porte, Marie se jeta au cou de son bien-aimé :

— Merci, je ne savais pas comment la mettre dehors ! J'ai pensé un moment demander à mère Marie-de-Gonzague de l'héberger pour la nuit, mais...

— Surtout pas, Marie, ne me demande pas pourquoi, mais n'envoie plus personne de l'extérieur au couvent. Je n'ai pas confiance en cette Élodie aux yeux de fouine. À mon avis, si elle est venue chez nous, c'est grâce aux renseignements de Macaire.

Cette supposition parut soudain évidente à Marie. Elle était vraiment stupide de ne pas avoir fait la relation. Émue, elle se serra contre son mari qui lui avoua :

— Je voulais surtout être tranquille ce soir, car nous sommes invités chez les parents d'Amélie. La jeune Marie-Hélène sera là, avec son violon. Cela nous fera du bien, un peu de détente.

— Mon Dieu, et Nanette ! s'écria Marie. Élodie lui a

tout dit sur Claude. Ma pauvre Nane doit être dans tous ses états !

— Elle est invitée aussi ! Va lui parler, rassure-la. Nous lui avons caché cette histoire pour la protéger, elle comprendra sûrement. Ensuite fais-toi belle, il faut séduire le malheur, l'amadouer.

Sur ces mots énigmatiques, Adrien monta se changer. Marie entra à regret dans la chambre de Nanette. Elle la trouva assise sur sa chaise préférée, celle près de la fenêtre. La vieille femme récitait son chapelet. Elle semblait plus âgée, sous ses cheveux blancs. Sans relever la tête, elle lança à Marie :

— Je prie pour mon Pierre, pour ce gamin que je n'ai jamais vu : Claude. Je prie pour toi aussi, ma petite, qui a eu bien du chagrin dans ta vie.

Bouleversée par la résignation de sa Nane, qui pouvait se montrer si emportée, parfois, Marie se mit à genoux et l'enlaça :

— Pardonne-moi, Nane ! Je ne voulais pas te le dire, tu avais tant de soucis avec nous. Et puis, je ne suis pas sûre que ce soit vrai, cette affaire. Élodie a peut-être inventé ça juste pour se constituer une petite rente facile.

Nanette se redressa, hautaine :

— Eh si, c'est vrai, pauvrette ! Je l'ai su avant que cette catin d'Élodie le mette au monde, ce gosse ! Pierre me l'avait avoué. J'ai gardé mon secret, et toi le tien. Va, nous sommes des bécasses toutes les deux... Moi, tout à l'heure, je suis tombée de haut quand l'autre m'a appris le coup des mandats... J'ai compris que tu savais aussi ! Tu parles d'une salade, j'en suis malade...

Marie éclata de rire.

— Oublions ça. Adrien l'a congédiée gentiment. Ce soir, c'est fête chez les parents d'Amélie. Je vais me préparer, mets donc ta belle robe noire, celle que je t'ai offerte pour la Toussaint.

Marie-Hélène jouait de tout son cœur, le menton appuyé sur son violon, le regard rêveur. Tous les convives l'écoutaient avec plaisir. Elle était la reine de la fête. Pourtant, Amélie allait chanter et, à elles deux, elles remporteraient un vrai succès.

L'adolescente jeta un œil du côté du docteur Mesnier et de sa femme Marie. Cette dernière, le teint doré et la bouche rehaussée d'un rouge cerise, était ravissante, revêtue d'une robe de laine beige. La vieille Nanette s'endormait, ce qui donna envie de rire à la violoniste.

Une chaude atmosphère, douillette et familière, régnait dans la pièce. Marie-Hélène savourait chaque minute, regrettant un peu l'absence de Camille (couchée tôt par sa gouvernante), de Manou et surtout de Paul. En songeant à son voisin si gentil, elle se prit à détester cette guerre qui brisait les choses établies et remuait les esprits.

Amélie la poussa du coude. C'était le moment de chanter ensemble, sans lâcher le violon. Les jeunes filles entonnèrent *La chanson des blés d'or*, puis leur refrain favori, celui de Jean Ségurel, sur les bruyères des Monédières.

Marie les applaudit avec énergie. Elle avait les larmes aux yeux, se souvenant de la première fois où elle avait entendu cette jolie ballade. Amélie et Marie-Hélène étaient alors bien petites. Ses trois enfants aînés vivaient encore à la maison. Adrien lui prit la main, comme pour lui souffler : « Courage ! »

Mais le sort de Paul, combattant de l'ombre, demain et tous les autres jours menacé d'une mort violente, hantait Marie. La pensée de Lison et de Mathilde, exilées à Tulle, la blessait aussi. Heureusement qu'il lui restait la petite Camille, son rayon de soleil ! Elle fut étonnée de songer aussi à Claude, le fils d'Élodie et de Pierre. Ce garçon, un parfait inconnu, était en fait du même sang ou presque que les siens. Et il avait disparu... Elle s'étonna en son for intérieur :

« Mais c'est leur demi-frère ! Ils ont le même père, mon malheureux Pierre, mon ami d'enfance, mon impétueux fiancé du Bois des Loups ! J'ai trop souffert de mon statut d'orpheline, dans mon enfance. Après tout, Claude et moi sommes enfants naturels. Il faudra que nous nous préoccupions plus de lui. »

Marie se promit de rencontrer le jeune homme un jour, en hommage à la mémoire de Pierre. Elle serait la mieux placée pour lui parler de sa famille paternelle. Oui, elle le ferait. L'idée de revoir Élodie au matin ne la gênait plus. Il fallait l'interroger...

Marie-Hélène et Amélie s'inclinèrent, radieuses. Elles avaient enchanté leur public. Nanette se réveilla et se mit à frapper des mains. La maman d'Amélie s'exclama, amusée :

— Quelle bonne soirée ! Mais nous devons songer à ceux qui sont en zone occupée, ajouta-t-elle, les yeux embués. Nous avons le privilège de manger à notre faim, ce qui n'est pas le cas pour tous.

Puis, elle s'adressa à Marie :

— Savez-vous que votre amie, la Mère supérieure, est une femme admirable ? Je la vois souvent dans le bourg, qui se rend chez les plus pauvres afin de soigner les bébés et d'apporter de la nourriture. Où trouve-t-elle tout ce temps ? Pourtant, le nombre de ses pensionnaires semble avoir bien augmenté. Tenez, le jour des Rameaux, à la messe, j'en ai compté une bonne quarantaine, si ce n'est pas plus. Toutes ces petites, ça me semble étrange, qu'en pensez-vous, Marie, vous qui fréquentez les sœurs ?

Marie avait bien remarqué l'accroissement du nombre des orphelines. Elle se promit d'interroger mère Marie-de-Gonzague à ce sujet.

Adrien répliqua rapidement, comme pour devancer une éventuelle réponse de sa femme :

— Oui, cette maudite guerre a fait un grand nombre d'orphelins. Certaines fillettes ne sont d'ailleurs orphelines que de mère, car leur père est parti à la guerre. Et dans les familles pauvres, avec ces privations, les mamans ne peuvent plus faire face en l'absence du mari... Elles préfèrent parfois confier leurs enfants à mère Marie-de-Gonzague. Et puis, mademoiselle Marie-Thérèse est si heureuse lorsqu'elle a des enfants de plus à chérir ! Rien ne peut remplacer des parents, mais ces pauvres petites trouvent auprès de « maman Théré » beaucoup de tendresse.

Ils rentrèrent, Adrien et elle, en se tenant par la taille, empruntant la rue qui rejoignait la grand-place. Malgré les ombres qui planaient sur leur bonheur, Marie se sentait heureuse grâce à la présence forte et protectrice de cet homme droit, bon et juste qu'était son second mari. Dans le secret de son cœur, elle ajouta :

« Et mon premier amour... Car je ne savais pas ce qu'était aimer avant Adrien ! »

Nanette les suivait à petits pas, en s'appuyant sur sa canne d'un côté, et de l'autre au bras d'Amélie qui avait insisté pour la raccompagner. Marie-Hélène sautillait, fermant la marche, heureuse de cette escapade nocturne.

Aubazine sommeillait, volets clos laissant parfois filtrer un rai de lumière jaune. La vie continuait, malgré la folie de certains hommes, grâce à la bonté et au sacrifice des autres.

Le clocher de l'église sonna onze coups argentins. Marie frotta sa joue contre l'épaule d'Adrien. Ils n'étaient plus de jeunes amoureux, mais ce soir, une fois seuls dans leur chambre, elle était sûre qu'ils s'aimeraient avec autant de tendresse et de passion que naguère...

30

Les années de tourmente

Mercredi 8 juillet 1942

Marie regrettait amèrement d'être venue à Brive. Seule la joie exubérante de Mathilde, ravie d'être au sein d'une telle foule, la consolait un peu. Lison avait tenu à les rejoindre, sur les conseils d'Adrien, qui, lui, était resté à Aubazine avec Camille.

La Corrèze vivait un événement important, la visite du maréchal Pétain, qui serait accompagné d'une partie de ses ministres. Toutes ces personnalités étaient arrivées la veille en gare de Tulle, où on avait réservé un accueil impressionnant à celui que l'on surnommait « le sauveur de la patrie ». Aujourd'hui, à Brive, la foule évoquait une immense marée humaine, si bien que Marie se cramponnait à ses filles pour ne pas en être séparée. Des milliers de Brivistes et de ruraux, qui avaient été conduits là en train ou en car, se tassaient sur la place de la Guierle.

Malgré la cohue et l'agitation, le silence se fit quand le Maréchal apparut en saluant. On tendit l'oreille afin de saisir le discours du maire, Louis Miginiac, qui s'efforçait de vanter les bienfaits du régime de Vichy. À quoi Pétain répondit :

— L'union des cœurs est indispensable... Il s'agit de rendre la France à elle-même, non pas dans l'espoir qu'elle sera victorieuse, mais qu'elle redeviendra libre !

Élise haussa les épaules. On ne remarqua guère ceux, dans la foule, qui osèrent crier « Vive de Gaulle », tant ces paroles pleines de conviction furent couvertes par les « Vive Pétain ».

Une main d'homme se posa soudain sur le bras d'Élise. La jeune fille poussa un petit cri en reconnaissant son frère Paul, qu'elle n'avait pas vu depuis trois mois. Il lui chuchota :

— Beau discours ! Si tu savais la suite...

Mais les enfants des écoles entonnèrent dans un chœur vigoureux : « Maréchal, nous voilà ! » Paul se tut, un sourire ironique aux lèvres. Lison attrapa la manche de sa mère qui se retourna.

— Maman, Paul est là !

Marie ne se soucia plus du spectacle. Elle joua des coudes pour étreindre son fils de toutes ses forces. Paul, ému, lui dit très bas :

— Je t'en prie, maman, ne prends pas cet air ébahi ! Ça pourrait sembler louche. Je suis venu ici pour t'embrasser, à mes risques et périls. Et puis, je voulais te présenter quelqu'un...

La visite officielle du Maréchal s'achevait. Plus tard, après avoir pris un peu de repos entre les murs de la sous-préfecture, le chef du gouvernement de Vichy repartirait. Il serait escorté jusqu'à la gare où les légionnaires chanteraient pour lui, avec ferveur, la traditionnelle *Marseillaise*.

Marie et ses enfants s'étaient attablés au fond d'un café, fuyant la chaleur et l'agitation des rues. Paul les avait guidés vers un bistrot bien précis, où il avait rendez-vous. Le jeune homme avait mûri. Ses traits se dessinaient nettement, son corps paraissait plus musclé. Son regard, sous le front carré, était celui d'un adulte.

Pourtant, il retrouva sa gaieté d'enfant pour taquiner ses sœurs.

— Vous êtes de plus en plus jolies ! Toi, Manou, tu as un maquillage digne de Hollywood... Pas très discret, mais bon !

Mathilde hésita à bouder, mais jugeant dommage de ne pas sourire, pour une fois qu'elle sortait, elle pardonna à son frère. Lison dévorait Paul des yeux, un peu comme s'il était un héros revenu parmi les siens. Marie lui tenait les mains et l'interrogeait du regard.

Paul aurait voulu la rassurer, il se contenta de lui caresser les cheveux, en demandant :

— Et à la maison, tout va bien ? Nane, Adrien, Camille ?

Marie s'empressa de lui faire un compte rendu précis :

— Nanette a toujours mal aux jambes, mais elle refuse le traitement qu'Adrien lui a prescrit ! Lui, il est sans cesse par monts et par vaux, pour ses patients, mais nous avons peu de monde au cabinet, c'est dommage... Camille est de plus en plus jolie et d'un caractère très facile. Comme elle aurait été heureuse de te voir ! Tu lui manques tant. Marie-Hélène a encore grandi, elle joue du violon à merveille. Tu sais, la musique apporte un peu de joie malgré la guerre.

Paul sourit, heureux de l'évocation de ce qui avait été, il n'y a pas si longtemps, son univers familier. Puis il se leva à demi en agitant la main :

— Oh ! Nous sommes là ! Viens un peu que je te présente les femmes de ma vie.

Un jeune homme de forte stature, à la moustache et aux cheveux châtain doré, avança d'un air gêné vers leur table. Marie, qui s'apprêtait à le saluer gentiment, éprouva un véritable choc. Elle crut rêver. Devant elle se tenait le sosie de Pierre au même âge, moins brun, mais aux traits semblables. Il avait la même manière de se tenir, de regarder les gens d'un œil méfiant et ombrageux.

Mathilde se trémoussa sur sa chaise :

— Bonjour, moi, c'est Manou, la sœur de Paul !

Une sorte de grognement poli lui répondit. Lison tendit ses doigts fins que le nouveau venu serra un peu fort. Marie bredouilla :

— Bonjour, monsieur ! Vous êtes un ami de Paul ?

Paul déclara, mi-moqueur, mi-sérieux :

— Un gars de valeur, un peu ours, mais nous sommes inséparables. Claude, voici maman, Lison et Mathilde, qui n'a pas attendu pour se présenter. Il manque ma petite sœur Camille qui vient d'avoir neuf ans.

Marie ne doutait plus. Si ce garçon se nommait Claude, c'était assurément le fils d'Élodie et de Pierre. Elle en restait sidérée. Cela la ramena au mois d'octobre, à ce matin pluvieux où Adrien et elle avaient tenté de connaître les vraies raisons de la visite d'Élodie Pressigot.

Ils l'avaient interrogée en vain. La femme affirmait être chez eux uniquement dans le but de rechercher son fils, sans expliquer en quoi ils pourraient l'aider. Enfin, au moment de partir, d'un air sincèrement malheureux, elle leur avait dit :

— C'est monsieur Macaire qui m'a conseillé de vous demander de ses nouvelles... J'sais pas pourquoi, mais je me faisais tant de mauvais sang que j'ai pris le train, au cas où...

Depuis, ils n'avaient eu aucune nouvelle d'Élodie. Marie se reprit. Au moins, un coin du voile se levait. Claude était entré dans la Résistance, sans doute conduit en Corrèze par quelqu'un de Limoges. Et là, il avait rencontré Paul. Elle songea que le destin tire souvent les ficelles à sa guise. Ou bien, il était venu sciemment en Corrèze dans l'espoir de rencontrer son frère, comme l'avait suggéré Élodie. Et les deux jeunes gens avaient sympathisé, jusqu'à cet instant insolite qui les voyait tous réunis à Brive.

Paul s'inquiéta de l'expression ahurie de sa mère. Il en était à reconsidérer l'allure de Claude, pensant que son ami déplaisait à Marie. Mais celle-ci secoua la tête en s'écriant :

— Oh ! J'ai eu comme un étourdissement ! Je vais mieux ! C'est cette foule, ce bruit, je ne suis plus habituée, si je l'ai jamais été...

Lison se leva vite pour aller commander de la limonade bien fraîche, tandis que Mathilde essayait ses charmes sur Claude. À vingt ans, la jeune fille comptait déjà plusieurs amoureux, en tout bien tout honneur, assurait-elle quand sa mère la sermonnait. En fait, pas un ne lui avait plu suffisamment pour parler fiançailles. Penchée en avant, sa chevelure bouclée voilant son décolleté un peu audacieux, elle interrogeait Claude :

— Êtes-vous toujours aussi peu bavard ? Et comment avez-vous connu mon frère ?

— C'est une longue histoire..., murmura-t-il, en rougissant.

Paul protesta durement :

— Manou, si tu avais un gramme de cervelle, tu parlerais de la pluie et du beau temps ! Ou de tes amours ! Et à voix basse. Claude est un collègue de boulot, tu piges ?

Marie ne pouvait pas détacher ses yeux du jeune homme. Elle remarqua ainsi qu'il évitait avec soin de la regarder. Lison, de retour à la table, se montra bien silencieuse. Elle écoutait Paul, lui souriait, mais elle aussi observait Claude attentivement. Manou en prit ombrage, croyant à une tentative de séduction de sa sœur aînée, qu'elle appelait parfois, par pure méchanceté, « la vieille fille » ! À son idée, ne pas avoir de mari à vingt-quatre ans était un malheur, une honte... même si elle parlait souvent d'un certain Vincent. Pour récupérer la vedette, elle claironna :

— Si on allait se promener un peu ! Il n'y a pas d'air ici, moi, j'étouffe.

Marie, agacée, la fixa sévèrement :

— Pas question, Manou ! Nous prenons le train dans une heure.

Lison se leva, très pâle :

— Je vous laisse, je dois rentrer à Tulle. J'ai rendez-vous avec Vincent qui me raccompagnera en voiture. Je ne veux pas le faire attendre, il vit seul avec sa mère, et elle s'inquiète toujours.

— Cette pauvre femme est-elle veuve ? questionna Marie, compatissante.

— Oui, répondit Élise. Louise, sa maman, a perdu son mari en 1920... Il avait inhalé des gaz toxiques pendant la Première Guerre mondiale. Allez, au revoir, maman. À bientôt, mon Paul.

Ils s'embrassèrent tous. Claude les scrutait, la mine impassible. Lison lui tendit la main :

— Au revoir, Claude !

Marie, devinant que sa fille aînée était troublée, la suivit dans la rue. Lison la serra dans ses bras :

— À dimanche, maman ! Je viendrai déjeuner à la maison. Puis-je inviter Vincent ? Tu sais, je crois qu'il veut faire sa demande !

— Oh ! ma chérie, comme je suis contente ! C'est l'homme qu'il te fallait ! Enseignant lui aussi, bien élevé, Adrien sera ravi.

Lison s'illumina d'un sourire radieux, puis elle chuchota :

— Maman, je voulais te dire une chose bizarre. Tu

ne trouves pas que Claude ressemble beaucoup à papa ! Paul et Manou ne doivent pas se souvenir, eux, ils étaient si petits, mais moi ! Cela m'a mise mal à l'aise...

Marie jugea que ce n'était pas le moment de raconter la vérité :

— C'est vrai, mais, vu son accent, ce garçon doit être du Limousin. Ce genre de ressemblances arrive... Va vite, Lison, ne fais pas attendre ton Vincent.

Paul, Claude et Mathilde ne tardèrent pas à sortir du café. Marie supplia son fils de passer bientôt à Aubazine :

— Camille ne comprend pas pourquoi tu ne viens plus à la maison. Et Lison va se fiancer et sûrement se marier très vite, alors je compte sur toi, dimanche si tu veux !

— Je ne peux rien promettre, maman ! Embrasse bien Nanette de ma part et Adrien. Nous devons partir ! Au revoir, Manou !

Ils se séparèrent après un dernier échange de regards. Claude alluma une cigarette. Sa nervosité n'échappa pas à Paul qui, lorsque sa mère et sa sœur furent assez loin, lui demanda :

— Toi, je parie que tu as le béguin pour ma seconde sœur ! C'est une jolie fille, avoue, mais pas facile de caractère. Elle nous a menés par le bout du nez, quand elle était petite, Lison et moi.

Claude dévisagea Paul d'un air triste. Il répliqua d'un ton traînant avec une moue déçue :

— Mathilde pourrait être la plus belle fille du monde, je n'aurais jamais le béguin pour elle. C'est comme ça, si elle te parle de moi, un jour, dis-lui.

Paul se gratta le menton, perplexe. Il avait eu l'impression que Manou s'était donné bien du mal afin de plaire à son ami. D'ordinaire, elle préférait jouer les indifférentes. Il insista :

— Eh ! Claude ! Je ne suis pas vexé, mais je ne comprends pas... Elle t'a tant déplu, Manou ?

— C'est pas ça, je te dis ! Laisse tomber. J'aurais pas dû venir, voilà ! ronchonna le jeune homme.

Paul était accoutumé aux sautes d'humeur de Claude. Il l'entraîna vers la rue tranquille où ils avaient garé leur vieille camionnette.

Octobre 1942

— C'est à croire que les gamines ont un appétit de loup ! J'ai dû doubler la surface cultivée en légumes et, malgré tout, la récolte de pommes de terre fond comme neige au soleil, s'était étonné Louis, le nouveau jardinier du couvent.

Peu à peu, la pénurie s'installait au village comme dans toute la France. Adrien Druliolle, le mari d'Irène, abattait souvent du bétail en cachette, pour venir en aide aux plus démunis. Cependant l'approvisionnement restait problématique, en particulier au couvent. Au dire de Louis, Marie-Thérèse Berger, « maman Théré », se rendait même de nuit chercher de la farine au moulin de Bordebrune, au petit village de Chastagnol.

Pourquoi de nuit ? Ce détail avait intrigué Marie. Aussi, avait-elle interrogé discrètement sœur Blandine :

— Léonie ? Que sais-tu sur ces enfants ? Et mademoiselle Berger qui va à l'approvisionnement de nuit ! Il y a là quelque chose d'insolite et la Mère supérieure n'a rien voulu me dire !

— Ma chère Marie, que tu es naïve ! Tu as dû remarquer des choses, au bourg, des visages inconnus. C'est la guerre, Marie ! Les gens ont fui le Nord et l'Est. Les

Juifs viennent aussi se réfugier chez nous, en zone libre, ou bien ils y envoient leurs enfants. Hitler a des idées dangereuses à leur sujet... J'ai eu des informations bien précises : Himmler et son adjoint Heydrich ont reçu l'ordre de préparer une « solution finale à la question juive ».

— Tu ne voudrais pas dire que cette « solution finale » est envisagée même pour les enfants ?

— Marie, il faudrait vraiment que tu cesses d'être aussi candide... Les enfants ont-ils été dispensés du port de l'étoile jaune ? Crois-moi, ils sont menacés de mort, comme leurs parents.

— Tu veux dire que les fillettes qui sont arrivées dernièrement au couvent sont...

— Oui, nous hébergeons parmi nos pensionnaires des enfants juives. Je te livre ce secret, car tu es ma grande sœur chérie et je suis sûre de ta discrétion. Mais je t'en supplie, n'en parle vraiment à personne, leur survie dépend de notre silence. Adrien est aussi au courant. Je dirai à mère Marie-de-Gonzague que je t'ai parlé, je crois que cela sera un soulagement pour elle.

Marie avait senti un grand froid l'envahir. Adrien était au courant ! Et elle qui se rendait tous les jours au couvent n'avait été avertie de rien...

Adrien fit les frais des aveux de Léonie. Marie exigea d'être informée sur tous les événements secrets ou officiels qui agitaient la région.

— D'accord ! Puisque tu y tiens.

Ils discutèrent longtemps. Plusieurs sentiments se succédèrent chez Marie. La révolte, la colère, puis l'émotion et le chagrin. Enfin, elle sanglota :

— Mais comment des hommes peuvent-ils se conduire ainsi ? Cette discrimination me révolte... Par contre, mère Marie-de-Gonzague aurait dû me faire confiance, me dire la vérité. C'était donc pour cette raison que les fillettes de l'orphelinat ne fréquentaient plus l'école laïque ?

— Oui, mais seulement en partie. Calme-toi, ma chérie. Le couvent a recueilli dès 1940 des enfants juives... quelques femmes aussi. En acceptant des réfugiées de cette confession, la Mère supérieure a pris d'énormes risques. Des risques pour toute leur communauté, tu comprends : les petites Juives, les orphelines, les sœurs, les enseignantes... Il faut donc se méfier de tout le monde. Une seule indiscrétion, et c'en est fini. Les Allemands traquent les Juifs partout, même en zone libre.

— J'avoue que je suis tombée des nues lorsque Léonie m'en a parlé ! Mais combien sont-elles au juste, ces fillettes juives, et comment sont-elles arrivées ici ?

— Tu sais que nous sommes en pleine période de rafles. Mère Marie-de-Gonzague et Edmond Michelet ont toujours entretenu d'excellentes relations, or ce dernier travaille pour la Résistance. C'est un chrétien très fervent qui a toujours eu pour ligne de conduite de mettre en pratique sa foi. C'est lui qui a demandé à la Mère supérieure d'héberger ces enfants. Mais ce n'est qu'une toute petite partie de son combat : il a mis à l'abri non seulement des Juifs, mais également des Alsaciens-Lorrains rejetés par Vichy, des Allemands antinazis, enfin toutes les personnes menacées par la Gestapo. Ces fillettes, il les a amenées ici, la plupart du temps de nuit, par petits groupes de deux ou trois. Elles sont maintenant environ une douzaine, de six à treize ans... plus deux mamans.

— J'ai toujours pensé que mère Marie-de-Gonzague était une femme admirable. Mais j'ai si peur, Adrien, lorsque tu me parles de ces choses horribles. Nous vivons vraiment une époque épouvantable...

Marie revit en un éclair les fillettes qu'elle avait croisées le dimanche d'avant, alors qu'elles se rendaient en promenade sur la route de la gare d'Aubazine. L'espace d'un instant, elle crut les voir revêtues de leur manteau et de leur béret bleu marine. Elle crut entendre la chanson qu'elles fredonnaient si gaiement.

Aubazine, joli village,
Comme on est heureuses au couvent,
Entre tes murs, je reste sage,
Et mon cœur est toujours content.

C'était donc cela, la raison de l'arrivée de Solange Gourgues, la deuxième institutrice : les fillettes juives étaient venues grossir le groupe des orphelines déjà présentes ! Mademoiselle Jeanne lui avait expliqué que mademoiselle Solange était venue se réfugier auprès de sa grand-mère, une veuve qui habitait Yssandon, à côté d'Allassac. Au dire de Jeanne, cette jeune femme était très instruite et, de plus, elle possédait une bonne connaissance du chant et de la langue allemande. Et c'était une chance pour elle de pouvoir gagner sa vie à l'orphelinat.

Marie se souvint alors qu'elle avait reconnu la plupart des petites orphelines, le jour de cette promenade.

Elle questionna Adrien anxieusement :

— Mais ces petites, elles ne sortent pas du couvent ? Je ne les ai pas vues, dimanche !

— Ce serait trop risqué pour leur vie. Elles sont entourées d'un maximum de sécurité. Personne ne sait qui elles sont. Les sœurs sont très aimées, mais il faut éviter que les villageois ne se posent des questions.

— Pauvres petites, murmura Marie en frissonnant.

Adrien attira Marie contre lui. Il éteignit la lampe et ils s'allongèrent sur leur lit. Le silence parut les envelopper, ainsi que la pénombre. D'un arbre de la place, une chouette poussa son cri nocturne. Un peu plus tard, des chats miaulèrent sur un toit voisin. Blottie sur la poitrine de son bien-aimé, Marie eut besoin de se raccrocher à un souvenir heureux. Elle se rappela le Bois des Loups de Pressignac et sa source enchantée... Pierre rentrant les vaches en sifflant, le chien Pataud sur ses talons. Elle revit Nanette bien plus jeune, occupée à pétrir le pain, ses bonnes joues rougies par la chaleur du feu. Soudain une vague d'angoisse la souleva, la fit gémir :

— C'est tellement loin, déjà ! Si loin !

Adrien, un peu ensommeillé, marmonna :

— Qu'est-ce qui est loin, ma petite chérie ?

— Mon enfance, ma jeunesse... Pressignac ! Je ne peux pas l'expliquer, mais je voudrais retourner là-bas, revoir les Bories !

— Allons, Marie, qu'est-ce qui te prend ? Tu n'as pas parlé de Pressignac depuis des mois. As-tu oublié que Macaire habite les Bories ?

Elle renifla, en pleine détresse :

— Non, je n'ai pas oublié ! Mais ce n'est pas juste, cette maison était à moi, aux enfants ! Je me sentirais mieux aux Bories, plus à l'abri qu'ici. Je t'en prie, rallume la lampe. J'ai peur. Je veux te voir...

Adrien obéit. Il tourna son visage vers sa femme et la fixa. Marie, un peu éblouie par la lumière, effleura du bout des doigts le front de son époux :

— Merci, mon amour. Avec toi, je me sens bien. Je te promets d'être courageuse maintenant. S'il le faut, je me battrai moi aussi, comme Paul, comme tous ceux qui ont envie de liberté et de justice.

30 novembre 1942

Depuis le 11 novembre, la zone libre n'existait plus, ni la ligne de démarcation. Les troupes du IIIe Reich envahissaient les départements jusqu'alors épargnés.

Marie et Nanette observaient ce qui se passait sur la place d'Aubazine en prenant soin de ne pas agiter les rideaux de lin. La vieille femme marmonnait, les doigts crispés sur son chapelet :

— Si c'est pas malheureux de voir ça ! Mon Dieu, je préférerais être au cimetière, avec mon Jacques et mon Pierre !

Marie lui fit signe de se taire. Elle guettait la silhouette d'Adrien qu'un officier allemand interrogeait. Des camions militaires étaient garés sous les arbres dénudés par les vents de l'automne.

À l'instar de Marie, les gens d'Aubazine devaient épier l'ennemi et son déploiement de forces, à l'abri de leurs fenêtres bien closes.

Adrien désignait une maison à l'officier qui s'éloigna à grands pas. Marie courut à la porte d'entrée, le cœur envahi par une peur viscérale. Le docteur entra posément. Puis il enlaça sa femme :

— Ouf ! Quelle pagaille ! J'ai dû répondre à des questions bien embarrassantes. Je m'en suis tiré, je crois. Par contre, le fait de savoir un peu d'allemand va me désigner comme interprète. Cela ne me plaît pas du tout, mais il vaut mieux que ce soit moi que mademoiselle Solange... Je n'ai pas envie qu'ils approchent du couvent !

Marie tremblait de tout son corps. Ses pensées se bousculaient, autour d'une certitude : mère Marie-de-Gonzague cachait à l'orphelinat une bonne douzaine de fillettes juives et deux femmes, des mamans comme elle, qui étaient réfugiées là, auprès de leurs enfants.

— Adrien ! Que te voulait cet officier ? demanda enfin Marie, qui tentait de se calmer.

— Il cherchait une maison assez belle pour servir de *Kommandantur*, mais je pense qu'ils vont repartir vers Brive.

Elle se blottit contre lui en chuchotant :

— Mon amour, je dois avertir mère Marie-de-Gonzague !

— Va, ma chérie, et surtout, en traversant la place, garde une attitude naturelle, je t'en prie, ne prends pas un air traqué.

— Facile à dire ! Adrien, quand tout cela finira-t-il enfin ? Je n'en peux plus. Et j'ai si peur pour Paul. Aucune nouvelle de lui depuis cinq mois. Tu te souviens, c'était quand il nous a présenté le fils de Pierre, Claude.

Adrien acquiesça, songeur. Il se disait qu'un mois avant, le gouvernement de Vichy avait livré aux nazis plusieurs milliers de Juifs étrangers de la zone libre.

Il caressa un peu distraitement le dos de sa femme, se rappelant lui aussi ce dimanche d'été où Marie avait dû révéler la vérité sur Claude à ses deux filles aînées, surtout à Manou, qui semblait obsédée par le souvenir de l'ami de son frère. Lison et sa sœur avaient été choquées, puis émues. Un demi-frère...

Pour Camille, Marie et Adrien avaient décidé d'attendre quelques années ; elle était encore bien petite pour comprendre la vérité et n'avait pas de lien de parenté réel avec Claude.

Marie, sentant Adrien soucieux, se dégagea de son étreinte et prit son imperméable. Nanette surgit de sa chambre en déclarant d'une voix rauque :

— Ne sors pas, ma poulette ! Ils vont te faire du mal, reste avec moi... Ils m'ont estropié un fils, ils ne me prendront pas ma fille.

— Ma Nane, ne crains rien. Ne bouge pas, je dois absolument prévenir les Sœurs. Je reviendrai aussitôt que possible. C'est jeudi, la petite dort encore. Prends-en bien soin. Surtout, qu'elle reste à la maison jusqu'à mon retour. Adrien, je crois que tu devrais m'attendre ici, imagine ce qui pourrait se passer, si Nanette était obligée de leur ouvrir...

— Tu as raison, ma chérie. Embrasse-moi encore.

Adrien la regarda longuement, la tenant contre lui. Après un dernier baiser, il murmura :

— Je t'aime, Marie, je t'aime de tout mon être, ne l'oublie pas. Sois forte !

Marie longea la place en prenant un air serein, ce qui lui coûtait un effort surhumain. Elle refusait de jeter un œil sur les camions, les soldats rassemblés sous les arbres. Certains donnaient des ordres, dans cette langue rude dont elle ignorait le moindre mot.

Enfin, la porte de l'orphelinat s'ouvrit et elle put s'engouffrer à l'intérieur. Entre ces murs séculaires, haut lieu de la foi, Marie respira mieux. Aussitôt, sœur Julienne lui prit les mains :

— Ils sont là, n'est-ce pas ? Ma chère petite Marie, je n'ai jamais eu aussi peur. Et nos protégées n'en mènent pas large... Et puis, j'ai une mauvaise nouvelle pour vous : sœur Blandine a disparu, sans un mot d'explication. J'ai retrouvé ses vêtements et son voile, bien pliés sur le coin de son lit.

Le cœur serré, Marie soupira. Léonie ! Qu'avait-elle pris comme décision insensée ? Que cachait-elle à tous depuis le début de la guerre ? Ce fut la Mère supérieure qui lui donna la réponse, juste avant midi.

— J'ai plusieurs choses à vous communiquer, ma chère Marie. La première va vous surprendre, mais je vous demande de ne plus venir aussi souvent nous rendre visite. Vous savez que mademoiselle Jeanne et mademoiselle Solange logent au couvent, mais les aller et retour d'une personne en civil pourraient attirer l'attention sur nous. Afin de préserver l'ensemble de ma communauté, j'ai instauré une discipline plus stricte que d'ordinaire, en fait une sorte de loi monacale que j'espère inviolable. Vous me suivez ?

— Je comprends ! marmonna Marie à regret.

— Ensuite, je dois vous informer que votre amie Léonie, notre sœur Blandine, a jugé sa présence plus utile ailleurs qu'ici.

La Mère supérieure articula encore plus bas :

— Elle a rejoint le maquis. Ils avaient besoin d'une infirmière. Ne lui en veuillez pas !

— Je ne lui en veux pas du tout, je l'admire, ma Mère. Merci de me faire confiance, je m'inquiétais pour elle.

Trois heures plus tard, Marie retourna chez elle sans hâte. La division allemande avait quitté les lieux, mais le boucher lui souffla à l'oreille qu'elle reviendrait sûrement dans la soirée :

— Et méfiez-vous, ma petite Marie. Pire que les nazis, pire que la Gestapo, il y a les miliciens, des Français comme vous et moi ! Mon beau-frère, qui habitait Orléans, m'a rendu visite hier. J'en ai appris des choses bizarres ! Chacun règle ses comptes, les dénonciations sont fréquentes. Méfiez-vous !

Elle approuva en affichant un air paisible. Que savait le père de Marie-Hélène ? L'absence de Paul avait pu paraître suspecte. Certains avaient dû comprendre que le jeune homme était un résistant.

Lorsque Marie entra chez elle, la maison lui parut très silencieuse. Son premier geste fut de rassurer Nanette. La vieille femme tricotait, les joues couvertes de larmes qu'elle n'essuyait pas. Camille s'amusait en silence, assise sur le tapis.

— Ma Nane, tout va bien, mais nous devons demeurer prudents... avec tout le monde. Tu comprends ?

— Ah ! ma pauvre petite ! Si ce n'est pas un malheur, cette guerre ! L'autre a été terrible. Mais, du moins, c'était pas comme aujourd'hui où il faut se méfier de sa propre ombre.

Marie alla frapper à la porte du bureau d'Adrien, entra sans attendre la réponse. Il n'y avait personne.

— Adrien ?

Elle passa derrière la cloison de verre dépoli où le docteur rangeait les médicaments de première nécessité. Mais son mari n'était pas là non plus. Soudain, en faisant demi-tour, avec l'idée de monter le rejoindre dans leur chambre, elle vit l'enveloppe posée sur le bureau de chêne. Son prénom y était inscrit en belles lettres inclinées.

Elle aurait voulu l'ignorer, cette enveloppe, ne pas l'avoir vue. Et pourtant...

Ma chère petite Marie, ma colombe si douce,

Ne m'en veux pas, je n'avais pas le choix. Tu penseras peut-être que ma place était auprès de toi, pour vous protéger, toi et Camille. Mais vous ne risquez rien et tu es assez forte pour faire face. Dis à ceux qui s'interrogeront sur mon absence que j'ai rejoint la Croix-Rouge, ne perds pas espoir ! C'est pour toi, pour tous ceux que j'aime que je m'en vais... pour mon pays aussi, pour que notre petite Camille puisse connaître un jour une France libre. Je rejoins Paul. Brûle cette lettre aussitôt. Je t'embrasse de toute mon âme ainsi que notre enfant chérie. Pardonne-moi. J'ai attendu longtemps ce jour, il m'est impossible de continuer à rester inactif. Veille bien sur Camille.

Adrien

Marie se mit à sangloter, folle de douleur. Adrien n'avait pas le droit de les abandonner, elle et Camille. Puis une idée saugrenue lui traversa l'esprit, Léonie et Adrien avaient disparu le même jour, à quelques heures d'intervalle. Était-ce en raison du déferlement des troupes ennemies ? Dans ce cas, ils devaient être mieux informés que la plupart des citoyens ! Par qui ?

En réfléchissant un peu, les nombreuses absences d'Adrien, ses incessantes visites dans la campagne environnante lui parurent significatives. Son mari avait sûrement commencé depuis longtemps à s'intégrer au réseau très organisé des maquisards.

Elle n'eut pas le courage d'avertir Nanette de ce nouveau coup du sort. Plus tard, oui, plus tard. S'accrochant à la rampe, elle monta péniblement l'escalier et se jeta sur leur lit. Des phrases incohérentes lui échappaient :

— Adrien ! Tu n'aurais pas dû ! J'ai peur, je ne sais pas ce que je dois faire... Mon amour, tu es le meilleur des hommes, je n'ai pas le droit de te retenir prisonnier ici. Tu as eu raison de partir... Lison, Paul, j'ai besoin de vous ! Papa ! Mon papa chéri, pourquoi la guerre, toujours la guerre ?

Les jours s'écoulèrent, marqués par la peur constante d'un événement tragique. Malgré la présence de Camille et de Nanette, Marie souffrait de la solitude, si bien qu'elle prit l'habitude de noter ses souvenirs et ses pensées dans un cahier.

Si son salaire et les économies faites par Adrien lui permettaient de venir à bout des dépenses quotidiennes, les denrées devenaient cependant rares. Cette situation frappait la France entière, mais la solidarité n'étant pas un vain mot en Corrèze, Marie ne manqua pas de viande, un miracle qui n'était pas étranger au boucher. Par contre, lorsque Lison et Mathilde regagnèrent la maison, au printemps 1943, l'une parce qu'elle était enceinte, l'autre pour fuir les restrictions du pensionnat de Tulle, elles durent toutes respecter soigneusement les rations.

Adrien avait donné de ses nouvelles au mois de décembre, par l'intermédiaire d'un adolescent de seize ans à peine, qui proposait aux gens du bourg des pommes de terre déjà à moitié gelées, tant l'hiver était froid... La version paraissait plausible : la moindre denrée comestible, même avariée, était précieuse. En vérité, le jeune homme appartenait au maquis.

Marie fut soulagée d'apprendre que Paul allait bien, ainsi que Claude.

Lison préparait le trousseau de son bébé qui devait naître au mois d'octobre. Elle s'était mariée en janvier, dans la plus grande discrétion. Vincent était instituteur à Tulle depuis deux ans. Ils vivaient dans leur logement de fonction, et leur bonheur faisait plaisir à voir.

Mais les bouleversements engendrés par la guerre avaient poussé Lison à prendre un congé. Follement heureuse d'attendre son premier enfant, la jeune femme avait éprouvé le besoin de s'abriter sous le toit familial. Vincent ne serait pas seul à Tulle, puisque Louise, sa mère, vivait avec lui.

Marie se sentit renaître en récupérant ses deux filles aînées. Le bonheur de Camille, privée de la présence de ses sœurs depuis de longs mois, fit plaisir à voir. Cependant, la fillette demeurait souvent mélancolique. Ses dix ans parvenaient mal à comprendre l'absence de son papa et de son frère.

La maison paraissait revivre à nouveau : Camille avait retrouvé un semblant de sourire, Manou écoutait la radio en dansant, Lison étudiait des modèles de brassières en chantonnant. Nanette sortait souvent, pour échanger avec son amie Marguerite des doses de sucre ou de chicorée.

Vincent venait tous les dimanches déjeuner chez Marie, souvent accompagné de sa mère, ce qui lui permettait de cajoler sa petite femme, selon son expression... Nanette l'adorait. Quand elle vit le ventre de Lison s'arrondir, elle commença à répéter à tous les voisins :

— Je vais être arrière-grand-mère ! Vous rendez-vous compte, un peu ! Arrière-grand-mère !

La joie de la vieille femme réjouissait tout le monde. Un matin, Marie contempla Lison d'un air attendri et lui murmura :

— Ton enfant naîtra pendant la guerre, mais j'espère qu'il vivra dans un pays libre, qu'il sera fier de tous ceux qui combattent pour lui... Comme Paul et Adrien, Claude et tant d'autres !

— Je lui dirai, maman ! C'est promis ! Garçon ou fille, il saura tout. N'oublie pas, je reste une maîtresse d'école, comme toi, maman chérie !

18 novembre 1943

Marie pleurait, allongée sur son lit. Le malheur s'acharnait sur elle et les siens, sur la terre de Corrèze. Adrien était prisonnier en Allemagne, depuis six mois. Et trois jours plus tôt, alors que le petit garçon de Lison et de Vincent fêtait son premier anniversaire, une compagnie du Polizei Regiment Todt, venue de Limoges, avait donné l'assaut au camp de la Besse de Sainte-Féréole.

Deux cents combattants allemands avaient cerné les maquisards. Le commandant, alerté par des témoins qui avaient vu une voiture étrangère, depuis les ardoisières de Travassac, avait pris aussitôt les mesures nécessaires pour protéger ses hommes. Au matin, à neuf heures trente, l'affrontement éclatait, feu nourri et meurtrier, lutte inégale, qui laissa sans vie dix-huit jeunes gens inexpérimentés, près de la ferme dynamitée.

Marie se moucha, puis se leva en courant, prise de nausées. Elle ignorait l'identité des victimes. Paul en faisait peut-être partie... Une rumeur parlait de trente-cinq maquisards ayant pu s'échapper à temps.

— Mon Dieu, rendez-moi mon fils ! Je vous en pric, il est si jeune... Par pitié.

Dans la maison régnait le silence précédant les tragédies. Camille passait la journée chez Marie-Hélène qui avait proposé de lui apprendre les rudiments du violon. Quelqu'un frappa. C'était Lison, son bébé sur le bras. Il avait été baptisé Jean, en souvenir de son grand-père. La jeune femme tremblait aussi pour son frère...

— Maman !

— Tu as des nouvelles de Paul ? cria Marie, prête à entendre le pire.

— Non ! Mais Vincent vient de téléphoner. Je t'en prie, sois courageuse...

— Adrien ? bredouilla Marie, à bout de nerfs.

Lison posa son enfant sur le parquet. Puis elle vint enlacer sa mère :

— Écoute, maman. Tu sais que, malgré tous nos conseils, Mathilde a pris ce matin l'autocar pour aller à Tulle. Rien n'aurait pu l'empêcher de se rendre au rendez-vous qu'elle avait avec une ancienne amie du lycée... Près de la cathédrale. Quelqu'un que nous connaissons a vu la scène. Manou a été arrêtée par la Gestapo.

Marie se leva, très pâle. Elle dévisageait Lison avec un air halluciné. Ce furent les petites mains de Jean, sur ses mollets, qui la ramenèrent à l'instant présent. Elle répéta :

— Manou, emmenée par la Gestapo ! Lison, sais-tu ce qu'ils font à ceux qu'ils interrogent ? Ils vont la torturer, la briser... Ma petite fille ! Lison, qu'allons-nous faire ? Je dois y aller, tout de suite !

Lison la prit par les épaules :

— Non, maman, ce serait de la folie ! C'est peut-être une erreur. Viens, descendons, il ne faut pas laisser Nanette seule... Si tu veux, nous irons demain matin. Maintenant nous allons rester ensemble, sans perdre espoir. Je t'en prie !

— Et surtout, pas un mot de tout cela à Camille quand elle rentrera, elle serait bouleversée, murmura Marie en tremblant.

Elle souleva le petit Jean et le serra très fort dans ses bras. Ce corps menu, doux et chaud, la rassura. Lison les entraîna avec tendresse. La nuit serait longue, bien trop longue...

31

De malheurs en bonheurs

Marie était debout depuis six heures du matin. Avertie de l'arrestation de Mathilde, Irène avait gardé Camille pour la nuit en promettant de ne rien révéler à l'enfant. Marie s'apprêtait à réveiller Lison, pour prendre le premier train en direction de Tulle. Des coups ébranlèrent la porte principale donnant sur la rue. Craignant que Nanette soit effrayée par ce vacarme, prise d'une panique atroce, elle descendit l'escalier en se mordant les lèvres pour ne pas crier.

Vite, elle ouvrit. Trois hommes se tenaient sur le seuil. Deux inconnus qui encadraient une silhouette familière, ô combien détestée : Macaire Guérin. Marie voulut reculer, s'enfermer à double tour, mais un des étrangers l'attrapa par le bras et la tira en avant. Elle tomba à genoux sur le trottoir.

— Désolée, Marie Mesnier ! Tu dois nous suivre immédiatement.

Marie se débattit, en pensant à Camille, Lison, au petit Jean, à Nanette. La poigne des deux hommes ne lui laissa aucune chance de fuir. Une voiture était garée, moteur au ralenti, à trois mètres de là. Le groupe s'y engouffra sans un mot. La scène n'avait duré que deux minutes. Heureusement, Camille n'avait rien vu...

Recroquevillée sur le siège arrière, Marie n'osait même pas imaginer ce qui allait suivre. Elle eut une mince consolation. Camille, Lison, son fils, sa Nane ne semblaient pas en danger. Pas encore du moins...

Macaire était très élégant. L'âge lui avait conféré une carrure robuste. Son front dégarni donnait un peu de dignité à son faciès jadis vulgaire. Seuls les yeux étroits, d'une couleur indéfinie, n'avaient pas changé. Il détaillait pour le moment Marie avec le sans-gêne d'un maquignon. La pièce où il l'avait conduite se trouvait au sous-sol d'une ancienne poste.

— Alors, Marie ! J'ai de tristes nouvelles ! Ton second mari est mort en captivité, en Allemagne. Si tu sors vivante d'ici, tu en trouveras bien un autre...

Elle ne répondit pas. Dans ce genre de situation où l'un a le pouvoir, mieux vaut se taire et subir, en espérant protéger ceux que l'on aime. Pourtant, si Adrien était vraiment mort, à quoi bon lutter ? Elle se raidit, en pensant de toutes ses forces à ses enfants... Macaire tapota la table du bout des doigts.

— Eh bien, tu n'es pas très émue ! Ta fille craque plus facilement quand on la secoue un peu. Un beau brin de fille, bien roulée. Trop têtue ! Pas moyen de lui tirer un mot à celle-là !

Marie baissa la tête, horrifiée. Qu'avait fait ce monstre à Mathilde ? La colère la domina. Elle hurla soudain, méprisante :

— Après t'être planqué pendant la guerre de quatorze, je te retrouve dans les locaux de la Gestapo. Cela ne m'étonne pas de toi, espèce de porc !

Macaire ricana sinistrement :

— Eh ! Que veux-tu ? J'aime la sécurité et mes aises... Tout le monde ne peut pas être résistant, n'est-ce pas ? À ce propos, où est donc passé ton fils Paul ? Nous le cherchons depuis un bon bout de temps !

Le regard noir, Marie rétorqua d'un air tranquille :

— Paul s'est engagé dans la Croix-Rouge, comme ambulancier. Aux dernières nouvelles, il était dans le Nord. Chacun ses choix ! Toi, bien sûr, tu n'es qu'un sale collabo !

La gifle partit. Marie crut s'évanouir de douleur. Macaire serrait les poings, menaçant :

— Tu te crois maligne, vieille putain ! Et tu me tutoies à présent ! Comme ça, c'est fini de jouer les dames de la bonne société... Mais je suis bon prince, Marie ! Oui, oui... Je vais te proposer un marché. Alors un conseil, ne me fais pas perdre mon calme et le peu de pitié que j'ai pour toi, car tu sais, si je te tuais, personne ne me demanderait d'explications !

Elle ne tenait plus debout. Cependant, une lueur d'espoir lui apparaissait. D'abord, Macaire ne semblait sûr de rien au sujet de Paul. Ensuite, il avait parlé d'un marché... D'ailleurs, il s'approchait, moqueur :

— Tiens donc, Marie du Bois des Loups, on baisse les armes. On tremble, on ne crache plus au visage de monsieur Macaire ! Je parie que, d'ici trois minutes, on va lui lécher les chaussures...

Marie respirait vite. Elle aurait voulu se jeter sur cet homme, le griffer, le mordre. Mais cela lui était impossible, on lui avait lié les bras dans le dos. Macaire chuchota :

— Tu veux sauver ta fille ?

— Oui !

— À n'importe quel prix, je suppose ?

— Oui !

Il leva les bras au ciel, solennel :

— Que c'est beau, l'amour d'une mère. Remarque, je te dirai que j'ai veillé sur Mathilde. Parce qu'elle est quand même de ma famille. Une sorte de cousine. Le sang des Cuzenac coule dans ses veines, cela m'a porté à la compassion.

— Je croyais que tu doutais de mes origines ? dit Marie, alarmée par ce changement de ton.

— Que tu es cruche, ma pauvre fille. Juste bonne à cirer les planchers ! J'ai toujours su que tu étais la bâtarde de mon oncle, et mon notaire aussi. Mais sans preuves... Écoute bien, Marie. Si tu veux que ta fille sorte de là et rentre à Aubazine saine et sauve, tu dois te montrer gentille avec moi ! T'as compris !

Hébétée, elle ne retint que les mots concernant Mathilde. Oh ! Quel bonheur ce serait de la savoir loin de cet enfer, rendue saine et sauve à sa famille. Puis elle se répéta les derniers mots : « Gentille avec moi ! » C'était donc ça qu'il voulait, malgré le temps passé, malgré leurs âges proches de la cinquantaine.

Macaire dut suivre le cheminement de sa pensée :

— Je ne suis pas un type qu'on peut repousser, Marie. Tu l'as fait une fois de trop. Si je t'avais eue, dans le grenier des Bories, je t'aurais sûrement oubliée. Mais ce qui s'est passé ce soir-là, ça m'est resté sur l'estomac. Ce bouseux de Pierre t'a dépucelée et moi, j'ai été jeté dehors. Alors je règle mes comptes ! Choisis : ta fille ou toi !

Il était contre elle, le front constellé de sueur. Son haleine empestait le tabac et le vin. Marie frémit de dégoût, mais elle ne bougea pas, ne broncha pas. Elle évoqua Adrien, Pierre, Nanette, ses quatre enfants et surtout sa petite Mathilde, si jolie, avide de joie et de liberté. Aussi ardente que son père.

Macaire avait relevé sa jupe en la fixant dans les yeux. Il voulait la voir gémir, supplier, quand il la forcerait. Marie se laissa basculer sur la table, dévêtir à moitié. Elle se disait :

« Ce n'est qu'un sale moment à passer ! Après

Mathilde sera libérée. Qu'il fasse ce qu'il veut, qu'il me tue, ce porc, ça ne m'atteindra pas. J'ai eu tant de bonheur. »

Ce fut un viol bref mais horrible. Le souffle court, peinant et jurant, Macaire abusa de Marie avec une rage amère. Enfin, en reboutonnant son pantalon, il marmonna à son oreille :

— Tu es encore appétissante, dommage, je n'ai pas le temps d'en profiter.

Marie avait envie de vomir. Gardant un air soumis, elle se rhabilla lentement, mais quand elle voulut marcher, elle ne put que tituber. Pourtant elle refusa de s'apitoyer sur son corps meurtri et souillé, car une seule chose comptait : Manou ! Il devait relâcher Manou. Un jour, beaucoup plus tard, Macaire paierait pour ses lâchetés, elle en était sûre.

À sa grande surprise, un quart d'heure après, Marie se retrouva dehors, au bord de la rivière, sa fille blottie contre elle. Mathilde avait les paupières rougies par les larmes, un hématome au front, mais elle était vivante.

— Ma chérie, ma petite mignonne ! Comme tu as dû souffrir !

— Je vais bien, maman. Emmène-moi vite à la maison. Tu sais, je n'ai rien dit, pour Paul ! Ils auraient pu me tuer, je n'aurais rien dit ! murmura Mathilde d'une voix haineuse.

— Je suis très fière de toi, ma chérie ! Par chance, ils nous ont relâchées ! Cet homme, Macaire, il est de Pressignac. J'ai pu le convaincre de notre innocence.

Mathilde dévisagea sa mère de façon incrédule. L'homme qui l'avait traînée dans les locaux de la Gestapo, sans doute ce Macaire, n'avait rien d'indulgent. Mais une chose était sûre, par le miracle de l'intervention maternelle, elle avait la vie sauve, elle qui avait cru dix fois la perdre... Elle devinait confusément une sombre machination, une ruse diabolique que Marie avait dû déjouer. Elle se promit de chérir désormais sa mère de tout son cœur, de changer de caractère. Elles marchèrent jusqu'à la gare, en se retournant souvent, certaines d'être suivies. Non, personne ne se souciait d'elles. Il s'agissait juste d'une vengeance bien personnelle de Macaire qui avait dû faire arrêter la jeune fille pour attirer sa mère dans un piège bien préparé.

Mathilde, une fois assise dans le train, se jeta au cou de Marie. Des larmes de soulagement coulèrent sur ses joues :

— Maman, j'ai eu si peur, et je t'aime tant ! Lison nous attend, dis, et ma Nane avec Camille ?

Marie la serra de toutes ses forces :

— Oui, elles nous attendent. Plus rien ne nous séparera, tu verras.

Le jeune corps de Mathilde se détendit. Marie lui caressa les cheveux. Elle aurait sauvé son enfant en échange de sa propre vie s'il l'avait fallu. Maintenant, elle devait effacer de son âme ces minutes d'intimité avec Macaire, à jamais. Bannir l'idée même du viol. Et pour tenir bon, se persuader que Paul, Adrien et Claude étaient encore en vie.

Lison poussa un cri terrible en voyant Marie et Mathilde sur le pas de la porte. Elle appela :

— Nane, viens vite ! Elles sont revenues !

Les retrouvailles furent à la mesure de l'angoisse endurée auparavant. Des baisers, des larmes, des rires incrédules devant Camille qui revenait de chez son amie Marie-Hélène et ne comprenait rien à l'émotion générale. Mathilde embrassa sa petite sœur avec fougue, la fit tournoyer en riant.

— T'as quoi aujourd'hui Manou, on dirait un diable

qui sort de sa boîte, s'écria la fillette interloquée par cette tendresse inaccoutumée.

— Oui, ma puce, un diable qui s'est échappé de l'enfer. On te racontera tout quand tu seras grande... car je suis sûre que si l'on te pince le nez, il en sort encore du lait !

— Mais je suis grande, moi ! s'indigna Camille.

Elle avait compris qu'elle n'en saurait pas plus, mais qu'il n'y avait pas lieu de s'en inquiéter puisque sa mère, ses sœurs et sa Nane souriaient.

Mathilde voulut absolument aller voir son neveu Jean, qui dormait. Elle l'embrassa sur le front, délicatement.

Marie caressa tendrement les cheveux de Camille. Elle avait vécu l'horreur, mais ses trois filles étaient là, avec elle, en bonne santé. Elle s'éclipsa dans sa chambre. Là, son premier geste fut de jeter ses vêtements au fond du placard, se promettant de les brûler le lendemain. Puis elle se lava à l'eau froide, très soigneusement et longuement, jusqu'à se sentir vraiment purifiée du contact odieux de Macaire. Elle évita son miroir en se répétant :

« Mon Dieu, quel supplice, mais j'ai sauvé ma fille, c'est tout ce qui compte ! Je dois oublier ces moments affreux ! »

Lorsqu'elle réapparut, sur le seuil de la cuisine aux volets bien clos, Lison lui ouvrit les bras :

— Maman, tu nous manquais déjà ! Regarde, j'ai ouvert la dernière bouteille de champagne ! C'est l'occasion, non ?

Aubazine, fin août 1944

L'office religieux venait de prendre fin. Les cloches de l'Église abbatiale Saint-Etienne sonnaient à pleine volée en ce dernier dimanche d'août. Le jour d'allégresse tant attendu était enfin arrivé : le 15 août, l'ennemi avait capitulé à Brive et le lendemain, à Tulle. Le 25 août, le Limousin avait pu être considéré comme libéré.

— Allez, les enfants, c'est jour de joie et liberté pour tout le monde. Vous pouvez jouer dans la cour ! s'exclama joyeusement mère Marie-de-Gonzague.

Les fillettes avaient compris que cette journée était vraiment exceptionnelle. Elles qui marchaient ordinairement en rang par deux, se précipitèrent dehors en ordre dispersé, criant, riant et chantant. Elles pourraient gambader aujourd'hui où bon leur semblerait, personne ne viendrait les gronder.

— Venez, ajouta la religieuse en s'adressant à Marie, Nanette et Camille. Vous ne pouvez pas refuser d'être des nôtres un jour comme celui-là !

Marie sourit, prête à fondre en larmes. Elle se devait de paraître gaie, même si une partie de son cœur était déchirée par ce qu'elle venait de vivre et par l'incertitude qui planait sur le sort de Paul et d'Adrien. Elle se souvint des jours de doute, ceux où elle avait cru que la Supérieure rejetait son enseignement et désirait l'éloigner du couvent. Comment refuser l'invitation toute simple de cette femme de cœur qui avait dû tant souffrir ? Nanette fut la première à répondre :

— C'est que, mon Jacques, il faut que je lui dise que c'est fini tout ce chambardement de guerre ! Sûr qu'il sera content et mon Pierre aussi ! s'exclama la vieille femme qui avait projeté une visite au cimetière. Vas-y, toi, ajouta-t-elle à l'intention de Marie, je causerai pour deux à nos hommes. Et puis, comme Manou mange aujourd'hui avec Lison et Vincent à Tulle, c'est pas grand monde que ça va déranger.

Camille lui prit gentiment la main :

— Dis, tu veux que je reste avec toi, mémé ?

— Non, mon cœur ! Accompagne ta maman. C'est plus amusant de jouer avec des enfants qu'avec une pauvre veuve comme moi.

— Vous êtes sûre ? insista la Supérieure...

— Certaine. Et puis, ma vieille amie Marguerite sera contente de casser la croûte avec moi. Mais je ne dis pas non pour revenir cet après-midi, après avoir fait ma sieste. C'est qu'y fait chaud et je me fais vieille...

Mère Marie-de-Gonzague hocha la tête. Elle connaissait assez Nanette pour savoir qu'il était inutile d'insister.

Marie suivit la Mère supérieure. Elle franchit la porte du parloir pour rejoindre le jardin du couvent, comme elle l'avait fait pour la première fois, il y a si longtemps. Mais aujourd'hui, l'air était chaud et elle avait la main de Camille dans la sienne.

Assise à l'ombre de la treille à chasselas, mademoiselle Berger se tenait sur un banc, une fillette d'environ cinq ans sur les genoux. Comme toutes les petites pensionnaires d'Aubazine, Camille adorait celle qu'elle appelait, elle aussi, « maman Théré »... et elle en avait été séparée depuis de si longs mois ! Elle se précipita vers la femme qui l'embrassa avec fougue, sans pour autant lâcher la jeune enfant suspendue à son cou.

Cette petite fille chétive aux longs cheveux bouclés et noirs s'appelait Madeleine. Elle était orpheline à la fois de père et de mère et était arrivée chez les sœurs du Saint-Cœur-de-Marie en 1940, alors qu'elle n'avait pas encore deux ans. Quelques mois auparavant, elle avait failli mourir d'une bronchopneumonie et il avait fallu toute l'énergie de « maman Théré » pour la tirer des griffes de la mort. Elle restait très fragile et demandait une grande attention, enchaînant infections intestinales et bronchites. Madeleine céda de bonne grâce un des genoux de sa protectrice à Camille.

Mère Marie-de-Gonzague sourit avec une profonde bienveillance :

— Nous ne changerons pas mademoiselle Marie-Thérèse et j'en remercie tous les jours le Seigneur... Mais il ne lui a fait que deux genoux alors que nous avons quarante-cinq fillettes !

— Dis, « maman Théré », tu vas me les faire couper, comme Camille, mes cheveux ? questionna gentiment l'enfant en caressant les cheveux mi-longs de Camille.

— Oh non ! répondit fermement la petite femme en passant une main affectueuse sur les cheveux bruns qui descendaient jusqu'aux reins de la fillette et cascadaient en anglaises autour de son fin visage. Tu serais bien moins jolie.

Une autre fillette passa près du groupe et déposa un baiser sur le front de la femme. Puis elle demanda timidement de sa voix grêle, en penchant son visage :

— Tu m'aimes aussi fort que Madeleine, dis, « maman Théré » ?

— En voilà une question, mais oui, Pauline ! assura mademoiselle Marie-Thérèse. Vous êtes toutes mes enfants. Je vous aime toutes autant. Souvenez-vous de cela, toujours, même lorsque vous serez des grand-mères. Promis ?

L'histoire de Pauline Zildmann était bien différente de celle de Madeleine. Cette enfant était arrivée au couvent à peu près à la même date que Madeleine, alors qu'elle avait sept ans. Pauline était accompagnée de sa jeune sœur, encore en bas âge. Elles faisaient partie des jeunes pensionnaires juives. Pauline était une enfant calme, studieuse et attachante, très protectrice pour sa jeune sœur Mireille dont elle se sentait responsable. Mademoiselle Berger soupira. Bientôt Pauline et sa sœur partiraient. Les départs lui étaient très pénibles. Heureusement, pour ces fillettes, l'épilogue était heureux : elles allaient pouvoir rejoindre leurs parents. Comme si elle avait lu dans ses pensées, Pauline ajouta d'un ton plein de ferveur :

— Je vais partir, mais je me souviendrai toujours de toi, « maman Théré »...

— Allez, mes petites, rejoignez vos camarades. Toi aussi, Camille, va jouer avec elles..., ajouta mademoiselle Marie-Thérèse avec un semblant de fermeté qui cachait mal son émotion.

Les petites filles s'éloignèrent à regret, mais aussitôt une autre enfant approcha. Il s'agissait de la petite Geneviève. C'était une fillette très blonde, dont les cheveux étaient coupés court, au carré. Une frange légère dansait sur son front. L'enfant était très fortement attachée à « maman Théré ». Cette dernière l'accueillit avec un regard attendri.

— Alors, Geneviève ? Tu ne veux pas jouer avec tes camarades ?

— Non, « maman Théré »... Je voulais vous poser une question...

— Eh bien, vas-y, ma petite !

— C'est au sujet de sœur Marie-Étienne. Je l'aime beaucoup, alors je voudrais savoir si elle va pouvoir se reposer un peu !

Marie écoutait la fillette attentivement. C'était une partie de la vie du couvent pendant cette dure période de guerre que la jolie voix de Geneviève lui restituait...

— Oui, vous savez, « maman Théré », sœur Marie-Étienne a très mal à ses doigts, à cause de ses rhumatismes. Ils sont tout déformés. En plus, elle doit toujours marcher avec sa canne ! Alors moi, je voudrais qu'elle se repose beaucoup, longtemps ! Il faudrait peut-être la remplacer, aux cuisines...

Mademoiselle Berger et Marie échangèrent un coup d'œil ému. Geneviève continua :

— Et puis maintenant, il y aura à goûter, n'est-ce pas ? Parce que tout le monde disait qu'il n'y avait presque rien, à quatre heures... Et sœur Marie-Étienne, elle répondait que la mie c'était du pain et la croûte du chocolat...

Marie éclata de rire, imitée par « maman Théré » qui embrassa affectueusement la fillette :

— Ne t'inquiète pas, Geneviève, et va vite jouer, les restrictions sont terminées. Bientôt vous mangerez à satiété... J'aperçois ta grande amie Malou, là-bas. Je suis sûre qu'elle t'attend...

Geneviève s'éloigna en sautillant. Dès qu'elle eut rejoint Malou, elle la prit par le cou pour l'entraîner vers les autres pensionnaires. Mademoiselle Berger soupira :

— Bien souvent, ma chère Marie, nous avons frôlé le drame. Pour te donner un exemple, si tu savais comme nous avons tremblé pour Berthe, une des plus âgées de nos pensionnaires, et pour sa mère Clara ! C'était un dimanche. Ce jour-là, tu sais que l'abbatiale est ouverte à la visite. Toute la communauté assistait à la messe, sauf Berthe et sa mère qui pratiquaient la religion israélite. Elles étaient donc restées aux cuisines. Les Allemands sont entrés. Je pense que c'était vraiment notre abbaye qui les intéressait, mais ils pouvaient en profiter pour remarquer quelques anomalies... Ils ont vu l'adolescente et ils l'ont interpellée. Affolée, elle s'est précipitée vers la chapelle. Ils n'ont pas insisté. Je pense qu'ils ont cru qu'elle était en retard pour l'office.

Mère Marie-de-Gonzague, qui avait tout écouté, se signa :

— Je remercie notre bon saint Étienne ! Ces heures terribles sont terminées, notre pays a enfin retrouvé la liberté. Et pour terminer l'histoire de notre amie, j'ai dit à Berthe d'aller se cacher avec sa mère dans la paille de la grange. Elles y sont restées une bonne heure à frissonner d'angoisse. Cette fuite a été facilitée grâce à la grande porte que tu connais, là-bas, près des cuisines. Nous savions que c'était deux « moments sensibles » du dimanche : celui des visiteurs et celui de la messe. Mais nous ne pouvions pas interdire l'office aux Allemands. Ils sont parfois entrés dans l'église pendant la célébration religieuse. Soit ils refermaient la porte et repartaient, soit ils restaient. Mais dans ce cas, il faut le dire, ils ont toujours assisté à la messe avec recueillement. Ah ! J'entendrai toujours le bruit de leurs bottes, de ce pas martelé qui les caractérisait. Quelle frayeur à chaque fois !

Marie eut un frisson. Mademoiselle Berger reprit la parole :

— À vrai dire, même les autres jours, nous ne nous sentions pas en sécurité. Les Allemands sont venus à plusieurs reprises au monastère et ont demandé à entrer. Heureusement, mademoiselle Solange parle allemand. Chaque fois, elle a argumenté longuement afin de les en dissuader. Pendant ce temps-là, nous cachions nos jeunes réfugiées juives. Le soir, nous nous réunissions toutes, sœurs et enseignantes, pour étudier une possible stratégie, au cas où...

— Mais c'est la dernière fois où j'ai eu le plus peur, enchaîna mère Marie-de-Gonzague, d'une voix qui trahissait son effroi d'alors. Les Allemands sont entrés au parloir, et cette fois-ci, ils avaient une accusation bien précise : quelqu'un leur avait dit que nous hébergions des Juifs. Ils ont encerclé le couvent, mitraillette au poing. Nous avons vraiment cru que nous étions perdues.

Sœur Marie-de-Gonzague tremblait maintenant de tous ses membres. Mademoiselle Berger la fit asseoir à côté d'elle sur le banc et poursuivit le récit :

— J'ai emmené les enfants à la chapelle pour prier que Dieu veuille bien nous épargner. Mademoiselle Solange a réussi miraculeusement, une fois de plus, à les convaincre. Elle leur a dit qu'ils étaient ici dans une institution religieuse qui n'abritait que des sœurs, quelques enseignantes et des enfants orphelines ou dont les papas étaient partis à la guerre. À la fin de ce terrible pourparler, ma petite Marie, ils sont partis. J'ai alors dit à toutes mes petites : « Mes enfants, il faut remercier le Seigneur. » Réunies dans la cour, nous avons prié... Saint Étienne, une nouvelle fois, avait veillé sur nous. Les Allemands sont restés près de trois jours dans le voisinage du couvent, sur la route de Vergonzac. Je crois qu'ils surveillaient les maquisards. Certains étaient venus chercher du ravitaillement chez nous, quelques jours seulement avant ce drame.

Ainsi, alors que Marie croyait les fillettes bien à l'abri à l'intérieur de l'orphelinat, leur vie avait été très gravement menacée. Elle en frémit d'horreur. Elle se mit à regretter son inaction et à envier Léonie. Pourquoi ne s'était-elle pas engagée, elle aussi, dans la Résistance, aux côtés d'Adrien ?

— Et Adrien savait tout cela, ma Mère ?

— Pour certains faits qui se sont déroulés avant son arrestation, oui. Il venait soigner les enfants. Mais je lui avais interdit de t'en parler. À quoi bon t'alerter ? répondit posément mère Marie-de-Gonzague. Viens, ma petite Marie ! Nous allons aller aux cuisines, tu vas faire la connaissance de Berthe et de Clara. Enfin, disons plutôt de Betty et de Kraindel, puisque nous pouvons maintenant les appeler par leurs vrais prénoms. Elles sont arrivées en 1942 chez nous en train, puis à pied, conduites par un jeune maquisard, Pierrot, qui était sous les ordres d'Edmond Michelet. Le rabbin avait voulu les mettre dans des lieux différents, mais, je m'en souviens très bien, Betty a dit :

« Je ne me séparerai pas de ma maman, car elle ne vit que pour moi. Où ma mère ira, j'irai. »

Que voulais-tu que je fasse ? J'ai répondu au jeune homme : « Nous les gardons. » Je les ai logées dans une chambre à part. Elles sont vaillantes, tu sais, elles veulent toujours se rendre utiles.

— Oh oui ! ajouta mademoiselle Berger avec conviction. La maman aide aux cuisines. Et la petite est habile en couture. Un jour, elle a confectionné toute seule une jupe. Le travail était si méticuleux que nous lui avons dit : « Maintenant, tu ne vas plus travailler aux cuisines, mais coudre des robes pour toutes les petites filles. »

La discussion terminée, Marie entra enfin dans la pièce dont l'immense cheminée lui rappela bien des souvenirs. Une femme aux cheveux châtains, un foulard sombre noué sur la nuque, épluchait des légumes. Marie la salua. La femme se leva et prononça un bonjour hésitant.

— Kraindel parle très mal le français ! expliqua mère Marie-de-Gonzague, mais sa fille a fait de grands progrès dans notre langue. Hélas, elles n'ont aucune nouvelle de leur famille. Tu sais, ma petite Marie, il va falloir de longs mois avant de pouvoir réunir les familles. Beaucoup de maris sont encore en camps de travail. Nous prions tous les jours pour qu'ils reviennent vivants.

Kraindel sourit à Marie d'un air doux. Ainsi, tout comme elle, cette jeune femme vivait dans l'angoisse du sort réservé aux siens. Son maintien digne bouleversa Marie. Un instant, elle eut honte. Elle ne devait pas se laisser aller au désespoir. Bientôt, sans doute, elle aurait des nouvelles d'Adrien, de Paul, de Claude...

Le repas se déroula dans un brouhaha inhabituel, car les fillettes étaient excitées et personne ne songeait à les sermonner. Ensuite, elles s'égaillèrent de nouveau dans la cour où les attendait un cadeau insolite qui les émerveilla : des grenades. Ce fruit leur était totalement inconnu !

Ce don venait d'un couple d'Américains hébergés chez le boulanger, monsieur Chassaing. Elles ne tardèrent pas à se délecter des petites graines acidulées. Camille courut vers sa mère, suivie de Geneviève, de Malou et de Pauline tenant dans ses bras sa jeune sœur.

— Goûte, maman, comme c'est bon ! s'écria Camille. Tu en as mangé, toi, des grenades ?

— Oui, mon petit cœur, mais il y a si longtemps...

Marie pensa au gros grenadier, près de la porte du jardin, chez Nanette. Elle et Pierre avaient souvent dégusté ses fruits. Mais c'était la première fois qu'elle en voyait en Corrèze. Ce couple d'Américains avait dû les dénicher dans un coin bien exposé du jardin de monsieur Chassaing.

C'était si bon ce bel après-midi ensoleillé ! Ces fillettes pleines de vitalité, habillées de robes fleuries et coiffées d'un chapeau blanc, qui jouaient en riant et s'extasiaient d'un présent tout simple.

Marie eut l'impression que la vie revenait peu à peu dans ses veines. Soudain elle retrouva vraiment l'espoir : Paul et Adrien, quelque part, elle ne savait où, étaient vivants. Elle se souvint de son enfance au couvent, de sa conviction qu'un jour des parents viendraient la chercher. Elle éprouvait aujourd'hui le même doux pressentiment...

Juillet 1945

Edmond Michelet, déporté à Dachau, après avoir été arrêté en février 1943, arriva en gare de Brive le 2 juin, sous un soleil éclatant. Ce héros de la Corrèze avait été accueilli par une foule immense. Porté en triomphe, il avait eu à peine le temps d'embrasser ses enfants et ses parents. Rescapé des camps de la mort dont l'existence venait d'être révélée au monde entier, il représentait aux yeux de tous ses compatriotes le symbole de la victoire.

À Aubazine, la stupéfaction était encore plus grande. Les habitants découvraient petit à petit avec incrédulité l'existence des fillettes et des femmes juives, sauvées pour la plupart grâce à l'initiative d'Edmond Michelet. Durant leur séjour, elles avaient partagé la vie des autres fillettes qui ignoraient souvent tout de leur identité. Leurs prénoms avaient été simplement « francisés » pour éviter les rafles. Le père Léon Bédrune, du monastère franciscain Saint-Antoine, près de Brive, avait lui aussi accepté de cacher de nombreux Juifs et réfugiés.

Nul n'avait fait de bruit dans la sérénité des collines : des hommes et des femmes de cœur et de courage avaient simplement agi.

Quand Marie, assise à la fenêtre du salon, près de Nanette, avait aperçu la haute silhouette d'Adrien sur la place d'Aubazine, elle s'était levée, soudain égarée par la joie.

Il l'avait vue courir vers lui, les bras tendus, la

bouche ouverte sur un long cri muet. Quand il put la toucher, la tenir contre lui, Adrien sut que la guerre était vraiment finie.

— Ma chérie, ma petite chérie ! Comment vont les enfants ?

— Ils vont bien ! Tous les quatre ! Paul a été blessé, mais son état n'inspire plus d'inquiétude. Je te raconterai...

Camille, prévenue par Nanette du retour de son père, se jeta, folle de joie, dans ses bras :

— Mon papa à moi ! Tu ne repartiras plus jamais, dis ?

Adrien la couvrit de baisers en pleurant :

— Non, plus jamais, mon trésor ! Maintenant, nous resterons tous ensemble, promis. Dis donc, comme tu as grandi, ma chérie !

Marie le ramena vite chez eux où Nanette s'empressa de servir un solide repas.

Adrien n'avait guère d'appétit. Il annonça avec une gaieté un peu forcée qu'il allait faire une petite sieste. Marie le suivit, après avoir confié Camille à Nanette.

Ils avaient tant de choses à se raconter... Adrien dévoila peu à peu l'horreur de la guerre. Elle lui livra à voix basse, à son tour, la liste des morts, des disparus corréziens. Adrien l'écoutait, allongé, l'air surpris d'être là.

— Un enchaînement d'horreurs, Adrien !

— Il faudra du temps pour oublier, murmura Adrien. Je crois même que personne n'oubliera.

— Tu as raison ! Il n'y a pas une seule famille, par ici, à n'avoir pas été touchée par un deuil de proches ou d'amis. Tiens, tout près d'ici, au village de Perrier, tout près de Beynat, cinq maquisards sont tombés au cours d'un accrochage entre la Wehrmacht et la Résistance. Tu te rends compte : quatre d'entre eux avaient entre dix-neuf et vingt et un ans ! Paul aurait pu être des leurs...

Adrien lui prit la main :

— Au fait, et Paul ? Tu m'as dit qu'il était blessé. Est-ce grave ?

— Il est à l'hôpital de Périgueux. Je vais le voir deux fois par semaine, il sortira très bientôt. On m'a dit qu'il ne garderait pas de séquelles de ses blessures. Je l'ai longtemps cru mort. C'est Claude qui est venu, une nuit, me dire que mon fils avait été gravement blessé. Mais Léonie l'a soigné sur place, avant de le faire transporter en Dordogne. Ma pauvre Léonie. Ils l'ont violée et fusillée ensuite. Claude m'a rapporté sa médaille de baptême. Une semaine plus tard, il tombait sous les balles, lui aussi.

Marie se tut. Tant de morts... Elle avait pleuré si souvent que ses yeux lui semblaient flétris. Le prix payé à Macaire, c'est ainsi qu'elle nommait son secret, ce viol honteux, appartenait à un lointain passé. Elle espérait que nul ne saurait la vérité.

— Vincent a eu de la chance. Il a échappé au massacre de Tulle. Quand tu penses, quatre-vingt-dix-neuf pendaisons et plus d'une centaine de déportations, heureusement qu'il était parti ce jour-là chez son cousin à Égletons. Lison et lui sont retournés vivre à Tulle. Un autre bébé est en route.

Adrien s'endormait par à-coups, apaisé par la douce atmosphère du foyer retrouvé. Marie ajouta :

— Mathilde est fiancée. Elle a décidé de devenir coiffeuse. Mais je te fatigue avec mes discours, la guerre est finie, mon amour, et tu es là, toi que je pensais ne jamais revoir. Le jour du débarquement en Normandie, j'ai quand même dansé sur la place, avec le mari d'Irène. J'avais envie de pleurer et de rire à la fois.

— Tu as eu raison, ma chérie ! Même si tu étais dans l'incertitude ! La vie, la joie doivent toujours triompher.

Marie resta longtemps au chevet d'Adrien qui s'était assoupi pour de bon.

Elle pria, les mains jointes, implora Dieu et la Sainte Vierge de prendre soin de sa Léonie et de Claude, qui avait sauvé son fils de la mort un soir d'embuscade. Paul gardait un souvenir poignant du jeune homme, cet ours mal léché qui lui avait avoué, un matin d'hiver, qu'il était son demi-frère.

— J'ai compris, maman, sa réaction, face aux tentatives de séduction de Mathilde. C'était un gars bien, papa aurait pu être content de lui...

Oui, bien des familles étaient brisées, bien des hommes, décédés ou marqués dans leur chair. Des femmes avaient été violées, des fermes, brûlées, mais déjà le cauchemar perdait de sa force. On pansait les corps et les cœurs, on réapprenait à vivre libre.

Assise au bord du lit, Marie respira avec délices le parfum des roses, sous la fenêtre. Ses enfants auraient un avenir, ses petits-enfants aussi. Déjà elle prévoyait un repas de famille d'ici à une semaine, un vrai repas de fête.

Deux mois plus tard, alors qu'Adrien avait repris des forces et envisageait d'ouvrir à nouveau son cabinet médical, Marie reçut une visite. On sonna de bon matin. Elle alla ouvrir et vit sur le trottoir une femme presque méconnaissable, tant le chagrin l'avait rongée. C'était Élodie Pressigot.

— Entrez, ma pauvre amie ! s'écria-t-elle.

Marie la conduisit dans la cuisine :

— Asseyez-vous ! Nous allons boire un café !

Il fallut parler de Claude et de sa mort tragique. Marie s'en acquitta de bon cœur, pleine de pitié pour cette mère accablée. Pourtant Élodie n'était pas venue uniquement pour évoquer son fils.

— Madame Marie, je peux pas dire, vous avez été bien brave pour moi, alors que, de mon côté, je vous en ai fait voir ! Quand j'y pense ! Les mandats pendant des années, pour le petit, et ensuite, vous l'avez reçu ici... Il a connu sa grand-mère, la Nanette. Eh oui ! C'est elle qui me l'a dit, quand je suis passée là, du temps que vous étiez partie avec votre mari au bord de la mer, il y a une quinzaine de jours.

— Je suis navrée de vous avoir manquée, Élodie. Par contre, je ne comprends pas pourquoi Nanette ne m'a pas parlé de votre visite !

— La pauvre vieille, elle perd un peu la tête ! Écoutez, Marie, figurez-vous qu'à la Libération, y en a qui ont réglé leur compte aux salauds. Tenez, le Macaire Guérin, tout riche qu'il était, ils l'ont fusillé, le mois dernier... Sa femme s'est pendue dans la grange du père Benoît où elle s'était cachée. Leur gamin a été placé chez des cousins, après ça. Moi, comme je fais des ménages pour garnir la marmite, le maire m'a demandé d'aller nettoyer aux Bories. Ma fille Rose m'a donné un coup de main. Si vous aviez vu ce bazar ! Tout avait été renversé, cassé, mis à sac. Voilà-t-y pas qu'en ramassant les livres de votre papa, monsieur Cuzenac, je trouve un papier. Rose est plus instruite que moi, elle l'a lu et aussitôt elle a poussé des oh ! et des ah ! C'était un testament, qu'elle m'a dit... Alors j'ai pris le train et je vous l'ai apporté.

Marie avait patiemment écouté le récit débité sur un ton plaintif. Les derniers mots la secouèrent avec la force d'une décharge électrique. Elle vit Élodie sortir de son cabas une feuille pliée en quatre.

— Merci, Élodie ! Mais il me faut mes lunettes !

Adrien entra à cet instant précis. Il se pencha sur le document un peu jauni, tandis que sa femme commençait à lire. Ce n'était pas long, mais précis.

Marie poussa un gémissement, ôta ses lunettes et tendit le papier à Adrien. D'une voix enrouée, les yeux noyés de larmes, elle réussit à dire :

— Lis, mon chéri, je ne peux pas y croire ! Et ce testament, le seul valable, a passé des années dans un livre. Ces livres que nous avons triés et classés après le décès de papa !

Adrien hocha la tête, stupéfait. Jean Cuzenac léguait tous ses biens, les terres, les fermes et la maison des Bories, son mobilier, à Marie. Suivait une déclaration sur l'honneur quant à l'état civil de son unique héritière, qu'il reconnaissait comme sa fille. À son neveu Macaire, il donnait deux maisons, l'une à Limoges, l'autre à Saint-Junien.

Marie déclara, les joues rouges d'émotion :

— Papa m'avait légué les Bories ! Ma maison ! Je le savais, c'était injuste de nous en chasser...

Élodie appuya de jurons bien sentis. Adrien la dédommagea largement de ses frais de voyage, en ajoutant un petit pécule pour la remercier de son honnêteté. Elle déjeuna avec eux avant de prendre le train. Nanette l'embrassa gentiment au moment du départ.

— J'ai comme qui dirait une famille, maintenant ! s'écria Élodie en faisant ses adieux. Et au plaisir de vous revoir à Pressignac, madame Marie !

Un mois après, un samedi, Marie se fit belle. Toute la famille retournait en Charente, le temps d'une visite à Pressignac et aux Bories.

Pour revoir sa maison tant aimée, Marie voulait une nouvelle robe, une coiffure à la mode. Manou, amusée, lui coupa les cheveux. Lison, Vincent et leur fils les rejoindraient là-bas.

Mathilde avait beaucoup changé depuis le tragique jour de son arrestation. Elle était devenue moins égoïste, plus mûre. Et surtout, un sentiment d'amour indéfectible la liait à sa mère. Elle confia un secret à Marie : enfin, elle connaissait avec son fiancé le bonheur d'un amour sincère.

Quant à Camille, c'était maintenant une belle adolescente d'un peu plus de douze ans, le vivant portrait de sa mère au même âge. Elle trépignait d'impatience à l'idée de découvrir Pressignac, la cloche baptisée Marie-Antoinette, l'étang de la Chauffie, le ruisseau du Mandat, les Bories et tant d'autres choses merveilleuses.

Paul, encore faible mais excité par l'événement, était de l'expédition. Adrien semblait le moins enthousiaste. Selon lui, son épouse n'aurait qu'une idée, s'installer aux Bories et ne plus en sortir.

Marie n'avait pas repris sa place d'institutrice. On avait engagé une jeune normalienne en remplacement.

Elle avait hésité à retourner au couvent. Des fantômes bien-aimés erraient entre les murs de l'ancienne abbaye : celui d'une petite orpheline qui rêvait de ses parents, celui d'une autre enfant, Léonie aux grands yeux bleus. Et aussi Jacques, son beau-père, semant des haricots dans le potager.

De quoi préférer une vie tranquille auprès d'Adrien. Ils avaient beaucoup de projets : aller à Paris, au musée du Louvre, à Versailles, visiter la Grèce et surtout... l'Italie.

Pour l'instant, Marie se préparait à retrouver sa grande maison sur la colline, entourée de son parc. Durant tout le trajet, elle parla des Bories à Camille, ainsi qu'à Mathilde qui n'en conservait aucun souvenir.

— Il y a un immense sapin, avec un banc de pierre juste en dessous, des rosiers rouges superbes, des écuries. Ma jument était rousse, si docile ! Le salon est lambrissé de chêne. Et la cuisinière, elle était en fonte noire, énorme.

Derrière les vitres de la voiture, le paysage défilait, changeait par nuances successives. Nanette, amusée par ce long périple en automobile, affichait un large sourire. Camille, Manou et Paul l'écoutèrent aussi, quand elle parla de la métairie, de la traite des brebis et des vaches, puis de l'arrivée de leur mère un soir de pluie :

— Elle n'en menait pas large, notre Marie. Toute trempée, les galoches boueuses. Et elle avait une de ces peurs du chien ! Petiote encore, et menue. Tiens, un peu comme toi, Camille... mais pas avec ton teint de rose, ma pitchounette chérie, bien pâle, je te l'assure. Je lui ai redonné des joues et des couleurs, mais j'ai bien cru la perdre, quand elle a été si malade. C'était à cause de la méchanceté de la patronne, Amélie Cuzenac !

Les souvenirs s'égrenaient. Marie se sentait de plus en plus émue, et follement impatiente. Enfin apparurent le clocher de Pressignac, les tilleuls de la grand-place. Adrien passa au ralenti devant l'école. Camille cria :

— Regardez, Lison est déjà arrivée !

C'était exact. Lison et son mari avaient roulé de bonne heure. Avant de monter aux Bories, ils s'étaient promenés dans le bourg, et, en couple d'instituteurs, ils avaient poussé jusqu'à l'école.

Toute la famille fut au complet pour visiter la grande maison sur la colline. Marie avait régularisé la situation chez un notaire de Brive et elle foula la terre du parc en retenant ses larmes. La clef serrée au creux de sa main, elle avança vers le perron, le visage tendu. Paul s'inquiéta de sa pâleur. Elle répondit d'une voix étrange :

— Je suis simplement trop heureuse ! C'est chez moi, ici ! Voici ma maison, ma chère maison.

Quelques détails avaient changé, un tableau déplacé, un meuble mis au rebut... Mais Marie crut faire un bond de plusieurs années en arrière, en revoyant ce décor si familier. À chaque pas naissait une image enfuie. Dans ce fauteuil, Jean Cuzenac lui avait appris qu'elle était sa fille. Jean-Pierre, son premier fils mort quelques heures après sa naissance, avait vu la brève lueur du jour dans cette chambre. À cette table, Lison faisait ses devoirs...

Cependant le silence des pièces paraissait un peu lugubre, comme les écuries vides, le parc envahi de hautes herbes et d'orties.

Marie comprit avant la fin de la journée qu'elle ne pourrait pas revivre aux Bories. Cette maison avait vu ses chagrins et ses joies de jeune épousée, on y avait veillé Amélie Cuzenac et son mari Jean.

— Papa adorait les Bories, autant que moi ! dit-elle à ses enfants, mais il n'est plus là. Et je ne connais plus personne au bourg.

Adrien la prit par l'épaule :

— Ma petite femme, personnellement je préfère Aubazine et notre foyer à nous. Tu peux louer un bon prix cette maison ou la vendre... Ce serait raisonnable, on ne peut pas la laisser fermée, à l'abandon.

Paul, Mathilde et Camille s'étaient mis en tête d'explorer le grenier. Leur mère avait parlé de sa petite chambre de bonne et ils voulaient la voir. Marie se tenait au milieu du salon, un peu perdue, ne sachant que faire des Bories... Soudain elle observa mieux Lison et Vincent. Le jeune couple s'était assis de chaque côté de la cheminée. Ils chuchotaient, l'air exalté. Le petit Jean, assis sur le tapis, jouait avec son chien en peluche. Le ventre de Lison, arrondi par un deuxième enfant à venir, parut s'animer. Le bébé avait bougé.

La jeune femme éclata de rire, radieuse :

— Maman, c'est la première fois qu'il bouge aussi fort ! On dirait qu'il aime les Bories autant que moi !

Alors Marie trouva la solution. Elle aurait dû y penser plus tôt. Lison serait heureuse ici, ses enfants grandiraient sous un toit bien à eux. Ils iraient comploter à l'ombre du grand sapin et, le soir de Noël, devant cette cheminée-là, ils poseraient leurs souliers. Elle s'approcha de sa fille :

— Ma Lison, ma chérie, toi qui as toujours su m'aider et me choyer, viens t'installer dans cette maison... Toi, tu t'en souviens, je le sais, et tu as souffert de la quitter. Elle te revient de droit. Moi, je reste à Aubazine, car mon cœur ne bat à son aise qu'en Corrèze maintenant. Là où j'ai épousé Adrien...

Lison protesta mollement :

— Mais, maman, de quoi vivrons-nous ? Vincent n'a rien d'un gentleman-farmer ! Cela me plairait beaucoup, par contre. Tu as raison, j'aime les Bories, j'y ai grandi !

Marie s'enflamma, pleine d'optimisme :

— Je viendrais souvent vous voir ! Nous pourrions même fêter Noël ici ! Par le train, c'est rapide ! Vous devriez demander à l'Inspection académique, il y a peut-être des postes disponibles dans la région.

Lison se mit à rêver, elle aussi :

— Ce serait merveilleux, vivre aux Bories ! Mais c'est peut-être un peu grand.

— Le pavillon d'Alcide pourrait abriter Louise, la maman de Vincent.

— Oh ! maman ! Ce serait trop beau ! Maman Louise pouvant vivre auprès de nous ! Et vous tous venant nous rendre visite très souvent ici ! Tu sais que je me souviens d'Alcide. C'était le vieux palefrenier ! Et toi, maman ?

— Bien sûr ! Au début, quand je suis venue travailler pour Amélie Cuzenac, Alcide me rendait visite le matin, à l'aube. Je lui servais une goutte d'alcool et il repartait tout guilleret ! Ma chérie, je t'en prie, nous sommes riches. Je vendrai des terres et je partagerai l'argent entre Paul, Manou, Camille et toi. Tu pourras entretenir les Bories.

Vincent capitula, avouant du même coup ce qu'une personne de Pressignac leur avait confié :

— L'instituteur prend sa retraite cette année. Je peux postuler. Lison, avec le bébé et Jean, peut rester à la maison une année, puisque nous avons de l'argent de côté.

Ils sortirent dans le jardin. Camille se mit à courir dans le parc entretenu jadis avec amour par Alcide.

Adrien embrassa Marie avec passion :

— Je suis content que tu aies choisi Aubazine, ma douce petite femme. Maintenant que Camille et Lison ne tiennent plus en place, si tu me montrais ce fameux Bois des Loups...

Marie appuya sa joue contre la poitrine d'Adrien :

— Non, je préfère rentrer chez nous. Au fond du

Bois des Loups coule une source que les vieux du pays disaient enchantée. Elle a dû disparaître sous les ronces et les sureaux. Je ne veux pas revoir cet endroit. Il appartient à Pierre, tu comprends ?

— Oui, c'est vrai ! Alors ne parlons plus de la petite Marie du Bois des Loups qui a couru sur ces chemins. Je veux finir ma vie avec madame Mesnier, mon épouse, la plus jolie, la plus généreuse ! Sais-tu que tu es toujours très belle ?

Marie soupira :

— C'est le bonheur !

Mathilde et Paul réapparurent, très gais. Ils voulaient maintenant descendre à Pressignac avec Camille pour aller embrasser Élodie.

— Tu sais, maman, j'ai promis à Claude de veiller sur sa mère. Nous allons cueillir des roses et lui en offrir un bouquet. Tu veux bien ?

— Évidemment ! Dites-lui bonjour de ma part !

Lison et Vincent discutaient dans le parc, en admirant leur fils qui se roulait dans l'herbe. Nanette, épuisée par « tout ce chamboulement », s'était endormie, assise sur un fauteuil du jardin, menue dans ses habits noirs et les cheveux blanchis sous sa coiffe.

Marie entraîna Adrien jusqu'au grenier. Elle lui montra sa chambrette, en piètre état. Il savait le drame qui avait failli se nouer ici. Elle se serra dans ses bras en chuchotant :

— Pierre n'est jamais venu dans ce grenier. Seulement papa et moi, Amélie et Macaire. Alors je voudrais que tu effaces les traces du malheur, en me donnant un baiser d'amour, comme si nous avions vingt ans, comme si je t'avais rencontré en premier. Ensuite, nous serons heureux pour toujours, toi et moi.

Adrien lui effleura la bouche de ses lèvres. Avant de

répondre à sa prière, il murmura, les yeux brillants de joie :

— Mais nous avons vingt ans aujourd'hui, Marie adorée ! Et ce baiser sera aussi inoubliable qu'un premier baiser. Après, je te ramènerai en Corrèze, notre terre natale à tous les deux, et je saurai effacer tous tes autres chagrins...

Marie ferma les yeux. Lison deviendrait la dame des Bories, mais elle, Marie, serait désormais une femme d'Aubazine. Après tout, pensa-t-elle, là-bas ou ici, il y a un Bois des Loups... De quoi faire rêver ses petits-enfants, lorsqu'elle leur raconterait des histoires, au coin du feu. Ici ou là-bas.

Achevé d'imprimer
en janvier 2007
par Printer Industria Gráfica
pour le compte de France Loisirs, Paris

Numéro d'éditeur version brochée : 36826
Numéro d'éditeur version reliée : 47853
Dépôt légal : mai 2002
Imprimé en Espagne